HEYNE〈

Das Buch

Von einem Moment auf den anderen wird Lauries Leben zum Albtraum: Ein Unbekannter ermordet am helllichten Tag ihren Mann – vor den Augen des gemeinsamen Sohnes Timmy. Bevor er flieht, ruft er dem heulenden Kind noch zu: „Sag deiner Mutter, dass sie die Nächste ist. Und dann bist du an der Reihe!" Fünf Jahre später lebt Laurie immer noch in ständiger Angst. Aber sie hat auch erfolgreich Karriere als TV-Produzentin gemacht. In einer neuen großen Serie will sie ungeklärte Mordfälle aus der Vergangenheit mit allen damaligen Beteiligten neu aufbereiten. Ihr erster Fall ist spektakulär: Vor zwanzig Jahren wurde eine reiche Dame der Gesellschaft umgebracht – in der Nacht, als ihre Tochter gemeinsam mit ihren drei engsten Freundinnen den College-Abschluss feierte. Und für jede der vier findet sich ein Mordmotiv ... Was Laurie nicht weiß: Der Mörder ihres Mannes hat sie und Timmy ständig im Visier. Er will seine Drohung endlich wahrmachen.

Die Autorin

Mary Higgins Clark (1927–2020), geboren in New York, lebte und arbeitete in Saddle River, New Jersey. Sie zählte zu den erfolgreichsten Thrillerautorinnen weltweit. Ihre große Stärke waren ausgefeilte und raffinierte Plots und die stimmige Psychologie ihrer Heldinnen. Mit ihren Büchern führte Mary Higgins Clark regelmäßig die internationalen Bestsellerlisten an und erhielt zahlreiche Auszeichnungen, u.a. den begehrten Edgar Award. Sie starb am 31. Januar 2020 im Kreis ihrer Familie.

Ein ausführliches Werkverzeichnis findet sich am Ende dieses Buchs.

MARY
HIGGINS
CLARK
IN DER STUNDE
DEINES TODES

THRILLER

Aus dem Amerikanischen von Karl-Heinz Ebnet

WILHELM HEYNE VERLAG
MÜNCHEN

Die Originalausgabe erschien unter dem Titel
I'VE GOT YOU UNDER MY SKIN bei Simon & Schuster, New York

Penguin Random House Verlagsgruppe FSC® N001967

3. Auflage
Vollständige deutsche Taschenbuchausgabe 04/2016
Copyright © 2014 by Mary Higgins Clark
Copyright © 2014 der deutschen Ausgabe
by Wilhelm Heyne Verlag, München,
in der Penguin Random House Verlagsgruppe GmbH,
Neumarkter Str. 28, 81673 München
Printed in Germany
Redaktion: Claudia Alt
Umschlaggestaltung: Eisele Grafik-Design, München
Umschlagfoto: © Kevin Davidson/Getty Images
Satz: Leingärtner, Nabburg
Druck und Bindung: GGP Media GmbH, Pößneck
ISBN: 978-3-453-41914-8

www.heyne.de

*Für John
und alle Kinder und Enkelkinder
der Clarks sowie Conheeneys
in aller Liebe*

Prolog

Auf dem Spielplatz in der East Fifteenth Street in Manhattan, nicht weit von ihrer Wohnung entfernt, brachte Dr. Greg Moran seinen dreijährigen Sohn Timmy auf der Schaukel ein letztes Mal richtig in Schwung.

»Zwei Minuten noch«, sagte er lachend, während er Timmy anschob, fest genug, damit sein draufgängerischer Sohn zufrieden war, aber nicht so wild, dass die Schaukel sich überschlug. Vor einiger Zeit hatte er so etwas miterlebt. Weil die Schaukel mit einem Sicherheitssitz ausgestattet gewesen war, hatte sich allerdings niemand verletzt. Greg war eins neunzig groß und konnte Timmy notfalls mit seinen langen Armen rechtzeitig packen. Aber er war immer äußerst vorsichtig, denn als Arzt in der Notaufnahme hatte er fast tagtäglich mit den schlimmsten Unfällen zu tun.

Es war halb sieben, die Abendsonne warf schon lange Schatten über den Spielplatz. Mittlerweile lag sogar eine leichte Kühle in der Luft, die daran erinnerte, dass am nächsten Wochenende der September begann. »Die letzte Minute läuft«, rief Greg. Er hatte zwölf Stunden Dienst hinter sich. In der Notaufnahme war immer viel los, heute aber war es besonders chaotisch zugegangen. Zwei Autos mit Teenagern hatten sich auf der First Avenue ein Rennen geliefert und waren zusammengekracht. Wie durch ein Wunder war niemand getötet worden, aber drei der Jugendlichen hatten schwere Verletzungen davongetragen.

Greg nahm die Hände von der Schaukel. Es war an der Zeit, sie ausschwingen zu lassen. Da Timmy noch nicht mal schwach protestierte, schien er ebenfalls nichts dagegen zu haben, wenn sie allmählich aufbrachen. Außerdem waren sie sowieso die Letzten auf dem Spielplatz.

»Doktor!«

Greg drehte sich um. Vor ihm stand ein muskulöser Mann von durchschnittlicher Größe. Er hatte sich einen Schal vor das Gesicht gebunden, und die Waffe in seiner Hand war auf Gregs Kopf gerichtet. Intuitiv machte Greg einen großen Schritt zurück, um sich so weit wie möglich von Timmy zu entfernen. »Hören Sie, meine Brieftasche steckt in meiner Tasche«, sagte er ganz ruhig. »Ich geb sie Ihnen gern!«

»Daddy«, rief Timmy ängstlich. Er hatte sich auf der Schaukel zu ihnen umgedreht und starrte dem Fremden in die Augen.

Greg Moran, vierunddreißig Jahre alt, renommierter Arzt, geliebter Ehemann und Vater, versuchte sich noch auf seinen Angreifer zu stürzen. Das war das Letzte, was er in seinem Leben tat. Er hatte keine Chance. Der Schuss traf ihn mit tödlicher Präzision mitten in die Stirn.

»*Daddyyyyyyyyyy!*«, schrie Timmy.

Der Täter rannte zur Straße, blieb dann stehen und drehte sich noch einmal um. »Timmy, sag deiner Mutter, dass sie die Nächste ist«, rief er. »Und dann bist du an der Reihe!«

Sowohl der Schuss als auch die ausgestoßene Drohung wurden von Margy Bless gehört, einer älteren Frau, die sich gerade auf dem Nachhauseweg von ihrem Teilzeitjob in einer nahegelegenen Bäckerei befand. Sekundenlang stand sie nur wie angewurzelt da und starrte dem fliehenden Täter nach, der mit der Waffe in der Hand um die Ecke bog, sah dann zum schreienden Kind in der Schaukel und zu dem am Boden liegenden Mann.

Ihre Finger zitterten so stark, dass sie drei Versuche brauchte, bis sie endlich den Notruf gewählt hatte.

Als sich der diensthabende Beamte meldete, brachte Margy nur stockend hervor: »Beeilen Sie sich, beeilen Sie sich! Vielleicht kommt er wieder. Er hat den Mann erschossen und das Kind bedroht!«

Sie verstummte, und nur noch Timmy war zu hören: »Der Mann mit den blauen Augen hat meinen Daddy erschossen ... Der Mann mit den blauen Augen hat meinen Daddy erschossen!«

1

Laurie Moran sah aus dem Fenster im vierundzwanzigsten Stock des Rockefeller Center 15. Von ihrem hochgelegenen Büro hatte sie einen wunderbaren Blick auf die Eislaufbahn mitten im berühmten Gebäudekomplex. Es war ein sonniger, aber kalter Märztag, und sie konnte Anfänger erkennen, die noch unsicher auf ihren Schlittschuhen standen, aber auch Skater, die sich mit der Anmut von Balletttänzern über das Eis bewegten.

Timmy, ihr achtjähriger Sohn, spielte gern Eishockey und hatte fest vor, mit einundzwanzig bei den New York Rangers aufzulaufen. Laurie musste lächeln, wenn sie an sein Gesicht und seine braunen Augen dachte, die zu strahlen begannen, wenn er sich bei zukünftigen Rangers-Partien schon als Goalie sah. Er wird dann genauso aussehen wie Greg, dachte Laurie, schüttelte den Gedanken aber schnell wieder ab und wandte sich dem Ordner auf ihrem Schreibtisch zu.

Laurie war sechsunddreißig Jahre alt, hatte schulterlange honigblonde Haare, haselnussbraune, leicht grünlich schimmernde Augen, sie war schlank und mit ihren klassischen, ungeschminkten Gesichtszügen genau die Frau, nach der sich die Leute auf der Straße umdrehten. »Stilvoll und gut aussehend«, so lautete die typische Beschreibung.

Als preisgekrönte Produzentin der Fisher Blake Studios stand sie kurz vor dem Start einer neuen Serie im Kabel-TV. Die Idee dazu hatte sie schon vor Gregs Tod gehabt, sie dann aber zurückgestellt, weil sie nicht wollte, dass der ungelöste Mordfall als Anlass für die Sendung betrachtet wurde.

Das Konzept sah vor, nicht aufgeklärte Verbrechensfälle nachzustellen. Statt Schauspieler sollten allerdings Freunde und Verwandte des Mordopfers vor die Kamera treten und ihre Version der Ereignisse schildern. Es war ein riskantes Unterfangen, mit dem sie großen Erfolg haben, aber auch kräftig auf die Nase fallen konnten.

Sie kam gerade aus einem Meeting mit ihrem Boss Brett Young. Er hatte sie unmissverständlich an ihren Vorsatz erinnert, nie wieder eine Realityshow anzurühren. »Die letzten beiden waren kostspielige Flops, Laurie«, hatte er gesagt. »Einen weiteren Misserfolg können wir uns nicht leisten.« Und spitz hinzugefügt: »Du übrigens auch nicht.«

Laurie nippte an ihrem Kaffee, den sie aus dem Zwei-Uhr-Meeting mitgebracht hatte, und durchdachte noch einmal die Argumente, mit denen sie versucht hatte, ihn zu überzeugen. »Brett, ich weiß, Realityshows hängen dir zum Hals raus, aber ich kann dir versprechen, in diesem Fall liegen die Dinge anders. Der Titel, habe ich mir vorgestellt, soll *Unter Verdacht* lauten. Auf Seite zwei des Ordners, den ich dir gegeben habe, findest du eine Auflistung von ungelösten Verbrechensfällen sowie von Fällen, die *angeblich* gelöst wurden, bei denen aber berechtigte Zweifel bestehen, ob nicht die falsche Person ins Gefängnis gewandert ist.«

Laurie sah sich in ihrem Büro um. Und was sie sah, bestärkte sie in ihrer Entschlossenheit, ihre Stelle zu behalten. Der Raum war so groß, dass vor den Fenstern eine Couch Platz fand, daneben stand ein langes Bücherregal, in dem sie die ihr verliehenen Preise sowie Familienfotos, vor allem Aufnahmen von Timmy und ihrem Vater, aufgestellt hatte. Vor langer Zeit hatte sie beschlossen, dass die Bilder von Greg nicht hierhergehörten.

Sie wollte andere nicht daran erinnern, dass sie Witwe war und der Mord an ihrem Mann niemals aufgeklärt wurde.

»Die Lindbergh-Entführung ist der erste Fall auf der Liste. Das ist jetzt achtzig Jahre her. Du hast doch nicht vor, das nachzustellen, oder?«, hatte Brett Young gefragt.

Laurie erläuterte, dass der Fall ein Musterbeispiel für ein Verbrechen sei, das seit Generationen für Gesprächsstoff sorgt – wegen seiner Abscheulichkeit, vor allem aber wegen der vielen noch offenen Fragen. Bruno Richard Hauptmann, der für die Entführung des Lindbergh-Babys hingerichtete deutsche Immigrant, hatte mit großer Wahrscheinlichkeit die Leiter gebaut, mit deren Hilfe das Kind aus dem Schlafzimmer entführt worden war. Aber woher hatte er gewusst, dass das Kindermädchen jeden Abend exakt zu dieser Zeit zum Essen ging und das Kind eine Dreiviertelstunde lang unbeaufsichtigt ließ? Oder wer hatte es ihm gesagt?

Dann erzählte sie Young vom ungeklärten Mord an einer der Zwillingstöchter des Senators Charles H. Percy. Der Fall hatte sich 1966 ereignet, zu Beginn seines ersten und erfolgreichen Wahlkampfs für den Senat. Das Verbrechen war nie aufgeklärt worden, und es waren Fragen geblieben: War die ermordete Schwester wirklich das beabsichtigte Mordopfer gewesen? Warum hatte der Hund nicht angeschlagen, wenn wirklich ein Fremder ins Haus eingedrungen war?

Laurie lehnte sich zurück. Bei Fällen wie diesen hatte jeder sofort eine Theorie parat – und darauf komme es an, hatte sie Brett erklärt. »Wir machen eine Realityshow über Verbrechen, die ungefähr zwanzig bis dreißig Jahre zurückliegen. Somit bekommen wir noch die Meinungen derjenigen, die dem Opfer zum Tatzeitpunkt nahegestanden haben. Ich habe auch schon den perfekten Fall für die erste Sendung: die Abschlussgala.«

Und damit, dachte Laurie, hatte sie Bretts Aufmerksamkeit gewonnen. Da er aus dem Westchester County stammte, war ihm der Fall vertraut. Zwanzig Jahre zuvor hatten vier junge, in Salem Ridge aufgewachsene Frauen an vier unterschiedlichen Colleges ihren Abschluss gemacht. Der Stiefvater der einen, Robert Nicholas Powell, gab ihnen zu Ehren eine »Abschlussgala«, wie er es nannte. Dreihundert Gäste waren geladen, festliche Kleidung, Champagner, Kaviar, Feuerwerk, es gab alles, was man sich vorstellen konnte. Seine Stieftochter und die drei anderen Absolventinnen übernachteten im Haus. Am nächsten Morgen wurde Powells Frau, Betsy Bonner Powell, eine glamouröse zweiundvierzigjährige Dame der Gesellschaft, mit einem Kissen erstickt in ihrem Bett aufgefunden. Der Fall wurde nie aufgeklärt. Rob, wie Powell meist genannt wurde, war mittlerweile achtundsiebzig Jahre alt, befand sich in ausgezeichneter körperlicher wie geistiger Verfassung und wohnte immer noch im selben Haus.

Powell, dachte Laurie, hatte nicht mehr geheiratet. Vor Kurzem hatte er als Gast bei der beliebten Talkshow *The O'Reilly Factor* ein Interview gegeben und erklärt, er würde alles tun, um das Geheimnis um den Tod seiner Frau aufzuklären. Seiner Stieftochter und deren Freundinnen würde es ebenso gehen. Solange die Wahrheit nicht ans Licht kam, würde man glauben, dass eine von ihnen Betsys Mörderin sei – davon waren sie alle überzeugt.

Und damit, dachte Laurie glücklich, habe ich Bretts Einverständnis bekommen, Powell und die vier College-Absolventinnen zu kontaktieren und sie zu fragen, ob sie an der Sendung teilnehmen würden.

Es war an der Zeit, Grace und Jerry die tollen Neuigkeiten mitzuteilen. Sie griff zum Telefon und bat ihre beiden Assistenten zu sich ins Büro. Gleich darauf flog die Tür auf.

Grace Garcia, ihre fünfundzwanzigjährige Sekretärin, trug ein kurzes rotes Wollkleid über Baumwoll-Leggings und hohen geknöpften Stiefeln. Die hüftlangen Haare hatte sie mit einem Kamm hochgesteckt, einzelne widerspenstige Strähnen rahmten ihr herzförmiges Gesicht. Ausgiebig und gekonnt aufgetragene Mascara betonte ihre lebhaften dunklen Augen.

Einen Schritt hinter ihr folgte Jerry Klein. Er war groß und schlaksig und ließ sich auf einem der Stühle vor Lauries Schreibtisch nieder. Wie immer trug er einen Rollkragenpullover. Er hatte beschlossen, dass sein einziger dunkelblauer Anzug und sein einziger Smoking mindestens zwanzig Jahre lang halten mussten. Laurie hegte nicht die geringsten Zweifel, dass ihm das gelingen würde. Mittlerweile war er sechsundzwanzig; drei Jahre zuvor war er als Praktikant zum Unternehmen gestoßen und hatte sich seither zu einem unentbehrlichen Produktionsassistenten gemausert.

»Ich will euch nicht länger auf die Folter spannen«, verkündete Laurie. »Brett hat uns sein Okay gegeben.«

»Ich wusste es!«, rief Grace aus.

»Ich hab's dir schon angesehen, als du aus dem Aufzug gekommen bist«, sagte Jerry.

»Nein, hast du nicht! Ich hab nämlich ein Pokerface«, erwiderte Laurie. »Also, als Erstes werde ich Robert Powell anrufen. Und wenn ich sein Einverständnis habe, dürften seine Stieftochter und ihre drei Freundinnen auch mit dabei sein.«

»Schließlich werden sie für ihre Kooperation ja nicht schlecht bezahlt. Und alle vier können das Geld gut gebrauchen«, sagte Jerry nachdenklich und rief sich die Hintergrundinformationen ins Gedächtnis, die er für die angedachte Serie bereits zusammengetragen hatte. »Betsys Tochter Claire Bonner ist Sozialarbeiterin in Chicago. Unverheiratet. Nina Craig ist geschieden, lebt in Hollywood und schlägt sich als Statistin durch. Alison

Schaefer ist Apothekerin in einem kleinen Drugstore in Cleveland. Ihr Mann ist vor zwanzig Jahren Opfer eines Verkehrsunfalls mit Fahrerflucht geworden, seitdem geht er an Krücken. Und Regina Callari ist nach St. Augustine in Florida gezogen und hat dort ein kleines Immobilienmakler-Büro. Geschieden, ein Sohn auf dem College.«

»Es geht für uns um eine Menge«, mahnte Laurie zur Vorsicht. »Brett hat mir klar zu verstehen gegeben, dass wir uns nach den letzten beiden Serien einen weiteren Flop nicht mehr leisten dürfen.«

»Hat er auch erwähnt, dass deine ersten beiden Serien immer noch auf Sendung sind?«, fragte Jerry leicht ungehalten.

»Nein, hat er nicht und wird er auch nicht. Aber ich habe das Gefühl, dass diese Sendung richtig einschlagen könnte. Wenn Robert Powell mitmacht, bekommen wir die anderen auch«, sagte Laurie. »Zumindest hoffe ich das.«

2

Gerüchten zufolge hätte Leo Farley, Erster Stellvertretender Polizeichef, der nächste Polizeichef von New York werden können, wenn er nicht einen Tag nach der Beerdigung seines Schwiegersohns unerwartet seinen Abschied eingereicht hätte. Seitdem waren mehr als fünf Jahre vergangen, und Leo hatte seine Entscheidung nie bereut. Mit seinen dreiundsechzig Jahren war er immer noch mit Herz und Seele Polizist. Er hatte immer vorgehabt, bis zum gesetzlichen Rentenalter im Dienst zu bleiben, wären seine Pläne nicht mit einem Schlag über den Haufen geworfen worden.

Der kaltblütige Mord an Greg und die von der Zeugin gehörte Drohung – »Timmy, sag deiner Mutter, dass sie die Nächste ist. Und dann bist du an der Reihe!« – waren Grund genug gewesen, sich ganz dem Schutz seiner Tochter und seines Enkelsohns zu widmen. Leo Farley, von durchschnittlicher Größe, aber mit kerzengerader Haltung, mit vollem eisengrauem Haar und einem drahtigen Körper, war seitdem ständig auf der Hut.

Natürlich war ihm klar, dass er Laurie nicht ununterbrochen beschützen konnte. Sie hatte ihre Arbeit, die sie mochte und brauchte. Sie nutzte den öffentlichen Nahverkehr, ging in den Central Park zum Joggen und aß gern in den kleinen Parks in der Nähe ihres Büros zu Mittag, wenn das Wetter es zuließ.

Bei Timmy war es etwas anderes. Leos Ansicht nach gab es eigentlich keinen Grund, warum sich Gregs Mörder nicht als Erstes Timmy vorknöpfen konnte. Also setzte er alles daran, seinen Enkelsohn zu schützen. Er brachte Timmy jeden Morgen zur Saint David's School, und er wartete auf ihn, wenn der Unterricht vorbei war. Standen am Nachmittag irgendwelche Aktivitäten an, hielt Leo unauffällig an der Eislaufbahn oder auf dem Spielplatz Wache.

Greg Moran war so gewesen, wie sich Leo einen idealen Sohn vorstellte. Vor zehn Jahren hatten sie sich in der Notaufnahme des Lenox Hill Hospital kennengelernt. Leo und Eileen waren dorthin geeilt, nachdem ihre sechsundzwanzigjährige Tochter Laurie auf der Park Avenue von einem Taxi angefahren und bewusstlos ins Krankenhaus eingeliefert worden war.

Greg, groß und sogar in seinem grünen Krankenhauskittel von beeindruckender Gestalt, hatte sie damals ruhig und selbstsicher begrüßt. »Sie ist schon auf dem Weg der Besserung, kein Grund zur Sorge. Ein gebrochener Knöchel und eine Gehirnerschütterung, mehr ist nicht. Wir werden sie noch eine Weile beobachten, aber es wird alles gut werden.«

Bei diesen Worten war Eileen, die sich unaussprechliche Sorgen um ihr einziges Kind machte, in Ohnmacht gefallen, und Greg – der Eileen gerade noch auffangen konnte – durfte sich gleich um eine weitere Patientin kümmern. Ab da, dachte Leo, war er immer in unserem Leben gewesen. Drei Monate später verlobten er und Laurie sich. Und dann, als Eileen nur ein Jahr später starb, war er der Fels, an dem wir uns festhalten konnten.

Wie war es nur möglich gewesen, dass jemand ihn erschießen wollte? Bei den umfangreichen Ermittlungen wurde jeder Stein zweimal umgedreht, um jemanden zu finden, der gegen Greg einen Groll gehegt haben könnte – was allen unvorstellbar schien, die ihn gekannt hatten. Nachdem seine Freunde und Studienkollegen sehr schnell ausgeschlossen werden konnten, hatten sich die Ermittlungen auf die beiden Krankenhäuser konzentriert, in denen Greg als leitender Arzt gearbeitet hatte. Aber weder Patienten noch deren Familienangehörige hatten ihn jemals beschuldigt, eine falsche Diagnose gestellt oder eine ungeeignete Behandlung eingeleitet zu haben, die zu bleibenden Schäden oder gar zum Tod geführt hätten. Nichts war ans Licht gekommen.

Im Büro des Staatsanwalts sprachen alle vom »Mörder mit den blauen Augen«, wenn die Rede auf diesen Fall kam. Dieses Detail hatte der verzweifelte Timmy immer wieder genannt.

Als Laurie mit Leo das Konzept ihrer neuen Sendung besprochen und vom Abschlussgala-Mord berichtet hatte, hatte er seine Besorgnis für sich behalten. Die Vorstellung, dass seine Tochter mehrere Personen zusammenbrachte, von denen eine vielleicht ein Mörder war, fand er schlichtweg bestürzend. Jemand hatte Betsy Bonner Powell so sehr gehasst, dass er ihr in mörderischer Absicht ein Kissen aufs Gesicht gedrückt hatte. Die gleiche Person würde jetzt wahrscheinlich auch eine ganze Menge unternehmen, um zu verhindern, dass sie enttarnt wurde. Leo wusste, dass alle vier jungen Frauen sowie Robert Powell, Betsys Ehemann, von der Mordkommission befragt worden waren. Wenn sich damals kein Einbrecher ins Haus geschlichen hatte, würden jetzt, falls die Sendung grünes Licht bekam, der Mörder oder die Mörderin sowie sämtliche Verdächtige zusammentreffen – eine äußerst gefährliche Situation.

All das ging Leo durch den Kopf, als er Timmy von der Saint David's School in der Eighty-ninth Street Ecke Fifth Avenue nach Hause begleitete, in die acht Straßenzüge entfernte Lexington Avenue Ecke Ninety-fourth Street. Nach Gregs Tod war Laurie sofort umgezogen. Sie hatte den Anblick des Spielplatzes, auf dem Greg erschossen worden war, nicht ertragen.

Ein vorbeikommender Streifenwagen bremste ab, und der Polizist auf dem Beifahrersitz salutierte Leo.

»Ich mag es, wenn sie das machen, Grandpa«, sagte Timmy. »Dann weiß ich, dass mir nichts passiert.«

Vorsicht, ermahnte sich Leo. Ich hab Timmy immer gesagt, wenn er oder seine Freunde mal in Schwierigkeiten geraten und ich nicht da bin, dann sollen sie zu einem Polizisten laufen und ihn um Hilfe bitten. Unwillkürlich umfasste er Timmys Hand fester.

»Na, aber du hast ja keine Probleme, die ich nicht für dich lösen könnte.« Und dann fügte er noch nachdenklich an: »Jedenfalls soweit ich weiß.«

Sie gingen auf der Lexington Avenue nach Norden. Der Wind hatte gedreht und blies ihnen direkt ins Gesicht. Leo blieb stehen und zog Timmy die Wollmütze fest über Stirn und Ohren.

»Einer aus der achten Klasse ist heute Morgen zu Fuß in die Schule gegangen, und da ist einer auf einem Fahrrad gekommen und hat ihm sein Handy aus der Hand reißen wollen. Aber ein Polizist hat es gesehen und sich den Typen gleich geschnappt«, erzählte Timmy.

An dem Vorfall schien jedenfalls keiner mit blauen Augen beteiligt gewesen zu sein. Leo schämte sich fast, als er sich eingestand, wie erleichtert er darüber war. Solange man Gregs Mörder nicht gefasst hatte, musste er dafür sorgen, dass Timmy und Laurie in Sicherheit waren.

Irgendwann, hatte er sich geschworen, würde der Mörder zur Rechenschaft gezogen werden.

Heute Morgen, hatte Laurie gesagt, als sie sich gleich nach seinem Eintreffen auf den Weg zur Arbeit gemacht hatte, würde das Urteil über ihre neue Serie gefällt werden. Rastlos kehrten seine Gedanken immer wieder dahin zurück. Er würde bis zum Abend warten müssen, bis er von der Entscheidung erfuhr. Bei der zweiten Tasse Kaffee, wenn Timmy mit seinem Abendessen fertig war und sich mit einem Buch in den großen

Sessel gekuschelt hatte, würde sie es mit ihm besprechen. Später würde er sich dann in sein nur einen Block entferntes Apartment verabschieden. Laurie und Timmy brauchten auch Zeit für sich, außerdem würde kein Fremder unangemeldet am Pförtner vorbeikommen.

Wenn sie grünes Licht für die Serie bekam, dachte Leo, dann waren das keine guten Neuigkeiten.

Plötzlich schoss wie aus dem Nichts ein Mann mit Kapuzen-Sweatshirt, dunkler Sonnenbrille und einem Stoffbeutel über den Schultern auf Rollerskates an ihnen vorbei und stieß Timmy fast dabei um, bevor er eine hochschwangere junge Frau streifte, die keine drei Meter vor ihnen ging.

»Runter vom Bürgersteig!«, schrie Leo dem Skater hinterher, der aber schon um die Ecke bog und verschwand.

Hinter der dunklen Sonnenbrille funkelten leuchtend blaue Augen; der Skater stieß ein lautes Lachen aus.

Begegnungen wie diese, wenn er Timmy richtig berührte, stärkten sein Gefühl der Macht, und dann wusste er, dass er seine Drohung an jedem beliebigen Tag wahr machen konnte.

3

Robert Nicholas Powell war achtundsiebzig Jahre alt, sah aber aus und bewegte sich wie jemand, der zehn Jahre jünger war. Er hatte ein markantes Gesicht, volle weiße Haare und eine aufrechte Haltung, auch wenn er die eins achtzig mittlerweile nicht mehr erreichte. Wer ihm begegnete, bemerkte sofort die Autorität, die von ihm ausging. Ausgenommen am Freitag arbeitete er immer noch in seinem Büro in der Wall Street, wo ihn sein langjähriger Angestellter Josh Damiano morgens hinfuhr und abends wieder abholte.

Heute, Dienstag, den 16. März, war er zu Hause in Salem Ridge geblieben, um sich mit der TV-Produzentin Laurie Moran zu treffen. Sie hatte ihre Pläne bestechend begründet: »Mr. Powell, ich bin fest davon überzeugt, dass die Öffentlichkeit verstehen wird, warum weder Sie noch Ihre Stieftochter oder deren Freundinnen für den Tod Ihrer Frau verantwortlich gemacht werden können, wenn Sie noch einmal alle zusammen die Ereignisse am Abend der Abschlussgala Revue passieren lassen. Sie waren glücklich verheiratet, wie all Ihre Bekannten wussten. Ihre Stieftochter und ihre Mutter haben sich sehr nahegestanden. Die drei anderen Abschlussschülerinnen sind während der Highschool-Zeit bei Betsy ein und aus gegangen, und auch Sie haben ihnen nach Ihrer Hochzeit immer das Gefühl gegeben, dass sie jederzeit willkommen sind. Sie haben ein großes Anwesen, es waren unzählige Gäste auf dem Fest, es besteht also durchaus die Möglichkeit, dass sich jemand unbemerkt ins

Haus geschlichen hat. Es war bekannt, dass Ihre Frau teuren Schmuck besaß. An jenem Abend hat sie ihre Smaragd-Ohrringe, -Halskette und den dazu passenden Ring getragen.«

»Die Boulevardpresse hat die Tragödie zu einem Skandal ausgewalzt«, hatte Robert Powell bitter erwidert, wie er sich jetzt erinnerte. Gut, Laurie Moran würde bald hier ankommen, dachte er. Dann soll es also so sein.

Er saß am Schreibtisch in seinem geräumigen Büro im Erdgeschoss. Durch die großen Fenster war der Garten hinter dem Haus zu sehen. Ein wunderbarer Anblick im Frühjahr, Sommer und Frühherbst, dachte Rob. Und wenn es schneite, lag eine oftmals zauberhafte Stimmung über dem Anwesen, aber an einem trüben, feuchtkalten Märztag, wenn die Bäume noch kahl, der Swimmingpool abgedeckt und das Poolhaus verriegelt waren, konnte keine noch so teure Gartengestaltung die triste Ödnis der winterlichen Landschaft mildern.

Sein gepolsterter Schreibtischsessel war äußerst bequem, und lächelnd musste er an ein Geheimnis denken, das er bislang niemandem anvertraut hatte. Er war nämlich überzeugt, dass der beeindruckende Mahagonischreibtisch mit seinen feinen Schnitzereien an den Seitenwänden und Beinen enorm zu seinem sorgsam kultivierten Selbstbildnis beitrug. An diesem Image hatte er maßgeblich gearbeitet, seitdem er mit siebzehn Jahren Detroit verlassen hatte, um mithilfe eines Stipendiums in Harvard zu studieren. Dort hatte er seine Mutter als College-Professorin und seinen Vater als Ingenieur angegeben; in Wahrheit war sie Kantinenmitarbeiterin an der Universität von Michigan gewesen und sein Vater Mechaniker in der Ford-Fabrik.

Lächelnd erinnerte er sich, wie er in seinem ersten Studienjahr ein Buch über Tischmanieren und ein angelaufenes Silberbesteck gekauft und so lange mit den ihm fremden Gegenständen wie zum Beispiel einem Fischmesser geübt hatte, bis er mit ihrem Gebrauch vertraut war. Nach dem Studienabschluss begann er als Praktikant bei Merrill Lynch seine Karriere in der Finanzwelt. Mittlerweile galt der R. N. Powell Hedgefonds trotz einiger holpriger Anfangsjahre als eine der besten und sichersten Anlagemöglichkeiten an der Wall Street.

Um exakt elf Uhr verkündete die Türglocke die Ankunft von Laurie Moran. Rob streckte den Rücken durch. Natürlich würde er sich zu ihrer Begrüßung erheben, zuvor aber sollte sie ihn hinter seinem Schreibtisch sitzen sehen. Erst jetzt wurde ihm klar, wie neugierig er auf sie war. Nach ihrer Stimme am Telefon ließ sich ihr Alter nur schwer schätzen. Sie hatte sachlich und nüchtern geklungen, erst als sie das Thema auf Betsys Tod gelenkt hatte, war aus ihrer Stimme so etwas wie Mitgefühl herauszuhören gewesen.

Später hatte er sie gegoogelt. Die Tatsache, dass ihr Mann, ein Arzt, auf einem Spielplatz erschossen worden war, und sie eine beeindruckende Karriere als Produzentin vorweisen konnte, hatte ihn verblüfft. Nach den Bildern, die er von ihr gefunden hatte, war sie eine attraktive Frau. Ich bin noch nicht so betagt, um an so etwas keinen Gefallen zu finden, dachte sich Rob.

Es klopfte an der Tür. Jane, seine Haushälterin seit der Ehe mit Betsy, öffnete die Tür und trat ein. Hinter ihr folgte Laurie Moran.

»Danke, Jane«, sagte Rob und wartete, bis die Haushälterin wieder die Tür hinter sich geschlossen hatte. Dann erhob er sich. »Ms. Moran«, sagte er. Er streckte ihr die Hand hin und wies auf den Stuhl vor seinem Schreibtisch.

So, da wären wir also, ging es Laurie durch den Kopf, als sie mit einem freundlichen Lächeln Platz nahm. Die Haushälterin hatte ihr den Mantel abgenommen. Laurie trug einen marineblauen Nadelstreifen-Hosenanzug, eine weiße Bluse und Lederstiefel. Ihr einziger Schmuck bestand aus kleinen Perlohrringen und ihrem goldenen Ehering. Sie hatte die Haare nach hinten zu einem französischen Knoten gebunden, der ihr eine gewisse Eleganz und Strenge verlieh.

Nach nicht einmal fünf Minuten war sie überzeugt, dass sie von Robert Powell eine Zusage bekommen würde. Bis er ihr das aber ausdrücklich bestätigte, vergingen weitere zehn Minuten.

»Mr. Powell, ich bin sehr froh, dass Sie uns die Abschlussgala nachstellen lassen. Natürlich benötigen wir noch die Einwilligung Ihrer Stieftochter und von deren Freundinnen. Werden Sie mir helfen, sie zur Teilnahme zu überreden?«

»Gern, aber natürlich kann ich da nichts versprechen.«

»Haben Sie noch ein enges Verhältnis zu Ihrer Stieftochter – nach dem Tod Ihrer Frau?«

»Nein. Was aber nicht an mir liegt. Ich habe Claire gemocht, und daran hat sich bis heute nichts geändert. Sie hat ja von ihrem dreizehnten bis einundzwanzigsten Lebensjahr hier gewohnt. Der Tod ihrer Mutter war für sie ganz fürchterlich. Ich weiß nicht, wie sehr Sie sich bereits kundig gemacht haben. Ihre Mutter und ihr Vater waren nie verheiratet. Er hat Betsy verlassen, als sie mit Claire schwanger war. Betsy hatte danach kleinere Rollen am Broadway, und wenn sie nicht auf der Bühne stand, hat sie als Platzanweiserin gearbeitet. Es war nicht einfach für sie und Claire – bis ich des Weges kam.«

Dann fügte er noch hinzu: »Betsy war eine schöne Frau. Sie hätte leicht einen anderen heiraten können, aber nach den Erfahrungen mit Claires Vater hatte sie erst einmal genug.«

»Das kann ich gut verstehen«, pflichtete Laurie bei.

»Ja. Ich selbst hatte ja nie Kinder, Claire war für mich daher wie eine eigene Tochter. Es hat wehgetan, als sie nach Betsys Tod so schnell ausgezogen ist. Wahrscheinlich war unser beider

Schmerz so groß, dass sie es nicht mehr ausgehalten hat. Sie wissen wahrscheinlich, dass sie als Sozialarbeiterin in Chicago arbeitet. Sie hat nie geheiratet.«

»Und sie ist nie mehr zurückgekommen?«

»Nein. Sie schlägt sogar meine Angebote aus, sie finanziell großzügig zu unterstützen. Meine Briefe schickt sie zerrissen retour.«

»Warum tut sie das?«, fragte Laurie.

»Sie war furchtbar eifersüchtig auf meine Beziehung zu ihrer Mutter. Vergessen Sie nicht, dreizehn Jahre hatte sie sie ganz für sich allein.«

»Dann meinen Sie also, sie könnte sich weigern, an der Sendung teilzunehmen?«

»Nein, das glaube ich nicht. Hin und wieder wird in der Zeitung ja über den Fall berichtet, und dabei werden so gut wie immer Claire oder die anderen Mädchen zitiert. Ihre Aussagen unterscheiden sich kaum. Sie alle beklagen sich, dass man immer mit dem Finger auf sie gezeigt und sie des Mordes beschuldigt hat, und sie alle wären froh, wenn der Fall aufgeklärt würde und alles ein Ende hat.«

»Wir beabsichtigen, allen Beteiligten fünfzigtausend Dollar für ihr Erscheinen zu bieten«, sagte Laurie.

»Ich habe die Lebenswege der vier Absolventinnen in all den Jahren mitverfolgt. Sie alle können finanzielle Unterstützung gut gebrauchen. Um sie zur Teilnahme zu überreden, wäre ich sogar bereit, jeder eine viertel Million Dollar zu zahlen. Das dürfen Sie ihnen ausrichten.«

»Das würden Sie tun?«, entfuhr es Laurie.

»Ja. Und sagen Sie mir, wen Sie noch in Ihrer Sendung haben wollen.«

»Natürlich würde ich gern mit Ihrer Haushälterin sprechen«, sagte Laurie.

»Geben Sie ihr die fünfzigtausend, die Sie auch den anderen geben, und ich lege weitere fünfzigtausend drauf. Ich werde dafür sorgen, dass sie sich bereit erklärt. Es ist nicht nötig, dass sie die gleiche Summe wie die anderen erhält. Ich bin achtundsiebzig Jahre alt, ich habe drei Stents in den Arterien. Ich weiß, dass ich wie die Mädchen zu den Verdächtigen zähle. Bevor ich sterbe, möchte ich noch in einem Gerichtssaal sitzen und miterleben, wie Betsys Mörder verurteilt wird.«

»Sie haben nie Geräusche oder etwas in der Art aus ihrem Zimmer gehört?«

»Nein. Sie wissen bestimmt, dass wir eine Suite hatten. In der Mitte lag das gemeinsame Zimmer, unsere Schlafzimmer waren links und rechts daneben. Ich schnarche sehr laut und schlafe sehr tief. Nachdem wir uns eine gute Nacht gewünscht hatten, habe ich mich in mein Schlafzimmer zurückgezogen und dann nichts mehr gehört.«

Am Abend wartete Laurie, bis Timmy in seinen *Harry Potter* vertieft war, erst dann erzählte sie ihrem Vater von dem Treffen mit Powell.

»Ich weiß, ich soll keine voreiligen Schlüsse ziehen, aber Powell klang in meinen Ohren, als würde er es ehrlich meinen«, sagte sie. »Und sein Angebot, den Frauen eine viertel Million Dollar zu zahlen, ist grandios.«

»Eine viertel Million Dollar plus das, was ihr ihnen gebt«, sagte Leo. »Du sagst, Powell weiß, dass alle vier Frauen das Geld gut gebrauchen können?«

»Ja, das hat er zumindest behauptet«, bemerkte Laurie etwas kleinlaut.

»Hat Powell sie bislang in irgendeiner Form unterstützt, seine Stieftochter eingeschlossen?«

»Es klang nicht danach.«

»Dieser Frage solltest du mal nachgehen. Wer weiß schon, welche Motive er wirklich verfolgt, wenn er so viel Geld verteilt.« Es war eine alte Angewohnheit von ihm, die Absichten anderer Menschen zu hinterfragen. Das war der Polizist in ihm. Und so hatten es auch schon sein Vater und Großvater getan.

Dann beschloss er, seinen Kaffee auszutrinken und nach Hause aufzubrechen. Sonst werde ich noch nervöser, als ich es sowieso schon bin, dachte er. Und das tut weder Laurie noch Timmy gut. Wenn ich daran denke, wie ich den Typen auf den Rollerskates angebrüllt habe. Aber ich hatte ja recht, er hätte leicht jemanden verletzen können. Und als er Timmy berührt hat, hab ich es richtig mit der Angst bekommen. Gut, ich hatte Timmy an der Hand, trotzdem hätte ich ihn nie und nimmer beschützen können – nicht wenn der andere mit einer Pistole oder einem Messer bewaffnet gewesen wäre und unerwartet angegriffen hätte.

Leo konnte die grausame Wirklichkeit nicht leugnen. Wenn ein Mörder es wirklich darauf abgesehen hatte, jemanden zu töten, konnte ihn nichts davon abhalten – egal, wie wachsam man war, egal, welche Vorsichtsmaßnahmen man ergriff.

4

Claire Bonner ließ sich an einem Tisch in der Seafood Bar im Breakers Hotel in Palm Beach nieder. Sie sah aufs Meer hinaus und beobachtete nicht sonderlich interessiert die Wellen, die sich an der Mauer direkt unterhalb der Bar brachen. Die Sonne schien, aber es war sehr viel windiger, als sie in Florida an einem Vorfrühlingstag erwartet hatte.

Sie trug eine hellblaue Windjacke, die sie sich kürzlich gekauft hatte, weil auf der Brusttasche der Namenszug THE BREAKERS angebracht war. Genau so eine Jacke gehörte ihrer Vorstellung nach zu einem langen Wochenende, so wie sie es hier verbringen wollte. Claire hatte kurze aschblonde Haare, ihr Gesicht wurde zur Hälfte von einer übergroßen Sonnenbrille verdeckt. Sie nahm die Brille nur selten ab, und wenn sie es tat, konnte man ihre schönen Gesichtszüge erkennen, die eine scheinbare Gelassenheit ausstrahlten. Aber ein aufmerksamer Beobachter hätte vielleicht zu dem Schluss kommen können, dass sie keineswegs ihren Seelenfrieden gefunden, sondern sich bloß mit der Realität abgefunden hatte. Derselbe Beobachter hätte sie auch auf etwa Mitte dreißig geschätzt, in diesem Fall aber hätte er sich geirrt. Sie war einundvierzig.

In den vergangenen vier Tagen war sie immer vom selben höflichen jungen Kellner bedient worden. Auch jetzt begrüßte er sie, als er sich ihrem Tisch näherte, mit ihrem Namen. »Lassen Sie mich raten, Ms. Bonner. Suppe mit Meeresfrüchten und zwei große Steinkrabben?«

»Exakt«, antwortete Claire. Ihre Mundwinkel zogen sich zu einem kurzen Lächeln nach oben.

»Und dazu wie gewöhnlich ein Glas Chardonnay«, fügte er hinzu, während er sich schon die Bestellung notierte.

Macht man viermal hintereinander das Gleiche, wird es einem als Gewohnheit ausgelegt, dachte sie schmerzlich.

Gleich darauf wurde ihr der Chardonnay serviert. Sie griff nach dem Glas, sah sich im Raum um und nahm einen Schluck.

Sämtliche Gäste trugen legere Designer-Kleidung. Das Breakers war ein teures Hotel, ein Erholungsort für die Bessergestellten. Es war die Osterferienwoche, landesweit waren die Schulen geschlossen. Beim Frühstück im Speisesaal hatte sie die Familien mit Kindern beobachtet. Meistens wurden sie von einem Kindermädchen begleitet, das kompetent den quengelnden Nachwuchs weglotste, damit die Eltern in Ruhe das üppige Büfett genießen konnten.

Mittags in der Bar waren fast ausschließlich Erwachsene zu sehen. Claire war aufgefallen, dass die jüngeren Familien eher die Restaurants am Pool aufsuchten, wo man es mit dem Dresscode nicht so genau nahm.

Wie wäre es gewesen, wenn sie in der Kindheit hier jedes Jahr Ferien gemacht hätte? Sie versuchte nicht daran zu denken, dass sie jeden Abend im halb leeren Theater, in dem ihre Mutter als Platzanweiserin gearbeitet hatte, eingeschlafen war. Bevor ihre Mutter Robert Powell kennengelernt hatte. Aber zu diesem Zeitpunkt war ihre Kindheit ja auch schon so gut wie vorbei gewesen.

Während sie ihre Gedanken spielen ließ, nahmen zwei Paare noch in Reisekleidung am Tisch neben ihr Platz. Sie hörte, wie eine der Frauen sagte: »Ach wie schön, wieder hier zu sein.«

Ich tue einfach so, als käme ich auch regelmäßig hierher, dachte sie sich. Ich tue einfach so, als würde ich jedes Jahr im selben Zimmer mit Meerblick absteigen, als würde ich mich jedes Mal auf die langen Strandspaziergänge vor dem Frühstück freuen.

Der Kellner brachte die Suppe. »Vorsicht, heiß, so wie Sie es mögen, Ms. Bonner«, sagte er.

Am ersten Tag hatte sie darum gebeten, die Suppe sehr heiß und die Krabben als zweiten Gang aufzutragen. Auch diese Bitte hatte sich der Kellner eingeprägt.

Beim ersten Löffel verbrannte sie sich fast den Gaumen, also rührte sie ausgiebig die in einem ausgehöhlten Brotlaib servierte dickflüssige Suppe um, damit sie etwas abkühlte. Sie nahm einen kräftigen Schluck vom Chardonnay. Er war staubtrocken, genau wie die Tage zuvor.

Draußen wühlte der auffrischende Wind die Wellen zu einer schäumenden Gischt auf.

Claire kam sich genauso vor wie die an die Küste brandenden Wasserfontänen, die gnadenlos den mächtigen Windböen ausgeliefert waren und hin und her geweht wurden. Es war immer noch ihre Entscheidung. Sie konnte immer noch Nein sagen. Seit Jahren hatte sie sich geweigert, zu ihrem Stiefvater zurückzukehren. Und jetzt wollte sie eigentlich auch nicht zu ihm zurück, alles andere als das. Keiner konnte sie zwingen, in einer TV-Serie aufzutreten und an einer Wiederaufführung des Festes teilzunehmen, auf dem sie vor zwanzig Jahren mit ihren drei besten Freundinnen den College-Abschluss gefeiert hatte.

Aber wenn sie mitmachte, würde sie von der Produktionsfirma fünfzigtausend Dollar bekommen, und Rob würde weitere zweihundertfünfzigtausend drauflegen.

Dreihunderttausend Dollar. Damit könnte sie sich für einen gewissen Zeitraum von ihrer Stelle bei der Jugend- und Familienbetreuung in Chicago beurlauben lassen. An der Lungenentzündung, die sie sich im Januar eingefangen hatte, wäre sie fast gestorben. Sie war immer noch schwach auf den Beinen und fühlte sich müde. Bislang hatte sie Powells Angebote immer abgelehnt. Keinen einzigen Cent hatte sie von ihm angenommen, sie hatte seine Briefe zerrissen und zurückgeschickt. Nach allem, was er getan hatte.

Sie hatten das Fest »Abschlussgala« genannt. Es war eine wunderschöne Party gewesen, dachte Claire. Alison und Regina und Nina hatten im Haus übernachtet. Aber irgendwann in der Nacht war ihre Mutter ermordet worden. Betsy Bonner Powell, die schöne, großzügige, witzige, allseits geliebte Betsy.

Wie habe ich sie verachtet, dachte Claire.

Wie habe ich meine Mutter gehasst und ihren Mann verabscheut, auch wenn er mir jetzt ständig Geld schicken will.

5

Regina Callari bedauerte es, den eingeschriebenen Brief von Laurie Moran, der TV-Produzentin der Fisher Blake Studios, überhaupt auf dem Postamt abgeholt zu haben. An einer Realityshow teilzunehmen, die die Abschlussgala nachstellen wollte!, dachte sie verwundert und, offen gesagt, auch schockiert.

Der Brief brachte sie so sehr auf, dass sie sogar ihr Verkaufsgespräch bei der Hausbesichtigung verpatzte. Nur mühsam stammelnd konnte sie auf die Vorzüge des Hauses hinweisen, sodass die potenzielle Käuferin mitten im Rundgang meinte: »Ich hab genug gesehen. Das ist doch nicht das, was ich suche.«

Zurück im Büro, musste sie die Hausbesitzerin anrufen, die sechsundsiebzigjährige Bridget Whiting, und ihr eingestehen, dass sie sich getäuscht hatte. »Ich war mir absolut sicher, dass der Verkauf zustande kommen würde, aber es hat eben nicht sein sollen«, entschuldigte sie sich.

Bridgets Enttäuschung war nicht zu überhören. »Ich weiß nicht, wie lange das Apartment im Heim für betreutes Wohnen für mich noch reserviert bleibt. Es wäre doch genau das, was ich wollte. Ach, meine Liebe, vielleicht hab ich mir einfach zu große Hoffnungen gemacht. Aber es ist ja nicht Ihre Schuld.«

Doch, es ist meine Schuld, dachte Regina, wollte sich ihren Zorn aber nicht anmerken lassen und schwor sich, für Bridget schnell einen neuen Käufer zu finden, obwohl sie natürlich wusste, wie schwierig das im gegenwärtigen Marktumfeld war.

Ihr Büro lag in einer ehemaligen Garage, die ursprünglich zu einem Wohnhaus an der Main Street in St. Augustine, Florida, gehört hatte. Der schwächelnde Immobilienmarkt hatte sich in letzter Zeit zwar wieder etwas erholt, trotzdem kam Regina gerade so über die Runden. Sie stützte die Ellbogen auf den Schreibtisch und presste die Finger an die Schläfen. Schwarze Strähnen fielen ihr ins Gesicht und erinnerten sie daran, dass ihre kohlrabenschwarzen Haare ungestüm wie eh und je viel zu schnell nachgewachsen waren. Sie hätte sich längst um einen Friseurtermin kümmern müssen. Nur die Geschwätzigkeit der Friseurin hatte sie bislang davon abgehalten – und natürlich die Kosten.

Ein dummer Grund, der nur dazu führte, dass sie sich über sich selbst und ihre ständige Ungeduld ärgern musste. Was machte es schon, wenn Lena zwanzig Minuten lang ununterbrochen auf einen einquasselte? Lena war jedenfalls die Einzige, die ihre wilde Haarpracht zu bändigen wusste.

Ihr Blick wanderte zum Bild auf dem Schreibtisch. Zach, ihr neunzehnjähriger Sohn, lächelte sie auf dem Foto an. Er würde bald das erste Studienjahr an der Universität von Pennsylvania beenden. Die Kosten dafür übernahm komplett sein Vater, ihr Exmann. Zach hatte letzten Abend angerufen und sie zögernd gefragt, ob sie was dagegen habe, wenn er im Sommer mit dem Rucksack durch Europa und den Nahen Osten reiste. Eigentlich hatte er vorgehabt, zu ihr nach Hause zu kommen und sich in St. Augustine nach einem Job umzusehen, aber Arbeit war hier nur schwer zu finden. Das würde alles gar nicht so viel kosten, außerdem würde ihn sein Vater finanzieren.

»Ich werde rechtzeitig wieder da sein, dann kann ich noch zehn Tage bei dir verbringen, bevor das nächste Studienjahr anfängt, Mom«, hatte er ihr versichert.

Sie hatte ihn bestärkt. Es sei eine wunderbare Gelegenheit, er solle sie auf jeden Fall nutzen. Sie ließ sich ihre Enttäuschung nicht anmerken. Zach fehlte ihr. Ihr fehlte der liebe kleine Junge, der vom Schulbus immer in ihr Büro gestürmt kam und es kaum erwarten konnte, ihr alles zu erzählen, was er am Tag so erlebt hatte. Ihr fehlte der große, schüchterne Pubertierende, der mit dem Essen auf sie gewartet hatte, wenn es mit einem Kunden mal wieder spät geworden war.

Seit der Scheidung hatte Earl immer wieder Wege gefunden, um ihr Zach abspenstig zu machen. Es hatte mit einem Segelcamp in Cape Cod begonnen, als Zach zehn gewesen war. Darauf folgten Urlaube, bei denen Earl und seine neue Frau Zach zum Skifahren mit in die Schweiz oder nach Südfrankreich genommen hatten.

Sie wusste, dass Zach sie liebte, aber mit ihrem kleinen Haus und ihren begrenzten finanziellen Mitteln konnte sie gegen seinen unerhört reichen Vater kaum etwas ausrichten. Jetzt würde Zach also den größten Teil des Sommers fort sein.

Langsam griff sie zu Morans Brief und las ihn erneut durch. »Fünfzigtausend von ihr, und der allmächtige Robert Nicholas Powell legt jedem von uns noch einmal eine viertel Million drauf«, murmelte sie laut vor sich hin. »Die Großzügigkeit in Person.«

Sie dachte an ihre Freundinnen und die Co-Gastgeberin der Abschlussgala, Claire Bonner. Wie schön sie gewesen war, aber immer so still. Neben ihrer Mutter hatte sie wie ein Mauerblümchen gewirkt, ein fahler Schatten ihrer selbst. Und Alison Schaefer – so intelligent, dass wir neben ihr alle dumm dastanden. Ich dachte, aus ihr würde mal eine zweite Madame Curie. Im Oktober nach Betsys Tod hat sie geheiratet, und dann hatte ihr Mann Rod einen Unfall. Seitdem geht er anscheinend an Krücken. Nina Craig. Die rote Kratzbürste, so haben wir sie immer genannt. Selbst im ersten Studienjahr hat man sich vor ihr in Acht nehmen müssen, wenn sie sauer auf einen war. Sie ist sogar auf einen Dozenten losgegangen, weil sie der Meinung war, dass ihre Arbeiten eine bessere Note verdient hätten.

Und dann noch ich, dachte Regina. Mit fünfzehn wollte ich mein Fahrrad in die Garage schieben, ich öffne das Tor – und entdecke meinen Vater, der an einem Strick von der Decke baumelt. Seine Augen waren hervorgetreten, die Zunge hing ihm aus dem Mund. Wenn er sich schon erhängen musste, warum nicht in seinem Büro? Er muss doch gewusst haben, dass ich ihn in der Garage finden würde. Und dabei habe ich ihn so geliebt! Wie hat er mir das nur antun können? Seitdem leide ich unter diesen Albträumen. Sie fangen immer damit an, dass ich vom Rad steige.

Bevor sie damals die Polizei und ihre Mutter verständigte, die gerade bei den Nachbarn Bridge spielte, hatte sie den Abschiedsbrief versteckt, den sich ihr Vater ans Hemd geheftet hatte. Laut der später eintreffenden Polizei hinterließen die meisten Selbstmörder einen Abschiedsbrief für die Familie. Schluchzend hatte ihre Mutter daraufhin das ganze Haus durchsucht, und Regina hatte so getan, als würde sie ihr helfen.

Damals haben mich meine Freundinnen gerettet, dachte Regina. Wir haben uns so nahgestanden. Und Claire, Nina und ich waren danach Alisons Brautjungfern. Was für eine dumme Entscheidung! Die Hochzeit kam viel zu früh nach Betsys Ermordung. Die Presse hat daraus ein großes Spektakel gemacht und mit ihren Schlagzeilen den Abschlussgala-Mord wieder aufgewärmt. Da ist uns klar geworden, dass wir vier möglicherweise bis an unser Lebensende unter Mordverdacht stehen würden.

Daraufhin haben wir uns nicht mehr getroffen. Nach der Hochzeit sind wir uns aus dem Weg gegangen, wir haben den Kontakt zu den anderen abgebrochen und sind in verschiedene Städte gezogen.

Wie wird es sein, wenn wir uns jetzt alle wiedersehen? Damals, als Betsys Leichnam gefunden wurde, waren wir noch so jung, so eingeschüchtert, so voller Angst. Und dann die Befragung durch die Polizei, erst alle zusammen, dann jede einzeln. Ein Wunder, dass keine von uns eingeknickt ist und gestanden hat, nur damit das alles ein Ende hat, so wie sie auf uns eingeredet haben. *Wir wissen, es muss jemand aus dem Haus gewesen sein. Wer von Ihnen hat es getan? Wenn nicht Sie, war es dann vielleicht eine Ihrer Freundinnen? Denken Sie doch an sich, Sie müssen sich doch selbst schützen! Erzählen Sie uns, was Sie wissen!*

Die Polizei hatte damals Betsys Smaragde als mögliches Motiv angesehen. Sie hatte, als sie ins Bett ging, den Schmuck auf ein Glastablett auf ihrer Frisierkommode gelegt. Möglicherweise war sie aufgewacht, als der Täter den Schmuck rauben wollte, und der war dann in Panik geraten. Einer der Ohrringe hatte auf dem Boden gelegen. War er Betsy aus der Hand gerutscht, als sie ihn abgenommen hatte, oder hatte der Täter ihn fallen lassen, als er auf frischer Tat ertappt wurde?

Langsam stand Regina auf und sah sich um. Sie versuchte sich die dreihunderttausend Dollar auf ihrem Bankkonto vorzustellen. Fast die Hälfte davon würde sie an Einkommenssteuer abführen müssen. Trotzdem war es für sie eine nahezu unvorstellbar hohe Summe. Vielleicht könnte sie ja wieder an die Zeit von damals anschließen, als ihr Vater so erfolgreich gewesen war und sie, wie Robert und Betsy Powell, ein großes Haus in Salem Ridge gehabt hatten mit Gärtner, Haushälterin, Köchin, Chauffeur und erstklassigen New Yorker Caterern für die vielen Partys …

Regina sah sich in ihrem Maklerbüro um, das nur aus einem Raum bestand. Auch wenn die Rigipsplatten hellblau gestrichen waren, damit sie zum weißen Schreibtisch und den weißen

Armsesseln mit den blauen Kissen passten, konnte der Raum nicht verbergen, was er im Grunde war: der tapfere Versuch zu kaschieren, dass es hinten und vorne am Geld fehlte. Eine Garage ist eine Garage ist eine Garage, dachte sie. Trotz des Luxus, des einzigen Luxus, den sie sich geleistet hatte, als sie die Immobilie nach der Scheidung erworben hatte.

Dieser »Luxus« lag am Ende des Gangs hinter der Toilette. Es war ein unbeschriftetes, stets abgesperrtes privates Badezimmer mit einem Jacuzzi, einer Dampfdusche, einem exklusiven Waschtisch und einer Kommode. Nach einem langen Tag ging sie hier manchmal duschen und zog sich um, wenn sie sich nachher noch mit Freunden treffen oder allein in ein Restaurant und anschließend vielleicht noch ins Kino wollte.

Earl hatte sie vor zehn Jahren – Zach war damals gerade neun geworden – verlassen, weil er von ihren Depressionsschüben gnadenlos überfordert war. »Besorg dir Hilfe, Regina. Ich bin deine Launen leid. Ich bin deine Albträume leid. Und falls es dir noch nicht aufgefallen sein sollte, es ist auch nicht gut für unseren Sohn.«

Nach der Scheidung konnte Earl, der damals noch Computer verkaufte und in seiner Freizeit Popsongs schrieb, eine Auswahl seiner Lieder an einen bekannten Künstler verkaufen. Als nächsten Schritt heiratete er die angehende Rocksängerin Sonya Miles. Als Sonya mit einem von ihm komponierten Album in die Charts kam, wurde Earl zur gefeierten Persönlichkeit in der Popszene, zu der es ihn immer hingezogen hatte. Jetzt war er ganz in seinem Element, dachte Regina und ging zu einem Aktenschrank an der gegenüberliegenden Seite des Büros.

Sie nahm ein Päckchen aus einer abgeschlossenen Schublade. Neben mehreren Immobilienanzeigen lag darin eine Pappschachtel, in der sie die Zeitungsberichte zum Abschlussgala-Mord aufbewahrt hatte.

Ich habe seit Jahren keinen Blick mehr darauf geworfen, dachte Regina, als sie den Karton auf ihrem Schreibtisch abstellte und öffnete. Einige Zeitungsausschnitte waren schon leicht vergilbt und zerknittert, aber sie fand, wonach sie gesucht hatte. Ein Bild von Betsy und Robert Powell, die auf die vier Absolventinnen anstießen – auf Claire, Alison, Nina und sie selbst.

Wir waren alle so schön, dachte sie. Ich weiß noch, wie wir gemeinsam die Kleider gekauft haben. Wir hatten gute Abschlüsse, wir hatten unsere Pläne und weiß Gott welche Hoffnungen für die Zukunft. Aber in jener Nacht ist das alles zerstört worden.

Sie legte den Ausschnitt wieder in den Karton, trug diesen zurück, gab ihn in die unterste Schublade und versteckte ihn unter den Werbebroschüren. Ich werde sein verdammtes Geld nehmen, dachte sie. Und das von der Produktionsfirma auch. Vielleicht bekomme ich dann ja mein Leben wieder in den Griff. Und ich weiß auch schon, wofür ich einen Teil davon ausgeben werde – ich werde mit Zach ein paar Tage in Urlaub fahren, bevor er wieder an die Uni muss.

Sie knallte die Schublade zu, hängte das GESCHLOSSEN-Schild ins Schaufenster, schaltete das Licht aus, sperrte zu und ging in ihr Badezimmer. Sie ließ Wasser in den Jacuzzi, zog sich aus und betrachtete sich im großen Spiegel in der Tür. Die Dreharbeiten stehen erst in zwei Monaten an, dachte sie, bis dahin muss ich zehn Kilo abnehmen. Ich will gut aussehen, wenn ich dort auftrete und allen erzähle, was ich noch weiß. Ich will, dass Zach stolz ist auf mich.

Und an noch etwas musste sie denken. Earl hat sich insgeheim immer gefragt, ob ich Betsy umgebracht habe. Hat er auch bei Zach Misstrauen gesät?

Regina wusste, dass sie Earl nicht mehr liebte, dass sie ihn

nicht mehr wollte. Vor allem aber wollte sie endlich keine Albträume mehr.

Der Jacuzzi war voll. Sie legte sich in die Wanne, lehnte sich
zurück und schloss die Augen.

Und während sich ihre schwarzen Locken nass und strähnig
an ihre Wangen legten, dachte sie: Das ist meine Chance, allen
zu beweisen, dass ich dieses verkommene Miststück nicht auf
dem Gewissen habe.

6

Rod Kimball nahm das Einschreiben in Empfang und öffnete es, während seine Frau Alison noch eine Kundin bediente. Als die Kundin gegangen war, eilte sic zu ihm hinüber und nahm ihm den Brief ab.

»Wer schickt mir ein Einschreiben?«, fragte sie mit einiger Beklemmung, machte auf dem Absatz kehrt und zog sich zum Apothekenbereich im Drugstore zurück, sodass er keine Möglichkeit mehr hatte, sie vor dem Inhalt zu warnen. Bestürzt sah er, wie sie das zweiseitige Schreiben überflog, dabei erst rot und dann kreidebleich wurde. Dann warf sie es auf den Tresen. »Unmöglich, ich kann das nicht wieder alles durchmachen«, sagte sie mit zitternder Stimme. »Mein Gott, halten die mich denn für verrückt?«

»Ganz ruhig, Liebling«, versuchte Rod sie zu beschwichtigen. Bemüht, sich seine Schmerzen nicht anmerken zu lassen, glitt er vom Hocker hinter der Kasse und griff nach den Krücken. Auch zwanzig Jahre nach dem Unfall gehörten die Schmerzen zu seinem Alltag. Manchmal war es jedoch schlimmer als sonst, besonders wenn es so kalt und feucht war wie an diesem Tag Ende März in Cleveland, Ohio. Die Schmerzen hatten sich in die Falten um seine Augen und seinen markanten Kiefer gegraben. Seine dunkelbraunen Haare waren mittlerweile fast vollständig grau geworden, und er sah älter aus als zweiundvierzig. Er humpelte zu Alison. Als er vor ihr am Tresen stand, wo er sie mit seinen eins achtzig weit überragte, verspürte er das überwältigende Bedürfnis, sie zu beschützen. »Du musst nichts tun, was du nicht willst«, sagte er mit fester Stimme. »Zerreiß den Brief.«

»Nein.« Alison schüttelte den Kopf, öffnete die Schublade und legte den Brief hinein. »Ich kann jetzt nicht darüber reden, Rod.«

Die Klingel über der Tür kündigte einen weiteren Kunden an, und Rod kehrte an seine Kasse zurück.

Kurz vor der Hochzeit mit Alison hatte er einen Profivertrag als Quarterback bei den New York Giants unterzeichnet. Seine alleinerziehende Mutter hatte als Pflegerin einen Invaliden betreut, sein Vater, ein hoffnungsloser Alkoholiker, war bereits gestorben, als er gerade mal zwei Jahre alt gewesen war. Die Sportreporter waren sich darin einig, dass ihm eine große Karriere bevorstand. Er und Alison waren damals zweiundzwanzig gewesen, er kannte sie seit dem Kindergarten und hatte schon als kleiner Junge verkündet, dass er sie einmal heiraten werde.

Alisons Familie war nicht sehr wohlhabend, ihr Vater war Angestellter in einem Lebensmittelmarkt. Sie war auf Stipendien angewiesen und musste nebenbei noch arbeiten. Sie wohnte in einem bescheidenen Viertel von Salem Ridge, nicht weit von Rod Kimballs Wohnung entfernt.

An dem Tag, an dem ihm der großartige Vertrag mit den New York Giants angeboten wurde, machte er ihr ganz offiziell einen Heiratsantrag. Das war zwei Monate nach Betsy Powells Ermordung. Ein wichtiger Beweggrund dafür war Alisons Wunsch gewesen, Medizin zu studieren und später in der Forschung zu arbeiten. Er versprach ihr, die Ausbildung zu finanzieren, auf Zehenspitzen durchs Haus zu schleichen, wenn sie büffeln musste, und den Kinderwunsch so lange zurückzustellen, bis sie den sehnlich erhofften Uniabschluss hatte.

Stattdessen ereignete sich drei Wochen nach der Hochzeit

der schreckliche Unfall, und in den nächsten vier Jahren verbrachte Alison den Großteil ihrer Zeit an seinem Krankenbett. Das Geld, das er für seine Saison bei den Giants erhalten hatte, war bald aufgebraucht.

Alison hatte schließlich weitere Darlehen aufgenommen und eine Pharmazieausbildung begonnen. Ihre erste Anstellung erhielt sie bei ihrem älteren, kinderlosen Cousin, der einen Drugstore in Cleveland hatte. »Rod, für dich wäre ebenfalls eine Stelle frei«, hatte er gesagt. »Meine Assistentin hört auf. Sie bedient die Kasse und macht die Bestellungen mit Ausnahme der Medikamente.«

Sie waren beide froh gewesen, aus New York wegzukommen, wo Betsy Powells Ermordung nach wie vor für Gesprächsstoff sorgte. Einige Jahre nach ihrem Umzug nach Cleveland verabschiedete sich der Cousin in den Ruhestand, und sie übernahmen den Laden ganz. Mittlerweile hatten sie einen großen Freundeskreis, und keiner sprach sie jemals auf den Abschlussgala-Mord an.

Am Morgen war es immer ziemlich ruhig, erst am Nachmittag herrschte im Laden mehr Betrieb. Sie hatten zwei Mitarbeiter, einen bereits pensionierten Apotheker sowie eine Aushilfe, die die Regale auffüllte und auch die Kasse bediente. Aber selbst mit ihnen hatte es an diesem Tag ungewöhnlich viel zu tun gegeben, und als sie um zwanzig Uhr den Laden schlossen, waren er und Alison hundemüde.

Draußen schüttete es. Der kalte, windgepeitschte Regen schlug ihnen ins Gesicht, und Alison bestand darauf, dass er den Rollstuhl benutzte, um zum Wagen zu kommen. »Wenn du die Krücken nimmst, sind wir beide patschnass, bis wir im Wagen sind«, sagte sie leicht gereizt.

Seit Jahren wollte er ihr sagen, dass sie ihn endlich verlassen, dass sie sich jemand anderen suchen sollte, um ein normales

Leben zu führen. Aber letztlich hatte er nie den Mut aufgebracht, diese Worte auszusprechen. Ein Leben ohne sie hatte er sich nie vorstellen können, und das hatte sich bis heute nicht geändert.

Manchmal musste er an seine Großmutter denken, die vor langer Zeit einmal gesagt hatte: »In den meisten Ehen ist immer einer verliebter als der andere, und am besten ist das der Mann. Dann kann die Ehe bis ganz zum Schluss halten.«

Rod musste man nicht sagen, dass er derjenige war, der Alison mehr liebte als sie ihn. Er war sich ziemlich sicher, dass sie seinen Heiratsantrag nur wegen seines Angebots angenommen hatte, ihr das Medizinstudium zu finanzieren. Und nach dem Unfall war sie lediglich zu anständig gewesen, um ihn zu verlassen.

Rod gab sich nicht oft solchen trübsinnigen Gedanken hin, der Brief heute aber hatte vieles wieder wachgerufen – die Abschlussgala, die Bilder der vier Mädchen in den Zeitungen, den Zirkus, den die Medien um ihre Hochzeit veranstaltet hatten.

Als sie am Wagen angekommen waren, sagte Alison: »Rod, lass mich fahren, ich weiß, du hast Schmerzen.«

Sie hielt den Regenschirm über ihn und öffnete ihm die Tür, und er hievte sich widerspruchslos auf den Beifahrersitz. Bedauernd sah er, dass ihr der Regen ins Gesicht prasselte, nachdem sie nicht gleichzeitig den Regenschirm halten und den Rollstuhl zusammenklappen konnte.

Als sie schließlich am Steuer saß, drehte sie sich zu ihm hin. »Ich werde teilnehmen«, sagte sie herausfordernd, fast trotzig, als erwartete sie, dass er mit ihr deswegen einen Streit vom Zaun brach.

Er erwiderte nichts darauf, und sie wartete eine lange Minute, dann ließ sie den Motor an. »Du hast nichts zu sagen?« Er bemerkte ein leichtes Zittern in ihrer Stimme.

Er würde ihr nicht sagen, was er sich dachte – dass sie mit ihren langen braunen, nassen Haaren so jung und so verletzlich aussah. Er wusste, sie machte sich schreckliche Sorgen – nein, eigentlich starb sie fast vor Angst.

»Wenn die anderen dabei sind und du als einzige nicht, wäre das nicht gut«, sagte er leise. »Ich denke, du musst teilnehmen. Ich denke, *wir* müssen teilnehmen«, verbesserte er sich schnell.

»Das letzte Mal habe ich Glück gehabt. Dieses Mal vielleicht nicht.«

Für den Rest der Fahrt schwiegen sie. Ihr behindertengerechtes Haus lag mit dem Auto etwa zwanzig Minuten vom Drugstore entfernt. Ein weiteres Mal mussten sie nicht mehr hinaus in den Regen, weil die Garage eine direkte Verbindung zur Küche hatte. Dort schüttelte Alison ihren nassen Regenmantel aus, sank auf einen Stuhl und vergrub das Gesicht in den Händen. »Rod, ich habe große Angst. Ich habe es dir nie erzählt, aber an dem Abend, nachdem wir alle ins Bett gegangen sind, hab ich nur daran denken können, wie sehr ich Betsy und Rob Powell hasse.« Sie zögerte, bevor sie stockend fortfuhr: »Ich glaube, ich habe geschlafwandelt und bin in Betsys Zimmer gewesen.«

»Du glaubst, du warst in der Nacht in Betsys Schlafzimmer?« Rob ließ die Krücken fallen, zog einen Stuhl zu Alison und ließ sich darauf nieder. »Kann dich irgendjemand dabei gesehen haben?«

»Keine Ahnung.«

Alison entwand sich seiner Umarmung und sah ihn mit ihren großen hellbraunen Augen an. Tränen liefen ihr über die Wangen, und sie wirkte gehetzt und schutzlos. Und dann hörte er von ihr eine Frage, von der er gedacht hatte, dass sie seiner Frau nie über die Lippen käme.

»Rod, hast du nicht auch die ganze Zeit geglaubt, dass ich Betsy Powell umgebracht habe?«

»Wie kommst du darauf?«, entgegnete er. »Bist du völlig übergeschnappt?«

Aber selbst in seinen eigenen Ohren klangen seine Worte hohl und wenig überzeugend.

7

»Und, hast du dich schon entschieden, ob du teilnehmen wirst?«

Das war die Frage, die Nina Craig zu hören bekam, als sie die Tür zu ihrer Eigentumswohnung in West Hollywood öffnete. O Gott, sie hat mal wieder eine ihrer Launen, dachte Nina und biss sich auf die Lippen, um ihrer zweiundsechzigjährigen Mutter nicht einen scharfen Kommentar hinzuknallen. Es war halb sechs, und offensichtlich hatte Muriel Craig ihre private Cocktailstunde weit vor siebzehn Uhr mit einem Krug Apple Martini oder einer Flasche Wein begonnen.

Sie trug immer noch Nachthemd und Morgenmantel, das hieß, egal, wann sie aufgestanden war, sie steckte mal wieder in ihrer Depression. Das wird eine lange Nacht werden, dachte Nina voller Hass.

»Nichts von den Academy-Award-Gewinnern?«, fragte ihre Mutter voller Sarkasmus, während sie sich aus der fast leeren Flasche nachschenkte.

Zehn Jahre zuvor hatte sich Nina damit abgefunden, dass sie keine erfolgreiche Schauspielerin werden würde. Seitdem arbeitete sie als Komparsin. Sie war um fünf Uhr morgens auf dem Set erschienen, hatte den ganzen Tag an einem Film über irgendeine Revolution mitgewirkt und zusammen mit Hunderten Statisten Spruchbänder und Transparente hochgehalten. Der Set lag in der Wüste bei Palm Springs, wo eine gnadenlose Hitze herrschte.

»Ich weiß nicht, was ich machen werde, Mom«, sagte Nina und versuchte ruhig zu bleiben.

»Warum nicht teilnehmen? Dreihunderttausend Dollar sind kein Pappenstiel. Und ich komme mit. Hätte nichts dagegen, den guten alten Robert Nicholas Powell mal wieder in Augenschein zu nehmen.«

Nina sah zu ihrer Mutter. Ihre Haare, früher genau wie ihre von einem natürlichen Rot, waren mittlerweile knallrot gefärbt. Vom jahrelangen Rauchen hatte sie tiefe Falten um den Mund und auf den Wangen, über ihre Haut zogen sich braune Flecken. Sie beugte sich auf der Couch vor und umfasste mit beiden Händen ihr Glas.

Es fiel Nina schwer, in ihr noch die schöne Schauspielerin zu sehen, die sie einmal gewesen war – eines dieser seltenen Geschöpfe, um die man sich immer gerissen hatte. Sie hatte Talent, dachte Nina deprimiert, anders als ich. Und jetzt schau sie dir an!

Fang nicht wieder damit an, ermahnte sie sich. Es ist ein langer Tag gewesen, du bist verschwitzt, du hast von allem die Schnauze voll. »Mom, ich gehe duschen und zieh mir was Bequemeres an«, sagte sie. »Wenn ich fertig bin, komme ich auf ein Glas Wein zu dir.«

»Nimm die dreihunderttausend!«, blaffte ihre Mutter sie an. »Kauf mir damit eine Wohnung. Du willst doch genauso wenig wie ich, dass ich bei dir wohne!«

Muriel war Nina nach Kalifornien gefolgt, nachdem sie in New York immer weniger Angebote bekommen hatte. Ein Jahr zuvor wäre sie beinahe verbrannt, als eine achtlos zu Boden geworfene Zigarette den Teppich in dem Zweifamilienhaus in Los Angeles in Brand gesetzt hatte, in dem sie wohnte. Nachdem die Schäden beseitigt waren, weigerten sich die Hausbesitzer, sie in die Wohnung zurückkehren zu lassen. »Das Gleiche könnte ja auch mal mitten in der Nacht passieren«, hatte der Eigentümer Nina erzählt. »Und darauf will ich es nicht ankommen lassen.«

Seitdem wohnte ihre Mutter bei ihr. Und auch sie arbeitete mittlerweile als Komparsin – falls sie sich in der Lage sah, überhaupt zur Arbeit zu erscheinen.

Ich halte es nicht mehr aus, dachte Nina, schloss die Tür zu ihrem Schlafzimmer und sperrte ab. Sie musste damit rechnen, dass ihre Mutter ihr folgte und ihr sogar hier mit ihrem Gerede über den Brief auf den Geist ging.

Im Schlafzimmer war es kühl und einladend. Weiße Wände, ein gebohnerter Boden, weiße Läufer zu beiden Seiten des Betts, schmale apfelgrüne Vorhänge an den Fenstern. Die weiße Tagesdecke wurde durch grün-weiße Kissen aufgelockert. Das Himmelbett und der dazu passende Toilettentisch waren Überbleibsel ihrer zehnjährigen Ehe mit einem mehr oder minder erfolgreichen Schauspieler, der sie, wie sich herausstellte, am laufenden Band betrogen hatte. Nur gut, dass sie keine gemeinsamen Kinder hatten.

Seit drei Jahren war sie geschieden. Jetzt bin ich endlich wieder so weit, mich auf einen anderen einzulassen, dachte Nina. Was aber nicht möglich ist, solange mir meine Mutter auf der Pelle sitzt. Wer weiß? Ich sehe immer noch gut aus. Die Teilnahme an dieser Sendung könnte das Sprungbrett sein, um wieder als richtige Schauspielerin zu arbeiten. Zur Not auch in einer Realityshow. Zu einer verzweifelten Hausfrau sollte es allemal reichen.

Wie würde es sein, Claire, Regina und Alison wiederzusehen? Wir waren ja noch Kinder, dachte Nina. So naiv, so eingeschüchtert. Ständig hat uns die Polizei die Worte im Mund umgedreht, und Mom hat die Show des Jahres abgezogen, als sie gefragt wurde, ob sie ernsthaft an Powell interessiert gewesen sei, bevor er Betsy kennengelernt hatte. »Zu der Zeit hatte ich mindestens mit drei Männern was am Laufen«, hatte sie geantwortet. »Er war bloß einer unter vielen.«

Mir hat sie da etwas ganz anderes erzählt, dachte Nina verbittert. Ihre Mutter hatte ihr die Schuld gegeben, Powell Betsy vorgestellt zu haben. Ständig hat sie deswegen auf mir herumgehackt, dachte Nina. Ich hätte ihr Leben ruiniert. Was anderes habe ich von ihr nicht mehr zu hören bekommen.

Muriel hatte sogar das Angebot für eine Rolle abgelehnt, die sie zu einem Star gemacht hätte, weil Powell nicht wollte, dass sie vertraglich gebunden wäre, wenn sie beide heirateten. Das genau waren seine Worte gewesen: »Wenn wir beide heiraten.«

Wie oft hatte ihre Mutter ihr das im Lauf der Jahre an den Kopf geworfen?

Nina spürte den glühenden Zorn, den diese Erinnerungen weckten. Sie dachte an die Abschlussgala. Ihre Mutter hatte sich geweigert mitzukommen. »Ich sollte in diesem Haus *wohnen*«, hatte sie sie angekeift.

Und Betsy hatte es sich natürlich nicht nehmen lassen, Nina darauf anzusprechen. »Wo ist denn deine Mutter?«, hatte sie gefragt. »Sie ist wohl eine schlechte Verliererin! Wegen Rob!«

Ich bin froh, dass das an dem Abend keiner gehört hat, dachte Nina. Das würde nicht gut aussehen, nachdem Robert Powell seine Frau am nächsten Morgen tot aufgefunden hatte. Aber hätte ich in dem Augenblick ein Kissen in der Hand gehabt, ich hätte es ihr nur allzu gern aufs Gesicht gedrückt.

Ich hatte viel zu viel getrunken und kann mich noch nicht mal mehr erinnern, wie ich ins Bett gekommen bin. Wahrscheinlich hat es mir keiner angesehen, weil es keiner erwähnt hat, noch nicht mal diese neugierige Haushälterin, die herumerzählt hat, dass Alison betrunken gewesen sei.

Als sie und die anderen dazukamen, war Powell schon auf

dem Boden zusammengebrochen, und die Haushälterin hatte Betsy das Kissen vom Gesicht genommen.

Ihre Mutter rüttelte am Türknauf. »Ich will mit dir reden«, rief sie. »Ich will, dass du an dieser Sendung teilnimmst!«

Es kostete Nina größte Überwindung, sich ihre Wut nicht anmerken zu lassen: »Mom, ich dusche. Aber keine Sorge, ich werde das Angebot annehmen. Ich werde dir eine Wohnung kaufen.«

Aber davor, fügte sie im Stillen hinzu, *bringe ich dich um.* Und dann fragte sie sich, was sie noch alles von dem Abend, an dem Betsy Powell ermordet wurde, vergessen hatte.

8

Die Antwortschreiben zur Teilnahme an ihrer Sendung trafen nacheinander in Lauries Büro eine. Das letzte stammte von Nina Craig, die sich dafür fast zwei Wochen Zeit gelassen hatte. In ihrem Brief führte sie aus, dass sie einen Anwalt zurate gezogen habe und zusätzliche Bedingungen für angemessen halte. Robert Powell solle die jedem Teilnehmer versprochene Summe von zweihundertfünfzigtausend Dollar treuhänderisch hinterlegen, außerdem verlange sie, dass es sich dabei um den Nettobetrag handle. Gleiches gelte für die fünfzigtausend Dollar, die Fisher Blake Studios boten. »Sowohl Mr. Powell als auch Fisher Blake dürften es sich leisten können, unsere Teilnahme angemessen zu honorieren«, hatte Nina geschrieben. »Nach allem, was ich von meinen alten Jugendfreundinnen weiß, kann ich sagen, dass jede von uns aufgrund dieses Abends im Haus von Mr. Powell gravierende emotionale Schäden davongetragen hat. Wenn wir uns jetzt erneut dem grellen Licht der Öffentlichkeit aussetzen und unsere wohlverdiente Anonymität preisgeben, sollten wir dafür entsprechend entschädigt werden.«

Entsetzt las Laurie den Brief ein zweites Mal. »Wenn es um Nettobeträge gehen soll, würde das heißen, dass wir die Summen glatt verdoppeln müssten«, sagte sie.

»Ich glaube nicht, dass sich Brett darauf einlassen wird.« Jerry Kleins sachlicher Ton widersprach der Enttäuschung, die sich auf seinem Gesicht abzeichnete. Er hatte Nina Craigs Einschreiben entgegengenommen und es Laurie ins Büro gebracht.

»Er muss sich darauf einlassen«, sagte Laurie. »Und ich glaube, er wird es auch. Er hat die Serie gepusht, jetzt kann er kaum noch einen Rückzieher machen.«

»Auf jeden Fall wird er nicht sonderlich glücklich darüber sein.« Jerry Kleins Sorgenfalten wurden tiefer. »Laurie, ich hoffe nur, dass du dich mit *Unter Verdacht* nicht zu weit vorgewagt hast.«

»Das hoffe ich auch.« Laurie sah aus dem Fenster zur Eislaufbahn des Rockefeller Center. Es war ein warmer Tag für Anfang April, nur wenige Schlittschuhläufer drehten ihre Runden. Bald würde die Eisfläche abgebaut sein, dann standen hier wieder Tische und Stühle, damit man im Freien essen konnte.

Hin und wieder haben Greg und ich dort unten gegessen, dachte sie und musste sich eingestehen, wie sehr sie sich in diesem Moment nach ihm sehnte. Der Grund dafür war klar. Bei der Sendung ging es darum, einen Schlussstrich zu ziehen. Das würde in der einen oder anderen Form auch auf sie zutreffen.

Ihrem Boss Brett Young würde es nicht gefallen, da hatte Jerry schon recht. Aber nachdem er sich für das Projekt mehr und mehr hatte begeistern können, würde er wahrscheinlich lieber den Preis verdoppeln, als jetzt die ganze Sache abzublasen.

»Was ist mit Robert Powell?«, fragte Jerry. »Meinst du, er legt nach und übernimmt für sie die Steuern, damit den Teilnehmern zweihundertfünfzigtausend netto bleiben?«

»Ich kann ihn nur fragen«, antwortete Laurie. »Und ich glaube, ich mache das lieber von Angesicht zu Angesicht. Ich werde ihn anrufen und um einen Termin bitten.«

»Solltest du nicht lieber vorher bei Brett nachfragen?«, kam es von Jerry.

»Nein. Hat doch keinen Sinn, ihn zu überreden, wenn die ganze Sache dann sowieso hinfällig ist. Wenn Powell sich nicht einverstanden erklärt, werde ich als Nächstes nach Los Angeles fliegen müssen, um Nina Craig umzustimmen, damit sie von ihren Forderungen abrückt. Alle anderen haben sich mit den ursprünglichen Konditionen einverstanden erklärt. Aber es steht zu befürchten, dass sie von ihr aufgestachelt werden.«

»Was willst du ihr sagen?«, fragte Jerry.

»Die Wahrheit. Falls es nicht anders geht, werden wir die Sendung ohne sie durchziehen, und das würde für sie nicht gut aussehen. Und vergiss nicht, Betsy Bonner Powell war zum Zeitpunkt ihres Todes zweiundvierzig Jahre alt. Mittlerweile wäre sie zweiundsechzig oder dreiundsechzig, heutzutage ist das kein Alter, die meisten werden weit über achtzig. Betsy ist also die Hälfte ihres Lebens geraubt worden – während der Täter, der ihr das Kissen aufs Gesicht gedrückt hat, jeden Morgen aufwachen und einen neuen Tag genießen durfte.«

Laurie wusste selbst, dass sie laut und erregt geworden war und dass es hier nicht nur um Betsy Bonner Powell ging. Es ging auch um Greg und die Tatsache, dass sein Mörder immer noch auf freiem Fuß war. Und er war nicht nur *frei,* er stellte sogar eine Bedrohung für sie und Timmy dar.

»Tut mir leid, Jerry«, sagte sie schließlich. »Ich weiß, ich muss aufpassen, damit das alles nicht nach einem persönlichen Kreuzzug klingt.«

Sie griff zum Hörer. »Es ist an der Zeit, mit Mr. Powell einen neuen Termin auszumachen.«

9

Rob Powell hielt sich auf dem Drei-Loch-Kurzplatz seines Anwesens auf. An einem so warmen Apriltag wie heute blieb ihm doch kaum was anderes übrig, als die Schläger herauszuholen und sein »kurzes« Spiel zu üben, bevor er sich demnächst zum Vierer im Winged Foot Golf Club traf. Nicht schlecht, dachte er, als ein gut geschlagener Putt sauber ins Loch rollte.

Beim Golfspiel konnte er auch bestens den Umstand verdrängen, dass er noch nichts von seinem Arzt gehört hatte. Die Chemotherapie vor drei Jahren schien sämtliche Knötchen in der Lunge beseitigt zu haben, aber natürlich war immer mit der Möglichkeit zu rechnen, dass sie wiederkamen. Vor einigen Tagen hatte er seinen halbjährlichen Check-up hinter sich gebracht.

»Par«, sagte er laut und schlenderte schlägerschwingend zum Haus zurück.

Eine Viertelstunde noch, bis sein Gast eintraf. Was will Laurie Moran?, fragte er sich. Sie hatte am Telefon besorgt geklungen. Will sie mir eröffnen, dass eine der Absolventinnen nicht vor die Kamera treten will? Rob runzelte die Stirn. Ich muss sie alle in der Sendung haben, dachte er. Egal, was dazu erforderlich ist.

Selbst wenn Moran nur Positives mitzuteilen hatte, wurde Rob das Gefühl nicht los, dass ihm die Zeit davonlief. Er wollte endlich Klarheit. Als Laurie Moran im März zu ihm gekommen war, die Sendung über die Abschlussgala vorgeschlagen und das Konzept erläutert hatte, war ihm, als wären seine Gebete erhört worden. Außer dass ich es mit dem Beten ja nie so hatte, dachte Rob. Das habe ich gern Betsy überlassen.

Bei diesem Gedanken musste er losprusten, aber es war mehr ein freudloses, bellendes Lachen, das gleich in einen Hustenanfall überging.

Warum hatte der Arzt nicht angerufen und ihm die Ergebnisse mitgeteilt?

Als er vom Pflasterweg auf die Terrasse trat, öffnete ihm seine Haushälterin Jane Novak die Schiebeglastür. »Mit einem Schlag eingelocht, Mr. Rob?«, fragte sie fröhlich.

»Nicht ganz, aber es war nicht schlecht, Jane«, erwiderte er und versuchte sich seinen Überdruss nicht anmerken zu lassen. Jedes Mal, wenn er auf dem Grün gewesen war, stellte Jane ihm diese Frage. Hätte er irgendwas an ihr ändern können, dann ihren völligen Mangel an Humor. Sie hielt ihre Frage tatsächlich für witzig.

Jane, eine stämmige Frau mit stahlgrauen Haaren und Augen in der gleichen Farbe, hatte kurz nach seiner Heirat mit Betsy bei ihm angefangen. Er hatte nachvollziehen können, warum Betsy mit der vorherigen, noch von seiner ersten Frau angestellten Haushälterin nicht zufrieden gewesen war. »Rob, diese Frau mag mich nicht«, hatte Betsy gesagt. »Ich spüre es. Sag ihr, es passt einfach nicht, und gib ihr eine großzügige Abfindung. Ich weiß auch schon, wen ich stattdessen haben möchte.«

Die Person, die Betsy haben wollte, war Jane Novak. In dem Theater, in dem Betsy als Platzanweiserin gearbeitet hatte, war sie für die Garderoben zuständig gewesen. »Sie kann hervorragend organisieren, bei ihr waren die Garderoben immer sauber und ordentlich. Und sie kann wunderbar kochen«, hatte Betsy geschwärmt.

Jane hatte sie nicht enttäuscht. Sie stammte aus Ungarn, war mit einer Green Card ins Land gekommen und konnte ihr Glück kaum fassen, als sie schließlich für das große Haus verantwortlich sein sollte. Wie von Betsy versprochen, erwies sie sich als überaus kompetent. Jane, im gleichen Alter wie Betsy, war mittlerweile zweiundsechzig. Rob wusste nicht, ob sie Freunde oder Familie hatte, jedenfalls hatte er nie jemanden kennengelernt. Ihre äußerst komfortable Wohnung gleich neben der Küche verließ sie selbst an ihren freien Tagen nur selten. Sofern er nicht unterwegs war, konnte er sich darauf verlassen, dass sie jeden Morgen ab halb acht Uhr in der Küche stand und ihm das Frühstück zubereitete.

Im Lauf der Jahre hatte er gelernt, die feinen Nuancen ihrer immerzu stoischen Miene zu ergründen. Als er jetzt ins Haus trat, glaubte er zu erkennen, dass ihr etwas auf der Seele lag. »Mr. Rob, Sie haben gesagt, Ms. Moran würde kommen«, begann Jane. »Sie haben hoffentlich nichts dagegen, wenn ich frage, aber heißt das, dass die Sendung wirklich stattfindet?«

»Ich habe nichts dagegen, wenn Sie fragen, aber die Antwort lautet: Ich weiß es nicht«, erwiderte Rob. Noch im selben Moment wurde ihm bewusst, dass er sehr wohl etwas dagegen hatte. Er glaubte nämlich, so etwas wie Missbilligung aus ihrem Ton herauszuhören.

Er hatte gerade noch Zeit, ein langärmeliges Sporthemd anzuziehen und nach unten zu gehen, als es an der Tür klingelte.

Es war Punkt sechzehn Uhr. Hatte sie ihre Ankunft so genau terminiert oder war sie etwas früher gekommen und hatte so lange im Wagen gewartet?, fragte er sich.

Aber das waren völlig irrelevante Spekulationen, die Rob Powell in letzter Zeit allerdings immer häufiger beschäftigten. »Spintisieren«, so nannte man das mal, dachte er. Er hatte sich sogar die Mühe gemacht, das Wort im Wörterbuch nachzuschlagen. »Eigenartigen, wunderlichen, abwegigen Gedanken nachgehen« lautete die Definition dafür.

Reiß dich zusammen, ermahnte er sich und stand auf. Er hatte Jane gebeten, Laurie Moran in die Bibliothek zu führen, nicht in sein Büro. Betsy hatte den englischen Brauch, um vier Uhr den Tee zu servieren, immer sehr gemocht. Nach ihrem Tod war er mehr und mehr davon abgekommen, aber heute schien es ihm sehr passend.

Ich spintisiere schon wieder, dachte er, als Jane, gefolgt von Laurie Moran, den Raum betrat.

Er hatte Moran bei ihrem ersten Besuch vor einem Monat als attraktive Frau wahrgenommen. Als sie jetzt auf der Schwelle kurz stehen blieb, merkte er erst, wie schön sie wirklich war. Ihre honigfarbenen Haare fielen ihr locker über die Schultern, und statt des Hosenanzugs trug sie diesmal eine langärmelige Bluse und einen Rock mit schwarzem Gürtel, der ihre schmale Taille betonte. Ihre schwarzen Lacklederschuhe hatten auch nicht solche lächerlich hohen Absätze, wie sie im Moment in Mode waren.

Erneut nahm der Achtundsiebzigjährige ihr bezauberndes Aussehen wohlwollend zur Kenntnis.

»Kommen Sie rein, Ms. Moran, kommen Sie rein«, begrüßte er sie voller Herzlichkeit. »Ich werde Sie schon nicht beißen.«

»Das habe ich auch nicht befürchtet, Mr. Powell«, antwortete Laurie lächelnd, durchquerte den Raum und setzte sich auf die Couch gegenüber dem breiten Ledersessel, auf dem er sich selbst niederließ.

»Ich habe Jane gebeten, uns Tee zuzubereiten«, sagte er. »Sie können jetzt auftragen, Jane, danke.«

»Sehr freundlich von Ihnen.«

Es war wirklich freundlich von ihm, dachte Laurie.

Sie atmete tief durch. Nur mit Mühe konnte sie ihre Nervosität zügeln, nachdem so viel auf dem Spiel stand. Die vier Frauen, die Stars der Abschlussgala, würden ihn fast zwei Millionen Dollar kosten, wenn sie in der Sendung auftreten sollten – das Doppelte der ursprünglich geplanten Summe.

Laurie wandte sich ihm zu, wartete aber, bis Jane den Raum verlassen hatte, die ihr aus irgendeinem Grund unsympathisch war. Sie wollte gerade ansetzen und den Grund ihres Besuches vorbringen, doch dann ergriff überraschend Robert Powell das Wort.

»Ich will es Ihnen einfach machen: Es gibt Probleme. Und man muss nicht unbedingt ein sehr scharfsinniger Denker sein, um darauf zu kommen, dass es ums Geld geht. Eines der vier Mädchen – mittlerweile sind es ja wohl eher Frauen – ist der Meinung, dass die von uns ausgelobten Summen nicht ausreichen für die Beschwerlichkeit, sich dem Licht der Öffentlichkeit auszusetzen.«

Laurie zögerte einige Sekunden, bevor sie schließlich antwortete: »Richtig.«

Powell lächelte. »Lassen Sie mich raten, um wen es sich handelt. Es ist nicht Claire. Seit Betsys Tod hat sie sich geweigert, Hilfe von mir anzunehmen. Wenn sie erfährt, dass ich ihr eine nicht unbeträchtliche Summe in meinem Testament vermacht habe, wird sie das kaum beeindrucken. Wahrscheinlich spendet sie das Geld, wenn es einmal so weit ist, einer Wohltätigkeitsorganisation. Wir haben uns früher *sehr* nahegestanden, aber Claire hatte auch eine sehr enge Beziehung zu ihrer Mutter. Betsys Tod war für Claire zu viel. Irgendwie hat sie *mir* die Schuld daran gegeben – was jetzt nicht heißen soll, dass sie glaubt, ich hätte ihre Mutter umgebracht. Das hat selbst sie in ihrer Wut nicht für möglich gehalten. Aber ich glaube, insgeheim hat sie mir die Zeit missgönnt, die ich mit Betsy allein verbracht habe.« Lange starrte er an Laurie vorbei ins Leere.

»Wenn ich raten müsste«, kam es schließlich von ihm, »würde ich sagen, dass uns Nina Craig Probleme bereitet, weil sie mehr Geld haben möchte. In dieser Hinsicht ist sie genau wie ihre Mutter. Ich war mit Muriel Craig für kurze Zeit sogar liiert. Eine sehr attraktive Frau, aber mit einem Hang zum Skrupellosen. Die Beziehung zu ihr habe ich nicht nur deswegen gelöst, weil ich Betsy kennengelernt habe. Es wäre sowieso geschehen. Zufällig ist beides zusammengefallen.«

Er verstummte, als Jane mit dem Teetablett erschien und es auf den niedrigen Tisch zwischen der Couch und Robert Powells Sessel stellte. »Soll ich einschenken, Mr. Powell?«, fragte sie, hatte dabei schon die Kanne in der Hand und goss Tee in Lauries Tasse.

Robert Powell zog die Augenbrauen hoch und warf Laurie einen amüsierten Blick zu. Jane bot noch Sahne oder Zitrone und Zucker oder Süßstoff an, dann verließ sie die Bibliothek. »Ist Ihnen auch aufgefallen, dass Jane eine rhetorische Frage gestellt hat? Das macht sie ständig.«

Laurie, die das Mittagessen hatte ausfallen lassen, merkte, wie ausgehungert sie war. Sie musste sich zwingen, nur kleine Bissen von den mit Lachs belegten geviertelten Toastscheiben zu nehmen. Am liebsten hätte sie sich den Happen als Ganzes in den Mund geworfen und gleich zum nächsten gegriffen.

Und während sie also langsam und bewusst aß, hatte sie das Gefühl, als würde Robert Powell mit ihr spielen. Hatte er wirklich geraten, dass Nina Craig diejenige war, die mehr Geld forderte, oder hatte sie ihn bereits persönlich kontaktiert?

Und wusste er, wie viel mehr sie verlangte?

»Habe ich recht mit Nina?«, fragte Powell, schlug die Beine übereinander und nippte an seinem Tee.

»Ja«, antwortete Laurie.

»Wie viel will sie?«

»Eine viertel Million Dollar netto.«

»Dann ist sie noch gieriger, als ich sie in Erinnerung habe«, murmelte Powell. »Ganz wie ihre liebe Mutter.« Sein amüsierter Ton war mit einem Mal verschwunden. »Sagen Sie ihr, ich werde zahlen.«

Sein abrupter Stimmungsumschwung erschreckte Laurie.

»Ms. Moran«, erklärte er, »Sie müssen eines verstehen: Genau wie die vier jungen Frauen habe auch ich lange mit dem Verdacht gelebt, Betsys Mörder zu sein. Er hat wie eine dunkle Wolke über mir gehangen. Viele Menschen werden heutzutage hundert Jahre alt, viele allerdings keine achtzig oder fünfundachtzig. Bevor ich sterbe, möchte ich, dass die breite Öffentlichkeit versteht, wie groß dieses Haus ist und wie viele Gäste an jenem Abend ein und aus gegangen sind. Wie leicht es für jemanden gewesen war, sich hier einzuschleichen. Wie Sie vielleicht wissen, gibt es von der Party umfangreiches Filmmaterial.«

»Das weiß ich, ja«, sagte Laurie. »Ich glaube, ich habe alles gelesen, was zu diesem Fall geschrieben wurde.«

»Dann wissen Sie bestimmt auch, dass ich vor meinem Tod noch eine Menge Geld ausgeben kann – neben den großzügigen Spenden, die ich Wohltätigkeitsorganisationen und den von Betsy, Claire und mir besuchten Schulen zukommen lassen werde. Der von Nina geforderte Betrag ist für mich daher kaum der Rede wert. Aber tun Sie mir einen Gefallen. Wenn Sie Nina mitteilen, dass wir ihre Forderungen akzeptieren, dann sagen Sie ihr bitte, ich würde doch sehr hoffen, dass ihre Mutter sie hierherbegleitet. Es wäre mir ein großes Vergnügen, sie wiederzusehen.«

Er kam Laurie zuvor, die bereits zum Protest ansetzen wollte. »Natürlich möchte ich nicht, dass sie Gast in meinem Haus ist. Ich werde ihr ein Zimmer im St. Regis reservieren.«

Er lässt sich auf alles ein, dachte Laurie und war selbst überrascht, wie erleichtert sie sich fühlte. Es wurde immer wahrscheinlicher, dass die Sendung wirklich produziert würde. Hätte Powell Nina Craigs Forderung rundweg abgelehnt, hätte das wohl das Aus für die Sendung bedeutet – und das Aus für sie in ihrem Job. Nach zwei misslungenen Serien und einem von großem Medieninteresse begleiteten Projekt, das dann doch fallen gelassen würde, wäre sie mit ziemlicher Sicherheit gefeuert worden.

Brett Young duldete keine Misserfolge.

Sie dankte Powell, bemerkte aber, dass er an ihr vorbei hinaus zur Terrasse blickte. Sie drehte sich zur Seite, um zu sehen, was die Ursache für seinen missbilligenden Blick war.

Auf der Terrasse stand ein Gärtner, der mit einer Schere den Rand des Rasens bearbeitete.

Powells Blick wandte sich wieder Laurie zu. »Tut mir leid«, sagte er. »Aber ich finde es äußerst zudringlich, wenn so spät hier noch gearbeitet wird. Ich habe mir ausbedungen, dass sämtliche Arbeiten bis Mittag erledigt sind. Wenn ich Gäste habe, will ich nicht, dass die großen Pick-ups der Gärtner in der Einfahrt stehen.«

Draußen bemerkte der Mann mit den blauen Augen, dass Powell ihn anstarrte. Er schnitt das letzte Stück um die Terrasse fertig und trug dann, ohne aufzublicken, die Werkzeuge zum Pick-up. Es war sein erster Arbeitstag für Perfect Estates. Wenn sich Powell beschweren sollte, dass er immer noch hier war, würde er sagen, dass er Überstunden machte, um seinen neuen Boss zu beeindrucken.

Die Gala-Mädchen werden nicht die Einzigen sein, die bei den Dreharbeiten hier sind, dachte er. Ich werde nämlich auch noch da sein.

Was für ein perfektes Drehbuch für den Mord an Laurie Moran.

Er hatte sich auch schon überlegt, welches Schild er auf ihre Leiche legen würde.

ERST GREG.
DANN DU.
ALS NÄCHSTES TIMMY.

10

Im Juni lief die Vorproduktion für die »Abschlussgala« auf Hochtouren. Laurie hatte mittlerweile sämtliche Videomitschnitte von der Party erhalten, anschließend überließ ihr Robert Powell noch zusätzliches Filmmaterial, das andere Gäste an jenem Abend aufgenommen hatten.

Es war, als würde man einer Märchenprinzessin auf dem Ball zusehen, nur dass es vier Prinzessinnen gab – das ging Laurie durch den Kopf, als sie die einzelnen Videos durchging.

Gleich nach Betsys Tod hatte George Curtis, ebenfalls Mitglied beim Winged Foot Golf Club in Mamaroneck, der Polizei die Aufnahmen übergeben, die er an dem Abend gemacht hatte. Auf ihnen war aber im Grunde auch nur das festgehalten, was die Polizei sowieso schon wusste. Das Video wurde kopiert und Robert Powell auf seine Bitte hin ausgehändigt. »Das Band enthält zwar kaum etwas Neues«, hatte er dem Leiter der Ermittlungen erklärt, »aber es finden sich darauf ein paar Szenen von Betsy und mir, die mir sehr teuer sind.«

Er ließ Abzüge von mehreren Einzelbildern anfertigen, auf denen er zusammen mit Betsy zu sehen war: als sich die beiden beim Tanzen auf der Terrasse tief in die Augen schauten, als er den Toast auf die Absolventinnen aussprach.

»Diese Szenen vermitteln einen ziemlich guten Eindruck von dem Fest«, sagte Laurie zu Grace und Jerry, als sie im Vorführraum die Kopien sondierten und die Ausschnitte auswählten, die sie in der Sendung haben wollten.

Wir fangen mit dem Auffinden der Leiche und dem Eintreffen der Polizei an, dachte sie. Das war um acht Uhr morgens gewesen. Powell war in Betsys Schlafzimmer gekommen, um sie zu wecken. Bei sich hatte er eine Tasse Kaffee, die er ihr immer um diese Zeit brachte, auch wenn es am Abend zuvor spät geworden war.

Dann hatte er sie tot im Bett liegen sehen und war zusammengebrochen. Gleich darauf war Jane hereingestürzt, hatte Betsys Namen geschrien und die anderen aufgefordert, die Polizei zu verständigen.

Den ersten Teil aber, beschloss Laurie, beenden wir mit Betsy und Powell, die auf die Absolventinnen anstoßen. Dazu aus dem Off: »In diesem Augenblick hat die schöne Betsy Bonner Powell noch genau vier Stunden zu leben.«

George Curtis wusste, dass er von den Überwachungskameras auf dem Powell-Anwesen erfasst werden konnte, aber das kümmerte ihn nicht. Halb Salem Ridge fährt an dem Haus vorbei, dachte er, während er der Wagenkolonne auf der sonst so abgeschiedenen Straße folgte.

Und wenn schon, soll die Polizei mich ruhig für einen neugierigen Gaffer halten, dachte er. Das kann man über jeden auf dieser Straße sagen.

Er hatte sich für sein SUV entschieden und nicht für das rote Porsche-Cabrio. Solange die Überwachungskameras nicht das Fahrzeugkennzeichen registrierten, würde er kaum zu erkennen sein, viele Einwohner von Salem Ridge fuhren exklusive SUV. Außerdem trug er eine Mütze und eine dunkle Sonnenbrille.

George Curtis, dreiundsechzig Jahre alt, groß, mit vollem grauem Haar, hatte die drahtige Statur desjenigen, der sein Leben lang Sport getrieben hatte. Er war seit fünfunddreißig

Jahren verheiratet, hatte Zwillinge im College-Alter und war der einzige Erbe einer großen Kette von Fast-Food-Restaurants. Mit siebenundzwanzig, nach dem Tod seines Vaters, hatte er das Geschäft übernommen. Bis dahin hatte er das Leben eines Playboys geführt, und jeder hatte eigentlich erwartet, dass er die Kette verkaufen und sein Geld verprassen würde. Stattdessen hatte er kurz darauf geheiratet und im Lauf der Zeit die Anzahl der Restaurants in den USA und im Ausland verdreifacht, sodass das Unternehmen mittlerweile damit werben konnte, am Tag eine Million Mahlzeiten zu verkaufen.

Anders als Robert Powell gehörte er in seiner Familie zur vierten Generation, die Harvard besucht hatte. Er war dort mit offenen Armen empfangen worden, auch seine Aufnahme in Hasty Pudding, der Studententheatergesellschaft, war reine Formsache gewesen.

Die fünfzehn Jahre Altersunterschied hatten seiner Freundschaft mit Robert Powell keinen Abbruch getan. Selbst wenn Robert wissen, wenn er auch nur ahnen sollte, dachte George, als er von der Evergreen Lane abbog ...

Aber Rob Powell hatte nie etwas geargwöhnt. Dessen war sich George sicher. Er hatte ihm nie einen Grund dazu gegeben.

Plötzlich klingelte das Handy. Er drückte auf die entsprechende Taste am Lenkrad.

»George Curtis«, meldete er sich.

»Hallo, George, hier ist Rob Powell.«

Mein Gott, sah er aus dem Fenster? George spürte, wie er rot wurde. Nein, er kann unmöglich mein Kennzeichen gesehen haben, genauso wenig hat er mich beim Vorbeifahren erkennen können.

»Rob, wie geht's, und wann hast du mal wieder Zeit für eine Runde Golf? Aber ich warne dich, ich hatte an zwei Samstagen hintereinander unter achtzig Schläge.«

»Das heißt, dass du das unmöglich ein drittes Mal schaffen wirst! Abschlag um neun Uhr?«

»Großartig. Ich kümmere mich um die Reservierung.« George war ungemein erleichtert, als er links in seine Straße einbog. Rob Powell blieb nie länger als unbedingt nötig in der Leitung. Deswegen zuckte er erschreckt zusammen, als Rob plötzlich fortfuhr: »George, noch was! Ich muss dich um einen Gefallen bitten.«

»Kein Problem, schieß los! Egal, was es ist, die Antwort lautet Ja«, erwiderte George und hörte selbst, wie verdattert er klang.

»Ich will deine Franchiselizenzen für ganz Europa übernehmen«, witzelte Rob, bevor er ernst wurde. »George, es kann dir nicht entgangen sein, dass Betsys Todestag im Juni Anlass für eine Fernsehsendung ist.«

»Nein, das ist mir keineswegs entgangen«, antwortete Curtis prompt.

»Folgendes: Neben den Mädchen soll auch einer der damals anwesenden Freunde an der Sendung teilnehmen und zwischen den Filmausschnitten seine Kommentare zur Party abgeben. Ich habe dich vorgeschlagen. Die Leute von der Produktionsfirma waren ganz begeistert. Natürlich hätte ich dich erst vorher fragen sollen, aber du kannst ja immer noch ablehnen.«

Vor laufender Kamera zu einem landesweiten Fernsehpublikum über jene Nacht sprechen? George Curtis bekam schon bei dem bloßen Gedanken daran schweißnasse Hände.

Er fürchtete, er bekäme keinen Ton heraus, aber dann antwortete er doch ruhig und herzlich: »Rob, ich hab dir gesagt, dass ich dir deine Bitte nicht abschlage. Das war ernst gemeint!«

»Danke. Es ist mir nicht leichtgefallen, dich zu fragen, und dir ist es vermutlich auch nicht leichtgefallen, meiner Bitte zuzustimmen.«

Abrupt wurde aufgelegt. George Curtis war in Schweiß gebadet. Stellte Rob Powell ihm eine Falle? Auf einmal bekam er es mit der Angst zu tun.

Er war jetzt so durcheinander, dass er fast an seiner eigenen Einfahrt vorbeigefahren wäre.

11

Vom Fenster des erlesen möblierten und nur selten benutzten Wohnzimmers aus beobachtete Jane Novak die Autos, die nahezu ununterbrochen am Haus vorbeifuhren.

Die Fernsehleute waren heute oben in Betsys Schlafzimmer.

Verzeihung, in Mrs. Powells Schlafzimmer, dachte sie voller Sarkasmus. Sobald sie vor mittlerweile neunundzwanzig Jahren als Haushälterin angefangen hatte, hatte sich Betsy von ihr nur noch mit »Mrs. Powell« ansprechen lassen.

»Mr. Powell ist sehr konservativ, Jane«, hatte sie erklärt. »Er hat mir gesagt, er hat nichts dagegen, wenn ich dich anstelle, aber dann müsstest du mich auch so ansprechen.«

Damals war das der dreiunddreißigjährigen Jane egal gewesen. Sie war überglücklich, die Stelle bekommen zu haben. Mr. Powell hatte darauf bestanden, sie vorher zu sehen, und hatte sie von seinem Chauffeur zum Bewerbungsgespräch abholen lassen. Wegen der Größe des Hauses, hatte er ihr erklärt, würden zweimal in der Woche für jeweils vier Stunden zwei Angestellte einer Reinigungsfirma kommen, die von ihr angewiesen werden müssten. Daneben würde sie die Mahlzeiten zubereiten. Wurde eine Dinnerparty gegeben, kümmerte sich ein Catering-Service darum. Da jetzt zwei Putzfrauen unter ihr standen und sie, wie zuvor, nicht mehr die Garderoben schlampiger Schauspieler reinigen musste, konnte sie sich den Großteil des Tages aufs Kochen verlegen – was ihr eine Freude und keine Mühe war. Sie konnte ihr Glück kaum fassen.

Nach einem Jahr war ihre aus tiefstem Herzen empfundene Dankbarkeit für die Stelle sogar noch gewachsen.

Denn sie hatte sich leidenschaftlich in Rob Powell verliebt.

Auch wenn sie keine Minute lang glaubte, dass er in ihr jemals auch nur entfernt das sah, was sonst ein Mann in einer Frau sieht.

Es genügte ihr, wenn sie sich um sein Wohlergehen kümmern, seine lobenden Worte über ihre Mahlzeiten und seine Schritte hören durfte, wenn er morgens nach unten kam, um Betsys Morgenkaffee zu holen. Und nach Betsys Tod, seit zwanzig Jahren, lebte Jane nun in der Vorstellung, sie wäre mit Rob verheiratet.

Jedes Mal, wenn er sagte, dass er abends zum Essen ausgehen werde, verfiel sie in Panik und warf einen verstohlenen Blick auf den Terminkalender, den er auf seinem Schreibtisch liegen hatte.

Aber Frauennamen tauchten darin nur selten auf, und Jane kam zu dem Schluss, dass sich in seinem Alter keine neue Mrs. Powell mehr finden lassen würde.

Vergangenes Jahr hatte er mit einem befreundeten Anwalt sein Testament durchgesprochen. Er hatte es daraufhin offen auf dem Schreibtisch liegen lassen, nachdem sie nach draußen auf den Golfplatz gegangen waren.

Jane hatte zu den letzten Seiten geblättert und gefunden, wonach sie gesucht hatte – die Hinterlassenschaft, die ihr zufallen sollte: dreihunderttausend Dollar für eine Wohnung in Silver Pines, der Apartmentanlage für Senioren, wo, wie er wusste, sich Jane mit einigen Anwohnern angefreundet hatte, die sie von der Kirche her kannte. Dazu ein Einkommen von tausend Dollar pro Woche für den Rest ihres Lebens.

Janes Verehrung für Robert Powell war fast ins Grenzenlose gestiegen.

Aber diese Fernsehsendung würde für Probleme sorgen. Sie wusste es. Schlafende Hunde sollte man nicht wecken, dachte sie, während sie zu den am Haus vorbeifahrenden Schaulustigen sah.

Kopfschüttelnd wandte sie sich vom Fenster ab und bemerkte, dass die Produzentin Laurie Moran in der Tür stand.

»Oh«, entfuhr es der sonst so reservierten Jane.

Laurie spürte den Groll, den die Haushälterin ihr gegenüber empfand. »Ach, Ms. Novak, wir gehen Ihnen bestimmt gehörig auf die Nerven, aber ich möchte Mr. Powell nicht stören. Ich habe nur eine Frage.«

Jane setzte eine etwas freundlichere Miene auf. »Natürlich. Worum geht es, Ms. Moran?«

»Mrs. Powells Schlafzimmer ist ja ganz auserlesen. Sind die Vorhänge, die Tagesdecke und der Teppich nach ihrem Tod irgendwann erneuert worden, oder ist das alles immer noch so wie am Abend ihrer Ermordung?«

»Nein. Mrs. Powell hat das Zimmer nach einigen Jahren von einem Innenausstatter neu einrichten lassen, aber dann hat ihr das alles nicht gefallen. Die Farben wären ihrer Meinung nach zu grell gewesen.«

Was für eine Verschwendung, dachte Jane. Sie musste sich zwingen, nicht den Kopf zu schütteln. Eine absolute Geldverschwendung.

»Also hat sie neue Vorhänge und ein neues Kopfbrett und einen neuen Teppich bestellt. Aber dann ist sie kurz darauf gestorben, bevor die neue Einrichtung geliefert wurde. Mr. Powell hat dann nach ihrem Tod alles so ausstatten lassen, um ihre Wünsche zu respektieren. Seitdem ist das Zimmer nicht mehr verändert worden.«

»Es ist sehr schön«, entgegnete Laurie aufrichtig. »Ist es jemals benutzt worden?«

»Es ist *niemals* benutzt worden«, antwortete Jane. »Aber es wird sauber gehalten. Sie werden nie erleben, dass die Silberbürste oder der Kamm auf dem Toilettentisch verstaubt sind. Sogar die Handtücher im Badezimmer werden regelmäßig ausgetauscht. Mr. Powell will, dass ihr Schlafzimmer und das Bad genau so sind, als könnte sie jederzeit die Tür öffnen und ins Zimmer treten.«

Laurie konnte sich die nächste Frage nicht verkneifen. »Verbringt er viel Zeit in ihrem Zimmer?«

Jane runzelte die Stirn. »Ich glaube nicht, aber diese Frage sollten Sie lieber Mr. Powell selbst stellen.«

Das Missfallen der Haushälterin war nun weder zu übersehen noch zu überhören.

Du meine Güte, dachte Laurie, mit der möchte man sich lieber nicht anlegen. »Ich danke Ihnen, Jane«, sagte sie. »Das war es für heute, wir werden Sie auch am Wochenende nicht belästigen. Wir sehen uns dann am Montagmorgen wieder. Und ich darf Ihnen versichern, am Mittwoch werden wir hier fertig sein.«

Es war kurz vor Mittag. Robert Powell erwartete daher, dass die Leute von der Produktionsfirma aufbrachen. Da es auch ein Freitag war, arbeitete er zu Hause und hatte sich seit ihrer Ankunft hinter den verschlossenen Türen seines Büros verbarrikadiert.

Drei Tage noch, dachte Laurie in ihrem Büro, als sie mit Jerry und Grace, die sie jeden Tag nach Salem Ridge begleiteten, ihre Notizen durchging.

Grace sprach schließlich an, was sich alle drei dachten. »Das Haus ist fantastisch«, sagte sie. »Wenn ich da bin, will ich gar nicht mehr zurück in meine Wohnung. Die liegt im vierten Stock, ohne Lift, und ich kann keine drei Schritte tun, ohne

gegen eine Wand zu prallen.« Sie hielt kurz inne, bevor sie fortfuhr: »Andererseits läuft es einem da auch kalt über den Rücken.
Meine Großmutter hat immer gesagt, fliegt eine Taube ins Zimmer, ist das ein Zeichen dafür, dass der Tod ins Haus kommt.
Laurie, du warst doch heute auch in Betsy Powells Schlafzimmer. Draußen ist ständig eine Taube herumgeflogen, als würde
sie einen Weg ins Zimmer suchen.«

»Jetzt mach mal halblang«, warf Jerry ein. »Grace, du über-
treibst mal wieder.«

Natürlich übertreibt sie, dachte Laurie.

Aber ihnen gegenüber würde sie natürlich nie zugeben, dass
das wunderbare Haus, in dem Betsy Powell gestorben war, auch
ihr eine Gänsehaut bereitete.

12

Am Sonntagmittag holte Josh Claire Bonner, die erste Teilnehmerin, am Westchester Airport ab. Sie kannte Josh, der lange vor Betsys Tod eingestellt worden war, aber nach der kurz angebundenen Begrüßung versuchte sie nicht, ihn in ein Gespräch zu verwickeln. Auf der Fahrt zum Hilton in Westchester dachte sie über ihre Pläne in den kommenden drei Tagen nach. Am Montag würden sie sich beim Frühstück alle zum ersten Mal treffen. Der restliche Tag stand ihnen dann zur freien Verfügung, damit sie sich wieder mit dem Haus und dem Grundstück vertraut machen konnten. Die Einzelinterviews würden am Dienstag stattfinden. Sie hatten sich alle bereit erklärt, in der Nacht zum Mittwoch wieder in den gleichen Zimmern zu schlafen wie damals vor zwanzig Jahren. Am Mittwochmorgen würde Robert Powell interviewt werden, darauf folgte ein Fotoshooting von ihnen allen zusammen am Speisetisch. Dann würden sie alle zu ihren jeweiligen Flügen gebracht.

Wir sind uns natürlich bewusst, wie schmerzhaft es für Sie sein wird, aber durch Ihre Teilnahme an der Sendung geben Sie der Öffentlichkeit zu verstehen, dass Sie nichts zu verbergen haben und alle Verdachtsmomente unbegründet sind. So lautete der abschließende Satz von Lauries Schreiben.

Dass alle Verdachtsmomente unbegründet sind!, dachte Claire Bonner wütend, als sie in ihr Hotel eincheckte.

Sie trug einen sommerlichen hellgrünen Hosenanzug, den sie in einem teuren Laden in Chicago gekauft hatte. In den drei

Monaten, seit Laurie Morans erster Brief bei ihr eingetroffen war, hatte sie sich die Haare schulterlang wachsen und hell tönen lassen. Heute hatte sie sie allerdings zu einem Pferdeschwanz gebunden, sie hatte auch kein Make-up aufgelegt, mit dem sie sich in den vergangenen Monaten ebenfalls vertraut gemacht hatte. Geschminkt und mit offenen Haaren würde sie ihrer Mutter verblüffend ähnlich sehen. Sie wollte nicht, dass Josh das jetzt schon bemerkte und Powell vorab davon erzählte. Er sollte es erst zu sehen bekommen, wenn sie sich von Angesicht zu Angesicht gegenüberstanden.

»Ihre Suite steht bereit, Ms. Bonner«, sagte der Portier und winkte dem Pagen. Claire entging weder der Blick, den er ihr zukommen ließ, noch die Aufregung in seiner Stimme.

Warum auch nicht? Es war unmöglich, die vielen Zeitungsartikel zu ignorieren, die schon jetzt von der anstehenden Sendung berichteten. Die Klatschpresse grub natürlich wieder alles aus, was sie über Betsy Bonner Powell finden konnte. BEGINN EINES TÖDLICHEN NEUEN LEBENS lautete die Schlagzeile auf dem Titelblatt des wöchentlich erscheinenden Sensationsblatts *Shocker*. Der Artikel berichtete in allen Einzelheiten vom ersten Treffen zwischen Betsy Bonner und Robert Powell. Betsy hatte ihre Tochter Claire an ihrem dreizehnten Geburtstag zum Essen in ein Restaurant in Rye eingeladen. Der verwitwete Robert Powell war dort zufällig mit Claires Freundin Nina und deren Mutter ebenfalls beim Essen gewesen. Als Betsy und Claire aufbrachen, hatte Nina sie entdeckt, hatte sie zu sich an Powells Tisch gewinkt und dem Wall-Street-Multimillionär vorgestellt.

Der Rest ist, wie man so schön sagt, Geschichte, lautete die abgedroschene Überleitung zu den letzten Absätzen der Story. Robert Powell behauptete, es sei Liebe auf den ersten Blick gewesen. Drei Monate später waren er und Betsy Bonner miteinander verheiratet.

Die Schauspielerin Muriel Craig machte gute Miene zum bö-
sen Spiel, soll aber angeblich einen heftigen Groll gegen ihre
Tochter Nina gehegt haben, weil sie Claire im Restaurant an den
Tisch gerufen hatte.

Das stimmt, dachte Claire, als sie dem Hotelpagen zum Aufzug folgte. Die arme Nina.

Die Suite bestand aus drei großen Schlafzimmern sowie
einem Wohnzimmer, einem Bad und einem in Pastelltönen
ausgestatteten Ankleideraum.

Claire gab dem Pagen ein Trinkgeld, rief den Zimmerservice
und packte ihren einen Koffer aus. Er enthielt die drei von ihr
ausgesuchten Outfits sowie ihren neu angeschafften Kosme-
tikvorrat.

In einer ihrer E-Mails hatte sich Laurie Moran nach Claires
Kleidergröße erkundigt, um für die passende Garderobe sorgen
zu können, wie sie schrieb.

Passende Garderobe!, hatte Claire gedacht, als sie die E-Mail
gelesen hatte. Wofür um alles in der Welt war die nötig?

Aber dann war ihr ein Licht aufgegangen. Moran würde sie
mit Kleidern ausstaffieren, die denen ähnelten, die sie zwanzig
Jahre zuvor auf der Gala getragen hatten.

Sie würden einige der damals gefilmten oder fotografierten
Szenen nachstellen, so zum Beispiel den Augenblick, als sie zu
viert angestoßen oder sich alle zusammen den Arm um die
Schultern gelegt hatten – oder als sie einzeln von der Polizei befragt worden waren.

Ich weiß, dass ich eine hübsche Frau bin, dachte Claire. Noch
dazu, wenn ich meiner Mutter so ähnlich sehe.

Ein leises Klopfen an der Tür kündigte den Zimmerservice
an, der ihr den bestellten Hühnchensalat und Eistee brachte.

Als sie aber am Salat knabberte und am Tee nippte, wurde ihr
bewusst, dass sie nicht so kühn war, wie sie gedacht hatte.

Eine innere Stimme flüsterte ihr zu, ihren Plan nicht weiter zu verfolgen.

Das sind nur die Nerven, versuchte sie sich zu beruhigen. Das sind nur die Nerven.

Aber es war mehr als das.

Die Stimme hämmerte ihr beharrlich ein: *Mach es nicht! Mach es nicht! Es ist das Risiko nicht wert.*

13

Es war eine beschwerliche Reise von Cleveland zum Westchester Airport. Schwere Regenfälle hatten dafür gesorgt, dass die Maschine zwei Stunden auf der Rollbahn warten musste, und obwohl sie in einem kleinen Privatjet flogen, war es darin so eng, dass sie sich kaum bewegen konnten. Für Rods Rücken war es eine einzige Qual. Irgendwann meinte sie sogar, sie sollten die ganze Sache vergessen.

»Alie, das ist für dich doch die Chance, endlich den Abschluss zu machen, den du immer wolltest. Dreihunderttausend Dollar von Powell und der Produktionsfirma – damit kannst du dein Medizinstudium und alle sonstigen Ausgaben finanzieren. Du wolltest doch immer als Ärztin in der Forschung arbeiten.« Das hatte Rod ihr entgegnet und ihr deutlich zu verstehen gegeben, was er von ihrem Vorschlag hielt.

Aber, dachte sie, selbst wenn ich nicht auf dem Campus wohne, werde ich alle Zeit zum Lernen brauchen. Wo bleibt da Rod? Und wenn ich woandershin muss, was dann? Geben wir dann den Drugstore auf und er kommt mit? Und was treibt er dann den lieben langen Tag? Oder stellen wir zwei neue Mitarbeiter ein? Es ist mehr als fraglich, ob das alles funktionieren wird.

Auf ihrer Armbanduhr war es fünfzehn Uhr, als sie in Westchester landeten. Rod konnte nicht verbergen, welche Schmerzen er hatte. Nachdem er sich auf den Krücken aus der Kabine zum bereitgestellten Rollstuhl geschleppt hatte, beugte sich

Alison über ihn und flüsterte ihm zu: »Vielen Dank fürs Mitkommen.«

Lächelnd blickte er zu ihr auf.

Gott sei Dank erwartete der Chauffeur, ein rotgesichtiger Mann mit der Statur eines ehemaligen Boxers, sie bereits im Terminal. Er stellte sich ihnen vor. »Ich bin Josh Damiano, Mr. Powells Chauffeur. Er wollte sichergehen, dass Sie ganz bequem vom Flugplatz in Ihr Hotel kommen.«

»Wie nett von Mr. Powell.« Alison hoffte, dass man ihr ihre Geringschätzung nicht anhörte. Bruchstückhafte Erinnerungen brachen über sie herein, nachdem sie jetzt wieder in New York waren. Seit fünfzehn Jahren, nachdem die Ärzte ihnen mitgeteilt hatten, dass sie von weiteren Operationen absehen würden, waren sie nicht mehr in der Stadt gewesen.

Ihr Geld war damals längst aufgebraucht, Rods Familie hatte einen Kredit aufgenommen, um sie zu unterstützen, und Alison hatte ein Jahr lang im Abendstudium die notwendigen Kurse belegt, um einen Abschluss als Apothekerin zu erwerben. Dankbar hatten sie daraufhin die Gelegenheit ergriffen, in Cleveland im Drugstore ihres Cousins zu arbeiten.

Ich habe New York geliebt, dachte sie jetzt, und bin trotzdem froh gewesen, als ich die Stadt verlassen konnte. Ich hatte immer den Eindruck, wenn die Leute mich sehen, fragen sie sich, ob ich Betsy Bonner Powell umgebracht habe. In Cleveland hatten wir dagegen meistens unsere Ruhe.

»Es gibt am Ausgang ein paar Bänke«, sagte Damiano. »Warten Sie dort, bis ich den Wagen vorfahre. Ich hoffe, es wird nicht allzu lange dauern.«

Sie sahen zu, wie er ihr Gepäck in Empfang nahm. Fünf Minuten später war er schon wieder da. »Der Wagen steht draußen«, sagte er und half Rod mit seinem Rollstuhl.

Am Randstein wartete ein schimmernder schwarzer Bentley.

Als Damiano Rod aus dem Rollstuhl und auf die Rückbank half, wurde Alison schwer ums Herz.

Er hat so große Schmerzen, dachte sie, aber er beklagt sich nie, und nie redet er über die Football-Karriere, die ihm entgangen ist.

Der große Wagen setzte sich in Bewegung. »Es ist nicht viel Verkehr«, sagte Damiano. »In zwanzig Minuten sollten wir im Hotel sein.«

Sie hatten sich für das Crowne Plaza in White Plains entschieden. Die Stadt lag nah genug an Salem Ridge, war aber weit genug von den Hotels entfernt, in denen ihre anderen drei Jugendfreundinnen absteigen wollten. Laurie Moran hatte sich darum gekümmert.

»Bei Ihnen alles in Ordnung?«, fragte Damiano fürsorglich.

»Alles wunderbar«, versicherte ihm Alison, während Rod nur zustimmend murmelte.

Aber dann beugte sich Rod zu ihr herüber. »Alie«, flüsterte er, »mir ist gerade eingefallen, wenn du vor der Kamera stehst, dann bitte kein Wort über dein Schlafwandeln und dass du in der Nacht vielleicht in Betsys Zimmer gewesen bist.«

»Aber natürlich nicht, Rod«, antwortete Alison erschreckt.

»Und binde ihnen auch nicht auf die Nase, dass du Medizin studieren willst, solange du nicht ausdrücklich danach gefragt wirst. Sonst werden alle nur daran erinnert, wie wütend du damals warst, weil Robert Powell den Dekan dazu überredet hat, das Stipendium an Vivian Fields zu vergeben.«

Bei der Erwähnung dieses nahezu traumatischen Erlebnisses verzerrte sich Alisons Gesicht vor Wut. »Betsy Powell hat unbedingt Mitglied im Frauenclub werden wollen, da haben sich die ersten Damen der Gesellschaft getroffen, und Präsidentin ist Vivians Mutter gewesen. Klar, Powell hatte enormen Einfluss – außerdem hatte er dem College gerade ein Studentenwohnheim gestiftet! Die Fields hätten es sich hundertmal leisten können, Vivian die Studiengebühren zu bezahlen. Sogar dem Dekan war es sichtlich peinlich, als er ihren Namen aufrief. Und dann hat er sogar noch von ihren brillanten akademischen Leistungen gesprochen! Ha! Im zweiten Jahr hat sie das Studium hingeworfen. Ich hätte Betsy die Augen auskratzen können!«

»Wenn du also gefragt wirst, was wir mit dem Geld vorhaben, solltest du deshalb sagen, dass wir eine ausgedehnte Kreuzfahrt machen wollen«, riet Rod ihr.

Josh Damiano sah im Rückspiegel, wie Rod seiner Frau etwas zuflüsterte und diese ganz entsetzt und sichtlich aufgewühlt reagierte. Er hörte nicht, was gesprochen wurde, insgeheim aber lächelte er.

Spielt ja keine Rolle, ob ich sie höre oder nicht, dachte er. Das Aufnahmegerät zeichnet alles auf, was im Wagen gesagt wird.

14

Regina Callari befand sich in Hochstimmung, als sie erfuhr, dass sie für ihren Auftritt in der Sendung von Robert Powell und den Fisher Blake Studios insgesamt dreihunderttausend Dollar netto bekommen würde.

Damit wurde ihr eine große Last von den Schultern genommen. Sie würde nicht mehr von Provision zu Provision leben müssen, was beim gegenwärtigen Immobilienmarkt immer schwieriger geworden war.

Fast glaubte sie wieder dieses warme, sichere Gefühl ihrer frühen Kindheit zu spüren, mit dem es nach dem Tod ihres Vaters so abrupt vorbei gewesen war.

In den letzten Jahren hatte sie immer den gleichen Traum gehabt. Sie erwachte in ihrem großen Zimmer mit dem hübschen weißen Bett, auf dessen Kopfbrett ein Strauß zarter rosaroter Blüten gemalt war. Daneben standen ein Nachttisch in ihrem Zimmer, eine Ankleide, ein Schreibtisch und ein Bücherregal. In ihrem Traum sah sie immer die rosarot-weiße Tagesdecke vor sich und die dazu passenden Vorhänge und den rosaroten weichen Läufer.

Nach dem Selbstmord ihres Vaters war ihnen nicht viel Geld geblieben, und so war ihre Mutter mit ihr in eine Dreizimmerwohnung gezogen, wo sie sich das Schlafzimmer teilen mussten.

Ihre modevernarrte Mutter hatte eine Stelle als Persönliche Einkaufsberaterin bei Bergdorf Goodman angetreten, wo sie früher eine geschätzte Kundin gewesen war. Irgendwie kamen sie immer über die Runden, und mithilfe eines Stipendiums schaffte es Regina schließlich, das College erfolgreich abzuschließen.

Nach Alisons Hochzeit und den Schlagzeilen über Betsys Tod bin ich nach Florida geflohen, dachte Regina, als sie in St. Augustine an Bord des Flugzeugs ging. Eine schöne Flucht! Spar dir deine Erinnerungen, ermahnte sie sich, sonst wirst du darüber noch verrückt.

Einige Stunden zuvor hatte sie Zach verabschiedet, der zu seiner Rucksacktour nach Europa aufgebrochen war. Er würde sich mit seiner Gruppe in Boston treffen, von wo aus sie am Abend nach Paris flogen.

Regina machte es sich in dem kleinen Privatjet bequem und genehmigte sich noch vor dem Abflug ein Glas Wein.

Kurz musste sie lächeln, als sie an Zach und ihren Urlaub zurückdachte, den sie soeben gemeinsam unternommen hatten.

Als er zwei Wochen zuvor vom College nach Hause gekommen war, hatte sie ein Schild mit der Aufschrift WEGEN URLAUB GESCHLOSSEN ins Schaufenster ihres Büros gehängt und Zach verkündet, dass sie zusammen zu einer Kreuzfahrt in der Karibik aufbrechen würden.

Nachdem sie schon befürchtet hatte, das enge Verhältnis zwischen ihnen wäre verloren gegangen, hatten sie sich auf der Reise wieder einander angenähert. Vielleicht fühlten sie sich jetzt sogar stärker verbunden als zuvor.

Zach erzählte wenig von seinem Vater und seiner Stiefmutter. Nachdem sie ihn aber direkt darauf angesprochen hatte, brach alles aus ihm heraus.

»Mom, ich weiß, Dad hätte dir mehr Geld geben sollen, er verdient doch so viel, so verdammt viel. Wahrscheinlich würde er dir sogar mehr zukommen lassen, nur hat er Angst vor Sonya und wie sie darauf reagiert. Sie kann nämlich ziemlich biestig sein.«

Zachs Vater, dachte Regina verbittert, hat die Songs, die ihn reich gemacht haben, noch während unserer Ehe geschrieben. Aber bis sich das erste Lied davon verkauft hat, waren wir schon ein Jahr geschieden, und ich konnte mir keinen Anwalt leisten, um zu beweisen, dass die Lieder entstanden sind, als wir noch verheiratet waren.

»Ich glaube, er bereut es, Sonya geheiratet zu haben«, hatte Zach ihr erzählt. »Wenn sie sich streiten, wackelt das ganze Haus.«

»Das höre ich ausgesprochen gern«, erinnerte sich Regina, Zach gestanden zu haben.

Und sie freute sich über Zachs Komplimente, nachdem sie ganze zehn Kilo abgespeckt hatte. »Mom, du siehst einfach cool aus«, hatte er ihr mehr als einmal gesagt.

»Ich hab in den letzten zwei Monaten wieder mit dem Fitnesstraining angefangen«, erzählte sie. »Das hab ich viel zu lange schleifen lassen.«

Er hatte sie auch nach ihren Eltern gefragt. »Du hast mir bloß immer erzählt, dass Grandpa wegen einer Fehlinvestition pleitegegangen ist und sich umgebracht hat und dass Grandma nach ihrer Pensionierung in Florida leben wollte, aber schon ein Jahr nach eurem Umzug gestorben ist.«

»Sie ist über den Tod meines Vaters nie hinweggekommen.«

Zach sieht meinem eigenen Vater so ähnlich, dachte sie, als das Flugzeug abhob. Er ist groß, blond und hat blaue Augen.

Am letzten Abend beim Essen auf dem Schiff hatte sich Zach nach dem Mord an Betsy erkundigt. Er hatte mitbekommen, wie sein Vater Sonya davon erzählt hatte, und hatte später danach gegoogelt.

Regina hatte ihm daraufhin von dem Abschiedsbrief erzählt.

War es falsch gewesen?, überlegte sie jetzt. Ich musste aber einfach mit jemandem darüber reden. Ich weiß doch nicht einmal, ob es ein Fehler gewesen war, ihn nicht meiner Mutter gezeigt zu haben.

Reit nicht allzu sehr darauf herum, dachte sie beim zweiten Glas Wein.

Es war zwanzig Uhr, als sie in Westchester landeten. Der Fahrer, der sie empfing, stellte sich als Mr. Powells Chauffeur vor, Josh Damiano. Er sagte, Mr. Powell sei sehr um ihr Wohlergehen bemüht.

Es fiel ihr schwer, darüber nicht lauthals loszulachen. Als er ihr die Tür des Bentley aufhielt, konnte sie sich aber einen Kommentar dazu nicht verkneifen. »Ist Mr. Powell seinem Mercedes jetzt entwachsen?«

»Oh, nein«, antwortete Damiano lächelnd. »Er hat immer noch einen Mercedes-Kombi.«

»Das freut mich aber sehr für ihn.«

Halt den Mund, ermahnte sie sich, als sie einstieg.

Sie hatten kaum den Flughafen verlassen, als ihr Handy klingelte. Es war Zach. »Wir sind kurz vor dem Boarding, Mom. Ich wollte nur hören, dass du sicher gelandet bist.«

»Oh, Zach, wie nett von dir. Du fehlst mir jetzt schon.«

Dann änderte sich sein Ton. »Mom, dieser Abschiedsbrief ... Du hast gesagt, am liebsten möchtest du ihn Powell ins Gesicht schleudern. Hast du ihn wirklich dabei?«

»Ja, ich hab ihn dabei. Aber mach dir keine Sorgen. So verrückt bin ich nun auch wieder nicht. Er ist in meinem Koffer. Ich verspreche dir, es wird ihn keiner finden.«

»Mom, zerreiß ihn! Wenn ihn jemand findet, kannst du mächtig Ärger kriegen.«

»Zach, wenn es dich beruhigt, dann verspreche ich dir, dass ich ihn vernichte.«

Nein, dachte sie sich, das werde ich nicht tun. Aber ich will nicht, dass er sich Sorgen um mich macht, wenn er in seinen Flieger steigt.

Josh Damiano auf dem Fahrersitz hatte eigentlich nicht vorgehabt, das Aufnahmegerät einzuschalten, schließlich reiste Regina allein. Als er jedoch ihr Handy klingeln hörte, aktivierte er schnell das Gerät. Vielleicht, dachte er, hab ich ja Glück.

Man konnte ja nicht umsichtig genug sein, wenn man für jemanden wie Mr. Powell arbeitete.

15

Es war ein langer Tag gewesen. Laurie ging in ihrem Büro mit Jerry und Grace noch einmal die zahllosen Details durch und wollte sicherstellen, dass am ersten Drehtag alles nach Plan lief.

Schließlich lehnte sie sich zurück und sagte: »Das wär's für heute, mehr können wir im Moment nicht tun. Die Würfel sind gefallen. Die ehemaligen Absolventinnen sind eingetroffen, morgen werden wir uns mit ihnen treffen, und um neun Uhr fangen wir an. Mr. Powell sagt, die Haushälterin wird Kaffee und Obst und Gebäck vorbereiten.«

»Schon faszinierend. Sie behaupten, dass sie die ganze Zeit untereinander keinen Kontakt mehr gehabt haben«, sagte Jerry. »Aber ich möchte wetten, dass sie sich hin und wieder googeln. Jedenfalls würde ich das an ihrer Stelle tun. Meine Tante googelt immer, wenn sie erfahren möchte, was ihr Ex wieder so treibt.«

»Ich rechne damit, dass zumindest in den ersten Minuten eine verlegene, vielleicht angespannte Atmosphäre herrscht«, sagte Laurie leicht besorgt. »Aber sie waren jahrelang beste Freundinnen und haben eine Menge durchgestanden, als sie von der Polizei in die Mangel genommen wurden.«

»Nina Craig hat mal einem Reporter erzählt, sie wären von der Polizei beschuldigt worden, an einem Mordkomplott gegen Betsy beteiligt gewesen zu sein, und man hätte derjenigen eine geringere Haftstrafe in Aussicht gestellt, die eine Aussage

machen würde«, erinnerte sich Jerry. »Das muss ziemlich be-
lastend gewesen sein.«

»Dabei ist mir völlig schleierhaft, warum sie Betsy Powell
überhaupt hätten ermorden sollen«, warf Grace kopfschüttelnd ein. »Sie feiern ihren College-Abschluss mit einer tollen
Party. Sie haben noch ihr ganzes Leben vor sich. Auf den Filmen
sehen sie alle sehr glücklich aus.«

»Vielleicht war eben eine von ihnen nicht ganz so glücklich,
wie es den Anschein hatte«, gab Laurie zu bedenken.

»Ich sehe es jedenfalls folgendermaßen«, verkündete Grace.
»Betsy und ihre Tochter Claire haben sich immer sehr gut verstanden, Claire scheint also keinen Grund gehabt zu haben,
ihre Mutter zu töten. Regina Callaris Vater hat zwar sein Geld in
einem von Powells Hedgefonds verloren, aber sogar ihre Mutter hat zugegeben, dass Powell ihn mehrmals gewarnt hat, trotz
der enormen Gewinnaussichten nicht mehr zu investieren, als
er sich leisten konnte zu verlieren. Nina Craigs Mutter hatte mit
Powell ein Verhältnis, bevor er Betsy kennenlernte, aber man
muss schon ziemlich durchgeknallt sein, wenn man jemanden
umbringt, nur weil man von ihm sitzengelassen wird. Und
Alison Schaefer hat vier Monate nach dem Abschluss ihren
Freund geheiratet. Er war damals schon ein Football-Star und
hatte einen Multimillionenvertrag in der Tasche. Welchen Grund
hätte sie haben können, Betsy Powell ein Kissen aufs Gesicht zu
drücken?«

Grace zählte die einzelnen Punkte an den Fingern ab, um
ihre Argumente zu unterstreichen. »Und die säuerlich drein-
blickende Haushälterin ist von Betsy selbst angestellt worden«,
fuhr sie fort. »Ich tippe also schlicht und einfach auf einen Einbruch, bei dem etwas schiefgelaufen ist. Das Haus ist groß.
Überall gibt es Glasschiebetüren. Die Alarmanlage war nicht
eingeschaltet. Eine der Türen war nicht abgesperrt. Jeder hätte

eindringen können. Jemand war also hinter Betsys Smaragd-Halskette und den Ohrringen her, die beide ein Vermögen wert waren. Vergesst nicht, einer der Ohrringe hat auf dem Schlafzimmerboden gelegen.«

»Gut, vielleicht waren Leute da, die gar nicht eingeladen und nur darauf aus waren, die Party zu stören«, räumte Laurie ein. »Manche Gäste haben ausdrücklich darum gebeten, Freunde mitbringen zu dürfen; auf den Videoaufnahmen sind auch einige zu sehen, die von niemandem eindeutig identifiziert werden konnten.« Sie hielt kurz inne. »Vielleicht können wir durch unsere Sendung ja etwas Licht ins Dunkel bringen. Und wenn dem so ist, dürften Powell, die Haushälterin und die Absolventinnen froh sein, dass sie sich zur Teilnahme bereit erklärt haben.«

»Ich glaube, sie sind jetzt schon froh darüber«, bemerkte Jerry. »Dreihunderttausend Dollar netto sind ein hübsches Sümmchen. Die hätte ich auch gern.«

»Wenn ich sie hätte, würde ich mir eine Wohnung zulegen, die nur im *dritten* Stock ohne Lift liegt«, sagte Grace mit einem Seufzen.

»Und wenn sich herausstellt, dass eine von ihnen die Täterin war, kann sie gleich Alex Buckley als Verteidiger engagieren«, sagte Jerry. »Bei seinen Anwaltsgebühren wird die Betreffende die dreihunderttausend bitter nötig haben.«

Alex Buckley war ein renommierter Strafverteidiger, der als Moderator auftreten und Interviews mit Powell, der Haushälterin und den Absolventinnen führen würde. Der Achtunddreißigjährige wurde gern zu Diskussionsrunden im Fernsehen eingeladen, wenn es um besondere Kriminalfälle ging.

Berühmt geworden war er durch die Verteidigung einer hochgestellten Persönlichkeit, der vorgeworfen wurde, einen Geschäftspartner ermordet zu haben. Entgegen jeder Wahrscheinlichkeit gelang es Buckley, einen Freispruch zu erwirken. Die Presse sprach bereits von einem unerträglichen Fehlurteil. Zehn Monate später beging die Frau des Geschäftspartners allerdings Selbstmord und erklärte in ihrem Abschiedsbrief, dass *sie* ihren Mann umgebracht habe.

Nachdem sich Laurie zahllose Videos von Alex Buckleys Auftritten angesehen hatte, beschloss sie, dass er der ideale Moderator für die Sendung wäre.

So hatte sie ihn nur noch zur Teilnahme überreden müssen.

Sie hatte in seiner Kanzlei angerufen und mit ihm einen Termin vereinbart.

Kurz bevor sie in sein Büro geführt wurde, musste er einen dringenden Anruf annehmen. Sie setzte sich also ihm gegenüber an seinen Schreibtisch und hatte noch genügend Zeit, ihn eingehend zu betrachten.

Er hatte dunkle Haare, blaugraue Augen, die von seiner Brille mit dem schwarzen Gestell noch betont wurden, ein markantes Kinn, und er war groß und schlaksig. Sie wusste, dass er am College ein Basketball-Star gewesen war.

Er war jemand, den die Zuschauer intuitiv mochten und dem sie vertrauten, damit besaß er genau die Eigenschaften, die sie für ihren Erzähler und Moderator benötigte. Diese Einschätzung wurde bestätigt, als sie hörte, wie er seinen Anrufer am Telefon beruhigte und ihm versicherte, dass er sich keine Sorgen zu machen brauche.

Herzlich und entschuldigend lächelte er sie an, nachdem er aufgelegt hatte, und mit seiner ersten Frage – »Und was kann ich für Sie tun, Ms. Moran?« – gab er ihr auch gleich unmissverständlich zu verstehen, dass sie seine Zeit lieber nicht verschwenden sollte.

Laurie war darauf vorbereitet gewesen.

Jetzt dachte sie an den Moment zurück, als sich Alex Buckley in seinem Sessel zurückgelehnt und gesagt hatte: »Ms. Moran, ich bin sehr daran interessiert, an Ihrer Sendung teilzunehmen.«

»Laurie, ich war mir sicher, dass er rundweg ablehnen würde«, sagte Jerry nun.

»Mir war klar, dass Buckley mit dem, was wir ihm zahlen können, nicht zu ködern ist, aber ich hatte so ein Gefühl, dass der ungelöste Abschlussgala-Fall sein Interesse wecken könnte. Gott sei Dank habe ich damit richtig gelegen.«

»Goldrichtig«, stimmte Jerry zu. »Er wird hervorragend rüberkommen.«

Es war achtzehn Uhr. »Hoffen wir es«, sagte Laurie, schob ihren Stuhl zurück und stand auf. »Wir haben genug getan. Machen wir Schluss.«

Zwei Stunden später saß sie mit ihrem Vater beim Kaffee. »Die Würfel sind gefallen, wie ich schon Jerry und Grace gesagt habe.«

»Was heißt das?«, fragte Timmy, der sich heute Abend nach dem Dessert nicht mit einem Buch zurückgezogen hatte.

»Es heißt, dass ich alles getan habe, was möglich ist, und wir morgen in der Früh mit dem Drehen beginnen.«

»Wird das eine Serie?«, fragte Timmy.

»Dein Wort in Gottes Ohr«, erwiderte Laurie und lächelte ihrem Sohn zu. Er ist Greg so ähnlich, dachte sie, nicht nur äußerlich, sondern auch in seinem ganzen Wesen. Immer will er alles von Grund auf erfahren.

Immer erkundigte er sich nach den Projekten, an denen sie gerade arbeitete. Dieses hatte sie ganz allgemein als »Zusammenkunft von vier Freundinnen« beschrieben, »die sich seit zwanzig Jahren nicht mehr gesehen haben«.

»Warum haben sie sich nicht mehr gesehen?«, hatte seine nächste Frage gelautet.

»Weil sie in unterschiedlichen Bundesstaaten leben«, hatte Laurie ehrlich geantwortet.

Die letzten Monate waren hart gewesen, dachte sie. Und das hatte nicht nur an dem Druck gelegen, unter dem sie bei den Vorbereitungen zur Sendung stand. Timmy hatte am 25. Mai seine Erstkommunion gefeiert, und sie hatte kaum die Tränen zurückhalten können, die sie mit ihrer dunklen Sonnenbrille verbergen wollte. *Greg sollte dabei sein. Greg sollte hier sein, aber er wird kein einziges wichtiges Ereignis in Timmys Leben mitbekommen. Nicht seine Firmung, nicht seinen Schulabschluss oder seine Hochzeit. Nichts von alldem.* Diese Gedanken gingen ihr unentwegt durch den Kopf, während sie verzweifelt versuchte, ihren Tränen Einhalt zu gebieten.

Laurie bemerkte, dass Timmy sie mit besorgter Miene ansah.

»Mom, du siehst so traurig aus«, sagte er.

»Das will ich aber gar nicht.« Laurie schluckte den Kloß im Hals hinunter und lächelte. »Warum sollte ich? Ich hab doch dich und Grandpa. Ist es nicht so, Dad?«

Leo Farley kannte solche Augenblicke der Trauer. Dazu musste er nur an Eileen denken, mit der er viele Jahrzehnte verheiratet gewesen war. Aber bei seiner Tochter, der ihr Mann von einem Teufel in Menschengestalt geraubt worden war …

Leo verbot sich den Gedanken. »Und ich habe euch beide«, sagte er. »Aber vergesst nicht, bleibt mir nicht zu lange auf. Wir müssen morgen alle früh aus den Federn.«

Timmy würde nämlich am folgenden Tag mit seinen Freunden für zwei Wochen zum Campen fahren.

Natürlich hatten Leo und Laurie mit sich und der immer vorhandenen Angst gerungen, dass der Mann mit den blauen Augen irgendwie von Timmys Ausflug erfahren könnte. Aber dann kamen sie zu dem Schluss, dass Timmy nur voller Angst aufwachsen würde, wenn sie ihn immer von solchen Aktivitäten mit seinen Freunden abhielten. In den fünf Jahren seit Gregs Ermordung hatten sie alles dafür getan, dass Timmy ein ganz normales Leben führen konnte – und gleichzeitig dafür gesorgt, dass er in Sicherheit war.

Leo war persönlich zum Campingplatz gefahren und hatte mit dem dortigen Leiter gesprochen, der ihm versicherte, dass die Jungs in Timmys Alter ständig beaufsichtigt würden und außerdem Wachleute vor Ort wären, die jeden Fremden sofort registrieren würden.

Leo erzählte dem Leiter, was Timmy damals gerufen hatte: »Der Mann mit den blauen Augen hat meinen Daddy erschossen!« Dann lieferte er ihm die Beschreibung des Täters, die die ältere Zeugin der Polizei gegeben hatte. »Er hatte einen Schal vor dem Gesicht, er trug eine Mütze. Er war von eher durchschnittlicher Größe, stämmig, aber nicht dick. Er war in null Komma nichts um die nächste Straßenecke, aber ich glaube nicht, dass er jung war. Er konnte nur unheimlich schnell laufen.«

Aus irgendeinem Grund musste er bei den Worten »unheimlich schnell laufen« an den Typen denken, der im März auf Rollerskates an ihnen vorbeigerauscht war. Vielleicht, weil er dabei fast die schwangere Frau über den Haufen gefahren hatte, dachte er.

»Noch einen Kaffee, Dad?«

»Nein, danke.« Leo sah davon ab, Laurie erneut ins Gewissen zu reden, dass es viel zu riskant sei, alle Gäste der Abschlussgala unter einem Dach zu versammeln. Denn genau das würde jetzt also geschehen. Er konnte sich seine Worte sparen.

Er schob den Stuhl zurück, nahm die Dessertteller und Kaffeetassen und brachte alles in die Küche. Dort begann Laurie, den Geschirrspüler zu füllen.

»Ich mach schon«, sagte er. »Überprüf du doch noch mal Timmys Tasche. Aber ich glaube, er hat alles.«

»Dann ist auch alles drin. Ich kenne keinen, der so gut im Organisieren ist wie du. Dad, was würde ich ohne dich bloß machen?«

»Du würdest hervorragend allein zurechtkommen, aber ich habe durchaus vor, noch eine Weile hier zu sein.« Leo Farley gab seiner Tochter einen Kuss. Und dabei spukten ihm zum millionsten Mal die Worte durch den Kopf, die laut der Augenzeugin Gregs Mörder Timmy zugerufen hatte. *Sag deiner Mutter, dass sie die Nächste ist. Und dann bist du an der Reihe!*

In diesem Moment beschloss Leo Farley, dass er während der Drehtage heimlich nach Salem Ridge hochfahren würde. Ich bin noch Polizist genug, um andere zu beschatten, ohne selbst gesehen zu werden, dachte er.

Wenn etwas schiefläuft, sagte er sich, dann möchte ich in der Nähe sein.

16

Um sechs Uhr läutete Alex Buckleys Wecker, Sekunden zuvor hatte ihn aber schon seine innere Uhr aus dem Schlaf geholt.

Ein paar Minuten lag er noch reglos da und sammelte seine Gedanken.

Heute war in Salem Ridge der erste Drehtag für die Abschlussgala.

Er schlug die Bettdecke zurück und stand auf. Vor Jahren hatte eine auf Kaution freigelassene Mandantin, die in sein Büro gekommen war, ausgerufen, als er sich zur Begrüßung erhoben hatte: »Mein Gott, Sie nehmen ja überhaupt kein Ende!«

Alex mit seinen ein Meter dreiundneunzig hatte darüber nur gelacht. Die Frau maß lediglich eins zweiundfünfzig, was sie aber nicht daran gehindert hatte, ihren Mann bei einer häuslichen Auseinandersetzung mit einem Messer tödlich zu verletzen.

Die Bemerkung dieser Frau kam ihm jetzt, während er unter die Dusche eilte, wieder in den Sinn; kurz darauf war er in Gedanken aber wieder bei dem heutigen Tag.

Er wusste, warum er Laurie Morans Angebot angenommen hatte. Im ersten Semester an der Fordham University hatte er von der Abschlussgala gelesen, er hatte im weiteren Verlauf den Fall mit großem Interesse verfolgt und sich Gedanken darüber gemacht, wer von den Absolventinnen die Täterin sein könnte. Denn davon war er überzeugt gewesen: Eine von ihnen hatte den Mord begangen.

Seine Wohnung lag am Beekman Place gleich beim East River. Durch die Nähe zum UN-Hauptquartier wohnten hier vor allem UN-Diplomaten sowie wohlhabende Geschäftsleute.

Zwei Jahre zuvor war er zufällig bei den damaligen Wohnungsbesitzern eingeladen gewesen und hatte von ihnen erfahren, dass sie verkaufen wollten. Sofort beschloss er, die Wohnung zu übernehmen. Ihr einziger Nachteil bestand aus einem großen, unablässig blinkenden Pepsi-Cola-Schild, das an einem Gebäude in Long Island City angebracht war und den Blick auf den East River verstellte.

Aber die Wohnung verfügte über sechs große Räume sowie über Zimmer für die Hausangestellten. Im Grunde brauchte er natürlich nicht so viel Platz, andererseits konnte er damit im großen Speisezimmer Dinnerpartys geben; er konnte außerdem das zweite Schlafzimmer in ein Büro umwandeln, und es war auch nicht zu verachten, ein Gästezimmer zu haben. Sein Bruder Andrew, Firmenanwalt in Washington, D. C., hatte regelmäßig geschäftlich in Manhattan zu tun.

»Jetzt musst du nicht mehr in ein Hotel«, hatte er Andrew gesagt.

»Ich zahl dir gern den üblichen Preis«, hatte sein Bruder gewitzelt und dann hinzugefügt: »Aber ich hab von Hotels die Nase voll, dein Angebot ist also große Klasse.«

Gleichzeitig beschloss Alex, statt einer Haushälterin, die vielleicht zweimal in der Woche kam, gleich jemanden fest anzustellen, der die Wohnung sauber halten, Einkäufe und Botengänge erledigen und Frühstück und Abendessen zubereiten konnte, wenn er zu Hause war. Auf Empfehlung seiner Inneneinrichterin hatte er Ramon angestellt. Ramon hatte für einen anderen ihrer Kunden gearbeitet, ein exzentrisches Ehepaar, das nicht nur einen sehr eigenwilligen Tagesablauf pflegte, sondern auch seine Kleidungsstücke einfach überall auf den Boden fallen ließ. Als das Paar nach Kalifornien umzog, wollte er nicht mitgehen.

Ramon bezog das große Zimmer mit Bad gleich neben der Küche, das für eine feste Haushaltshilfe konzipiert war. Er war sechzig Jahre alt, auf den Philippinen geboren, war seit Langem geschieden und hatte eine Tochter in Syracuse.

Ramon interessierte sich nicht für Alex' Privatangelegenheiten, und es würde ihm nie in den Sinn kommen, irgendetwas zu lesen, was Alex auf seinem Schreibtisch liegen ließ.

Ramon stand schon in der Küche, als Alex, wie immer in Anzug, weißem Hemd und Krawatte, in der Frühstücksecke Platz nahm. Neben seinem Teller lagen die Morgenausgaben der Zeitungen, die er jedoch gleich wieder wegschob, nachdem er Ramon begrüßt und die Schlagzeilen überflogen hatte.

»Ich lese sie am Abend, wenn ich wieder hier bin«, sagte er, während Ramon ihm Kaffee einschenkte. »Steht irgendwas Aufregendes drin?«

»Sie werden auf Seite sechs der *Post* erwähnt, Sir. Da begleiten Sie Ms. Allen zu einer Filmpremiere.«

»Ja, stimmt.« Alex hatte sich immer noch nicht richtig an die ungewollte Publicity gewöhnt, die seine häufigen Fernsehauftritte mit sich brachten.

»Sie ist eine sehr schöne Frau, Sir.«

»Ja, das ist sie.« Als unverheirateter, prominenter Anwalt konnte er keine Frau begleiten, ohne dass ihm sofort eine Beziehung mit ihr angedichtet wurde. Elizabeth Allen allerdings war eine sehr gute Bekannte, mehr nicht.

Alex aß eilig das von Ramon servierte Obst, die Frühstücksflocken und den Toast. Er konnte es jetzt kaum noch erwarten, zum Anwesen von Robert Powell zu kommen und ihn und die eingetroffenen Absolventinnen kennenzulernen.

Sie alle müssten mittlerweile Anfang vierzig sein, dachte er.

Claire Bonner, Alison Schaefer, Regina Callari und Nina Craig. Nachdem er seine Mitwirkung zugesagt hatte, hatte er umfangreiche Recherchen angestellt und alles gelesen, was zum Zeitpunkt von Betsy Powells Ermordung in den Medien veröffentlicht worden war.

Man rechnete mit seinem Eintreffen auf dem Anwesen um neun Uhr. Zeit zum Aufbruch. »Werden Sie heute Abend zum Essen hier sein, Mr. Alex?«, fragte Ramon.

»Ja, ich werde da sein.«

»Ist mit einem oder mehreren Gästen zu rechnen?«

Alex lächelte dem kleinen Mann zu, der ihn fragend ansah.

Ramon ist ein Perfektionist, dachte er nicht zum ersten Mal. Es war Ramon ein Gräuel, Lebensmittel zu verschwenden, wenn es zu vermeiden war, daher wusste er immer gern im Voraus, wenn Alex Freunde zum Essen einlud. Alex schüttelte den Kopf. »Keine Gäste«, sagte er.

Kurz darauf war er in der Tiefgarage seines Gebäudes. Ramon hatte schon angerufen, das Lexus-Cabrio stand daher mit geöffnetem Verdeck vor der Ausfahrt bereit.

Alex setzte seine Sonnenbrille auf, ließ den Motor an und steuerte auf den East River Drive zu. Die Fragen, die er den sechs Personen stellen wollte, die sich in der Nacht von Betsy Bonner Powells Tod nachweislich im Haus aufgehalten hatten, hatte er sich längst zurechtgelegt.

17

Leo Farley umarmte seinen Enkel. Sie standen vor dem Bus der Saint David's School, der Timmy ins Camp Mountainside in den Adirondacks bringen sollte. Er war sehr darum bemüht, sich seine Sorge nicht anmerken zu lassen, dass Gregs Mörder von Timmys Aufenthaltsort erfahren könnte.

»Du wirst dort mit deinen Freunden großen Spaß haben«, sagte er.

»Ich weiß, Grandpa«, antwortete Timmy. Aber dann wurde seine Miene plötzlich ernst und ängstlich.

Leo bemerkte, dass Timmy nicht der Einzige war. Ausnahmslos alle Kinder waren unruhig und nervös, als sie sich von ihren Eltern oder Großeltern verabschiedeten.

»Okay, Jungs, in den Bus!«, rief eine der Betreuungspersonen, die die Ausflügler begleiteten.

Leo nahm Timmy noch einmal in den Arm. »Es wird dir gefallen«, versicherte er ihm ein weiteres Mal und drückte Timmy einen Kuss auf die Wange.

»Und du passt auf Mom auf, oder, Grandpa?«

»Natürlich.«

Laurie hatte um sechs mit Timmy noch gefrühstückt, bevor ein Wagen der Fisher Blake Studios sie abgeholt und nach Salem Ridge gebracht hatte. Ihre Verabschiedung war tränenreich, aber Gott sei Dank sehr kurz ausgefallen.

Timmy drehte sich um und stellte sich in die Schlange vor dem Bus, und Leo musste unweigerlich daran denken, dass sich der Junge – neben den gelegentlichen Albträumen, die er von dem Mann mit den blauen Augen hatte – immer noch an die schreckliche Drohung erinnerte, die der Mörder seines Vaters ausgestoßen hatte.

Mit seinen acht Jahren lebte er mit der Angst, dass seiner Mutter etwas zustoßen könnte.

Aber solange ich noch da bin, wird das nicht geschehen, dachte Leo. Nachdem er den abfahrenden Campern hinterhergewinkt hatte, ging er zu dem schwarzen gemieteten Toyota, den er einen Block weiter in der Fifth Avenue geparkt hatte. Er wollte nicht riskieren, dass Laurie seinen roten Ford erkannte. Er ließ den Motor an und machte sich auf den Weg nach Salem Ridge.

Eine Dreiviertelstunde später befand er sich auf der Old Farms Road. Die große Limousine, die die erste Absolventin brachte, bog gerade in die lange Anfahrt zum Powell-Anwesen ein.

18

Der Mann mit den blauen Augen hatte sich immer schon auf seine Intuition verlassen. Damals vor fünf Jahren hatte er gewusst, dass es an der Zeit war für seinen Rachefeldzug. An jenem Tag war er Dr. Greg Moran und Timmy von ihrer Wohnung im Peter-Cooper-Village-Apartmentkomplex in der Twenty-first Street zum Spielplatz an der Fifteenth Street gefolgt.

Es hatte ihm ein unglaubliches Gefühl der Macht verliehen, als er gesehen hatte, wie die beiden Hand in Hand zu ihrem Hinrichtungsplatz schlenderten. An einer verkehrsreichen Kreuzung an der First Avenue hatte der Arzt den Jungen auf den Arm genommen, und der Mann mit den blauen Augen hatte gelacht, als Timmy fröhlich die Ärmchen um den Hals seines Vaters schlang.

Kurz hatte er überlegt, ob er gleich beide umbringen sollte, sich dann aber doch dagegen entschieden. Dann wäre ja nur noch Laurie übrig gewesen. Nein, nein, es war schon besser, wenn er noch etwas wartete.

Jetzt war also Laurie an der Reihe. Er wusste eine Menge über sie; wo sie wohnte, wo sie arbeitete, wann sie am East River zum Joggen ging. Manchmal war er ihr in den Bus gefolgt und hatte sich neben sie gesetzt. *Wenn du wüsstest, wenn du wüsstest!* Die Versuchung war groß gewesen, es laut auszusprechen.

Nach Verbüßung seiner fünfjährigen Haftstrafe hatte er den Namen Bruno Hoffa angenommen. Es war nicht schwierig gewesen, den Namen zu ändern und falsche Dokumente zu besorgen, als er wieder auf freiem Fuß war.

Im vergangenen halben Jahr, nach dem Ende seiner zweiten Haftstrafe, hatte er meistens Jobs angenommen, bei denen sich keiner darum kümmerte, was er vorher getrieben hatte. Oft war er daher auf dem Bau oder als Tagelöhner beschäftigt gewesen.

Er hatte nichts gegen harte körperliche Arbeit, er mochte sie sogar. Jemand hatte mal gesagt, er sehe aus und benehme sich wie ein Bauer. Über diese Bemerkung hatte er nur gelacht. Mit seinem massigen Körper und den kräftigen Armen vermittelte er wirklich den Eindruck, als würde er Gräben ausheben – genauso wollte er es auch.

Und wahrscheinlich konnte er selbst mit seinen sechzig Jahren jedem Polizisten davonrennen, der sich ihm an die Fersen heftete.

Im April hatte er in den Zeitungen gelesen, dass die Fisher Blake Studios unter Leitung der Produzentin Laurie Moran eine Sendung über den Abschlussgala-Mord drehen wollten.

Ab diesem Zeitpunkt wusste er, dass er irgendwie einen Job finden musste, damit er auf das Powell-Anwesen gelangen konnte, ohne Verdacht zu erregen. Als er damals am Grundstück vorbeigefahren war, war ihm ein großer Pick-up mit einer PERFECT ESTATES-Aufschrift aufgefallen. Also hatte er sich bei der Gartenbaufirma beworben. Als Jugendlicher hatte er mal für einen Landschaftsgärtner gearbeitet und dabei alles aufgeschnappt, was man bei dieser Arbeit wissen und können musste. Man musste wahrlich kein Genie sei, um den Rasen zu mähen, Hecken zu schneiden oder Sträucher und Blumen dort anzupflanzen, wo der Chef es einem anwies.

Ihm gefiel die Arbeit. Und er wusste, dass Laurie Moran oft hier sein würde, wenn die Dreharbeiten erst mal begonnen hatten.

Schon kurz nach Antritt seiner neuen Stelle war er Laurie begegnet. Er hatte sie sofort erkannt, als sie aus ihrem Wagen stieg. Eilig hatte er sich die Grasschere geschnappt und sich vor der Bibliothek herumgetrieben, wo Powell oft seine Gäste empfing.

An dem Tag hätte er sie leicht töten können, aber er wollte noch nicht. Jetzt hatte er schon so lange gewartet und sich an ihrer Angst geweidet, da wäre es doch besser, noch etwas länger zu warten, bis die Filmcrew eingetroffen war. Und würde die Berichterstattung über ihren Tod nicht noch dramatischer ausfallen, wenn sie mit der Publicity zur Abschlussgala verbunden war?

Powell hatte Brunos Boss Artie Carter mitgeteilt, dass am 20. Juni die Dreharbeiten beginnen würden. Jetzt hatte Bruno Sorge, dass Powell sämtliche Gartenarbeiten bis zu diesem Termin abgeschlossen haben wollte.

Deswegen sprach Bruno am 19. mit Artie, als sie ihre Werkzeuge zusammenpackten.

»Mr. Carter«, begann er. Die anderen Angestellten nannten ihn nur Artie, aber Bruno redete ihn immer mit dem Nachnamen an. Man habe ihm nämlich beigebracht, dem Chef Respekt entgegenzubringen, hatte er den anderen erklärt, und außerdem glaubte er, dass Carter es auch zu schätzen wusste.

Eigentlich hatte Artie Carter das Gefühl, dass mit Bruno Hoffa irgendwas nicht stimmte. Nie ging er mit den anderen Angestellten nach der Arbeit noch auf ein Bier weg, nie beteiligte er sich an den Gesprächen über die Baseball-Saison, wenn sie von einem Kunden zum nächsten unterwegs waren. Nie beschwerte er sich über das schlechte Wetter. Arties Meinung nach war da etwas faul. Aber wenn schon? Er war der beste Mann in seiner Truppe.

Artie war zufrieden, nachdem er das Gelände noch mal

inspiziert hatte. Selbst ein so heikler Kunde wie Mr. Robert Powell würde nichts mehr finden, worüber er sich beschweren konnte.

Da kam Bruno Hoffa auf ihn zu.

»Mr. Carter, ich hätte da einen Vorschlag.«

»Worum geht es, Bruno?« Es war ein langer Tag gewesen, und Artie freute sich, endlich nach Hause zu kommen und es sich mit einem hübschen kühlen Bier gemütlich zu machen. Oder vielleicht auch mit zwei hübschen kühlen Bieren.

Bruno, den schmalen Mund zu einem gezwungenen Lächeln verzogen, die trüben Augen auf Arties Hals gerichtet, begann stockend und mit einem selbst für ihn ungewöhnlich unterwürfigen Ton seine zurechtgelegte Rede.

»Ich hab gestern am Poolhaus die Blumen gepflanzt, da ist Mr. Powell aufgetaucht und hat gemeint, die Blumen wären sehr schön, aber es ärgert ihn schon jetzt, dass die Filmleute das Gras zertrampeln würden. Das wäre wohl unvermeidlich, hat er gesagt, aber vielleicht könnte man da ja trotzdem was dagegen tun.«

»Mr. Powell ist ein Perfektionist«, entgegnete Artie. »Und unser größter Kunde. Nach allem, was ich gehört habe, ist die ganze Woche fotografiert worden. Bloß, was sollen wir denn machen?«, fragte er genervt. »Wir sollen uns doch die nächsten Tage auf dem Anwesen nicht mehr blicken lassen.«

»Mr. Carter, ich hab mir Folgendes gedacht. Wir können den Pick-up nicht in der Einfahrt stehen lassen, denn das würde Mr. Powell ganz und gar nicht gefallen. Aber vielleicht könnten Sie ihm ja vorschlagen, dass ich mich im Poolhaus aufhalte. Und wenn die Filmleute das Gras zertrampeln oder mit ihrer Ausrüstung irgendwo Löcher im Rasen hinterlassen, könnte ich mich sofort darum kümmern, sobald sie wieder fort sind. Außerdem kommen sie wahrscheinlich auf die Idee, auf dem

Gelände herumzuspazieren, vielleicht essen sie auch draußen und lassen ihren Abfall liegen, dann könnte ich das auch gleich wieder wegräumen. Wenn er einverstanden ist, müsste man mich am Morgen nur am Anwesen absetzen und am Abend, nach den Dreharbeiten, wieder abholen.«

Artie Carter überlegte es sich. Powell würde sich vielleicht darauf einlassen. Außerdem wusste Artie, dass sich Bruno so unsichtbar machen konnte, dass er bei den Dreharbeiten keinem auffallen, geschweige denn im Weg stehen würde.

»Ich werde Mr. Powell anrufen und ihm diesen Vorschlag machen. So wie ich ihn kenne, wird er zustimmen.«

Natürlich wird er zustimmen, dachte sich Bruno und verkniff sich ein triumphierendes Lächeln. Laurie, lange wirst du deinem Mann nicht mehr nachtrauern müssen, dachte er. Das verspreche ich dir!

19

Zu Nina Craigs großer Verärgerung wartete beim Einchecken im St. Regis bereits eine Nachricht auf ihre Mutter.

Wie befürchtet, stammte sie von Robert Powell. Er lud Muriel für neun Uhr zum Frühstück ein.

Muriel lächelte hoch erfreut und wedelte Nina mit dem Zettel vor der Nase herum. »Du hast immer gedacht, er hätte mit mir nur gespielt«, sagte sie giftig. »Aber das hast du damals nicht verstanden, und das wirst du nie verstehen, dass Rob und ich leidenschaftlich ineinander verliebt waren. Nur weil diese Betsy Bonner ihm den Kopf verdreht hat, heißt das noch lange nicht, dass ich ihm egal war.«

Nach dem Wodka und den zwei Gläsern Wein im Flugzeug sowie nach ihrem Streit im Wagen, bei dem sie lauthals kundgetan hatte, wie sehr sie Betsy gehasst habe, war Muriel jetzt nicht mehr zu bremsen.

Nina bemerkte, wie die beiden Portiers in ihre Richtung sahen. »Mutter, *bitte* ...«

»Spar dir das! Lies lieber die Kritiken, die über mich geschrieben wurden. Du bist bloß eine Statistin, ein Nichts. Ist noch gar nicht so lange her, da hat mich eine Frau auf der Straße angesprochen, wie wunderbar ich im Remake von *Gefundene Jahre* war!«

Muriel wurde immer lauter, ihr Gesicht immer röter, schließlich spuckte sie Gift und Galle: »Als Schauspielerin bist du eine komplette Niete! Deswegen bist du bloß Statistin, ein Niemand!«

Nina sah, wie der Portier die Schlüssel zu ihren Zimmern in unterschiedliche Umschläge legte. Sie streckte ihm die Hand hin. »Ich bin Nina Craig«, sagte sie leise. »Ich möchte mich für das Verhalten meiner Mutter entschuldigen.«

Muriel, die durch nichts zu erkennen gab, dass sie ihre Tochter gehört hatte, war aber noch nicht fertig. »Und immer hackst du auf mir herum!«

Der Portier besaß so viel Taktgefühl, auf Ninas Worte nicht weiter einzugehen, sondern murmelte nur: »Ich lasse Ihr Gepäck auf Ihre Zimmer bringen.«

»Danke. Mir gehört der große schwarze Koffer.« Nina deutete auf das entsprechende Gepäckstück, drehte sich um und schob sich an der nun endlich verstummten Muriel vorbei. Wütend und verlegen eilte sie unter den neugierigen Blicken der übrigen Gäste zum Aufzug, den sie gerade noch erreichte, bevor die Tür zufiel.

Im sechsten Stock stieg sie aus, folgte dem Pfeil zu den Zimmern mit den ungeraden Nummern und beeilte sich, in ihr Zimmer 621 zu gelangen, bevor Muriel ihr folgen konnte.

Im Zimmer ließ sie sich auf den nächsten Stuhl fallen und wrang verzweifelt die Hände. »Ich ertrage es nicht mehr«, flüsterte sie. »Ich ertrage es einfach nicht mehr!«

Später rief sie den Zimmerservice. Sie fürchtete, ihre Mutter könnte anrufen und mit ihr zu Abend essen wollen, aber das passierte nicht. Nina hätte sowieso abgelehnt, auch wenn sie sich damit um die Gelegenheit brachte, ihrer Mutter in aller Öffentlichkeit die ungeschminkte Meinung zu sagen: *Nur zu, mach dich morgen ruhig zur Idiotin. Aber ich habe dich gewarnt! Du bist nicht nur eine zweitklassige Schauspielerin, sondern als Mutter und Mensch auch eine totale Versagerin.*

In der Hoffnung, mehr von ihnen zu hören, hatte Josh es so eingerichtet, dass er sie am Morgen abholen konnte. Erneut rechnete er damit, ihre Unterhaltung aufzeichnen zu können.

Er war schon um halb acht erschienen, eine halbe Stunde früher als vorgesehen, und nachdem er Nina Craig Bescheid gegeben hatte, ließ diese verlauten: »Wir kommen gleich runter.«

Nina hatte gedacht, ihrer Mutter würde nichts mehr einfallen, womit sie sie aus der Fassung bringen konnte, aber sie wurde schnell eines Besseren belehrt. Muriel wollte früher zum Frühstück, damit sie vor der Ankunft der anderen mit Robert Powell noch etwas allein sein konnte. Wenigstens verlief die Fahrt diesmal schweigsam.

Auf dem Anwesen öffnete ihnen Powells langjährige Haushälterin Jane die Tür. Sie musterte sie von oben bis unten, begrüßte sie mit Namen und sagte ihnen, Mr. Powell werde um neun herunterkommen, die Produzentin Ms. Moran sei aber bereits im Speisezimmer.

Muriel Craig verbarg ihre Enttäuschung und fiel in ihre Schauspielerinnen-Rolle. Mit einem freundlichen Lächeln und in warmherzigem Ton dankte sie Laurie Moran dafür, dass sie eingeladen worden war, Nina zu begleiten.

»Mr. Powell ist Ihr Gastgeber, Ms. Craig«, antwortete Laurie leise. »Mir müssen Sie dafür nicht danken. Ich habe gehört, nach dem Frühstück wird man Sie ins St. Regis zurückfahren?«

Wunderbar, dachte Nina bei diesen Worten nicht ohne Genugtuung. Sie gab Laurie die Hand und war überrascht, wie jung die Produzentin noch war. Mitte dreißig, dachte Nina neidisch. Ihr zweiundvierzigster Geburtstag eine Woche zuvor hatte ihr mit aller Deutlichkeit vor Augen geführt, wie richtungslos ihr Leben bislang verlaufen war. Die dreihunderttausend Dollar, die sie für ihre Teilnahme bekam, würden lediglich dafür reichen, ihrer Mutter eine Wohnung zu besorgen, damit sie sie endlich los war.

Bei ihrem letzten Film hatte sie eine Statistenrolle in einer Ballsaalszene gehabt, und der Produzent Grant Richmond hatte erwähnt, wie wunderbar sie tanze. »Sie haben alle anderen in den Schatten gestellt«, so seine Worte.

Nina wusste, dass er stramm auf die sechzig zuging und vor Kurzem Witwer geworden war. Für den Abend darauf hatte er sie auf einen Cocktail eingeladen. Leider war er danach schon mit dem Regisseur zum Essen verabredet gewesen, wie er ihr erklärte. »Wir holen das ein andermal nach«, hatte er ihr noch versprochen und sie dann von seinem Chauffeur nach Hause bringen lassen.

Hoffentlich hat Mutter recht und Robert Powell ist wirklich noch an ihr interessiert, dachte Nina und musterte Muriel, während sie sich von der Haushälterin Kaffee einschenken ließ. Ihre Mutter sah gut aus, das musste sie ihr lassen. Sie trug ein weißes Kostüm – das sehr teuer und mit Ninas American-Express-Karte bezahlt worden war –, dazu weiße High Heels, die ihre langen Beine und immer noch ausgezeichnete Figur zur Geltung brachten. Sie hatte sich auf den diskreten Vorschlag ihrer exklusiven Friseurin das Feuerrot ihrer Haare etwas abtönen lassen. Jetzt hatten die Haare eine attraktive rostrote Farbe und waren knapp schulterlang geschnitten. Und beim Make-up hatte sie schon immer großes Geschick bewiesen. Mit anderen Worten, dachte Nina, meine Mutter sieht toll aus.

Und wie sehe ich aus?, fragte sie sich. Ganz passabel, aber es könnte besser sein. Ich brauche Platz für mich. Ich will abends in eine saubere, ruhige Wohnung kommen, die nicht zugequalmt ist, ich will mit einem Glas Wein auf der Terrasse sitzen und den Blick auf den Pool genießen können.

Und ich möchte Grant Richmond auf einen Drink zu mir

bitten können, *falls* er mich wirklich zum Essen einladen sollte, dachte sie.

Mit einer Tasse Kaffee in der Hand erzählte Muriel der Produzentin Laurie Moran, wie lebhaft ihr dieser schreckliche, tragische Abend vor zwanzig Jahren immer noch vor Augen stehe, an dem ihre liebe, liebe Freundin Betsy so heimtückisch ermordet worden war. »Es hat mir das Herz gebrochen«, sagte sie. »Wir waren ja so gute Freundinnen.«

Angewidert ging Nina zur Fensterfront, wo man einen Blick auf den Pool und das dahinter liegende Puttinggrün hatte.

Die Tür zum Poolhaus ging auf, und ein Mann trat heraus.

Hatte Robert Powell dort einen Gast untergebracht?, fragte sie sich, bevor sie erkannte, dass er etwas in der Hand hielt. Gleich darauf begann er den Strauch neben dem Poolhaus zu stutzen.

Dann klingelte es an der Tür, und Nina wandte sich vom Fenster ab. Eine weitere Verdächtige im Mordfall Betsy Bonner Powell war eingetroffen.

20

George Curtis wurde immer nervöser, je mehr er darüber nachdachte, warum Robert Powell ihn in die Dreharbeiten zur Abschlussgala mit einbezogen hatte.

Schon schlimm genug, dass man ihn zwang, vor die Kamera zu treten, aber warum hatte man ihn auch noch zu diesem Frühstück eingeladen, wo »alle Verdächtigen zusammenkommen«, wie Rob gesagt und dann ganz schnell hinzugefügt hatte: »Nicht, dass du auch dazu gehören würdest, George!«

George parkte seinen roten Porsche in der Anfahrt und tupfte sich mit dem Taschentuch die Stirn trocken, etwas, was er sonst nie tat. Er hatte das Verdeck geöffnet, es gab also eigentlich keinen Grund, warum er schwitzte – außer seine Angst.

Aber George Curtis, Milliardär mit einem Stammplatz auf der *Forbes*-Liste, Freund von Präsidenten und Premierministern, musste sich eingestehen, dass er noch vor Ablauf der Woche möglicherweise in Handschellen abgeführt werden könnte. Erneut wischte er sich über die Stirn.

Eine lange Minute blieb er noch sitzen, bis er sich etwas beruhigt hatte, erst dann stieg er aus. Der Junimorgen war »ein Geschenk, ein strahlend schöner Tag«, wie der TV-Wettermann gesagt hatte. Heute hätte er damit recht behalten, dachte sich George Curtis – blauer Himmel, warmer Sonnenschein, eine leichte Brise vom nahen Long Island Sound. Aber das war ihm alles egal.

Er wollte gerade die Anfahrt zur Eingangstür überqueren,

doch in diesem Moment kam eine Limousine um die Kurve. Also blieb er stehen, aber dann hielt auch der Wagen an und ließ ihm den Vortritt.

Curtis ging zur Tür, drückte aber nicht sofort auf die Klingel, sondern wartete, bis der Chauffeur die Fondtür des Wagens geöffnet hatte und die Insassen ausstiegen. Obwohl er sie vor zwanzig Jahren zum letzten Mal gesehen hatte, erkannte er Alison Schaefer sofort. Sie hatte sich, so sein unmittelbarer Eindruck, nicht viel verändert – sie war zierlich, schlank, nur die dunklen Haare waren nicht mehr ganz so lang wie früher. Er erinnerte sich, am Abend der Gala mit ihr kurz geplaudert und dabei das Gefühl gehabt zu haben, dass die großspurige Party insgeheim ihren Zorn erregte. »Mit dem Geld hätte man was Besseres machen können«, hatte sie nur gesagt. George Curtis hatte es nicht vergessen, weil er mit einer Bemerkung wie dieser aus dem Mund einer Absolventin nicht gerechnet hatte.

Alison wartete, während der zweite Fahrgast sich unter erkennbaren Schmerzen aus dem Wagen quälte. Rod Kimball hievte sich auf die Beine und klemmte die Krücken unter die Achseln.

Natürlich, dachte George. Alison hat diesen Football-Spieler geheiratet, der Opfer eines Verkehrsunfalls geworden war.

Er drückte auf die Klingel, während sich das Paar die breite Stufe zum Eingang hinaufmühte. Höflich und gezwungen begrüßten sich Alison und George, daraufhin stellte Alison Rod vor.

Dann öffnete ihnen Jane die Tür. Sie begrüßte die drei mit einer für ihre Verhältnisse geradezu überbordenden Herzlichkeit und fügte unnötigerweise sogar noch hinzu: »Mr. Powell erwartet Sie.«

Alex Buckley stellte vor Powells Herrenhaus den Wagen ab und ließ, bevor er ausstieg, kurz den Blick über das gewaltige Gebäude schweifen.

Was mochte Betsy Bonner durch den Kopf gegangen sein, als sie dieses Haus gesehen hat?, fragte er sich. Sie hatte damals in einer bescheidenen Mietwohnung in Salem Ridge gelebt und gehofft, einen wohlhabenden Mann kennenzulernen.

Für jemanden, der in der Bronx aufgewachsen war und sich als Platzanweiserin in einem Theater durchgeschlagen hatte, schien sie es gut getroffen zu haben, dachte Alex auf dem Weg zur Tür.

Er wurde von Jane ins Haus geführt und den bereits im Speisezimmer versammelten Anwesenden vorgestellt. Mit Erleichterung stellte er fest, dass Laurie Moran vor ihm eingetroffen war.

»Na, dann legen wir doch mal los«, sagte sie, als er auf sie zukam.

»Genau das hab ich mir auch gerade gedacht«, erwiderte er ebenso leise wie sie.

Regina wusste, wie gefährlich es war, den Abschiedsbrief ihres Vaters mit zum Frühstück zu nehmen. Wenn jemand aus irgendeinem unerfindlichen Grund ihre Handtasche durchwühlte und ihn fand, würde sie als die offensichtlichste Tatverdächtige für den Mord an Betsy Powell gelten. Möglicherweise würde man dann sogar die Dreharbeiten unterbrechen.

Andererseits litt sie unter der fast schon paranoiden Angst, dass jemand den Brief stehlen könnte, wenn sie ihn im Hotelsafe ließ. Es würde Robert Powell ähnlich sehen, so etwas in die Wege zu leiten, dachte sie. Ich hätte es wissen müssen! Die Brieftasche jedenfalls kann ich immer bei mir behalten.

Sie hatte das Blatt so gefaltet, dass es in eines der Fächer

passte, in denen sie ihre Kredit- und Versicherungskarten aufbewahrte.

Als der Wagen auf die ihr so vertraute Anfahrt einbog, sah
sie, wie soeben drei Personen das Haus betraten. Einer der Män-
ner bewegte sich auf Krücken.

Das muss Alisons Mann sein, dachte sie. Sie war schon nach
Florida umgezogen, als sie von dem Unfall erfahren hatte.

Was sind wir bloß für dumme Hühner gewesen, dachte sie,
haben uns damals breitschlagen lassen, als ihre Brautjungfern
aufzutreten. Für die Presse war es ein gefundenes Fressen, die
Fotografen konnten Bilder von Claire und Nina und mir machen, wie wir vor Alison durch den Mittelgang geschritten sind.
»Die Braut und ihre Mitverdächtigen«, so hatte eine der Bild-
unterschriften gelautet.

Ein Schlag unter die Gürtellinie!

Regina war so sehr in Gedanken versunken, dass sie eine
Weile brauchte, bis sie bemerkte, dass der Wagen angehalten
hatte und der Chauffeur ihr die Tür aufhielt.

Sie atmete tief durch, dann stieg sie aus und ging zur Eingangstür.

Wie oft war ich in diesem Haus?, fragte sie sich, als sie auf die
Klingel drückte. Damals auf der Highschool war sie eng mit
Claire befreundet gewesen.

Aber warum bin ich überhaupt noch gekommen, nachdem
sich Daddy umgebracht hatte? Aus morbider Neugier, weil ich
sehen wollte, wie Betsy ihren Charme versprühte? Oder hatte
ich von Anfang an vor, es ihnen eines Tages heimzuzahlen?

Nervös vergewisserte sie sich ihres Aussehens.

Sie hatte die zehn Kilo abgenommen, wie sie sich geschworen hatte, als der erste Brief zur geplanten Sendung bei ihr eingetroffen war. Sie hatte sich für die Reise und ihren Aufenthalt
neu ausstaffiert, sie wusste, dass ihr schwarz-weißes Jackett

und die weiße Hose ihrer neuen Figur schmeichelten und wunderbar zu ihren schwarzen Haaren passten.

Zach hat mir mehrmals gesagt, wie toll ich aussehe, dachte sie, als die Tür aufging und Jane sie mit den üblichen Floskeln begrüßte und ins Haus bat.

Als Regina eintrat, musste sie wieder an das Versprechen denken, das sie Zach gegeben hatte – dass sie den Abschiedsbrief vernichten würde, damit man ihr aufgrund dessen kein Motiv für den Mord an Betsy Bonner Powell unterstellen konnte.

Claire hatte mit einiger Angst dem Treffen mit ihrem Stiefvater Robert Powell entgegengesehen. Es war Jahre her, dass sie sich das letzte Mal begegnet waren. Als sie aus ihrem unruhigen Schlaf aufwachte, fühlte sie sich aber ruhig und gefasst. Pünktlich um sieben wurde das von ihr bestellte Frühstück aufs Zimmer gebracht, sie nahm es im Sessel vor dem Fernseher zu sich und sah sich die Nachrichten an.

Doch statt dem neuesten Bericht über eine Reihe von Raubüberfällen in Manhattan zu folgen, dachte sie zurück an die damalige Fernsehberichterstattung, nachdem der Leichnam ihrer Mutter abtransportiert worden war.

Wir haben alle zusammen in der Bibliothek gesessen, dachte sie.

Und dann hat die Polizei angefangen, uns zu befragen …

Sie schaltete den Fernseher aus und ging mit ihrer zweiten Tasse Kaffee ins Badezimmer. Dort ließ sie ein Bad ein, und als die Wanne fast voll war, gab sie das mitgebrachte Badesalz ins Wasser.

Das hat Betsy immer am liebsten gemocht, dachte sie. Und wenn ich heute dort auftauche, will ich genauso riechen wie sie.

Sie hatte keine Eile. Wenn ich komme, sollen alle schon da sein. Bei dem Gedanken musste sie lächeln. Betsy war immer zu spät gekommen. Rob hat es jedes Mal in den Wahnsinn getrieben. Er hat es mit der Pünktlichkeit immer sehr genau genommen, egal zu welcher Gelegenheit.

Wer sollte das besser wissen als ich!

Für den heutigen Tag hatte sie ein himmelblaues Kaschmir-Seiden-Jackett von Escada und eine enge graue Hose ausgewählt.

Betsy hat die Farbe geliebt, dachte sie, als sie in das Jackett schlüpfte. Sie hat immer gesagt, das Himmelblau würde ihre Augenfarbe betonen. Na, dann soll es mal meine Augenfarbe betonen!

Der einzige Schmuck, den sie bei ihrem Auszug mitgenommen hatte, war die einfache Perlenkette, die ursprünglich ihrer Großmutter gehört hatte, an die sie nur vage Erinnerungen hatte. Aber ich weiß, dass ich sie geliebt habe, dachte sie. Ich war erst drei, als sie gestorben ist, aber ich kann mich noch daran erinnern, dass ich bei ihr auf dem Schoß gesessen habe und sie mir vorgelesen hat.

Um halb neun rief der Chauffeur an und teilte ihr mit, dass er unten warte.

»Ich brauche noch eine halbe Stunde«, sagte sie ihm. Nach ihrer Berechnung würde sie damit gegen 9.20 Uhr im Haus sein. Die anderen wären dann bestimmt längst versammelt.

Bereit für den Auftritt von Betsy Bonner Powells Tochter.

21

Laurie hatte mit einer aufgewühlten Atmosphäre beim Frühstück gerechnet, wie spannungsgeladen es wirklich werden würde, hatte sie allerdings unterschätzt.

Nach kaum einer Minute war ihr klar, dass Muriel Craig das Blaue vom Himmel herunterlog, wenn sie von ihrer lieben Freundin Betsy Powell schwadronierte.

Jeder wusste, dass Muriel mit Robert Powell liiert gewesen war. Nach seiner überraschenden Hochzeit mit Betsy hatte sie sogar eine Erklärung herausgegeben, dass er nur einer von dreien gewesen sei, an denen sie Interesse gehabt habe.

Was empfindet sie, wenn sie sich hier umsieht und weiß, dass das alles auch ihr hätte gehören können?, fragte sich Laurie. Im Speisezimmer hing das Porträt eines aristokratisch aussehenden Mannes mit blasierter Miene, der, wie Jane erklärt hatte, einer von Mr. Powells Vorfahren war, natürlich jemand, der zu den Unterzeichnern der Unabhängigkeitserklärung gehört hatte.

Das, dachte sich Laurie, werde ich überprüfen. Bislang hatte sie immer nur gehört, dass sich Powell von ganz unten hochgearbeitet hatte. Wie dem auch sei, das Speisezimmer mit seinen roten Wänden und den Perserteppichen war jedenfalls wunderschön. Zudem hatte man einen herrlichen Blick auf den Garten hinter dem Haus. Sie sah, wie die Filmausrüstung für die Outdoor-Szene abgeladen wurde, die eine der ersten Einstellungen der Sendung werden sollte. Sie hatten bereits die

Frontfassade des Herrenhauses gefilmt, und zu diesen Aufnahmen würde die Anmoderation von Alex Buckley einsetzen.

Jane hatte auf dem Sideboard Saft, Kaffee, Gebäck und Obst angerichtet.

Der stattliche Tisch war für zehn Personen gedeckt. Das Silberbesteck verströmte den matten Glanz von Antiquitäten, das Gleiche traf auf die Servierplatten zu.

Powell sorgte dafür, dass die zwanglose Zusammenkunft beim Frühstück allen Anwesenden deutlich machte, wer und was er war – das ging Laurie durch den Kopf, als in schneller Abfolge George Curtis, Alison Schaefer und ihr Mann Rod sowie Alex Buckley eintrafen. Kurz darauf folgte Regina Callari.

Interessiert beobachtete Laurie, wie sich die drei Freundinnen, die sich seit zwanzig Jahren nicht mehr gesehen hatten, erst die Hand gaben und sich dann spontan umarmten.

»Mein Gott, wie lange ist das her ... Du hast dich kein bisschen verändert ... Ihr habt mir gefehlt ...« Das alles klang anscheinend ehrlich und aufrichtig, während sich Muriel Craig, George Curtis, Rod Kimball und Alex Buckley erst einmal im Hintergrund hielten.

Auf die Minute genau betrat Robert Powell um neun Uhr das Speisezimmer. »Jane hat mir mitgeteilt, Claire ist noch nicht da«, sagte er. »In der Hinsicht ist sie wohl genau wie meine geliebte Betsy.«

Auch wenn er sich amüsiert gab, war Laurie überzeugt, dass er innerlich kochte. Wahrscheinlich hatte er in Anwesenheit aller vier Absolventinnen seinen Auftritt zelebrieren wollen, dachte sie.

Powell umarmte und begrüßte jeden Gast mit überschwänglicher Herzlichkeit. »Ich danke dir, dass du gekommen bist, George«, sagte er zu Curtis. »Auch wenn wir uns beide auf dem Golfplatz sehr viel wohler fühlen.« Dann wandte er sich mit einem freundlichen »Wir kennen uns noch nicht, oder?« an Rod. Und schließlich näherte er sich Muriel Craig.

»Dich habe ich mir zum Schluss aufgespart«, sagte er, während er ihr zärtlich den Arm um die Schulter legte und sie küsste. »Hinreißend wie immer. Hast du die letzten zwanzig Jahre in einer Zeitkapsel verbracht?«

Eine strahlende Muriel erwiderte die Umarmung und warf ihrer Tochter einen vielsagenden Blick zu. Diese aber wandte sich nur kopfschüttelnd ab.

»Ich sehe, alle sind mit Kaffee versorgt«, sagte Rob. »Aber jeder muss die Muffins, die Jane gebacken hat, wenigstens einmal probieren. Sie sind köstlich, das kann ich versprechen. Und jeder darf ganz nach Belieben am Tisch Platz nehmen, bis auf Muriel – du wirst neben mir sitzen.«

Mein Gott, trägt er dick auf, dachte sich Laurie. Als Nächstes fällt er noch vor ihr auf die Knie und macht ihr einen Heiratsantrag. Sein überschwängliches Verhalten überraschte sie, auch wenn Muriel seine alte Flamme war.

Sie nahmen am Tisch Platz. Alex Buckley setzte sich zwischen Nina Craig und Alison. Rod Kimball schleppte sich zu einem Stuhl links von Laurie. »Ms. Moran«, sagte Powell, »wir sind Ihnen sehr dankbar, dass Sie den Mädchen – oder Damen, wie ich vielleicht besser sagen sollte – die Gelegenheit bieten, sich von den nie ausgeräumten Vorwürfen reinzuwaschen.«

Laurie ersparte sich zu erwähnen, dass sich an dem Abend noch zwei weitere Personen im Haus aufgehalten hatten: der Gastgeber und Betsys Ehemann, Robert Powell selbst, der, nachdem er zusammengebrochen war, mit üblen Verbrühungen an den Händen ins Krankenhaus gebracht werden musste; sowie Jane Novak, Betsys langjährige Freundin und Haushälterin.

Jane hatte nach dem völlig aufgelösten Powell als zweite Person das Schlafzimmer der Toten betreten.

Eigentlich wäre zu erwarten gewesen, dass er sie entließ, trotzdem ist sie immer noch hier, ging es Laurie durch den Kopf. Und ihre einzige Lebensaufgabe scheint es zu sein, ihm jeden Wunsch von den Augen abzulesen.

»Ich kann nur erahnen, wie es ist, wenn die Journalisten zum wiederholten Mal die Geschichte aufwärmen und man immer mit allem rechnen muss«, sagte Laurie jetzt.

»Journalisten sind gar nicht notwendig dafür«, erwiderte Rod verbittert. »Jeder x-Beliebige kann mit seinen Theorien um sich werfen. Im Internet kursieren die wildesten Gerüchte.«

Laurie mochte Alisons Mann von der ersten Minute an. Die Falten in seinem attraktiven Gesicht zeugten von seinem Leid nach dem schrecklichen Unfall, der ihn zum Krüppel gemacht und ihm seine Karriere ruiniert hatte. Aber nichts an ihm zeugte von Selbstmitleid. Und es war nicht zu übersehen, wie sehr er seine Frau mochte. Er hatte schützend den Arm um sie gelegt, als Robert Powell sie begrüßt hatte. Warum aber meinte er, das tun zu müssen?, fragte sich Laurie.

»Nun, hoffen wir, dass die Sendung beim Publikum Verständnis dafür weckt, dass sich die jungen Frauen nur zufällig am Schauplatz der Tragödie aufgehalten haben. Meine beiden Assistenten haben alles gelesen, was es darüber zu lesen gibt, und beide sind davon überzeugt, dass sich während der Party ein Fremder als Gast ins Haus geschlichen und es auf Betsys Smaragde abgesehen hat.«

Die Hausklingel ließ alle Gespräche verstummen. Alle drehten sich zur Tür.

Robert Powell erhob sich. Sie hörten Schritte im Flur, und dann stand sie vor ihnen: die gertenschlanke Claire Bonner, die mit ihren blonden Haaren, ihrem sorgfältigen Make-up, den betont blauen Augen und in ihrem Couture-Kostüm ganz bezaubernd aussah. Mit einem warmherzigen Lächeln sah sie von einem Gesicht am Tisch zum nächsten.

Mein Gott, das Abbild ihrer Mutter, dachte Laurie, und dann hörte sie ein ersticktes Ächzen, gefolgt von einem dumpfen Schlag.

Nina Craig war in Ohnmacht gefallen.

22

Leo Farley fuhr mit normaler Geschwindigkeit an Robert Powells Haus vorbei. Er wollte auf keinen Fall Aufmerksamkeit erregen. Sollte er aber wirklich aus irgendeinem Grund angehalten werden, so hatte er seinen Pensionsausweis des NYPD in der Brieftasche.

Bei dem Gedanken musste er lächeln. *»Dad, dich kennt doch jeder Polizist in der Gegend. Du warst ja immer in den Medien, wenn es irgendwo ein größeres Verbrechen gegeben hat.«*

Laurie hatte ja recht, musste Leo einräumen. Sein Vorgesetzter, der damalige New Yorker Polizeichef, hatte das Rampenlicht eher gemieden. »Das Reden, Leo«, hatte er immer gesagt, »das übernimmst am besten du. Das kannst du nämlich ziemlich gut.«

Bei seiner letzten Vorbeifahrt war ihm aufgefallen, dass die Einfahrt zum Nachbaranwesen durch eine Kette abgesperrt war. Die Rollläden waren nicht ganz zugezogen, aber doch recht weit nach unten gelassen. In der Einfahrt waren keine Autos zu sehen. Das gesamte Grundstück hatte den Eindruck vermittelt, als wären die Hausbesitzer abwesend.

Auf dem Briefkasten war der Name des Besitzers zu lesen, J. J. Adams. Leo hatte ihn googeln können und sich seine Facebook-Seite angesehen. Dort hatte sich ein Bild von Jonathan Adams und seiner Frau sowie eine Botschaft an alle Freunde befunden, in der sie mitteilten, dass sie momentan in ihrer Villa in Nizza weilten und das Leben dort sehr genossen. Erstaunlich, was die Leute freiwillig an Informationen herausrückten, dachte sich Leo. Wäre er ein Einbrecher gewesen, hätte er sich sofort ans Werk machen können.

Leo parkte den Wagen zehn Straßenzüge entfernt in der Nähe des Bahnhofs und joggte auf der Old Farms Road zurück. Seitdem er Timmy zur Schule brachte, hatte er mit dem Laufen angefangen, so fiel es ihm nicht schwer, zu der Stelle zurückzukehren, die er als seinen Beobachtungsposten auserkoren hatte.

An der Ecke wurde er gestoppt. Ein Streifenwagen hielt neben ihm an, und der bereits etwas ältere Polizist, der neben dem Fahrer saß, beugte sich zu ihm heraus. »Mr. Farley, was machen Sie denn hier? Wusste gar nicht, dass Sie Ihr Revier auch mal verlassen.«

Leo erkannte den leutseligen Sergeant als einen Angehörigen der Dudelsack-Band, die in Manhattan zu besonderen Anlässen wie der Parade am St. Patrick's Day auftrat.

Leo glaubte nicht an Zufälle. Sofort fragte er den Sergeant, ob Ed Penn immer noch Polizeichef in Salem Ridge sei.

»Aber sicher doch«, bestätigte der Beamte. »Er geht erst nächstes Jahr in den Ruhestand.«

Leo überlegte. Er hatte nicht vorgehabt, die örtliche Polizei mit einzuschalten, plötzlich aber kam ihm der Gedanke gar nicht so übel vor. »Ich würde gern mit ihm sprechen«, sagte er.

»Gut, steigen Sie ein. Wir bringen Sie zur Dienststelle.«

Fünf Minuten später erklärte Leo dem Polizeichef Edward Penn, warum er durch die Straßen von Salem Ridge joggte.

»Wie Sie vielleicht wissen, ist mein Schwiegersohn Greg Moran vor fünf Jahren erschossen worden, und der Mörder hat damals verkündet, dass mein Enkel und dessen Mutter als Nächste an der Reihe sind.«

»Ich erinnere mich, Leo«, antwortete Penn ruhig.

»Sie wissen auch, dass meine Tochter die Produzentin der Abschlussgala-Sendung ist?«

»Ja, weiß ich. Eine beeindruckende Frau. Sie müssen stolz auf sie sein.«

»Ja, bin ich, aber ich hab da so ein Gefühl, dass die Sendung für Probleme sorgen wird.«

»Das Gefühl hab ich auch«, antwortete Penn. »Na ja, ich war schon vor zwanzig Jahren hier Polizist. Ich weiß noch, der Anruf damals, bei dem man uns gesagt hat, Betsy Powell wäre tot. Erst dachten wir, ein Herzinfarkt, deshalb haben wir einen Krankenwagen verständigt. Und dann kommen wir dort an, und im Zimmer wimmelt es vor Leuten – nicht nur Robert Powell ist da, sondern auch die vier Absolventinnen und die Haushälterin. Das reinste Chaos. Der Tatort natürlich völlig kontaminiert.«

»Wie hat Powell darauf reagiert?«, fragte Leo.

»Der war kreidebleich und stand unter Schock. Er hat ihr morgens immer den Kaffee gebracht, dabei hat er sie gefunden. Aber ich denke, Sie haben das alles in den Zeitungen gelesen.«

»Ja«, bestätigte Leo und ließ den vertrauten Anblick und die vertrauten Geräusche der Polizeidienststelle auf sich wirken. Draußen parkten die Streifenwagen, dort war der Tresen des diensthabenden Sergeant, da hinten der Flur, der, wie er wusste, zum Zellentrakt führte.

Leo vermisste seine Arbeit bei der New Yorker Polizei. Er war ihr sofort nach dem College-Abschluss beigetreten, und etwas anderes hatte er sich damals genauso wenig vorstellen können wie heute.

Ebenfalls wusste er, dass man ihn wahrscheinlich zum Polizeichef ernannt hätte, wäre er nicht vorzeitig in den Ruhestand getreten. Aber das alles war ihm nicht wichtig. Ihm ging es nur darum, den Mörder mit den blauen Augen davon abzuhalten, seine Drohungen wahr zu machen.

»Wir haben die vier jungen Frauen damals ziemlich in die Mangel genommen«, fuhr Ed Penn fort, »aber keine von ihnen ist eingeknickt. Ich hab mir immer gedacht, dass es eine von denen sein muss. Gut, natürlich ist es vorstellbar, dass sich jemand Zugang zum Haus verschafft hat. Es war eine große Party, jemand hätte sich leicht unter die Menge mischen können. Laut der Haushälterin hat sie alle Türen zugesperrt, bevor sie ins Bett gegangen ist, aber jemand muss die Tür von der Bibliothek auf die Terrasse wieder geöffnet haben. Die Mädchen sind wohl noch mehrmals raus, um eine Zigarette zu rauchen.«

Das alles hatte Leo gelesen. »Sie meinen wirklich, es war eine der jungen Frauen?«

»Sie waren alle viel zu beherrscht. Man sollte doch meinen, dass ihnen so was an die Nieren geht. Sogar Betsys Tochter war unglaublich abgeklärt. Ich glaube nicht, dass eine von ihnen an diesem oder am nächsten Tag auch nur eine Träne vergossen hat.«

»Aber hätten sie denn ein Motiv gehabt?«

»Na ja, Betsy und ihre Tochter Claire kamen so gut miteinander aus, dass Claire nicht im Studentenheim in Vassar gewohnt hat, sondern jeden Tag hin- und hergefahren ist. Reginas Vater hatte in Powells Hedgefonds investiert, dabei sein ganzes Geld verloren und sich daraufhin erhängt. Regina war zu der Zeit fünfzehn und hat den Toten gefunden. Aber selbst ihre Mutter hat gesagt, Powell hätte ihn eindringlich davor gewarnt, mehr zu investieren, als er sich an Verlusten leisten kann. Nina Craigs Mutter, die Schauspielerin, hatte eine Beziehung mit Powell, aber darauf angesprochen, hat sie bloß abgewiegelt und gemeint, sie seien nur miteinander befreundet gewesen und hätten sich jeweils auch mit anderen getroffen. Bleibt noch Alison Schaefer. Aber die war damals schon mit Rod Kimball zusammen, dem Football-Spieler, und hat ihn vier Monate später geheiratet. Kein Motiv also bei ihr. Und nach allem, was man so gehört hat, war Robert Powell vom Tod seiner Frau tief erschüttert und seitdem nie mehr mit einer Frau liiert.«

»Wenn es also kein Einbrecher war, bleibt nur noch die Haushälterin«, sagte Leo.

»Aber auch hier sehe ich kein Motiv. Betsy hat sie aus ihrer Zeit als Platzanweiserin im Theater gekannt und gewusst, dass sie zuverlässig und eine gute Köchin ist. Betsy ist mit der Haushälterin, die noch von Powells Exfrau eingestellt worden war, nicht klargekommen. Die konnten sich gegenseitig alles andere als leiden. Für Jane jedenfalls war die Stelle ein Glücksfall. Vorher hat sie Garderoben im Theater geputzt, plötzlich wohnt sie in einer Drei-Zimmer-Einliegerwohnung im Herrenhaus und bezieht ein ziemlich hohes Gehalt. Betsy hat immer gesagt, wie sehr sie Jane schätzt.«

»Dann bleibt also nur ein Einbrecher«, sagte Leo.

Penn sah ihn ernst an. »Das heißt natürlich nicht, dass sich keine neuen Erkenntnisse ergeben könnten, wenn man alle sechs Personen wieder zusammenbringt. Wenn jemand von ihnen wirklich der Täter ist, wird er alles daransetzen, keinen Verdacht zu erregen und nichts zu verraten, was bislang nicht bekannt war. Ich habe in der Zeitung gelesen, dass Alex Buckley, der berühmte Strafverteidiger, sie vor laufender Kamera befragen und ihnen so die Möglichkeit geben will, vor dem Fernsehpublikum ihre Unschuld zu beweisen.«

Leo wurde sich bewusst, dass er Penn allmählich darüber aufklären sollte, warum er in Salem Ridge, knapp dreißig Kilometer von zu Hause entfernt, zum Joggen ging. »Ich habe es von Anfang an für eine schlechte Idee gehalten, diese Leute zusammenzubringen, damit sie den Mordabend nachstellen. Sie wissen ja, wie das mit der Intuition eines Polizisten so ist.«

»Klar. Ohne unser Näschen kämen wir nicht weit.«

»Ich fürchte – betrachten Sie das als eine Art Vorahnung –, dass der Mörder meines Schwiegersohns, ›der Mann mit den blauen Augen‹, wie mein Enkel ihn genannt hat, es als die perfekte Gelegenheit sehen könnte, meine Tochter umzubringen.«

Leo ging auf den überraschten Gesichtsausdruck seines Gegenübers nicht ein. »Der Mord ist jetzt fünf Jahre her. Laurie hat wegen der geplanten Sendung eine Menge Publicity bekommen. Ihr Foto war in sämtlichen Medien. Auf Twitter geben die Leute ihre Meinung dazu ab und spekulieren, wer Betsy Powell umgebracht haben könnte. Könnte man da nicht annehmen, dass ein Psychopath wie Gregs Mörder jetzt den besten Zeitpunkt gekommen sieht, um zuzuschlagen? Können Sie sich die Schlagzeilen vorstellen, wenn ihm das gelingen sollte?«

»Ja, kann ich. Aber wie wollen Sie das verhindern, Leo?«

»Ich beziehe auf dem Nachbaranwesen Beobachtungsposten. Ich habe es nachgeprüft, die Anwohner sind nicht da. Ich halte dort nach allen Ausschau, die sich von der Rückseite her aufs Anwesen schleichen wollen. Soweit ich es sehe, ist das der einzige Weg, um unbemerkt aufs Grundstück zu gelangen.«

»Was, wenn sich jemand unter die Fernsehleute mischt? Wäre das nicht auch möglich?«

»Laurie führt da ein strenges Regiment. Alle Mitarbeiter halten ständig nach Paparazzi Ausschau. Ein Fremder würde sofort auffallen.«

»Und was, wenn Sie jemanden sehen, der über den Zaun steigt?«

»Dann bin ich bei ihm, bevor er rüberkommt.« Leo zuckte mit den Schultern. »Mehr kann ich nicht tun. Keiner kommt ins Haus, solange gedreht wird. Das Haus wird bewacht, damit keiner reinplatzt und eine Szene ruiniert. Gegen achtzehn Uhr packen sie zusammen, und ich ziehe ebenfalls ab. Aber Laurie darf unter keinen Umständen erfahren, dass ich hier bin. Sie würde sonst ziemlich wütend werden. Diese Sendung wird für sie entweder der große Karriereschub, oder sie ist danach ihren Job los.« Leo hielt inne, bevor er sehr ernst fortfuhr: »Also, Ed, jetzt wissen Sie, warum ich in Ihrer Stadt herumjogge.«

Penn wirkte nachdenklich.

»Leo, wir werden mit Ihnen zusammenarbeiten. Es wird nicht sonderlich auffallen, wenn etwa alle halbe Stunde ein Streifenwagen an Powells Anwesen vorbeifährt. Wenn uns irgendwo in der Nähe ein abgestellter Wagen auffällt, werden wir das Kennzeichen überprüfen. Wenn wir jemanden sehen, der zu Fuß unterwegs ist und den wir nicht kennen, werden wir seine Personalien aufnehmen.«

Leo fühlte sich erleichtert. Er erhob sich. »Vielleicht ist das alles völlig unnötig. Vielleicht treibt sich der Mörder meines Schwiegersohns im Moment ja ganz woanders herum.«

»Ja. Vielleicht aber auch nicht«, erwiderte Polizeichef Edward Penn. Dann erhob auch er sich aus seinem Sessel, beugte sich über den Schreibtisch und schüttelte Leo die Hand.

23

Alex Buckley stürzte zu Nina, beugte sich über sie, überprüfte ihren Herzschlag und vergewisserte sich, dass sie noch atmete.

Nachdem sie ihren ersten Schreck überwunden hatten, sprangen auch die anderen auf. Die blass gewordene Muriel klammerte sich an Robert Powells Arm, bevor sie sich ebenfalls zu ihrer Tochter hinunterbeugte.

Ninas Lider flatterten.

»Es ist nicht schlimm«, sagte Alex Buckley. »Sie braucht bloß etwas frische Luft.«

»Betsy«, stöhnte Nina. »Betsy.«

Laurie sah zu Claire, die immer noch reglos in der Tür stand und scheinbar triumphierend alles betrachtete. Aufgrund der Fotos, die Laurie von Betsy kannte, drängte sich ihr der Eindruck auf, dass Claire alles dafür getan hatte, um die Ähnlichkeit mit ihrer Mutter noch hervorzuheben.

Alex Buckley trug Nina in die Bibliothek und legte sie behutsam auf der Couch ab. Die anderen folgten, während Jane mit einem kalten Handtuch herbeieilte und es Nina über die Stirn breitete.

»Ruft doch jemand einen Arzt!«, kreischte Muriel. »Nina, Nina, rede mit mir!«

»Betsy«, murmelte Nina lediglich. »Sie ist zurückgekommen.«

Als sich Nina umblickte, stürzte Muriel zu ihr und umfasste

mit beiden Händen ihr Gesicht. »Nina, meine Kleine, alles wird wieder gut.«

Unwirsch stieß Nina ihre Mutter von sich. »Nimm deine Hände weg«, blaffte sie. »Nimm deine elenden Hände von mir!« Dann begann sie zu schluchzen. »Betsy ist zurückgekehrt. Sie ist von den Toten auferstanden.«

24

Bruno betrachtete mit großem Interesse, wie Laurie Moran die Dreharbeiten leitete.

Sehr effizient, dachte er, als er sah, wie sie die Kameras überprüfte und die von ihr gewünschten Einstellungen festlegte.

Einmal winkte sie ihm, und Bruno eilte zu ihr hinüber.

Mit einem verhaltenen Lächeln bat sie ihn, die Pflanzen zu entfernen, die er erst ganz früh am Morgen eingesetzt hatte.

»Sie sind sehr schön«, sagte sie, »aber die waren noch nicht da, als wir hier letzte Woche die Fotos gemacht haben.«

Bruno entschuldigte sich überschwänglich und spürte gleichzeitig den Kitzel, seinem Opfer so nahe zu sein. Sie ist so schön, dachte er. Eine Schande, wenn er ihr das wunderbare Gesicht zerstören würde. Nein, das wollte er nicht tun.

Und als er ihr so nah war, kam ihm ein neuer, ein ganz wundervoller Plan.

Fünf Monate zuvor hatte er sich in Leo Farleys Computer und Handy gehackt, und seitdem wusste er alles, was es über seine, Lauries und Timmys Aktivitäten zu wissen gab. Der Computerkurs, den er online belegt hatte, hatte sich wirklich bezahlt gemacht.

So hatte er erfahren, dass sich Timmy im Moment in Camp Mountainside in den Adirondacks aufhielt. Das war nur vier Autostunden entfernt.

Timmys gesamter Wochenplan im Freizeitcamp war auf Farleys Computer gespeichert. Sehr interessant fand er, dass die

Stunde zwischen sieben und acht Uhr abends als Freizeit eingetragen war. In ihr durften die Kinder unter anderem auch ein Telefongespräch führen.

Das hieß, nach zwanzig Uhr erwartete Laurie nicht mehr, in den folgenden dreiundzwanzig Stunden von Timmy zu hören. Wie musste er es also anstellen, damit der Leiter des Freizeitcamps keinen Verdacht schöpfte, wenn er Timmy dort abholte?

Bruno grübelte hin und her, während er sich auf dem Anwesen immer schön im Hintergrund hielt und darauf achtete, auch die kleinsten Schäden am Rasen und an den Sträuchern auszubessern.

Er plauderte sogar ein wenig mit dem Mann und der Frau, die sich immer in Lauries Nähe aufhielten.

Jerry und Grace. Beide waren sie noch so jung, beide hatten sie das Leben noch vor sich. Ihnen zuliebe hoffte er, dass sie sich weit von Laurie entfernt befanden, wenn die Zeit zum Sterben gekommen war.

Denn kommen würde sie, das war gewiss.

Mit einigem Bedauern sah er, wie schließlich die Ausrüstung zusammengepackt wurde. Von den Gesprächen der Mitarbeiter erfuhr er, dass sie am nächsten Tag um acht wieder hier wären und dann mit den Absolventinnen drehen würden.

Bemüht, nicht aufzufallen, rief er wie vereinbart bei Perfect Estates an und teilte der Sekretärin mit, dass man ihn jetzt abholen könne.

Als eine Viertelstunde später der Wagen kam, saß Dave Cappo hinter dem Steuer. Bruno gefiel das überhaupt nicht. Dave war zu neugierig. »Na, was hast du früher denn so getrieben? Immer als Landschaftsgärtner gearbeitet? Meine Frau und ich würden dich gern mal zum Essen einladen ... wenn es dir passt. Liegt nur an dir.« Großes Augenzwinkern. »Wir wissen doch beide, dass sie dich bloß über die vier Absolventinnen aus-quetschen will. Na, was meinst du, welche von denen war's?«

»Gut, sagen wir an dem Tag, nachdem hier alles fertig ist?«, schlug Bruno vor.

Bis dahin, dachte er, werde ich längst fort sein, und du und deine Frau werdet eine ganze Menge zum Knabbern haben.

25

»Und, wie ist es heute sonst so gelaufen?«, fragte Leo. Er und Laurie waren zu einem späten Abendessen im Neary's verabredet, ihrem Lieblingsrestaurant in der East Fifty-Seventh Street. Es war halb neun, und Laurie sah erschöpft aus. Sie hatte gerade vom Frühstück und von Nina Craigs Ohnmachtsanfall sowie von Muriel Craigs Reaktion berichtet.

»Abgesehen davon war eigentlich alles ganz gut«, antwortete sie müde.

»Nur ganz gut?« Leo versuchte, beiläufig zu klingen, während er einen Schluck von seinem Wein nahm.

»Nein, es ist gut gelaufen«, antwortete Laurie mit Bedacht. »Die erste Einstellung ist eine Fahrt auf das Haus zu. Alex Buckley ist definitiv die richtige Wahl als Moderator. Dann kommt Videomaterial von der Abschlussgala vor zwanzig Jahren mit den vier Absolventinnen, die dabei alle nicht sonderlich glücklich aussehen.«

»Was ist mit Betsy Powell? Habt ihr auch Material über sie, auf dem sie zusammen mit den jungen Frauen zu sehen ist?«

»Nicht viel. Meistens ist sie in Begleitung ihres Mannes oder anderer Erwachsener – was jetzt aber bitte schön nicht heißen soll, dass die Absolventinnen noch Kinder gewesen wären«, fügte sie hastig hinzu. »Sie waren immerhin einundzwanzig, zweiundzwanzig. Aber sie sind nur selten mit Betsy zu sehen. Wir sind heute mit ihnen das vorliegende Material durchgegangen. Ich glaube, es hat ihnen allen nicht besonders gefallen.

Morgen filmen wir sie beim Betrachten der Videoausschnitte, die wir im Film zeigen werden, dann redet Alex mit ihnen über die Gala.«

Sie seufzte. »Es war ein langer Tag, ich bin am Verhungern. Wie steht's mit dir?«

»Meinetwegen können wir bestellen«, sagte Leo.

»Was hast du so den ganzen Tag getrieben, nachdem dein Kumpel jetzt im Freizeitcamp ist?«

Leo war auf die Frage vorbereitet. »Nicht viel«, entgegnete er. »Ich war im Fitnessstudio und hab später bei Bloomingdale's ein paar Sporthemden besorgt, nichts Ausgefallenes.« Er hatte es eigentlich nicht sagen wollen, aber unwillkürlich rutschte ihm noch heraus: »Mir fehlt Timmy, und dabei ist er erst einen Tag fort.«

»Mir auch«, kam es von Laurie entschieden. »Aber ich bin froh, dass ich ihn habe gehen lassen. Er hat sich so sehr darauf gefreut. Und sosehr er uns auch fehlt, am Telefon vor einer Stunde hat er sehr aufgeräumt geklungen.«

»Ich verstehe nicht, warum sie den Kindern bloß einen Anruf am Tag erlauben«, grummelte Leo. »Haben die noch nie was von Großeltern gehört?«

Laurie bemerkte, wie ihr Vater plötzlich ganz ausgelaugt und grau aussah.

»Ist mit dir alles in Ordnung?«, fragte sie besorgt.

»Natürlich.«

»Dad, ich hätte daran denken sollen, rechtzeitig nach Hause zu kommen, damit wir Timmy gemeinsam anrufen können. Morgen werden wir das so machen, versprochen.«

Daraufhin hingen beide ihren Gedanken nach, die sich um Timmy drehten, der so weit weg war und ohne Leos Aufsicht auskommen musste.

Laurie sah sich im Restaurant um. Wie immer war nahezu

jeder Tisch besetzt. Die Gäste unterhielten sich lebhaft und machten den Eindruck, als würde es ihnen gutgehen. Hat hier denn wirklich keiner unter Stress zu leiden?, überlegte sie.

Aber natürlich, sagte sie sich. Man muss nur ein wenig an der Oberfläche kratzen, schon merkt man, dass jeder seine Probleme hat.

Dann, entschlossen, sich ihre Angst um Timmy nicht anmerken zu lassen, sagte sie: »Ich nehme Leber mit Speck. Timmy mag das nicht, aber ich liebe Leber.«

»Ich schließe mich an«, entschied Leo und winkte mit der Speisekarte, als sich Mary, eine von Neary's langjährigen Kellnerinnen, ihrem Tisch näherte.

»Wir wissen jetzt, was wir wollen, Mary«, sagte er.

Seelenfrieden, ging es Laurie spontan durch den Kopf, das ist es, was wir wollen. Aber der ist uns nicht vergönnt, jetzt nicht und vielleicht auch nie.

26

Endlich waren sie fort. Mr. Powell war es anzusehen, dass er von seinen »Gästen« genug hatte.

Sobald der letzte Wagen die Anfahrt verlassen hatte, ging er in die Bibliothek, worauf Jane ihm folgte und fragte, ob er einen Cocktail wolle.

»Jane, Sie können meine Gedanken lesen«, sagte er. »Einen Scotch, einen starken, bitte.«

Zum Abendessen hatte sie sein Lieblingsmenü vorbereitet, Lachs, Spargel, grünen Salat und ein Sorbet aus frischer Ananas.

Zu Hause aß er gern um zwanzig Uhr im kleinen Speisezimmer. Heute Abend aber stocherte er nur im Essen herum und ließ es auch an den sonst üblichen Komplimenten fehlen. Stattdessen sagte er nur: »Ich hab keinen großen Hunger, ich lasse das Dessert ausfallen.« Damit stand er auf und zog sich in die Bibliothek zurück.

Nach wenigen Minuten hatte Jane den Tisch abgeräumt und auch in der Küche für Ordnung gesorgt.

Dann ging sie nach oben, schlug sein Bett auf, drehte die Klimaanlage auf achtzehn Grad und stellte eine Karaffe mit Wasser und ein Glas auf den Nachttisch.

Schließlich legte sie Pyjama, Morgenmantel und Pantoffeln bereit, und zärtlich strichen ihre Hände über das Handtuch, das sie in sein Badezimmer hängte.

Manchmal, wenn Mr. Powell zu Hause war, saß er noch für einige Stunden in der Bibliothek, las oder sah sich einen Film an. Er mochte die Klassiker und sprach am folgenden Morgen gern mit ihr darüber. »Ich hab mir gestern zwei Hitchcock angesehen, Jane. Was Spannung anbelangt, macht ihm keiner was vor.«

Nach einem anstrengenden Tag im Büro ging er nach dem Essen gleich nach oben, zog sich um, las noch oder sah im Salon seiner Suite fern.

An anderen Abenden lud er ein paar Leute zum Essen ein, meist nicht mehr als sechs bis acht.

Es war alles recht vorhersehbar, was ihr die Arbeit sehr erleichterte.

Die Abende, die ihr am meisten Sorgen bereiteten, waren jene, an denen er ausging und eine Frau mit in den Club nahm, wie sie seinem Terminkalender entnehmen konnte.

Aber das geschah nicht sehr oft, und nur selten traf er sich mit der gleichen Frau zwei- oder dreimal.

All das ging Jane durch den Kopf, während sie das abendliche Ritual beendete.

Janes letzte Aufgabe an den Tagen, an denen Mr. Powell allein zu Hause war, bestand darin, noch einmal bei ihm nachzufragen, ob er etwas benötige, bevor sie sich in ihre Wohnung zurückzog.

»Alles in Ordnung, Mr. Powell?«, fragte sie.

»Ich grüble nur, Jane«, sagte er und drehte sich ihr zu. »Ich gehe davon aus, dass die Betten in den Gästezimmern frisch bezogen sind?«

»Natürlich sind sie das, Sir«, antwortete sie, insgeheim etwas empört über die angedeutete Unterstellung, dass nicht jedes Zimmer im Haus in bester Ordnung sei.

»Gut, sehen Sie aber lieber noch einmal nach. Sie wissen, ich habe alle Teilnehmer gebeten, morgen hier zu übernachten. Und bevor wir sie wieder ihres Weges ziehen lassen, werden wir zur Feier des Tages noch einen schönen Brunch ausrichten.«

Er zog die Augenbrauen hoch und lächelte still vor sich hin – ein Lächeln, das nicht Jane galt.

»Das sollte doch sehr interessant werden, meinen Sie nicht auch, Jane?«

27

Josh Damiano lebte auf der anderen Seite der Stadt, nur eine Viertelstunde vom Powell-Anwesen entfernt, aber in einer ganz anderen Welt.

Salem Ridge, am Long Island Sound gelegen, grenzte an die wohlhabende Stadt Rye.

Besiedelt wurde die Gemeinde Ende der 1960er von Bevölkerungsschichten mit mittlerem Einkommen, die in die dort errichteten einfachen Holz- und mehrgeschossigen Einfamilienhäuser zogen. Die einzigartige Lage am Long Island Sound, nur vierzig Kilometer von Manhattan entfernt, weckte das Interesse der Immobilienmakler. Schnell zogen die Grundstückspreise an. Die bescheidenen Häuser wurden aufgekauft, abgerissen und durch herrschaftliche Anwesen ersetzt, wie sich Robert Powell eines hatte errichten lassen.

Einige wenige Alteingesessene harrten aus. Eine davon war Margaret Gibney, die ihr Haus mochte und nicht umziehen wollte. Nach dem Tod ihres Mannes – er starb, als sie sechzig war – ließ sie das obere Stockwerk renovieren und zu einem Apartment ausbauen.

Josh Damiano war ihr erster und immer noch einziger Mieter. Margaret, mittlerweile achtzig, dankte jeden Tag dem Himmel für den ruhigen, freundlichen Mann, der unaufgefordert den Müll hinausbrachte und sich sogar mit der Schneefräse nützlich machte, wenn er zu Hause war.

Josh für seinen Teil war nach seiner jungen Ehe mit seiner

Highschool-Freundin, die vierzehn unerfreuliche Jahre gehalten hatte, zufrieden mit der Wohnmöglichkeit und seinem Leben.

Er achtete und bewunderte Robert Powell. Er liebte seine Arbeit als Chauffeur. Noch mehr liebte er es, die Unterhaltungen der Manager aufzuzeichnen, wenn Mr. Powell ihn im Bentley losschickte, um sie zu einem Treffen oder einem Essen abzuholen. Selbst wenn sie allein waren, konnte sich ein Handygespräch für Mr. Powell als sehr hilfreich erweisen. Bei besonders interessanten Unterhaltungen, wenn es zum Beispiel um Insiderhandel ging, spielte Josh den betreffenden Personen manchmal die Aufzeichnung vor und bot ihnen an, diese an sie zu verkaufen. Das machte er nicht oft, aber es war immer äußerst lukrativ.

Im Lauf der Zeit hatte sich Mr. Powell angewöhnt, nicht mehr selbst die Aufzeichnungen anzuhören, sondern nur noch Josh zu fragen, ob etwas Interessantes drauf wäre. Wenn Josh verneinte wie bei den Absolventinnen, vertraute Mr. Powell ihm. »Sie haben alle nur ›hallo‹ und ›danke, Sir‹ gesagt«, mehr hatte ihm Josh über die Fahrten vom Flughafen nicht erzählt. Der enttäuschte Robert Powell hatte nur den Kopf geschüttelt.

In Momenten wie diesen musste Josh daran denken, wie er einmal fast seine Stelle verloren hätte. Er war bereits eine geraume Weile bei Mr. Powell, als Betsy Powell ermordet wurde. Er hatte von ihr keine besonders hohe Meinung gehabt. Für wen hält sie sich eigentlich, die Königin von England?, hatte er sich oft gedacht, wenn sie wieder einmal von ihm erwartete, dass er ihr die Hand reichte, um ihr aus dem Wagen zu helfen.

Eine Woche vor ihrem Tod hatte er mitbekommen, wie sie zu ihrem Mann sagte, dass er, Josh, sich viel zu salopp gebe und es ihm an dem nötigen Respekt mangele. »Ist dir noch nicht aufgefallen, wie krumm er dasteht, wenn er uns die Tür öffnet?

Er sollte es doch besser wissen und sich aufrecht und gerade halten.«

Das hatte ihn ziemlich in Unruhe versetzt, nachdem er sich seiner Stellung sehr sicher gewesen war und seine Arbeit mochte. Bei Betsys Ableben hatte er sich daher zwingen müssen, den fassungslosen Trauernden zu mimen. Insgeheim hatte er einen Seufzer der Erleichterung ausgestoßen, weil sie Mr. Powell nicht mehr wegen seines angeblich mangelnden Respekts in den Ohren liegen konnte.

Am Tag des Frühstücks hatte Mr. Powell ihn Claire Bonner abholen lassen. Vielleicht hab ich ja Glück, und sie ruft jemanden an, hatte sich Josh gedacht.

Es hatte nicht funktioniert. Als er Claire am Hotel abgeholt hatte, war sie in den Bentley gestiegen, hatte sich sofort zurückgelehnt und die Augen geschlossen – das unmissverständliche Zeichen, dass sie nicht in ein Gespräch verwickelt werden wollte.

Josh war sehr überrascht gewesen, wie sehr Claire ihrer Mutter ähnelte. Er erinnerte sich an eine unscheinbare junge Frau, die damals sehr viel jünger ausgesehen hatte, als ihre zweiundzwanzig Jahre hatten vermuten lassen.

Am ersten Drehtag war er den ganzen Tag über im Haus geblieben, hatte Jane bei der Vorbereitung der Sandwiches und des Desserts geholfen und sie auf der Terrasse serviert, wo sich die Frühstücksgruppe zwischen den einzelnen Szenen zurückzog.

Nachdem alle fort waren, wies ihn Mr. Powell an, nach Hause zu fahren und Claire am nächsten Morgen erneut abzuholen.

»Versuchen Sie mit ihr zu reden, Josh«, wies er ihn an. »Sagen Sie ihr, wie sehr Sie ihre Mutter gemocht haben, auch wenn das, ich weiß, nicht im Geringsten zutrifft.«

Um achtzehn Uhr fuhr Josh mit seinem eigenen Wagen nach

Hause. Es war einer der Abende, an denen Mrs. Gibney in Plauderlaune war und ihn zu dem Hähnchen einlud, das sie in den Ofen geschoben hatte.

Das passierte etwa einmal in der Woche, und Josh nahm meistens sehr gern an – Mrs. Gibney war eine gute Köchin. Heute Abend aber gingen ihm andere Dinge durch den Kopf. Er dankte ihr, sagte, er habe schon zu Abend gegessen, was gelogen war, aber er wollte allein sein und nachdenken.

Er hatte die Kopien der Kassetten bei sich, die er von Nina Craig und ihrer Mutter, Alison Schaefer und ihrem Mann sowie von Regina Callari beim Telefonat mit ihrem Sohn aufgenommen hatte.

Es war anzunehmen, dass keine der Frauen sonderlich davon angetan sein würde, wenn Mr. Powell oder die Polizei die Aufnahmen zu hören bekamen. Sie hatten sich zur Teilnahme an der Sendung bereit erklärt, weil sie sich vom Mordverdacht reinwaschen wollten – und jetzt offenbarten die Mitschnitte, dass jede ein Motiv für den Mord an Betsy gehabt hatte.

Sie alle strichen eine Menge Geld für ihre Teilnahme ein, eine verdammt große Menge. Sie dürften ziemlich entsetzt sein, wenn ihre Motive an die Öffentlichkeit gelangten. Und wenn sie ihm nicht glaubten, dass er sich an seinen Teil der Vereinbarung halten würde, hatte er schon eine Antwort parat.

»Ich werde immer die Originalaufnahmen aufbewahren«, würde er ihnen sagen. »Die Kopien, die Sie von mir erhalten haben, können Sie ruhig vernichten. Schließlich wollen Sie mit denen weder zu Mr. Powell noch zur Polizei gehen. Und ich werde das auch nicht tun. Zahlen Sie, und keiner wird jemals die Aufnahmen zu hören bekommen.«

Er hatte sich auch schon seinen Preis zurechtgelegt – fünfzigtausend Dollar. Nur ein Sechstel der dreihunderttausend Dollar, die sie kassierten.

Es sollte funktionieren. Sie hatten alle Angst. Er hatte es gespürt, als er sie auf der Terrasse bedient hatte.

Josh wollte seinen Sparstrumpf füllen. Er hatte Mr. Powell einige Male zu seinem Krebsarzt gefahren, seitdem hatte er das Gefühl, dass sein Chef kränker war, als alle dachten. Wenn ihm irgendetwas zustieß, würde er laut Testament – so viel wusste Josh – hunderttausend Dollar bekommen. Aber es konnte ja nicht schaden, weitere hundertfünfzigtausend dazuzulegen.

Jetzt müsste er nur noch etwas finden, womit er Claire in der Hand hätte!

28

George Curtis fuhr die vier Straßenzüge nach Hause. Äußerlich wirkte er sehr gefasst, insgeheim aber war er mit den Nerven am Ende.

Rob Powell spielte mit ihm. George war inzwischen davon überzeugt, dass Rob von ihm und Betsy wusste. Er dachte an Laurie Moran, die Produzentin, die von den geplanten Filmszenen gesprochen und insbesondere ihm für seine Teilnahme an der Sendung gedankt hatte.

»Ich weiß, Sie sind ein viel beschäftigter Mann, Mr. Curtis«, hatte sie gesagt. »Ich möchte mich bei Ihnen bedanken, dass Sie sich uns zur Verfügung stellen. Ich weiß, die meiste Zeit geht fürs Warten drauf. Morgen werden wir die Szenen mit Ihnen drehen, während im Hintergrund Filmausschnitte der Gala laufen, dann folgt das Interview mit Alex Buckley über Ihre Erinnerungen an jenen Abend.«

Erinnerungen, dachte George, als er in seine Einfahrt einbog, Erinnerungen. Es war der Abend gewesen, an dem Betsy ihm ein Ultimatum gestellt hatte. »Sag Isabelle, dass du die Scheidung willst – du hast es mir versprochen. Oder zahl mir fünfundzwanzig Millionen Dollar, dann bleibe ich bei Rob und halte den Mund. Du bist Milliardär, du kannst es dir leisten.«

Und auf dem Weg zur Gala hatte Isabelle ihm mit strahlender Miene verkündet, dass sie im vierten Monat mit Zwillingen schwanger sei.

»Früher wollte ich es dir nicht erzählen, George«, hatte sie ihm gesagt. »Nach vier Fehlgeburten konnte ich dich nicht wieder enttäuschen. Aber nach vier Monaten ist eine wichtige Hürde genommen. Fünfzehn Jahre haben wir gewartet und gebetet, jetzt werden wir endlich eine Familie haben.«

»O mein Gott!«, war alles gewesen, was er herausgebracht hatte. »O mein Gott!«

Ich war begeistert und entsetzt zugleich, dachte George. Und ich habe mich gefragt, wie ich mich jemals auf Betsy einlassen konnte, die Frau meines besten Freundes.

Alles hatte in London angefangen. George hatte sich dort zu einem Treffen mit dem europäischen Leiter der von seinem Vater 1940 gegründeten Fast-Food-Kette eingefunden. Rob und Betsy Powell hatten sich zur gleichen Zeit in London aufgehalten, waren ebenfalls im Stanhope Hotel abgestiegen und hatten die Suite gleich neben seiner gehabt. Rob war über Nacht nach Berlin geflogen.

Ich war mit Betsy beim Abendessen, dann, als wir wieder im Hotel waren, erinnerte sich George, hat sie noch einen Absacker in meiner Suite vorgeschlagen. In dieser Nacht hat sie mein Zimmer nicht mehr verlassen. Das war der Beginn einer zweijährigen Affäre.

Isabelle und ich hatten uns auseinandergelebt, dachte er, als er den Wagen vor dem Haus abstellte. Sie war nur noch mit ihren Wohltätigkeitsorganisationen beschäftigt, und ich war ständig geschäftlich in aller Welt unterwegs. Und war ich mal zu Hause, hatte ich keine Lust, mit ihr zu ihren Wohltätigkeitsveranstaltungen zu gehen.

Weil ich mich immer irgendwo mit Betsy getroffen habe, wenn Rob fort war.

Aber nach einem Jahr hatte sich auch das abgenutzt. Und schließlich habe ich Betsy als die Person gesehen, die sie war:

eine Frau, die andere manipulierte. Trotzdem bin ich sie nicht mehr losgeworden. Und sie hat mir wegen der Scheidung im Nacken gesessen.

Auf der Abschlussgala hat Isabelle dann ihren Freundinnen erzählt, dass sie schwanger ist.

Als Betsy das gehört hat, ist ihr klar geworden, dass ich mich nicht würde scheiden lassen. Also wollte sie fünfundzwanzig Millionen Dollar Schweigegeld. »Du kannst es dir leisten, George«, hatte sie gesagt und dabei freundlich gelächelt, weil sie sich der Umstehenden durchaus bewusst war. »Bei deinem Vermögen ist das für dich doch ein Klacks. Ansonsten werde ich Isabelle von uns erzählen, vielleicht sorgt dann der Schock dafür, dass sie wieder eine Fehlgeburt hat.«

George wurde ganz übel. »Wenn du Isabelle oder irgendjemand anderem davon erzählst, wird sich Rob von dir scheiden lassen«, brachte George nur mühsam hervor. »Und ich weiß, durch den Ehevertrag bleibt dir dann so gut wie nichts.«

Betsy hatte ihn nur weiter angelächelt. »George, ich weiß, das wird nicht passieren ... weil du nämlich zahlen wirst. Und ich werde mit Rob weiter glücklich und zufrieden verheiratet sein, während du mit Isabelle und euren Zwillingen in trauter Glückseligkeit leben wirst.«

Mit süffisanter Miene hatte sie sich seine Erwiderung angehört: »Ja, Betsy, ich werde zahlen. Aber ein Wort zu Isabelle oder zu sonst irgendwem, und ich bringe dich um. Das schwöre ich.«

»Auf unsere Vereinbarung«, hatte Betsy daraufhin geantwortet und ihm zugeprostet.

Das alles ist jetzt zwanzig Jahre her, dachte George, als er die Tür seines Wagens öffnete. Seine Gedanken kehrten zurück zu Laurie Moran und ihren Erläuterungen zu seiner Rolle in der Sendung.

»Dann werden Sie mit Alex Buckley zusammensitzen, er wird Sie nach Ihren Eindrücken von der Party und von Betsy Powell fragen«, hatte Laurie gesagt. »Vielleicht wollen Sie ja eine oder zwei Geschichten über Betsy erzählen. Meines Wissens waren Sie eng mit den Powells befreundet und sind ihnen häufig bei gesellschaftlichen Anlässen begegnet.«

Ich habe Moran erzählt, dass ich Rob mehr auf dem Golfplatz als bei gesellschaftlichen Anlässen treffe, dachte George, als er die drei Stufen zu dem hübschen Backsteinhaus hinaufging, das er und Isabelle sich vor zwanzig Jahren gebaut hatten. Er musste an den Architekten mit seinen großspurigen Plänen denken, auf denen allein im riesigen Eingangsbereich eine ganze Kunsteisbahn Platz gefunden hätte und zwei geschwungene Treppen zu einer Balustrade hinaufführten, »auf der Sie ein ganzes Orchester unterbringen können«.

Isabelle hatte darauf nur erwidert: »Wir wollen ein Zuhause, keine Konzerthalle.«

Es war ein Zuhause geworden. Geräumig, aber nicht überwältigend. Einladend und freundlich.

Er öffnete die Tür und ging ins Wohnzimmer. Wie erwartet fand er dort Isabelle und die Zwillinge vor, Leila und Justin, die für die Sommerferien vom College nach Hause gekommen waren.

George ging das Herz auf, als er die drei jetzt sah.

Und ich habe das alles leichtfertig aufs Spiel gesetzt, dachte er und musste wieder an seine Drohung gegen Betsy denken.

29

Nach der Rückkehr ins Hotel hängte Claire als Erstes das NICHT STÖREN-Schild vor die Tür, eilte ins Badezimmer und wusch sich das Gesicht.

Das so sorgfältig aufgetragene Make-up verschwand im seifigen Waschlappen, mehrmals vergewisserte sie sich, dass sie auch den letzten Rest weggeschrubbt hatte. Na, es hat jedenfalls seinen Zweck erfüllt, dachte sie. Ich hab doch ihre Gesichter gesehen bei meinem Auftritt, vor allem das von Rob. Ich bin mir nur nicht sicher, ob Ninas Ohnmachtsanfall echt oder nur vorgetäuscht war. Sie war schon immer eine gute Schauspielerin, auch wenn sie nie groß rausgekommen ist.

Zumindest hat sie »Daddy Rob« die Schau gestohlen. Er war selbst kurz vor dem Umkippen, aber dann ist sie ihm zuvorgekommen. Na ja, hat er nicht immer damit geprahlt, dass er im letzten Jahr an der Highschool zum besten Schauspieler gewählt worden war? Seitdem hat er viel Zeit gehabt, seine Kunst zu vervollkommnen.

30

Nina entging nicht die Enttäuschung ihrer Mutter, nachdem Rob keine Einladung zum Abendessen ausgesprochen hatte. Im Wagen wies Muriel aber darauf hin, dass er mehr als einmal von den guten alten Zeiten geredet habe, die sie zusammen erlebt hätten. Das jedenfalls stimmte, dachte Nina.

Auf dem Weg zum Aufzug im Hotel fragte Muriel: »Hast du den Kronleuchter gesehen? Der allein muss vierzigtausend Dollar wert sein.«

»Woher willst du das wissen?«

»Ich hab genau so einen mal gesehen, als wir für Hintergrundaufnahmen in Venedig waren.«

Wie passend, dachte sich Nina. Jetzt stehst du als Schauspielerin im Hintergrund.

»Hast du die Haushälterin gesehen? Die hat sich benommen, als wären wir ein ungehobelter Haufen Eindringlinge.«

»Mom, ich kenne sie noch von früher. Jane hat immer alle so missbilligend angesehen, alle außer Betsy.« Nina zögerte, bevor sie sarkastisch hinzufügte: »Ich meine natürlich ›Mrs. Powell‹. So hat sie sich von Jane anreden lassen, und das, obwohl sie jahrelang zusammen im gleichen Theater beschäftigt gewesen waren.«

»Na ja, ich hätte mich von ihr auch mit ›Mrs. Powell‹ anreden lassen statt mit ›Muriel‹«, blaffte ihre Mutter. »Wenn Rob mich geheiratet hätte.«

»Ich gehe auf mein Zimmer, ich werde mir da auch das

Abendessen servieren lassen«, entgegnete Nina genervt. Dass Betsy dir nicht mehr in die Quere kommen konnte, war doch das größte Geschenk, das man dir jemals gemacht hat, dachte sie und entfernte sich schon mit schnellen Schritten von Muriel. Aber Rob Powell hat nach ihrem Tod zwar noch einige Male bei dir angerufen, ansonsten aber hat er von dir nichts mehr wissen wollen. Ist doch glasklar, dass er mit dir nur sein Spielchen spielt.

Bloß, wann siehst du das endlich ein?

31

Regina war gerade in ihrem Hotel angekommen, als sie einen Anruf von Zach aus London erhielt. Er kam sofort auf den Punkt.

»Mom, sei bitte ehrlich, hast du den Abschiedsbrief mitgenommen?«

Regina wusste, dass Lügen zwecklos war.

»Ja, ich hab ihn dabei. Tut mir leid, Zach. Ich hab dich angeschwindelt, ich wollte nicht, dass du dir Sorgen machst.«

»Mom, ich muss dir was sagen. Ich hab die Kopie, die du mir gegeben hast, vernichtet. Ich wollte von Anfang an den Brief zerreißen, und hätte ich das Original gefunden, hätte ich es ebenfalls verschwinden lassen.«

»Zach, du hast ja recht, und wenn diese Woche vorbei ist, werde ich ihn vernichten, *wirklich*. Oder du kannst ihn verbrennen – falls dir das lieber ist. Versprochen.«

»Okay, Mom, ich werde dich an deine Worte erinnern.«

Daraufhin verabschiedeten sie sich.

Regina eilte zur Ankleide, wo sie ihre Handtasche abgelegt hatte, öffnete sie und nahm mit zitternden Fingern die Brieftasche heraus. Sofort nach dem Eintreffen auf dem Powell-Anwesen war ihr klar geworden, dass sie den Brief nicht hätte mitnehmen dürfen.

Sie schlug das Fach auf, in dem sie das sorgfältig gefaltete Blatt verstaut hatte.

Es war leer.

Jemand musste geargwöhnt haben, dass sie darin etwas Wichtiges aufbewahrte ... oder er hatte alle auf dem Terrassentisch abgelegten Handtaschen akribisch durchsucht.

Jedenfalls lieferte der Brief das perfekte Motiv für den Mord an Betsy.

Hektisch schüttete sie den gesamten Inhalt der Handtasche auf den Tisch, durchwühlte alles in der Hoffnung, den Abschiedsbrief doch noch irgendwo zu finden. Aber er war verschwunden.

32

Rod wachte um vier Uhr am Morgen auf, nachdem er eine Tür gehört hatte. »Alie?«, rief er. Er schaltete das Licht über dem Kopfbrett an. Die Tür zum Wohnzimmer stand offen, Alison aber war nirgends zu sehen. Er richtete sich auf und griff nach den Krücken, auf denen er sich mit seinen kräftigen Armen und Schultern relativ schnell bewegen konnte. Schlafwandelte Alison wieder? Er sah im Bad und im Ankleidezimmer nach. Keine Spur von ihr. Gleich darauf war er an der Eingangstür, er warf sie auf, und dann sah er sie: Langsam schritt Alison durch den langen Flur.

Oben an der Treppe zum Foyer holte er sie ein.

Er fasste sie an der Hand und flüsterte ihren Namen. Sie zwinkerte, drehte sich zu ihm um und sah ihn an.

»Es ist gut«, sagte er besänftigend. »Alles ist gut. Wir gehen jetzt wieder ins Bett.«

Als sie in ihrem Zimmer waren, begann sie zu weinen. »Rod, Rod, ich hab wieder geschlafwandelt, oder?«

»Ja, aber es ist gut, es ist schon gut.«

»Rod, ich war so wütend an diesem Abend. Ständig bin ich gefragt worden, ob ich Medizin studieren würde, und allen musste ich sagen, dass ich noch mindestens ein Jahr lang zu arbeiten habe. Und jedes Mal, wenn ich Betsy sah, musste ich daran denken, dass sie mir das Stipendium gestohlen hat, bloß weil sie in diesen exklusiven Club wollte.« Ihre Stimme war nur noch ein Flüstern. »In der Nacht nach der Gala habe ich ebenfalls geschlafwandelt. Als ich aufgewacht bin, habe ich gerade Betsys Zimmer verlassen, und ich war so froh, dass sie mich nicht gehört hat. Kann es sein, dass ich sie umgebracht habe?«

Ihre Worte gingen in einem Schluchzen unter.

33

Leo Farley setzte Laurie ab und wies den Taxifahrer an, so lange zu warten, bis er gesehen hatte, dass der Pförtner hinter ihr die Tür schloss.

Immer auf Nummer sicher gehen, dachte er und lehnte sich mit einem müden Seufzen zurück. Es war ein langer Tag gewesen, der ihn wegen der Sorgen um Timmy noch mehr erschöpft hatte.

Er war so in Gedanken versunken, dass er kaum mitbekam, als das Taxi einen Block weiter vor seinem Apartmentgebäude hielt.

Tony, der Pförtner, wartete bereits, um ihm die Autotür zu öffnen. Normalerweise sprang Leo gelenkig aus dem Taxi, aber davon konnte heute nicht die Rede sein. Er bezahlte den Fahrer und griff sogar nach Tonys Hand, die dieser ihm entgegenstreckte, um ihm auf die Beine zu helfen.

Und dann spürte er es – den rapide beschleunigten Herzschlag, die akute Vorstufe zum Herzkammerflimmern. Tony wartete, Leo wollte schon aussteigen, aber da fiel ihm sein Arzt ein, der ihn eindringlich davor gewarnt hatte, Symptome wie diese zu ignorieren – wenn sein Herz zu rasen anfing wie eine außer Kontrolle geratene Lokomotive.

»Leo, du fährst dann sofort ins Krankenhaus«, hatte er ihm befohlen. »Viele bringen eine Disposition mit, in deinem Fall aber ist es sehr viel gravierender. Bei dir muss der Herzschlag sofort verlangsamt werden.«

Leo sah zu Tony. »Mir ist gerade eingefallen, ich hab bei meiner Tochter was vergessen. Vielleicht bleibe ich auch gleich über Nacht bei ihr.«

»Wie Sie meinen, Sir. Gute Nacht.«

Tony schloss die Autotür, und widerstrebend wies Leo den Fahrer an, ihn zum Mount Sinai Hospital zu bringen.

Das ist wenigstens nur ein paar Straßen entfernt, dachte er, während er seinen immer schneller werdenden Puls fühlte.

34

Während seiner Fahrt von Salem Ridge nach Manhattan ließ Alex Buckley die Ereignisse des Tages Revue passieren. Die vier Frauen waren seit ihrem ersten Highschool-Jahr befreundet, die Begrüßung war sehr verhalten ausgefallen, aber je länger sie zusammen waren, umso mehr war das Eis schließlich geschmolzen.

Trotz des Anscheins von Herzlichkeit, den sie sich alle gaben, konnte ihre Reaktion auf Robert Powell nur mit dem Wort »feindselig« beschrieben werden.

Durch seine zahlreichen Zeugenbefragungen hatte Alex gelernt, sich von Worten nicht täuschen zu lassen und stattdessen auf die Blicke, die Körpersprache zu achten, wenn er wirklich erfahren wollte, was in seinem Gegenüber vorging. Aus dem Verhalten der vier Absolventinnen schloss er, dass sie Robert Powell von Grund auf verachteten.

Die Frage lautete nur: warum? Er wollte wetten, dass der Ausgangspunkt ihrer Feindseligkeit mehr als zwanzig Jahre zurücklag.

Aber warum hatten sie dann alle an der Abschlussgala teilgenommen? Selbst wenn mein bester Freund mit mir seinen Abschluss feiern wollte, würde ich nicht hingehen, wenn ich dessen Vater nicht ausstehen kann, dachte Alex. Und das warf eine weitere Frage auf: Wie hatten sie zu Betsy Bonner Powell gestanden? Wenn eine der vier sie umgebracht hatte, musste es einen zwingenden Grund dafür gegeben haben.

Alex bog in die Garage ein und ging in seine Wohnung, während er diese Fragen der Reihe nach durchdachte.

Ramon erschien mit einem Lächeln im Foyer, nachdem er den Schlüssel im Schloss gehört hatte. »Guten Abend, Mr. Alex. Sie haben hoffentlich einen guten Tag gehabt?«

»Nennen wir es einen *interessanten* Tag«, sagte Alex und erwiderte das Lächeln. »Ich werde mich gleich umziehen. Krawatte und Jackett kann ich mir heute sparen. Es ist heiß draußen.«

In der Wohnung war es angenehm kühl, und sein Schrank war wie immer ein Ausbund an Ordnung. Zu verdanken war das Ramon, der jedes Jackett, jedes Hemd und jede Krawatte nach Farben sortiert aufhängte und nach dem gleichen Muster auch Alex' Hosen ordnete.

Alex wählte ein kurzärmeliges Sporthemd und Khakis. Dann wusch er sich die Hände, spritzte sich Wasser ins Gesicht und hatte plötzlich Lust auf ein kaltes Bier.

Als er am Speisezimmer vorbeikam, sah er, dass der Tisch für zwei gedeckt war.

»Ramon, kommt noch jemand?«, rief er, als er den Kühlschrank öffnete. »Ich kann mich nicht erinnern, jemanden eingeladen zu haben.«

»Ich konnte es Ihnen noch nicht sagen, Sir«, erwiderte Ramon, während er einen kleinen Teller mit Horsd'œuvres vorbereitete. »Ihr Bruder müsste jeden Moment eintreffen. Er hat morgen einen Termin in der Stadt.«

»Andrew kommt, na, das ist toll«, entfuhr es Alex, obwohl er eigentlich vorgehabt hatte, sich beim Essen ein paar Notizen über den heutigen Tag zu machen. Andrew wusste natürlich von den Dreharbeiten und würde ihn wahrscheinlich mit Fragen löchern – was allerdings auch ganz nützlich sein konnte, wenn es darum ging, sich die Tatsachen bewusst zu machen. Wenn das jemand wissen sollte, dann ich, dachte Alex.

Der erste Schluck Bier fiel mit dem Klingeln an der Tür zusammen, mit dem sich Andrew ankündigte. Er hatte seinen eigenen Schlüssel und stand schon im Foyer, als Alex zur Begrüßung hinauseilte.

Die beiden waren lange auf sich allein gestellt gewesen. Ihre Mutter war gestorben, als Alex im ersten College-Jahr gewesen war, ihr Vater zwei Jahre darauf. Alex war da gerade ein-und-zwanzig geworden und zu Andrews Vormund bestimmt worden.

Wie die meisten Brüder hatten sie sich in ihrer Kindheit und Jugend natürlich gekabbelt. Sie waren beide äußerst ehrgeizig im Sport, und beiden war es immer eine große Freude gewesen, den anderen beim Golf oder Tennis schlagen zu können.

Damit war es nach dem Tod ihrer Eltern vorbei. Da sie in ihrer weit verzweigten Familie nur entfernte Verwandte hatten, von denen keiner in New York wohnte, verkauften sie ihr Haus in der Oyster Bay und zogen in eine Vierzimmerwohnung in Manhattan in der West Sixty-seventh Street. Dort wohnten sie, bis Andrew mit seinem Jurastudium an der Columbia fertig war und eine Stelle in Washington antrat.

Alex, dessen Jurastudium zu diesem Zeitpunkt schon fünf Jahre zurücklag und der in seiner Kanzlei als aufstrebender Star galt, blieb in der Wohnung, bis er sich die jetzige am Beekman Place kaufte.

Anders als Alex hatte Andrew sechs Jahre zuvor geheiratet und war mittlerweile Vater von drei Kindern – einem fünfjährigen Jungen sowie zweijährigen Zwillingstöchtern.

»Wie geht es Marcy und den Kindern?«, war die erste Frage von Alex, nachdem er seinen Bruder kurz umarmt hatte.

Andrew lachte. Anders als sein ein Meter dreiundneunzig großen Bruder war Andrew bloß eins achtundachtzig, hatte etwas dunklere Haare und blaugraue Augen, aber einen ebenso durchtrainierten Körper.

»Marcy ist neidisch, weil ich über Nacht weg bin. Die Zwillinge machen mal wieder auf Schreckensduo. Ihr Wortschatz besteht nur noch aus einem Wort: *nein*. Aber Johnny ist wie immer ein ganz wunderbares Kind. Wenn er mit zwei jemals so war wie die Mädchen jetzt, dann muss ich das verdrängt haben.«

Er sah zum Glas in der Hand des Bruders. »Wie wär's auch mit einem Bier für mich?«

Ramon schenkte bereits ein Bier in ein gekühltes Glas.

Sie ließen sich im Arbeitszimmer nieder, wo Andrew sofort nach dem Teller mit den Horsd'œuvres griff. »Ich bin am Verhungern. Ich hab heute das Mittagessen ausfallen lassen.«

»Du hättest dir was kommen lassen sollen«, bemerkte sein Bruder.

»Sehr schlau. Ich hätte bloß daran denken müssen.«

Die beiden Brüder grinsten sich an, dann fragte Andrew: »Und jetzt zur Vierundsechzigtausend-Dollar-Frage: Wie ist es heute gelaufen?«

»Ganz interessant, klar.« Alex erzählte ihm vom Frühstück, und als er auf Nina Craigs Ohnmachtsanfall zu sprechen kam, unterbrach Andrew:

»Ist sie wirklich ohnmächtig geworden oder hat sie nur so getan?«

»Warum fragst du das?«, fragte Alex sofort.

»Na ja, du weißt doch, Marcy hat vor unserer Ehe ebenfalls als Schauspielerin gearbeitet. Nach dem College hat sie fünf Jahre in Kalifornien gelebt. Als wir erfahren haben, dass du mit der ganzen Sache zu tun haben wirst und die Journalisten den alten Fall wieder ausgraben, hat sie mir erzählt, dass sie mit Muriel Craig auf der Bühne gestanden hat. Jeden Abend nach der Vorstellung ist Muriel an die Bar gestürzt, hat sich volllaufen lassen und allen Leuten erzählt, dass sie Robert Powell hätte heiraten können, wenn nicht ihre blöde Tochter damals die Mutter einer Freundin an den Tisch geschleift und mit Powell bekannt gemacht hätte. Ständig redete sie davon, dass sie mit Powell so gut wie verlobt gewesen war und jetzt in einem tollen Haus mit einem attraktiven, reichen Mann leben könnte, wäre ihre unnütze Tochter nicht gewesen. An einem Abend scheint auch Nina in der Vorstellung gewesen zu sein, und nachher wären die beiden fast aufeinander losgegangen.«

»Na, das erklärt vielleicht so manches«, sagte Alex. »Aber ich glaube, ihre Ohnmacht war echt. Nur, als sie aufgewacht ist, hat sie ihre Mutter angeschrien, sie soll ihre elenden Hände von ihr nehmen.«

»Wie lang war Betsy insgesamt mit Powell verheiratet?«, fragte Andrew. »Waren das sechs oder sieben Jahre?«

»Neun Jahre.«

»Hältst du es für möglich, dass Nina Craig an dem besagten Abend im Haus kurzerhand die Möglichkeit ergriffen und Betsy umgebracht hat, damit Powell für ihre Mutter frei wurde? Nach allem, was mir Marcy erzählt hat, kann Nina ziemlich skrupellos sein.«

Alex ließ sich viel Zeit mit seiner Antwort, schließlich sagte er: »Vielleicht hättest du Strafverteidiger werden sollen.«

Ramon erschien in der Tür. »Das Essen kann serviert werden, falls Sie bereit sind, Sir.«

»Hoffentlich gibt es Fisch«, sagte Alex, als er sich erhob. »Der soll gut fürs Gehirn sein. Ist es nicht so, Ramon?«

35

Laurie hatte den Wecker auf sechs Uhr gestellt, wachte aber bereits um fünf Uhr dreißig von allein auf. Mit einem Blick zum Wecker auf dem Nachttisch vergewisserte sie sich, dass sie noch eine weitere luxuriöse halbe Stunde liegen bleiben konnte.

Es war die Zeit, zu der Timmy, wenn er früher wach wurde, zu ihr ins Bett schlüpfte und sich an sie kuschelte. Sie genoss das Gefühl, wenn sie den Arm um ihn legen und seinen Kopf unter dem Kinn spüren konnte. Er war groß für sein Alter, trotzdem kam er ihr noch so klein und so verletzlich vor, sodass sie immer das Gefühl hatte, ihn beschützen zu müssen. Ich würde für dich zur Mörderin werden, dachte sie manchmal, wenn sie an die von Gregs Mörder ausgestoßene Drohung dachte.

Aber heute übernachtete Timmy zum ersten Mal in seinem Leben woanders und nicht bei ihr oder ihrem Vater. Wenn sie beruflich unterwegs war, kam immer Leo in ihre Wohnung und blieb bei Timmy.

Gefiel Timmy das Campen? Hatte er Heimweh? Was ganz natürlich wäre, dachte sie. In den ersten ein, zwei Tagen erging es schließlich allen so, die zum ersten Mal von zu Hause fort waren.

Aber ich hab Heimweh nach *ihm*, dachte sie, als sie die Decke zurückschlug. Es würde ihr alles leichter fallen, wenn sie endlich aufstand und den Tag begann und nicht noch länger im Bett blieb und über Timmy nachdachte.

Trotzdem kam sie nicht umhin, das gerahmte Foto auf der Ankleide zur Hand zu nehmen, einen Schnappschuss von Greg,

Timmy und ihr, den jemand von ihnen am Strand in East Hampton gemacht hatte.

Es war das letzte Bild, das von ihnen drei aufgenommen worden war. Eine Woche später war Greg erschossen worden.

Laurie strich mit der Fingerspitze über Gregs Gesicht, eine Geste, die sie in den vergangenen fünf Jahren unzählige Male gemacht hatte. Manchmal stellte sie sich vor, sie könnte eines Tages statt der flachen Oberfläche des Bildes wirklich Gregs Gesicht spüren, sie könnte mit dem Finger über die Umrisse seines Mundes streichen und sein Lächeln fühlen.

Einige Monate nach seinem Tod, erinnerte sie sich wieder, war ihr Wunsch nach ihm so stark geworden, dass sie mit seinem Namen auf den Lippen eingeschlafen war und ihn unablässig vor sich hin geflüstert hatte.

Dann hatte sie so lebhaft von ihm geträumt, hatte ihn so besorgt und so traurig vor sich gesehen, dass sie so großer Kummer überkam ...

Kopfschüttelnd stellte sie das Foto zurück. Eine Viertelstunde später, mit noch feuchten Haaren, eingehüllt in ihren Baumwollbademantel, ging sie in die Küche, wo der Kaffee in der programmierten Maschine bereits durchgelaufen war.

Jerry und Grace holten sie um 7.45 Uhr ab. Die übrigen Mitarbeiter würden sie auf dem Powell-Anwesen treffen.

Wie immer hatte Grace noch mit dem Schlaf zu kämpfen. »Dabei bin ich schon um zehn ins Bett«, erzählte sie Laurie, »aber dann konnte ich nicht einschlafen, weil ich ständig grübeln musste, wer von den vieren Betsy Powell umgebracht haben könnte.«

»Und zu welchem Schluss bist du gekommen?«, fragte Laurie.

»Es könnte jede gewesen sein, vielleicht waren es auch alle zusammen – ich meine, die vier Absolventinnen. Wie in *Mord im Orientexpress.* Da wechseln sich auch alle dabei ab, als es darum geht, auf den Typen einzustechen, der das Kind entführt hat.«

»Grace, deine blühende Fantasie in allen Ehren, aber das geht zu weit«, warf Jerry ein. »Ich sage, die Haushälterin war es. Sie kann nicht verbergen, dass sie uns alle am liebsten zum Teufel jagen würde, und das liegt nicht nur daran, dass wir ihren gewohnten Tagesablauf stören. Da steckt mehr dahinter. Ich denke, sie macht sich Sorgen. Was meinst du, Laurie?«

Aber Laurie zückte ihr Handy. Sie hatte den leisen Ton gehört, der darauf aufmerksam machte, dass sie gerade eine SMS erhalten hatte.

Die Nachricht stammte von Brett Young: »Laurie, laut unserem Finanzbericht ist der Umsatz erneut gesunken. Deine letzten beiden Pilotsendungen waren kostspielig und haben enttäuscht. Diesmal muss es anders werden.«

36

Mr. Powell war früher als sonst aufgewacht. Um Viertel nach sieben hatte er seine zweite Tasse Kaffee getrunken. Von seinem Platz im Frühstückszimmer konnte er den gesamten Gartenbereich hinter dem Haus einsehen, ein Anblick, der ihm sonst immer große Freude bereitete. Obwohl die Rosenbüsche um die Terrasse in voller Blüte standen, der Springbrunnen seine feine Gischt versprühte und die Pflanzen um den Teich in allen möglichen Farben schillerten, wirkte Powell griesgrämig und unzufrieden. Die Filmleute hatten zwei große Laster hinten neben dem Haus abgestellt. Deren Anblick, wusste Jane, gefiel Mr. Rob ebenso wenig wie ihr selbst.

Sie war mit seiner Launenhaftigkeit vertraut. Am Abend zuvor schien er eher belustigt von den Ereignissen des Tages und hatte Nina Craigs Ohnmachtsanfall ebenso belächelt wie Muriels unmissverständliche Hinweise auf ihre gemeinsame Vergangenheit.

Wie viel wusste er von George Curtis und Betsy?, fragte sich Jane. Vor zwanzig Jahren bei der Gala hatte sie Horsd'œuvres gereicht, und die Spannung zwischen den beiden war mit Händen zu greifen gewesen. Es war ihr gelungen, sich so dicht in ihrer Nähe aufzuhalten, dass sie mitbekommen hatte, wie er Betsy drohte. Falls Betsy von ihm wirklich die fünfundzwanzig Millionen Dollar erhalten hätte, hätte sie das Geld vermutlich versteckt – so wie sie auch ihren Schmuck versteckt hatte – und weiterhin ihr Leben mit Mr. Powell geführt, als wäre nichts gewesen.

Wenn Sie wüssten, was ich weiß, dachte sich Jane und widerstand dem Impuls, Mr. Powell leicht an der Schulter zu berühren. Soll ich ihn daran erinnern, dass er es selbst war, der sich zu alldem hier bereit erklärt hat? Ihm vorschlagen, ins Büro zu fahren, weil er meines Wissens heute nicht vor die Kamera muss? Aber sie berührte ihn weder an der Schulter noch unterbreitete sie ihm den Vorschlag. Er wäre entsetzt gewesen, wenn sie sich solche Freiheiten herausgenommen hätte. Stattdessen gab sie ihm mit einer eher symbolischen Geste zu verstehen, ob sie ihm noch einmal Kaffee nachschenken solle, und nachdem er brüsk abgelehnt hatte, verließ er kommentarlos das Zimmer.

Gestern hatte sie gesehen, wie dieser Heimlichtuer Josh die Handtaschen der Absolventinnen, die auf dem Tisch auf der Terrasse abgelegt waren, durchsucht hatte. Aus einer hatte er auch etwas herausgenommen. Sie wusste nicht genau, wem die Handtasche gehörte, weil alles so schnell gegangen war. Was hatte er da gefunden? Was interessierte ihn so sehr? Sie wusste schon seit Längerem, dass er die Gespräche der Fahrgäste aufzeichnete. Sie wusste auch, dass Betsy, »Mrs. Powell«, seine ganze Art nicht gefallen hatte. Wäre sie nicht gestorben, hätte er seine Stelle nicht mehr lange behalten, dachte Jane.

Was hatte er aus der Handtasche genommen? Hätte es Mr. Powell etwas genützt – so viel wusste sie –, hätte Josh es ihm bestimmt gezeigt und von ihm dafür wie ein Hund, den man freundlich tätschelt, ein paar hundert Dollar extra zugesteckt bekommen.

»Jane, ich will heute Morgen niemanden sehen«, sagte Mr. Powell, als er noch einmal den Kopf ins Zimmer steckte. »Ich werde in meinem Büro sein und viel telefonieren. Die Produktionsfirma hat ihre eigenen Caterer, es ist also nicht nötig, sie aus unserer Küche zu versorgen. Die Filmleute werden die

Toilette im Poolhaus benutzen. Die anderen sollen sich auf der Terrasse aufhalten und über die Küche ins Haus gehen, wenn sie auf unsere Toilette wollen. Aber ich will nicht, dass sie nach oben kommen oder durchs Haus laufen. Ist das klar?«

Was hatte sich seit vergangenem Abend, als er so gut gelaunt gewesen war, geändert? Hatte er Angst vor dem Interview mit diesem Anwalt, Alex Buckley? Jane hatte über ihn gelesen und ihn auch im Fernsehen gesehen. Ihr selbst würde er irgendwann auch einige Fragen zu jenem Abend stellen, wusste sie.

Na, ich hab seit fast dreißig Jahren meine Gedanken für mich behalten. Ein paar Geheimnisse werde ich also auch noch etwas länger bewahren können. Jane lächelte, als sie an den Schmuck dachte, den sie nach dem Auffinden der Toten aus Betsys Versteck geholt hatte. Die Ohrringe, der Ring und das Halsband, die George Curtis ihr geschenkt und die Betsy natürlich nie in Gegenwart von Mr. Powell getragen hatte. Betsy hatte den Schmuck für ihre heimlichen Treffen aufbewahrt, wenn ihr Mann nicht zu Hause war. Mr. Powell hatte von ihm nie etwas erfahren, und George Curtis würde die Stücke kaum zurückfordern wollen.

Hatte sich Curtis denn nie Gedanken gemacht, ob sein Schmuck nicht gefunden worden und auf ihn zurückzuführen war? Er hat an jenem Abend Betsy gedroht, und er wohnt nur zehn Minuten zu Fuß entfernt, dachte sie. Also, wenn irgendein Verdacht auf mich oder Mr. Powell fällt, kann ich ja immer noch so tun, als hätte ich den Schmuck gefunden, und damit den Mordverdacht auf George Curtis lenken.

Zufrieden und im sicheren Wissen, dass der Schmuck in ihrer Wohnung gut versteckt war, nahm sie die Kaffeetasse, die Robert Powell beim Verlassen des Zimmers abgestellt hatte, drückte sie sich liebevoll an die Lippen und trank sie aus.

37

Claire hatte sich zum Frühstück Orangensaft, Kaffee und ein englisches Muffin aufs Zimmer bringen lassen. Sie war längst fertig angekleidet und wartete auf den Wagen, der sie abholen und zu dem Haus bringen sollte, wo sie die neun schrecklichsten Jahre ihres Lebens verbracht hatte.

Sie hatte bewusst Kleidung gewählt, die sie sonst auch immer zu Hause trug – eine einfache, langärmelige Baumwollbluse und eine schwarze Freizeithose. Sie hatte diesmal kein Make-up aufgetragen und keinen Schmuck angelegt. Zu Hause trug sie das auch nicht. Ich bin in all den Jahren eins mit meiner Umgebung geworden, dachte sie. Als Kind habe ich immer im Schatten meiner Mutter gestanden. Warum sollte ich mich jetzt noch ändern? Dafür ist es doch längst zu spät.

Nur aus einem in ihrem Leben zog sie Befriedigung – aus ihrer Arbeit. Als Sozialarbeiterin hatte sie vor allem mit häuslicher Gewalt zu tun. Sie wusste, sie war gut in dem, was sie tat, und fand Frieden und Erfüllung, wenn sie dazu beitragen konnte, Frauen und Kinder aus unerträglichen Verhältnissen zu befreien.

Warum bin ich hierhergekommen?, fragte sie sich. Was habe ich mir bloß dabei gedacht? Was soll es mir bringen, was will ich damit ein für alle Mal aus der Welt schaffen? Durch ihre Teilnahme gingen alle Absolventinnen das Risiko ein, ihre jeweiligen Gründe offenzulegen, warum sie Betsy so gehasst hatten. Claire kannte diese Gründe und hatte für alle Verständnis. In der Highschool hatten die anderen drei ihr Kraft gegeben. Wenn ich mit ihnen unterwegs war, konnte ich fast alles vergessen.

Jetzt haben wir alle Angst, was die anderen von uns halten werden. Wird die Sendung die Wahrheit ans Licht bringen? Oder werden wir dabei nur wieder schmerzlich an unser verpfuschtes Leben erinnert? Ungeduldig zuckte sie mit den Schultern und schaltete die Fernsehnachrichten an, um die Zeit bis zur Ankunft des Wagens zu überbrücken. Die Dreharbeiten wurden erwähnt, die Sendung über den Mord an Betsy Bonner Powell, so die Moderatorin, gelte schon jetzt als das »mit größter Spannung erwartete TV-Ereignis des Jahres«.

Claire drückte auf die Fernbedienung, der Bildschirm wurde schwarz, und im gleichen Moment klingelte das Telefon. Josh Damiano in der Lobby fragte mit fröhlicher Stimme, ob sie bereit sei.

Vielleicht bin ich seit zwanzig Jahren bereit, dachte Claire, nahm ihre Handtasche und schlang sie sich über die Schulter.

38

Polizeichef Ed Penn war am Montagabend um neun Uhr von Leo Farley angerufen worden. Farley klang müde, und Ed war aufrichtig entsetzt, als er erfuhr, dass Leo im Krankenhaus lag. »Sie haben das Herzrasen nicht in den Griff bekommen, mein Herz schlägt immer noch zu schnell. Das heißt natürlich, dass ich morgen nicht da sein kann, um ein Auge auf die Dreharbeiten zu haben.«

Penns erster Gedanke war, dass Leo Farley seit dem Mord an seinem Schwiegersohn vor fünf Jahren unter enormem Stress stand und sein Herz dieser Belastung nun nicht mehr gewachsen war. Nachdem er darauf hingewiesen hatte, was Leo sowieso schon wusste – dass die Produktionsfirma am Tor einen Wachmann wegen der Paparazzi postiert hatte, der jeden überprüfte, der auf das Gelände wollte –, versprach Penn, dass er an die Rückseite des Anwesens einen Streifenwagen beordern werde, um sicherzugehen, dass sich dort niemand über den Zaun Zugang zum Anwesen verschaffte.

Nachdem die Sendung jetzt tatsächlich produziert wurde, hatte Penn die umfangreiche Akte über den Fall mit nach Hause genommen, um sie erneut durchzulesen.

Als Leo anrief, hatte er gerade mit einer Lupe die damals erstellten Aufnahmen vom Tatort betrachtet. Im Hintergrund war das wundervoll eingerichtete Schlafzimmer zu erkennen, vorn Betsy Powells verdrehter Leichnam; ihre Haare ausgebreitet auf dem Kissen, die Augen starr zur Decke gerichtet, das Satin-Nachthemd lose über die Schultern gezogen.

Der Polizeichef las, dass sich die Haushälterin in der Küche aufgehalten habe, als sie von oben Geräusche gehört habe. Sie sei hinaufgerannt, habe Robert Powell schwer nach Luft ringend neben dem Bett auf dem Boden vorgefunden und sofort gesehen, dass er sich die Hände mit dem Kaffee verbrüht hatte, den er Betsy hatte bringen wollen.

Die vier Absolventinnen waren ins Zimmer gestürzt, als sie Janes laute Schreie gehört hatten. Laut ihren Aussagen habe Jane Novak »Betsy, Betsy!« gerufen, obwohl sie sie sonst immer mit »Mrs. Powell« angesprochen hatte.

Jane gestand, dass sie den Smaragd-Ohrring vom Teppich aufgehoben und auf den Nachttisch gelegt habe, nachdem sie dem Opfer das Kissen vom Gesicht genommen habe.

»Ich wäre ja beinahe draufgetreten«, sagte sie. »Ich habe gar nicht groß darüber nachgedacht.«

Natürlich nicht, dachte Penn verärgert. Und damit hatte sie den Tatort kontaminiert – erst durch das Entfernen des Kissens, dann durch das Aufheben des Ohrrings.

»Und dann hab ich mich um Mr. Powell gekümmert«, hatte Jane in ihrer Aussage weiter ausgeführt. »Er ist ohnmächtig geworden. Ich dachte, er wäre tot. Ich hab im Fernsehen gesehen, wie jemand wiederbelebt wurde, also habe ich es bei ihm auch probiert, für den Fall, dass sein Herz aufgehört hat zu schlagen. Und dann sind die jungen Frauen gekommen, und ich hab ihnen gesagt, sie sollen die Polizei und einen Krankenwagen rufen.«

Was dem Polizeichef damals von Anfang an aufgefallen war – er erinnerte sich jetzt wieder –, war die Ruhe und Gefasstheit aller vier Absolventinnen. Gut, sie waren bis drei Uhr morgens aufgewesen und hatten eine Menge Wein getrunken. Ihrem Schlafmangel und Alkoholkonsum war es möglicherweise zuzuschreiben, dass sie Betsy Powells Tod relativ gleichmütig aufgenommen hatten. Claire Bonner konnte man eventuell zugutehalten, dass sie unter Schock gestanden hatte, trotzdem hatte Penn den Eindruck, dass sie sich für eine junge Frau, die gerade ihre Mutter verloren hatte, überraschend abgebrüht gegeben hatte.

Das hatte auch auf die anderen Absolventinnen zugetroffen, während sie vernommen wurden.

Ich glaube immer noch nicht, dass es ein Einbrecher gewesen ist, dachte Penn. Ich bin nach wie vor der Meinung, dass der Täter aus dem Haus stammt.

Die sechs Personen, die sich im Haus aufgehalten hatten, waren Robert Powell, die Haushälterin und die vier Absolventinnen.

Sie wurden jetzt alle wieder von Buckley befragt, dachte Penn. Er soll ja sehr gut darin sein, Zeugen ins Kreuzverhör zu nehmen. Dürfte interessant werden, ihre ursprünglichen Aussagen mit dem zu vergleichen, was sie jetzt vor der Kamera äußern.

Kopfschüttelnd sah sich der Polizeichef in seinem Arbeitszimmer um. Es hatte ihm niemals Ruhe gelassen, dass das Verbrechen unaufgeklärt geblieben war. Sein Blick ging zur Wand mit den vielen Auszeichnungen, die er und seine Dienststelle im Lauf der Jahre erhalten hatten. Er wollte noch eine weitere.

Eine für die Aufklärung des Mordes an Betsy Bonner Powell.

Er sah auf seine Uhr. Zehn nach neun. Höchste Zeit, endlich mit den sinnlosen Spekulationen aufzuhören. Er griff zum Telefon, um die Anweisung durchzugeben, dass am nächsten Morgen an der Rückseite des Powell-Anwesens ein Streifenwagen postiert werden sollte.

39

Bruno wachte am Dienstagmorgen um sechs auf. Der glorreiche Augenblick, in dem er endgültig Rache nehmen würde, rückte unaufhaltsam näher.

Er schaltete den Fernseher an und bereitete sich sein spartanisches Frühstück zu. Es war ihm erlaubt, einen kleinen Kühlschrank in seinem Zimmer zu haben. Er stellte die Kaffeemaschine an und gab Joghurt und Frühstücksflocken in eine Schale.

Nach den politischen Neuigkeiten und einem Dutzend Werbeeinblendungen kam endlich, worauf er gewartet hatte. »Die Pilotsendung für die Fernsehserie *Unter Verdacht* wird derzeit auf dem Anwesen von Robert Powell gedreht. Zwanzig Jahre nach der Abschlussgala haben sich die vier damaligen Absolventinnen wieder eingefunden, um vor laufender Kamera ihre Unschuld am Mord der schillernden Betsy Bonner Powell zu beteuern.«

Bruno lachte laut auf. Gestern hatte er sich mit einem von den Fernsehleuten unterhalten, der sich überraschend gesprächig gezeigt hatte. Er hatte gesagt, dass sie noch heute und morgen drehen würden. Die Absolventinnen würden in der Bibliothek gefilmt werden, die kommende Nacht würden sie im Haus verbringen, und am Morgen danach war noch ein Abschiedsfrühstück vorgesehen.

Und während dieses Frühstücks würde er aus dem Poolhaus treten und mit seinem Gewehr auf sie anlegen.

Bruno dachte zurück an seine Kindheit in Brooklyn, wo er sich mit Typen von der Mafia herumgetrieben hatte. Er hatte einen Job als Aushilfe in einem Diner gehabt, in das einige von denen jeden Morgen zum Frühstück gekommen waren.

Zwei von ihnen hatte er belauscht, wie sie damit geprahlt hatten, dem Sohn von Wilhelm Tell einen Apfel vom Kopf zu schießen, aber nicht mit Pfeil und Bogen, sondern mit einem richtigen Gewehr. Daraufhin hatte sich Bruno ein gebrauchtes Gewehr und eine Pistole besorgt und mit dem Üben begonnen.

Ein halbes Jahr später, als er ihren Tisch abräumte, ließ er beiläufig fallen, dass er ihnen zeigen könnte, was für ein toller Schütze er sei. Erst lachten sie, aber dann sagte der eine: »Weißt du, Kleiner, ich mag es nicht, wenn mir so ein Großmaul wie du die Zeit stiehlt. Aber wenn du meinst, du hast was drauf, dann lass es uns mal ausprobieren.«

So wurde er in die Mafia aufgenommen.

Er konnte Laurie Moran jederzeit umlegen, aber er wollte auch sicher sein, dass die Kameras liefen, wenn sie tödlich getroffen zusammensackte.

Er schlürfte seinen Kaffee und freute sich schon jetzt auf diesen Augenblick.

Dann würde sich der Polizist im Streifenwagen an der Rückseite des Grundstücks über den Zaun hieven und angelaufen kommen, dazu auch sämtliche Fernsehleute. Und wenn sie alle am Poolhaus vorbei wären, würde Bruno sich durch die Hintertür auf und davon machen und kurz darauf verschwunden sein.

Nach vier Minuten lockerem Joggen wäre er am Parkplatz des Bahnhofs, und der Parkplatz lag nur einen Straßenzug von dem Zimmer entfernt, in dem er jetzt saß.

Er hatte sich auch schon den Wagen ausgesucht, den er klauen wollte, einen Lexus-Kombi, der jeden Morgen auf dem Parkplatz abgestellt wurde, weil sein Fahrer den Sieben-Uhr-fünf-zehn-Zug nach Manhattan nahm.

Bruno wäre schon über alle Berge, bevor die anderen überhaupt herausgefunden hatten, woher der Schuss gekommen war.

Und der Fahrzeugbesitzer würde erst am Dienstagabend den Wagen als gestohlen melden.

Bruno war in Gedanken so sehr bei seinem Plan, dass er gar nicht bemerkte, dass seine Tasse bereits leer war.

Konnte irgendetwas schiefgehen?

Natürlich gab es Unwägbarkeiten. Der Polizist schafft es vielleicht nicht über den Zaun, dann wird er sich mir wahrscheinlich in den Weg stellen, dachte Bruno. Ich will ihn eigentlich nicht erschießen. Der Lärm wird den Wachmann in der Anfahrt auf den Plan rufen, vielleicht wird der nach hinten laufen. Aber wenn ich ihn mit dem Gewehrkolben ausschalte, hätte ich alle Zeit der Welt ...

Das Überraschungsmoment, die allgemeine Verwirrung nach Lauries Tod, das Blut, das aus ihrem Kopf spritzt – das alles würde ihm einen Vorteil verschaffen.

Möglich, dass ich gefasst werde, gestand sich Bruno ein, dann kann ich mir den Plan abschminken, auch noch Timmy zu eliminieren. Aber wenn mir die Flucht gelingt, werde ich mich sehr bald um ihn kümmern. Mein Glück wird nicht ewig anhalten.

Nachdem er sich in Leo Farleys Computer gehackt hatte, wusste er, dass Timmy beim Campen war, er wusste sogar, in welchem Zelt er lag und wie das Gelände dort aussah. Angenommen, er könnte sich nachts ins Freizeitlager schleichen und Timmy entführen, dann würde Laurie sofort darüber informiert werden, und er würde nie mehr in ihre Nähe kommen. Nein, es war schon richtig so – erst die Mutter, dann Timmy.

Er zuckte mit den Schultern. Die alte Frau musste damals seine Drohung gehört haben. »Timmy, sag deiner Mutter, dass sie die Nächste ist. Und dann bist du an der Reihe!« Daran hatte sich nichts geändert.

Er hatte seit dem gestrigen Tag Leos Handy nicht mehr überprüft – Leo hatte sowieso nie viel zu sagen.

Also lauschte er Leos aufgezeichnetem Anruf beim Polizeichef am Abend zuvor. *Leo Farley lag im Mount Sinai Hospital auf der Intensivstation!*

Plötzlich taten sich ganz neue Möglichkeiten auf.

Er lächelte.

Natürlich ... natürlich würde es funktionieren. Es musste funktionieren. Nichts stand ihm jetzt mehr im Weg.

Wenn Laurie beim Abschiedsfrühstück saß, würde er aus dem Poolhaus treten, an der einen Hand würde er Timmy haben – und ihm mit der anderen die Waffe an den Kopf halten.

40

Regina zitterten die Hände so stark, dass sie sich kaum das T-Shirt über den Kopf ziehen konnte. Laurie Moran hatte ihnen gesagt, sie sollen sich schlicht kleiden. Sie hatte die Sachen nachmachen lassen, die sie damals beim Eintreffen der Polizei getragen hatten, nachdem Betsys Leiche gefunden worden war. Ihre Pyjamas hatten sie damals als Beweismittel abgeben müssen, und man hatte sie gebeten, in der Bibliothek auf ihre Befragung zu warten.

Regina hatte an diesem Tag ein langärmeliges rotes T-Shirt und Jeans getragen. Ihr war nicht wohl dabei, wenn sie jetzt etwas Ähnliches anziehen sollte. Ihr kam es so vor, als würde sie sämtliche Schutzschichten abstreifen, die sie sich in den zwanzig Jahren seitdem zugelegt hatte.

Sie musste nur an diese Kleidungsstücke denken, schon sah sie wieder alles vor sich – wie sie damals zusammengekauert dagesessen hatten, wie ihnen verboten worden war, in die Küche zu gehen, um sich eine Tasse Kaffee oder eine Scheibe Toast zu holen. Auch Jane war bei ihnen in der Bibliothek gewesen, obwohl sie die Polizei angefleht hatte, Mr. Powell ins Krankenhaus begleiten zu dürfen.

Wer hatte den Abschiedsbrief ihres Vaters aus ihrer Handtasche gestohlen? Und was hatte die betreffende Person damit vor?

Wenn die Polizei ihn fand, konnte man sie festnehmen. Die Polizei hatte von Anfang an vermutet, dass sie den mutmaßlichen Abschiedsbrief an sich genommen hatte. Mehrmals hatte sie die Beamten deswegen angelogen. Wer immer den Brief jetzt hatte, er konnte der Polizei genügend Gründe liefern, damit man sie wegen des Mordes an Betsy anklagen würde.

Tränen traten ihr in die Augen.

Ihr neunzehnjähriger Sohn Zach hatte so viel Verstand gehabt, die Kopie, die sie ihm gegeben hatte, zu vernichten. Was würde es für ihn bedeuten, wenn sie wegen Mordes festgenommen und angeklagt würde?

Sie dachte an den kleinen Jungen, der – falls er nicht irgendein Sporttraining hatte – nach der Schule zu ihr ins Büro gekommen war und ihr dabei hatte helfen wollen, Anzeigen in Umschläge zu stecken und diese zuzukleben. Hatte sich dann jemand auf diese Anzeigen gemeldet, war er immer ganz aus dem Häuschen gewesen. Sie hatten sich immer gut verstanden, und sie wusste, dass sie sich wenigstens in dieser Beziehung glücklich schätzen durfte.

Nachdem ihr Frühstück gebracht worden war, nahm sie einen Schluck Kaffee und versuchte, einen Bissen von dem Croissant hinunterzuwürgen. Er blieb ihr im Hals stecken.

Reiß dich zusammen!, sagte sie sich im Stillen. Wenn du auch so nervös bist, wenn dich dieser Anwalt befragt, machst du alles nur noch schlimmer.

Bitte, Gott, dachte sie, lass mich das alles überstehen. Das Telefon klingelte. Der Wagen sei eingetroffen, der sie zum Powell-Anwesen bringen sollte.

»Ich komme gleich«, antwortete sie und konnte das Zittern in ihrer Stimme nicht verbergen.

41

Alison konnte nach ihrem schlafwandlerischen Ausflug nicht mehr einschlafen. Rod spürte, wie sie sich im Bett hin und her wälzte, schließlich legte er den Arm um sie und zog sie zu sich heran.

»Alie, du meinst, du wärst in dieser Nacht geschlafwandelt. Aber wenn du glaubst, du wärst in Betsys Schlafzimmer gewesen, heißt das noch lange nicht, dass das auch wirklich so war.«

»Ich war in ihrem Zimmer. Es hat da so ein schwaches Nachtlicht gebrannt. Ich kann mich sogar erinnern, den funkelnden Ohrring auf dem Boden gesehen zu haben. Rod, wenn ich ihn aufgehoben hätte, wären meine Fingerabdrücke dran gewesen.«

»Aber du hast ihn nicht aufgehoben«, antwortete Rod. »Alie, hör auf, so was zu denken. Wenn du vor die Kamera trittst, darfst du nur sagen, was du weißt – und du weißt nichts. Du hast am Morgen Janes Schrei gehört und bist ins Schlafzimmer gerannt, genau wie die anderen. Und genau wie die anderen warst du entsetzt. Wirst du danach gefragt, sagst du einfach immer nur ›genau wie die anderen‹, dann passiert dir nichts. Und vergiss nicht, du bist in dieser Sendung, weil du das Geld für dein Medizinstudium willst. Was hab ich dir gesagt, nachdem du jetzt wieder die Möglichkeit hast, mit dem Studium anzufangen?«

»Dass du mich eines Tages die neue Madame Curie nennen wirst«, flüsterte Alison.

»Richtig! Und jetzt schlaf wieder ein.«

Alison wälzte sich zwar nicht mehr von der einen Seite zur anderen, einschlafen konnte sie trotzdem nicht mehr. Als um sieben Uhr der Wecker klingelte, war sie bereits geduscht und hatte sich eine Freizeithose und ein Polohemd angezogen, was sie aber bald gegen ein T-Shirt und eine Jeans austauschen würde, wie sie sie am Morgen nach dem Mord an Betsy Powell getragen hatte.

42

Laurie, Jerry und Grace trafen auf dem Powell-Anwesen wenige Minuten nach der Filmcrew ein, zu der an diesem Morgen auch eine Stylistin, eine Visagistin und eine Garderobenhilfe gehörten. Zwei neue Wohnmobile standen auf dem Set – eines diente als Garderobe, das andere als Arbeitsplatz für die Visagistin und Stylistin, die sich um alle kümmern würden, die vor die Kamera traten.

Laurie hatte schon vorher mit allen dreien zusammengearbeitet. »Unsere erste Szene zeigt die vier Absolventinnen und die Haushälterin in ähnlicher Kleidung, wie sie die jeweiligen Personen damals nach dem Eintreffen der Polizei getragen haben. Also nur leichtes Make-up, sie hatten keine Zeit zum Schminken oder auch gar nicht daran gedacht. Wir haben ein Bild, das von der Polizei an jenem Morgen aufgenommen wurde. Schaut es euch gut an und versucht, sie so hinzubekommen, wie sie vor zwanzig Jahren ausgesehen haben. Sie tragen ihre Haare heute kürzer, aber ansonsten sind sie nicht sehr gealtert.«

Meg Miller, die Stylistin, trat ans Fenster des Wagens und hielt das Foto ins Licht. »Laurie, ich kann dir nur eines sagen: Die sehen alle aus, als hätten sie die Hosen gestrichen voll.«

»Mag schon sein«, sagte Laurie. »Meine Aufgabe ist es, den Grund dafür herauszufinden. Natürlich kann man davon ausgehen, dass sie alle geschockt waren, aber wenn Betsy von einem Einbrecher getötet wurde, wovor hatten sie dann solche Angst?«

Die Szene sollte in der Bibliothek gedreht werden. Dort waren die Mädchen an dem Morgen von der Polizei untergebracht worden. Es war kaum zu glauben, aber weder an den Möbeln noch an den Vorhängen war seitdem etwas verändert worden – die Ähnlichkeit mit dem Raum vor zwanzig Jahren war geradezu unheimlich.

Andererseits, überlegte Laurie, hat seitdem anscheinend auch nur Robert Powell diesen Raum benutzt. Laut Jane Novak hielt man sich im Wohnzimmer oder im Speisezimmer auf, wenn Gäste geladen waren. Und war Powell allein zu Hause, sah er ihr zufolge nach dem Abendessen in der Bibliothek fern oder las, sofern er nicht gleich nach oben in seine Suite ging.

Kein Wunder, dass die Bibliothek nicht neu eingerichtet werden musste, wenn Powell der Einzige war, der sich jemals dort aufhielt, und Jane ansonsten penibel auf Sauberkeit und Ordnung achtete.

Oder, überlegte Laurie, *wollte* Powell vielleicht, dass dieser Raum in der Zeit eingefroren blieb, dass er genau so aussah, wie seine Frau ihn verlassen hatte? Manchmal hörte man von solchen Leuten.

Ihr lief ein leichter Schauer über den Rücken, als sie eilig zurückging und über die Terrassentür in die Bibliothek trat. Die Crew baute gerade die Kameras auf. Von Robert Powell war nichts zu sehen. Jane hatte ihnen ausgerichtet, dass er sich in seinem Büro aufhielt und dort den gesamten Morgen bleiben wollte.

Powell hatte ihr von Anfang an erklärt, dass er es nicht für nötig erachte, Jane finanziell ebenso zu entschädigen wie die anderen. »Ich denke, ich spreche auch für sie, wenn ich sage, dass wir endlich einen Schlussstrich unter diese fürchterliche Sache ziehen wollen. Jane hat sich immer große Vorwürfe gemacht, dass sie zwar alle Türen abgesperrt hat, die Mädchen aber die Terrassentür in der Bibliothek offen ließen, nachdem sie nachts auf der Terrasse noch geraucht haben. Wäre das nicht passiert, wäre der Einbrecher vielleicht gar nicht ins Haus gekommen.«

Vielleicht haben Powell und Jane ja doch recht, dachte Laurie. Sie überprüfte die Kameras und das Licht, ging hinaus auf die Terrasse und sah Alex Buckley aus seinem Wagen steigen.

Statt des dunkelblauen Anzugs mit Hemd und Krawatte vom Vortag trug er heute ein Sporthemd und Khakis. Das Verdeck seines Cabrios war geöffnet, der Fahrtwind hatte ihm die dunkelbraunen Haare zerzaust. Mit einer unwillkürlichen Handbewegung strich er sie glatt und kam auf sie zu.

»Sie sind eine Frühaufsteherin?«, sagte er lächelnd.

»Nicht unbedingt. Aber Sie sollten mal dabei sein, wenn wir bei Sonnenaufgang drehen.«

»Nein, danke. Dann warte ich lieber, bis ich mir alles im Fernseher ansehen kann.«

Wie in seiner Kanzlei wurde er abrupt sehr ernst und geschäftsmäßig. »Es stehen heute die Interviews mit den Absolventinnen auf der Agenda – nach den Aufnahmen in der Bibliothek?«

»Ja. Wir halten uns aber nicht an den geplanten zeitlichen Ablauf. Ich habe nämlich das Gefühl, dass sich alle schon ihre Aussage zurechtgelegt haben. Wenn wir mit allen zusammen anfangen, überrumpeln wir sie vielleicht. Und lassen Sie sich nicht von ihrem Outfit überraschen. Wir haben ihre Garderobe den Sachen nachempfunden, die sie vor zwanzig Jahren in der Bibliothek getragen haben.«

Alex Buckley ließ sich sein Erstaunen nur selten anmerken, aber diesmal konnte er es nicht verbergen.

»Ihre Garderobe entspricht der vor zwanzig Jahren?«

»Ja. Für zwei Szenen. Einmal in der Bibliothek, wo sie nach

dem Eintreffen der Polizei zusammen mit Jane warten mussten. Und dann für eine Szene in Abendkleidern, wie sie sie bei der Gala getragen haben. Wir filmen die Absolventinnen vor einem Hintergrund mit Videoaufnahmen von damals. Wenn zum Beispiel Robert Powell auf sie anstößt, haben wir dazu Szenen von den vieren, wie sie zu ihm blicken.«

Alex Buckleys Erwiderung ging im Motorengeräusch der Limousinen unter, die nahezu gleichzeitig eintrafen. Und jetzt war Laurie diejenige, die überrascht war. Denn aus der Fondtür des zweiten Wagens stieg Muriel Craig, während ihre Tochter Nina auf dem Beifahrersitz saß. Muriel, dachte sie, sollte heute doch gar nicht dabei sein. Entweder hat Powell sie eingeladen, oder sie ist aus eigenem Antrieb gekommen.

So oder so, ihre Anwesenheit würde jedenfalls dafür sorgen, dass ihre Tochter gereizt und wütend war.

Was vielleicht ganz gut war, wenn Nina interviewt würde.

43

Am Dienstagmorgen brachte Josh den Bentley zur Autowäsche. Mr. Rob legte immer großen Wert darauf, dass der Wagen innen wie außen makellos sauber war. Sonst bekomm ich was zu hören!, dachte Josh, als er im Kundenbereich wartete.

Er war auch sonst mit sich sehr zufrieden. Er hatte sich etwas einfallen lassen, wie sich die Absolventinnen die von ihm aufgezeichneten Bänder anhören konnten. Er würde seinen Kassettenrekorder in den kleinen Garderobenraum gleich neben der Küche legen. Dort befanden sich ein Schminktisch und eine Bank, damit Gäste, falls erforderlich, Frisur und Make-up auffrischen konnten. Er würde also Nina, Regina und Alison die Kassetten geben und ihnen sagen, dass es sie möglicherweise interessieren könnte, sich noch mal ihre Gespräche im Wagen anzuhören, und falls sie Wert darauf legten, dass niemand sonst davon erfuhr, würde sie das jeweils fünfzigtausend Dollar kosten.

Die drei würden in Panik geraten, davon war er überzeugt. Claire hatte im Wagen kein Wort geäußert, für sie gab es daher keine Aufnahme. Und trotzdem war sie wahrscheinlich diejenige, die am meisten zu verbergen hatte.

Und dann hatte er noch den Abschiedsbrief, den Regina in ihrer Handtasche versteckt hatte. Josh hatte mit sich gerungen, ob er ihn Mr. Rob überreichen oder eine andere Verwendung für ihn finden sollte. Dann war ihm die Antwort gekommen: Wollte Regina ihn zurückhaben, würde er von ihr hunderttausend Dollar verlangen, vielleicht auch mehr, andernfalls würde er damit direkt zur Polizei marschieren. Der Abschiedsbrief würde Mr. Rob, Jane und die anderen Absolventinnen von so ziemlich allen Verdachtsmomenten entlasten.

Und Josh wäre der Held des Tages, der, wenn er dem Polizeichef den Brief übergab, damit nur seine bürgerliche Pflicht erfüllte. Allerdings könnte die Polizei auch auf die Idee kommen zu fragen, warum er überhaupt die Handtaschen der Damen durchwühlt hatte. Darauf hatte er keine so gute Antwort, also hoffte er, dass sie gar nicht nötig sein würde.

Mr. Rob hatte ihn an diesem Morgen keine Absolventin abholen lassen, sondern nur in leicht gereiztem Ton angewiesen, nach der Autowäsche nach Hause zu kommen, falls er ins Büro fahren wolle.

Mr. Rob war sichtlich genervt von den vielen Leuten im Haus. Wahrscheinlich wurden dadurch nicht nur viele Erinnerungen geweckt, sondern Mr. Rob wurde auch wieder auf die Tatsache hingewiesen, dass er selbst unter Verdacht stand.

Wie Jane war es auch Josh gelungen, einen verstohlenen Blick auf Mr. Robs Testament zu werfen, als es damals auf dem Schreibtisch gelegen hatte. Mr. Rob hatte Harvard zehn Millionen Dollar für Stipendien an bedürftige Studenten vermacht, fünf Millionen Dollar dem Waverly College, das ihm die Ehrendoktorwürde verliehen und ein von ihm gestiftetes Wohnheim nach ihm und Betsy benannt hatte.

Alison Schaefer hatte Waverly besucht. Josh erinnerte sich, dass sie die beste Schülerin der vier Mädchen gewesen war und Medizin studieren wollte, stattdessen hatte sie vier Monate nach der Abschlussgala dann diesen Rod Kimball geheiratet.

Josh hatte sich immer gewundert, warum sie Rod damals nicht zur Gala mitgebracht hatte. Na ja, sagte er sich, vielleicht hatten die sich ja wegen irgendwas gestritten.

Josh wurde mitgeteilt, dass der Wagen jetzt fertig sei. Ein Gedanke ging ihm noch durch den Kopf: Mr. Rob war ein sehr kranker Mann und anscheinend bemüht, seine letzten Dinge zu regeln.

Als Josh aber in den Bentley stieg und davonfuhr, konnte er sich des Eindrucks nicht erwehren, dass es vielleicht doch auch noch andere Gründe gab, warum sich Mr. Rob auf diese Sendung eingelassen hatte. Gründe, die sich einem nicht sofort erschlossen.

44

Leo Farleys Ungeduld wuchs mit jeder Minute, die er im Krankenhaus zubringen musste. Verächtlich sah er zu dem über ihm baumelnden Tropf und zum Schlauch, der in seinem linken Arm steckte. Um seine Brust war ein Gurt mit einem Herzfrequenzmesser gebunden, und wenn er auch nur versuchte aufzustehen, kam sofort eine Schwester hereingestürzt. »Mr. Farley, Sie können nicht allein auf die Toilette. Sie müssen von einer Schwester begleitet werden. Aber Sie können dann natürlich die Tür hinter sich schließen.«

Na, ist das nicht großartig?, dachte Leo spöttisch, als ihm gerade noch einfiel, dass es sich nicht gehörte, die Überbringerin der schlechten Botschaft anzuknurren. So dankte er der Schwester herzlich und erlaubte ihr murrend, ihm bis zur Toilettentür zu folgen. Um neun Uhr, als sein Arzt erschien, Dr. James Morris, ein alter und guter Freund, hatte er sich schon aufs Schlimmste eingestellt.

»Hör zu, es wäre mir lieb, wenn meine Tochter davon nichts erfährt. Ich war letzten Abend noch bei ihr, sie wird also erst heute Abend erwarten, von mir zu hören. Sie ist die nächsten zwei Tage noch mit ihren Dreharbeiten beschäftigt, und es lastet eine Menge Druck auf ihr. Wenn ich ihr jetzt auch noch sage, dass ich im Krankenhaus liege, regt sie sich bloß fürchterlich auf, und am Ende kommt sie noch hierher, statt sich um die Sendung zu kümmern.«

Dr. James Morris ließ aber nicht mit sich reden. »Leo, deine

Tochter wird sich noch viel mehr aufregen, wenn dir was zustößt. Ich werde Laurie anrufen – sie weiß von deinem Herzkammerflimmern – und ihr sagen, dass dein Zustand stabil ist und du voraussichtlich morgen früh entlassen wirst. Ich kann sie anrufen, bevor oder nachdem du heute Abend mit ihr gesprochen hast. Deiner Tochter und deinem Enkel ist mehr damit gedient, wenn du gesund bist und am Leben bleibst – sie haben beide nichts davon, wenn du einen Herzinfarkt riskierst.« Dr. Morris' Pieper meldete sich. »Tut mir leid, Leo, ich muss los.«

»Keine Sorge. Wir reden später noch mal.«

Nachdem Dr. Morris fort war, griff er zu seinem Handy und rief im Camp Mountainside an. Er wurde erst mit dem Büro verbunden, dann mit dem Leiter, den er schon kennengelernt hatte. »Hier ist der Großvater, der anderen immer auf die Nerven fällt«, meldete er sich. »Ich wollte nur wissen, wie es Timmy geht. Irgendwelche Albträume?«

»Nein«, kam die prompte Antwort. »Ich hab mich heute beim Frühstück extra nach ihm erkundigt. Die Aufsicht in seinem Zelt meint, er hat die neun Stunden tief und fest geschlummert, ohne auch nur einen Mucks von sich zu geben.«

»Na, das sind doch mal gute Neuigkeiten«, erwiderte Leo erleichtert.

»Hören Sie auf, sich Sorgen zu machen, Mr. Farley. Wir kümmern uns schon um ihn. Wie geht es denn *Ihnen?*«

»Na, könnte besser sein. Im Moment liege ich mit Herzkammerflimmern im Mount Sinai Hospital. Ich kann nur schlecht damit umgehen, dass ich nicht jederzeit für Timmy da sein kann.«

Kein Wunder, dass er nach den Belastungen der letzten Jahre Herzkammerflimmern hat, dachte sich der Leiter des Camps in diesem Moment. Das wusste Leo natürlich nicht, er hörte nur die fürsorgliche Antwort. »Also, Mr. Farley, dann passen Sie mal gut auf sich auf. Und wir passen auf Ihren Enkel auf, das verspreche ich Ihnen.«

Zwei Stunden später hörte der Mann mit den blauen Augen das aufgezeichnete Gespräch und dachte sich aufgeregt: Das alles spielt mir nur in die Hände. Jetzt wird keiner mehr misstrauisch werden, wenn ich auftauche.

45

Jane Novak hatte in den neunundzwanzig Jahren, in denen sie mittlerweile in Powells Diensten stand, immer ein schwarzes, einfach geschnittenes Kleid mit weißer Schürze getragen.

Auch ihre Frisur hatte sich nie verändert, ihre Haare waren immer zu einem ordentlichen Knoten gebunden, nur waren sie mittlerweile grau. Jane hatte sich nie geschminkt und reagierte sehr unwirsch, als Meg Miller ihr etwas Puder auftragen und die Augenbrauen leicht nachziehen wollte. »Mrs. Novak, das ist doch nur wegen der Scheinwerfer, in dem grellen Licht kommt jeder ganz blass rüber.«

Aber Jane weigerte sich standhaft. »Ich weiß, ich habe gute Haut«, sagte sie. »Und die habe ich nur deshalb, weil ich dieses dumme Zeug von Ihnen nie verwendet habe.«

»Natürlich, wie Sie wollen«, antwortete Meg und musste sich eingestehen, dass Jane tatsächlich wunderbare Haut und attraktive Gesichtszüge besaß. Und ohne ihre leicht verbiesterte Miene wäre Jane Novak eine äußerst anziehende Frau, dachte sich Meg.

Claire war die Nächste, die nur ein Minimum an Make-up wünschte. »Ich schminke mich nie«, sagte sie und fügte verbittert hinzu: »Mich schaut ja sowieso keiner an. Alle Blicke waren immer auf meine Mutter gerichtet.«

Regina war so nervös, dass Meg ihr Bestes tat, um ihr mit einem Concealer die Schweißtropfen auf der Stirn abzudecken – für den Fall, dass sie auch vor der Kamera so schwitzen sollte.

Alison zuckte nur mit den Schultern, als Meg ihr mitteilte: »Wir machen nicht viel, nur ein bisschen, wegen dem Scheinwerferlicht.«

Nina Craig meinte: »Ich bin Schauspielerin, ich weiß, was Scheinwerfer mit einem anstellen. Machen Sie, was Sie können.«

Courtney, die Hairstylistin, konnte nur versuchen, den Absolventinnen eine Frisur zu verpassen, die so ähnlich aussah wie auf den Fotos von vor zwanzig Jahren.

Während Laurie in der Bibliothek auf ihre Stars wartete, nahmen Jerry und Grace die von Laurie gewünschten Veränderungen vor.

Außerhalb des Aufnahmebereichs der Kamera war auf einer Staffelei ein vergrößertes Foto der vier Absolventinnen sowie von Jane aufgezogen. Das Bild war vor zwanzig Jahren vom Polizeifotografen aufgenommen worden und diente jetzt als Vorlage, um die Frauen für die Interviews zu positionieren. Der Kameramann, sein Assistent und der Lichttechniker hatten die Kameras bereits entsprechend aufgebaut. Drei der Mädchen hatten damals auf der langen Couch gekauert. Zu beiden Seiten des Cocktailtisches hatten zwei Armsessel gestanden. In dem einen hatte Jane Novak Platz genommen; ihr Gesicht war von Schmerz gezeichnet, die Augen schimmerten vor zurückgehaltenen Tränen. Im anderen, ihr gegenüber, hatte Claire Bonner gesessen. Sie hatte nachdenklich ausgesehen, ohne äußere Anzeichen von Leid oder Trauer.

Alex Buckley, der alles, was im Raum vor sich ging, mit Argusaugen beobachtete, ließ sich im Ledersessel neben der Tür nieder, in dem Mr. Powell gern den Tag ausklingen ließ. »Man kann ihn ausklappen«, erklärte Jane. »Er mag es, wenn er die Beine hochlegen kann. Das ist gut für den Blutkreislauf, sagt sein Arzt.«

Ein schöner Raum, dachte Alex, als er sich umblickte. Die Mahagonitäfelung an den Wänden bildete den gedeckten Hintergrund für den farbenfrohen Perserteppich. Der an der Wand befestigte Fernsehbildschirm befand sich in der Mitte der Bücherregale. Dazu gab es zwei Sitzgruppen, zum einen die Couch und die Sessel, auf denen jetzt die Absolventinnen und Jane Novak saßen, daneben die Couch mit dem ausklappbaren Ledersessel. Die Glasschiebetür zur Terrasse befand sich rechts von der Couch mit den Frauen. Es war laut Jane jene Tür, durch die die Absolventinnen damals zum Rauchen nach draußen gegangen waren und die sie dann nicht mehr zugesperrt hatten.

Nach dem Polizeibericht waren die Aschenbecher auf dem Terrassentisch vor Zigarettenkippen übergequollen. Jane hatte erklärt, dass sie mit den Caterern nach der Party hier neben den Gläsern mindestens drei leere Weinflaschen abgeräumt hatte.

Alex hörte zu, als Laurie den Frauen die Szeneneinstellung erklärte. »Sie wissen bereits, wir möchten Sie genau so haben, in der gleichen Kleidung, an der gleichen Stelle wie damals am Morgen nach dem Mord. Alex Buckley wird Sie dann der Reihe nach interviewen und Sie danach fragen, was Sie an jenem Morgen empfunden haben und was Ihnen durch den Kopf gegangen ist. Haben Sie sich damals unterhalten? Nach diesem Foto hier sieht es nicht danach aus.«

Nina antwortete stellvertretend für alle. »Von uns hat kaum jemand was gesagt. Wir standen alle viel zu sehr unter Schock.«

»Verständlich«, antwortete Laurie. »Nehmen Sie also bitte Ihre Plätze wie an jenem Morgen ein, und wir beginnen mit den Aufnahmen. Schauen Sie nicht in die Kamera. Werfen Sie einen Blick auf das Foto und setzen Sie sich so hin wie damals.«

Alex Buckley hinter den Kameras spürte die Spannung im Raum – die gleiche Spannung, die auch im Gerichtssaal herrschte, wenn ein wichtiger Zeuge aufgerufen wurde. Laurie Moran wollte wegen der dramatischen Wirkung die Absolventinnen so zeigen, wie sie damals gewesen waren, gleichzeitig verfolgte sie damit natürlich das Ziel, die vier Frauen und Jane so durcheinanderzubringen, dass sie sich in ihren Aussagen möglicherweise verhedderten und sich widersprachen. Meg, die Visagistin, kam leise in die Bibliothek, in der Hand hatte sie ein kleines Schminkset, sodass sie jederzeit eingreifen und nachschminken konnte, falls es nötig werden sollte.

Er wunderte sich über die jugendliche Erscheinung der Absolventinnen. Wie hatten sie es geschafft, so schlank zu bleiben? Nina, die keineswegs mehr wie dreißig aussah, hatte möglicherweise ein Fitnessprogramm hinter sich. Auffällig war auch Claire Bonner, die am Vortag noch so glamourös ausgesehen hatte und ihrer Mutter wie aus dem Gesicht geschnitten war, heute dagegen völlig unscheinbar wirkte. Welches Spiel spielte sie hier?

»Gut, fangen wir an«, sagte Laurie. »Grace, das Kissen, das Nina im Rücken hat – das ist viel zu weit rechts.« Grace rückte es nach links. Laurie überprüfte erneut die Kameraeinstellung und nickte dem Kameramann zu. Alex beobachtete, wie Szene um Szene gedreht wurde, unterbrochen nur von gelegentlichen Kommentaren von Laurie.

»Alison, drehen Sie sich bitte nicht nach links. Nina, lehnen Sie sich zurück wie auf dem Foto, sonst sieht es so aus, als würden Sie sich in Pose werfen. Jane, den Kopf bitte ein wenig dahin wenden.«

Es dauerte über eine halbe Stunde, bis Laurie zufrieden war mit dem, was sie im Sucher der Kamera sah. »Vielen Dank«, kam es schroff von ihr. »Wir machen eine kurze Pause, dann fangen wir mit den Interviews an. Claire, Alex wird mit Ihnen beginnen. Dazu treffen wir uns wieder in der Bibliothek. Sie werden sich in den Sesseln gegenübersitzen, in denen jetzt Sie und Jane Platz genommen haben. Alle anderen müssen in der Zeit leider warten. In den Garderoben liegen Zeitungen und

Zeitschriften aus. Vielleicht wollen Sie auch auf der Terrasse Platz nehmen, es ist ja ein so schöner Tag.«

Sie erhoben sich. Jane war die Erste, die zur Tür ging. »Ich werde draußen einige Kleinigkeiten anrichten, bitte bedienen Sie sich«, sagte sie. »Sie können die Snacks draußen oder im Frühstückszimmer zu sich nehmen. Um halb zwei gibt es etwas zu Mittag.«

46

Polizeichef Ed Penn war sich nicht bewusst, wie sehr Leo Farleys Angst um seine Tochter auch ihn selbst umtrieb.

Er hatte zwar einen Streifenwagen zur Rückseite des Grundstücks abkommandiert, beschloss dann aber, sich selbst ein Bild der Lage zu machen. Und zugegeben, er war auch ein bisschen neugierig, wie die Absolventinnen jetzt, zwanzig Jahre später, aussahen.

Gegen zehn Uhr, nachdem er den Streifenwagen kontrolliert hatte, beschloss er, Laurie Moran einen Besuch abzustatten. Natürlich würde er ihr nichts von den Sorgen ihres Vaters erzählen, andererseits waren hier jene sechs Leute versammelt, die sich in der Mordnacht im Haus aufgehalten hatten. Penn war überzeugt, dass einer von ihnen der Mörder war.

Robert Powell war damals zusammengebrochen und hatte sich beide Hände mit dem heißen Kaffee verbrüht, den er seiner Frau bringen wollte. Das hieß allerdings nicht, dass er sie nicht hatte umbringen können. Die verbrühten Hände waren möglicherweise ein kleiner Preis, den er für den Anschein seiner Unschuld zu zahlen bereit war, dachte Penn.

Der Polizeichef wusste natürlich, dass Reginas Vater wegen der fehlgeleiteten Investition in Powells Hedgefonds Selbstmord begangen hatte. Er traute es der trauernden Tochter zu, dass sie Powell für den Tod ihres Vaters verantwortlich machte und daher auf Rache aus war. Außerdem war sich Penn ziemlich sicher, dass sie gelogen hatte, als sie behauptete, es gebe keinen Abschiedsbrief. Sie war damals erst fünfzehn gewesen und hatte trotzdem der intensiven Befragung durch die Polizei standgehalten – für ihn nur Ausdruck ihrer eisernen Entschlossenheit.

Claire Bonner war ihm ein Rätsel. Hatte sie unter Schock gestanden? Hatte sie sich deshalb mit dem Tod ihrer Mutter so teilnahmslos abgefunden? Er hatte an der Beerdigung teilgenommen. Robert Powell war in Tränen aufgelöst gewesen, Claire aber war kühl, ruhig und gefasst geblieben.

Über Nina Craig wusste er am wenigsten – eigentlich nur, dass ihr von ihrer Mutter ständig vorgeworfen wurde, Betsy Bonner Robert Powell vorgestellt zu haben.

Alison Schaefer schien diejenige zu sein, die am wenigsten Grund gehabt hatte, Betsy gegenüber Ressentiments zu hegen. Vier Monate nach dem Mord hatte sie geheiratet. Zu diesem Zeitpunkt hatte Rod noch eine glänzende Football-Karriere bevorgestanden.

Penn hatte sich gefragt, ob Paparazzi versuchen könnten, sich auf das Set zu schleichen, aber dafür gab es nicht die geringsten Anhaltspunkte. Der Wachmann am Tor ließ ihn durch, und sein Fahrer, ein junger Polizist, parkte hinter den Fahrzeugen der Produktionsfirma. »Wird nicht lange dauern«, sagte Penn zu ihm und ging in Richtung Terrasse, wo einige Leute versammelt waren.

Laurie kam ihm entgegen und begleitete ihn auf die Terrasse. Die vier Absolventinnen erkannte er sofort. Sie saßen mit Alisons Mann um einen Tisch und sahen auf, als er sich ihnen näherte. Sie alle wirkten verblüfft und gaben sich verhalten, nur Regina zuckte merklich zusammen, als hätte man ihr einen Schlag versetzt.

Sie sprach er als Erste an. »Regina, Sie wissen noch, wer ich bin?«

»Natürlich weiß ich, wer Sie sind!«

»Wie geht es Ihnen?«, fuhr der Polizeichef fort. »Ich habe gehört, Ihre Mutter ist bald nach dem Umzug nach Florida gestorben, das tut mir leid.«

Regina lag auf der Zunge, ihm zu sagen, dass ihre Mutter an gebrochenem Herzen gestorben sei, weil sie den Tod ihres Mannes nie verwunden habe. Aber damit würde sie das Gespräch eventuell auf den Abschiedsbrief lenken. Oder ist der Polizeichef hier, weil er ihn bereits kennt?, ging es ihr plötzlich durch den Kopf. Regina griff zu ihrem Glas Eistee – sie hoffte, dass ihre Hände nicht zitterten – und nahm einen Schluck, während der Polizeichef die anderen begrüßte.

Dann wandte er sich an den Tisch, an dem Laurie, Alex Buckley, Muriel Craig, Jerry und Grace versammelt waren.

»In wenigen Minuten wird Alex mit Regina über ihre Erinnerungen an diese Nacht und den darauffolgenden Morgen reden«, sagte Laurie. »Morgen Abend, bei Einbruch der Dunkelheit, werden wir mit den Absolventinnen in Abendkleidern drehen, als Hintergrund dazu laufen dabei Videosequenzen, die bei der Abschlussgala aufgenommen wurden. Wenn Sie das alles sehen wollen, sind Sie herzlich dazu eingeladen.«

In diesem Moment trat Robert Powell auf die Terrasse. »Ich habe gearbeitet«, erklärte er. »Wer einen Hedgefonds leitet, kann den Markt keine Minute aus den Augen lassen. Ed, wie geht's? Sind Sie gekommen, um uns vor uns selbst zu schützen?«

»Ich glaube nicht, dass das nötig sein wird, Mr. Powell.«

Dabei lächelte Robert Powell und war scheinbar ganz entspannt, Penn aber entging weder die Müdigkeit in dessen Blick noch seine allgemeine Erschöpfung, als er sich an den Tisch setzte und kopfschüttelnd das Sandwich ablehnte, das Laurie ihm anbot. Muriel, die sich darüber beschwert hatte, dass es für sie nichts zu tun gab, erwachte plötzlich zum Leben.

»Rob, mein Lieber«, sagte sie, »hast du heute nicht genug gearbeitet? Wir könnten doch eine Runde Golfen gehen. Ich war mal ziemlich gut. Man kann doch bestimmt einen Schläger ausleihen, ich habe jedenfalls sogar Golfschuhe mitgebracht.«

Laurie erwartete, dass er unumwunden ablehnte, aber Powell lächelte nur. »Das ist die beste Idee, die ich den ganzen Tag bisher gehört habe. Aber zu meinem Bedauern müssen wir das leider verschieben. Ich habe noch eine Menge zu erledigen.« Er hielt kurz inne, dann sah er zu Laurie. »Sie brauchen mich heute nicht, oder?«

»Nein, Mr. Powell. Alex wird erst die Frauen interviewen und dann noch Jane, falls uns dafür noch Zeit bleibt.«

»Wie lange wird das dauern?«, fragte Powell. »Sagten Sie nicht etwas von jeweils zehn Minuten?«

»Auf diese Länge werden die Interviews zusammengeschnitten«, antwortete Laurie. »Alex wird aber voraussichtlich mit jeder etwa eine Stunde reden. So ist es doch, Alex, oder?«

»Ja.«

»Mr. Powell, Sie wollen wirklich nichts essen?«, fragte Jane. »Sie haben doch schon Ihr Frühstück kaum angerührt.«

»Jane macht sich immer so große Sorgen um mich«, sagte Powell zu den anderen. »Manchmal benimmt sie sich wie eine richtige Glucke.«

Nicht unbedingt ein Kompliment, dachte Laurie und sah, wie Jane rot wurde. Er schien also ins Schwarze getroffen zu haben.

»Vertraulichkeit führt nur zu Geringschätzung«, platzte es plötzlich aus Muriel heraus, und dabei starrte sie zu Jane, während Robert Powell den Stuhl zurückschob und ins Haus ging.

Wortlos wandte sich Jane ab und bot den Absolventinnen und Rod weiteren Kaffee an. Als Laurie sah, dass alle ablehnten, erhob sie sich. »Wer es bislang nicht gewusst hat, dem dürfte es mittlerweile klar geworden sein: Die Dreharbeiten zu einem Film bestehen zu einem großen Teil aus Warten. Alex wird mit dem Interview mit Claire anfangen. Claire, wenn Sie fertig sind, können Sie anschließend in Ihr Hotel zurückkehren. Das Gleiche gilt für alle anderen. Rechnen Sie jeweils mit etwa einer Stunde.«

»Wenn Sie zufällig einen Paparazzo sichten sollten«, sagte Polizeichef Penn zu Laurie, »oder jemand anderen, der auf das Gelände zu kommen versucht, dann rufen Sie mich.« Er reichte ihr seine Visitenkarte.

»Hier draußen wird es sehr warm«, sagte Rod zu Alison. »Es sieht so aus, als wollten sie uns nicht im Wohnzimmer haben. Und in der Bibliothek wird gedreht. Aber ich denke, wir können uns im Frühstückszimmer niederlassen. Die Stühle dort machen einen ganz bequemen Eindruck.«

Laurie sagte zu Claire: »Sie sollten wirklich ein wenig mehr Make-up auftragen. Ihre blonden Brauen und Wimpern sehen vor der Kamera furchtbar blass aus, mehr Farbe würde ihnen guttun.« Sie sah zur Tür des Visagisten-Wagens. »Man wartet dort jetzt auf Sie.« Mit einem Nicken ging sie zur Terrassentür und öffnete sie.

Polizeichef Penn gab seinem Fahrer ein Zeichen und ging zu seinem Wagen, dabei erhaschte er einen kurzen Blick auf Bruno, der den Rasen inspizierte, damit kein weggeworfenes Stück Papier, kein zertrampelter Grashalm die makellose Schönheit der Grünfläche stören konnte. Penn sah Bruno nur im Profil, aber als er in den Wagen stieg, geriet er ins Grübeln, und eine leise innere Stimme meldete sich zu Wort: Sollte ich diesen Typen von irgendwoher kennen?

Alex Buckley, der Laurie in die Bibliothek folgte, hatte den gleichen Gedanken, als er zufällig Bruno sah. Ich kenne diesen Typen doch, aber woher? Alex zögerte, zog dann sein Smartphone aus der Tasche und machte ein Foto. Er nahm sich vor, das Bild seinem Rechercheur zu schicken, um den Namen des Gärtners in Erfahrung zu bringen.

Und dann waren die vier Absolventinnen zum ersten Mal allein, und Josh, der Jane beim Servieren des Kaffees geholfen hatte, sah seine Chance gekommen. »Ich habe für Sie drei ein kleines Geschenk«, sagte er und wandte sich an Claire. »Nur für Sie habe ich leider nichts.« Sein Blick kehrte zu den anderen drei Frauen zurück. »Hier ist jeweils eine Kassette, die Sie sehr interessieren dürfte. Und vor allem Sie, Regina, möchte ich ansprechen, denn es könnte gut sein, dass Sie etwas verlegt haben, was ich gefunden habe.«

Er reichte Regina, Alison und Nina jeweils einen Umschlag und sagte: »Im Garderobenraum neben der Küche, dort in der Schublade des Schminktisches liegt ein Kassettenrekorder. Hören Sie sich Ihre Kassetten an, dann reden wir weiter.«

Damit nahm er die Kaffeetassen, die auf dem Tisch standen, und verabschiedete sich mit einem ganz leicht drohenden Unterton: »Bis später.«

47

Da sein Büro neben der Bibliothek lag, in der die Dreharbeiten stattfanden, beschloss Robert Powell, sich wieder nach oben in die Suite zu begeben, die er in den neun Jahren seiner Ehe mit Betsy geteilt hatte. Auf seine schroffe Bitte hin folgte Jane mit einer Kanne frischem Kaffee. Nachdem sie spürte, wie gereizt er war, schloss sie die Tür zu seinem Schlafzimmer und räumte schnell und leise auf, ließ das übliche Staubsaugen ausfallen – das Geräusch hätte ihn nur wieder aufgebracht – und kehrte durch die Schlafzimmertür nach unten zurück.

Erneut fragte sich Robert Powell, ob er mit der Einladung der vier Mädchen – Frauen, korrigierte er sich – und dem Nachstellen der zwanzig Jahre zurückliegenden Ereignisse nicht einen großen Fehler begangen hatte. War die Prognose seines Arztes der Grund dafür gewesen? Oder lag es an einer Art perversem Bedürfnis, sie alle wiederzusehen, sein Spielchen mit ihnen zu treiben, wie es vor so langer Zeit Betsy mit ihnen gemacht hatte? Hatte er so vieles von ihr angenommen, dass selbst nach zwanzig Jahren von seiner eigenen Persönlichkeit nichts mehr vorhanden war? Jede Absolventin hatte ihre Gründe gehabt, Betsy umzubringen, er wusste das. Wäre interessant zu sehen, ob sich eine von ihnen beim Interview mit Alex Buckley verplapperte. Er war überzeugt, dass Buckley erkennen würde, wenn sie ihre Antworten aufeinander abgestimmt hatten.

Er wollte wetten, dass sie sich abgesprochen hatten. Vermutlich würde Buckley sie als Erstes danach fragen, was sie gesehen hatten, als sie nach seinem Zusammenbruch in Betsys Zimmer gestürzt waren.

Ihm kam es vor, als wäre alles erst gestern geschehen – als wäre er erst gestern in ihr Schlafzimmer gegangen, um ihr den Kaffee zu bringen, der immer brühheiß sein musste, »weil nur so die Bohnen ihr ganzes Aroma entfalten konnten«.

Rob sah auf die Narben an seinen Händen, die ihm von damals geblieben waren – als er ihr Schlafzimmer betreten und das Kissen auf ihrem Gesicht gesehen hatte. Darunter ihre langen blonden Haare, dazu ihre ins Kissen gekrallten Hände. Offensichtlich hatte sie sich gewehrt und versucht, das Kissen vom Gesicht wegzureißen.

Er erinnerte sich, ihren Namen geschrien zu haben, dann hatten seine Knie nachgegeben. Als Nächstes hatte er Jane vor sich gesehen, die über ihn gebeugt war und unbeholfene Wiederbelebungsmaßnahmen eingeleitet hatte, während die Mädchen wie Gespenster außen herumstanden. Und dann erinnerte er sich, dass er im Krankenhaus aufgewacht war, nichts als die Schmerzen an den Händen gespürt und nach Betsy gerufen hatte.

Robert Powell lehnte sich in seinem Sessel zurück. Es war an der Zeit, nach unten zu gehen und ein paar geschäftliche Telefonate zu führen. Aber er zögerte einen Moment und überlegte noch, was Claire wohl Buckley erzählen würde.

Und dann wurde ihm klar, dass ihm das, was ihn früher amüsiert hatte, jetzt keinerlei Freude mehr bereitete. Er wollte diese Frauen wieder aus seinem Haus haben, damit er das Wenige an Zeit, das ihm noch blieb, in Ruhe genießen konnte.

48

Alex Buckley sah zu Claire Bonner, die ihm in der Bibliothek am Tisch gegenübersaß. Erneut hatte sich Claire gegen Meg Millers Vorschlag entschieden, Augenbrauen und Wimpern zu schminken. Von der schönen Frau, die am Vortag alle in Erstaunen versetzt hatte, war nichts mehr zu sehen.

Es war leicht zu erkennen, woran es lag. Claires lange Wimpern, ihre schön geformten Augenbrauen wirkten blass, genau wie ihr Gesicht. Sie hatte die Lippen nicht nachgezeichnet, und er hätte schwören können, dass sie sich die goldenen Strähnchen aus den Haaren gewaschen hatte. Ich werde herausfinden, was das alles soll, dachte er und lächelte sie ermutigend an, als Laurie »Action!« rief und an der Kamera das rote Licht aufleuchtete.

»Wir befinden uns hier im Haus des Wall-Street-Tycoons Robert Nicholas Powell«, begann er, »dessen attraktive Frau Betsy Bonner Powell vor zwanzig Jahren nach einer Abschlussgala für ihre Tochter Claire und deren beste Freundinnen ermordet wurde. Bei mir sitzt nun Claire Bonner. Claire, ich weiß, wie schwer es für Sie ist, heute hier zu sein. Warum haben Sie sich auf diese Sendung eingelassen?«

»Weil wir, die Absolventinnen, sowie in geringerem Maß mein Stiefvater und die Haushälterin seit zwanzig Jahren zum Verdächtigenkreis im Mordfall meiner Mutter gehören«, antwortete Claire. »Haben Sie eine Vorstellung, wie es ist, wenn man im Supermarkt auf irgendeinem Schundblatt sein eigenes

Bild sieht und darunter zu lesen ist: ›War sie eifersüchtig auf ihre schöne Mutter?‹«

»Nein, die habe ich nicht«, antwortete Alex leise.

»Oder wenn Sie ein Bild von uns vieren zu Gesicht bekommen, aufgereiht, als wären es Fahndungsfotos von der Polizei? Deshalb sind wir heute hier, damit wir der Öffentlichkeit klarmachen können, wie ungerecht wir vier Frauen behandelt wurden, wie sehr wir unter diesem Trauma gelitten haben und wie sehr uns die Polizei schikaniert hat. Deswegen bin ich heute hier, Mr. Buckley.«

»Und ich nehme an, das trifft auch auf die anderen Frauen zu«, sagte Alex. »Sie haben sich lange nicht mehr gesehen. Haben Sie jetzt einiges nachholen können?«

»Dafür war bislang nicht viel Zeit«, sagte Claire. »Auch deswegen, weil die Fernsehleute natürlich nicht wollten, dass wir uns absprechen. Aber ich will Ihnen etwas sagen: Wir haben unsere Geschichten *nicht* abgesprochen, damals nicht und heute auch nicht, und ich glaube, das werden Sie auch selbst herausfinden. Wir haben jetzt im Grunde nichts anderes zu sagen als damals auch.«

»Claire, bevor wir auf den Mord an Ihrer Mutter zu sprechen kommen, möchte ich etwas ausholen. Ich möchte mit dem Punkt in Ihrer Vergangenheit beginnen, an dem Ihre Mutter Robert Powell kennengelernt hat. Soweit ich weiß, haben Sie zu diesem Zeitpunkt noch nicht lange in Salem Ridge gewohnt, ist das richtig?«

»Ja. Ich war mit der Grundschule fertig, und meine Mutter wollte ins Westchester County ziehen. Offen gesagt, weil sie einen reichen Mann kennenlernen wollte. Sie hat in einem Zweifamilienhaus eine Mietwohnung gefunden, und ich darf Ihnen versichern, es gibt in Salem Ridge nicht viele Zweifamilienhäuser.

Im September in diesem Jahr kam ich auf die Highschool, und dort habe ich mich mit Nina, Alison und Regina angefreundet. An meinem Geburtstag im Oktober hat sich meine Mutter nicht lumpen lassen und ist mit mir ins La Bohème in Bedford zum Essen gegangen. Nina Craig und ihre Mutter waren ebenfalls da, Nina hat uns entdeckt und uns an ihren Tisch gebeten, um uns ihrer Mutter vorzustellen. Da haben wir Robert Powell kennengelernt, der mit am Tisch saß. Zwischen meiner Mutter und ihm war es vermutlich Liebe auf den ersten Blick. Ich weiß, Ninas Mutter ist niemals darüber hinweggekommen. ›Betsy hat mir kurz vor unserer Verlobung Rob weggeschnappt‹, das hat sie ständig gesagt.«

»Ihr Vater hat Sie und Ihre Mutter verlassen, als Sie selbst noch sehr klein waren. Wie hat Ihre Mutter es geschafft, sich um Sie zu kümmern und trotzdem Vollzeit zu arbeiten?«

»Bis zu meinem dritten Lebensjahr hat meine Großmutter noch gelebt.« Tränen schimmerten in Claires Augen, als sie die Großmutter erwähnte. »Dann haben sich eine Reihe von Babysittern um mich gekümmert. Wenn sie keine Zeit hatten, hat Mutter mich einfach ins Theater mitgenommen, dort habe ich auf einem Stuhl geschlafen, manchmal auch in einer leeren Garderobe, wenn das Stück nur eine kleine Besetzung hatte. Irgendwie haben wir uns durchgeschlagen. Aber nachdem Mutter Robert Powell kennengelernt hat, war natürlich alles ganz anders.«

»Sie und Ihre Mutter haben sich sehr nahegestanden, nicht wahr? Waren Sie jemals eifersüchtig auf Robert Powell, nachdem er so urplötzlich in Ihr Leben eingedrungen ist und alle Aufmerksamkeit und Zeit Ihrer Mutter beansprucht hat?«

»Ich wollte, dass sie glücklich ist. Er war ja sehr reich. Nach den winzigen Wohnungen, in denen wir davor gelebt haben, kam ich mir wie im Himmel vor, als wir in dieses wundervolle Haus gezogen sind.«

»Es kam Ihnen nur so *vor?*«, fragte Alex.

»Es *war* wie im Himmel«, verbesserte sich Claire.

»Das musste für Sie ein sehr ereignisreiches Jahr gewesen sein, Claire. Erst der Umzug, dann die neue Schule, schließlich die Hochzeit Ihrer Mutter und das große, neue Haus.«

»Ja, es waren einschneidende Veränderungen.« Claire lächelte schwach. Wenn du wüsstest, dachte sie. Wenn du wüsstest!

»Hatten Sie ein enges Verhältnis zu Robert Powell?«

Claire sah Alex unumwunden in die Augen. »Ja, von Anfang an«, antwortete sie. Oh, und wie eng dieses Verhältnis war, dachte sie und erinnerte sich, wie sie immer gelauscht hatte, ob sich ihre Schlafzimmertür öffnete.

Alex Buckley spürte, dass hinter Claires glatten Antworten eine Tretmine lag, dass hier glühender Zorn schlummerte, den sie zu verbergen versuchte. Es war nicht alles licht und hell gewesen in diesem Haus, dachte er und beschloss, das Thema zu wechseln. »Claire, reden wir über die Gala. Was war das für eine Nacht? Wie viele Gäste waren da? Natürlich wissen wir das alles schon, aber wir würden es gern aus Ihrem Mund hören.«

Alex erwartete, dass sich Claire dazu ihre Antworten sorgfältig zurechtgelegt hatte. »Es war ein wunderbarer Abend«, sagte sie. »Es war absolut mild, vierundzwanzig Grad, soweit ich weiß. Auf der Terrasse spielte eine Band, dazu konnte man tanzen. Überall Tische mit Büfett. Neben dem Pool stand ein wunderbar dekorierter Tisch, darauf befand sich ein Kuchen, auf dem unsere vier Namen geschrieben standen und die Wappen und Schulfarben der vier Colleges, auf denen wir waren.«

»Sie sind jeden Tag nach Vassar gefahren, nicht wahr, Claire?«

Wieder entdeckte er diesen Blick bei ihr, den er nicht einordnen konnte. Was brachte er zum Ausdruck? Wut, Enttäuschung? Oder beides? Er probierte es aufs Geratewohl. »Claire, waren Sie enttäuscht, weil Sie nicht wie Ihre Freundinnen im Studentenheim auf dem Campus gewohnt haben?«

»Vassar ist ein hervorragendes College. Die Campus-Erfahrung fehlt mir vielleicht, dafür war ich meiner Mutter so nah, dass mich das für vieles entschädigt hat.«

Ihr Lächeln war eher ein höhnisches Grinsen, aber sie fing sich schnell. »Wir haben die Party alle sehr genossen«, sagte sie. »Wie Sie wissen, wollten meine Freundinnen im Haus übernachten. Als alle fort waren, sind wir in unsere Pyjamas und Morgenmäntel geschlüpft, haben uns noch mal in der Bibliothek getroffen und Wein getrunken. Viel Wein. Wir haben über das Fest geredet, wie Mädchen das eben so machen.«

»Waren Ihre Mutter und Mr. Powell bei Ihnen in der Bibliothek?«

»Rob hat uns gleich, nachdem sich die letzten Gäste verabschiedet hatten, eine gute Nacht gewünscht. Meine Mutter war noch ein paar Minuten da und hat dann gesagt: ›Ich will es mir auch so bequem machen wie ihr.‹ Dann ist sie nach oben und bald darauf in ihrem Nachthemd und Morgenmantel zurückgekommen.«

»Ist sie noch lange geblieben?«

Kurz zeichnete sich auf Claires Lippen und in ihren Augen ein ehrliches Lächeln ab. »Meine Mutter war nie eine Alkoholikerin, glauben Sie mir, aber sie hat am Abend ganz gern ein, zwei Gläser Wein getrunken. Bevor sie sich von uns verabschiedete, hatte sie ungefähr drei Gläser. Sie hat uns alle umarmt und geküsst, das war auch der Grund, warum wir am nächsten Morgen alle DNS-Spuren von ihr an den Haaren, am Pyjama und Morgenmantel hatten.«

»Die anderen Mädchen mochten Ihre Mutter recht gern, oder?«

»Ich glaube, sie hatten große Ehrfurcht vor ihr.«

Was Claire, wie Alex wusste, nicht sagte: Jedes der Mädchen hatte einen guten Grund, Betsy Powell zu hassen.

»Haben Sie Ihre Mutter noch mal gesehen, nachdem sie sich von Ihnen verabschiedet hatte?«

»Sie meinen, ob ich sie noch einmal lebend gesehen habe?« Claire wartete die Antwort nicht ab. »Zum letzten Mal lebend habe ich sie gesehen, als sie sich noch einmal umgedreht, uns zugelächelt und uns eine Kusshand zugeworfen hat. So sehe ich sie immer noch vor mir. Meine Mutter war eine sehr schöne Frau. Sie hat immer aufeinander abgestimmte Nachtwäsche und Morgenmäntel getragen, an diesem Abend ein hellblaues, spitzenbesetztes Satin-Set. Die Haare sind ihr offen über die Schultern gefallen, und sie schien glücklich gewesen zu sein, weil die Party ein so großer Erfolg geworden war. Als ich sie das nächste Mal sah, hatten ihr Rob oder Jane das Kissen vom Gesicht genommen, und ihre weit aufgerissenen Augen starrten ins Leere. Ihre Hände waren verkrampft, als würden sie sich immer noch ins Kissen krallen. Sie muss sehr müde gewesen sein nach dem Wein, aber ich hatte immer das Gefühl, dass sie sich gewehrt hat.«

Das alles erzählte Claire mit einer Stimme, die plötzlich völlig gefühllos klang. Sie hatte die Hände verschränkt, und ihr Gesicht war noch blasser als zuvor.

»Wie haben Sie erfahren, dass etwas passiert ist?«, fragte Alex leise.

»Aus dem Zimmer meiner Mutter war ein entsetzlicher Schrei zu hören. Später habe ich erfahren, dass das Rob gewesen ist, der meiner Mutter die übliche Tasse Kaffee bringen wollte. Wir Mädchen haben da noch alle tief und fest geschlafen – schließlich hatten wir bis drei Uhr morgens getrunken und uns unterhalten. Dann sind wir mehr oder weniger alle gleichzeitig ins Zimmer gestürzt. Jane muss Robs Schrei gehört haben. Sie war jedenfalls die Erste, die da war, kniete auf dem Boden und hatte sich über Rob gebeugt, der sich vor Schmerzen wand. Wahrscheinlich wollte er meiner Mutter das Kissen vom Gesicht nehmen, dabei hatte er sich anscheinend den Kaffee über die Hände geschüttet.«

Plötzlich verströmte Claire eine Eiseskälte, die im krassen Gegensatz zu ihrer Reaktion auf seine Fragen nach ihrer Großmutter stand.

»Was ist dann geschehen, Claire?«

»Ich glaube, es war Alison, die die Polizei gerufen hat. Sie hat in den Hörer gebrüllt, ›wir brauchen einen Krankenwagen. Betsy Bonner Powell ist tot! Ich glaube, sie ist ermordet worden!‹«

»Was haben Sie getan, als Sie gewartet haben?«

»Es hat keine drei Minuten gedauert, bis der Krankenwagen und die Polizei eintrafen. Dann herrschte nur noch Chaos. Man hat uns aus dem Zimmer gescheucht, und der Polizeichef hat uns befohlen, auf unsere Zimmer zu gehen und uns umzuziehen. Er hatte die Unverfrorenheit, uns zu sagen, dass er ganz genau weiß, was wir anhaben, und wir sollten nicht versuchen, ihnen andere Sachen als die zu geben, in denen wir geschlafen haben. Später ist uns klar geworden, dass unsere Schlafanzüge auf DNS-Spuren untersucht würden.«

»Also haben Sie Jeans und T-Shirts angezogen – so ähnliche wie die, in denen Sie heute Morgen gefilmt wurden?«

»Ja. Nachdem wir uns umgezogen hatten, wurden wir nach unten in die Bibliothek begleitet. Dort haben wir gewartet, bis jede von uns von der Polizei befragt wurde. Sie haben uns noch nicht mal in die Küche gehen lassen, damit wir uns Kaffee machen konnten.«

»Sie sind darüber immer noch wütend?«

»Ja, das bin ich.« Ihre Stimme bebte vor Zorn. »Denken Sie doch mal, wir waren damals gerade mal Anfang zwanzig. Klar, wir kamen uns unglaublich erwachsen vor, wir hatten eben erst das College abgeschlossen, aber im Grunde waren wir doch bloß eingeschüchterte Teenager. Die Befragungen gleich nach dem Mord und in den Wochen danach haben einem rechtsstaatlichen Verfahren Hohn gesprochen. Immer wieder sind wir von der Polizei vorgeladen worden. Das ist der Grund, warum die Presse irgendwann uns alle als ›Tatverdächtige‹ eingestuft hat.«

»Wer, glauben Sie, hat Ihre Mutter ermordet, Claire?«

»Auf der Party waren Hunderte von Gästen. Manche sind auf den Fotos und den Videoaufnahmen nicht zu identifizieren. Ständig sind Leute ein und aus gegangen, weil sie auf die Toilette mussten. Jane hat die Treppe ins Obergeschoss mit einem Seil abgesperrt, aber natürlich hätte sich jeder hinaufschleichen können. Meine Mutter hat an jenem Abend ihre Smaragde getragen. Es wäre nicht schwer gewesen, sich in ihr Schlafzimmer zu stehlen und sich vielleicht sogar in einem der begehbaren Schränke zu verstecken. Ich glaube, jemand hat gewartet, bis sie eingeschlafen war, dann hat er sich die Smaragde auf dem Toilettentisch geschnappt. Wer weiß, vielleicht hat sie sich gerührt, der Täter ist in Panik geraten und wollte den Schmuck zurücklegen. Ein Smaragd-Ohrring jedenfalls hat auf dem Boden gelegen. Ich stelle mir vor, sie ist aufgewacht. Und der Täter wollte verhindern, dass sie um Hilfe ruft, und deswegen hat er sich das Kissen geschnappt.«

»Sie glauben also, es war jemand, der sich ins Haus geschlichen hat?«

»Ja, das glaube ich. Ich erinnere mich auch, dass wir die Terrassentür offen gelassen haben. Wir vier haben alle geraucht, und mein Stiefvater hat das Rauchen im Haus strikt untersagt.«

»Deswegen ärgern Sie sich über die Berichte, die in den Medien zum Tod Ihrer Mutter erschienen sind?«

»Deswegen sage ich Ihnen jetzt, dass keiner von den jetzt hier Anwesenden – weder Rob noch Jane noch Nina, Regina oder Alison – irgendwas mit dem Tod meiner Mutter zu tun hat. Und ich auch nicht.« Ihre Stimme wurde schrill. »Und ich auch nicht!«

»Danke, Claire, dass Sie uns von diesem schrecklichen Tag erzählt haben, an dem Sie Ihre geliebte Mutter verloren haben.«

Alex fasste über den Tisch und gab Claire die Hand.

Ihre Hand war schweißnass.

49

Am Dienstagmorgen stand George Curtis wie gewohnt um halb sieben auf und hauchte Isabelle einen Kuss auf die Stirn, um sie nicht zu wecken. Am liebsten hätte er sie berührt. Er wachte oft mitten in der Nacht auf und legte den Arm um sie, und dann kamen ihm Gewissensbisse: Betsy hat auch immer Nachthemden aus Satin getragen. Und sein nächster Gedanke lautete unweigerlich: Isabelle, fast hätte ich dich verloren. Fast hätte ich das wunderbare Leben mit dir und unseren Kindern einfach weggeworfen.

Dieses neue, wunderbare Leben hatte am Tag der Abschlussgala begonnen, als Isabelle ihm erzählt hatte, dass sie Zwillinge erwarte. Diesen unglaublichen Neuigkeiten folgte Betsys Forderung nach fünfundzwanzig Millionen Dollar, damit sie Stillschweigen über ihre Affäre bewahrte. Es hätte mir nichts ausgemacht, ihr das Geld zu geben, dachte George, aber ich habe gewusst, dass das nur der Auftakt zu weiteren Forderungen gewesen wäre.

Das waren die Gedanken, die ihn beschäftigten, als er duschte, sich anzog und nach unten in die Küche ging, wo er sich einen Kaffee machte. Mit dem Becher in der Hand schlenderte er zu seinem Wagen, steckte ihn in die Halterung und fuhr los in sein Büro, der internationalen Zentrale von Curtis Foods im fünfzehn Kilometer entfernten New Rochelle.

Er mochte es, wenn er früh am Morgen eine gute Stunde allein in seinem Büro war. Dann konnte er sich auf die wichtigen

Schreiben und E-Mails der Manager in seinem global operierenden Unternehmen konzentrieren. Mit seiner Konzentration aber war es heute nicht weit her. Nachdem er die sehr erfreulichen Umsatzzahlen durchgegangen war, musste er wieder daran denken, dass es für ihn kein Problem gewesen wäre, Betsy die Summe auszubezahlen und die Transaktion so zu verschleiern, dass sie nicht weiter aufgefallen wäre.

Aber ich hätte ihr nicht trauen können – dieser Gedanke spukte ihm unablässig im Kopf herum.

Kurz vor neun trafen allmählich die übrigen Mitarbeiter ein, herzlich wie immer begrüßte er seine langjährige Assistentin Amy Hewes und machte sich daran, dringliche E-Mails zu beantworten. Aber immer noch war er viel zu abgelenkt. Um halb zwölf rief er schließlich zu Hause an. »Irgendwelche Pläne fürs Mittagessen?«, fragte er Isabelle, als sie sich meldete.

»Keine Pläne«, antwortete sie. »Sharon hat angerufen und mich gefragt, ob ich mit zum Golfen will, aber ich bin heute zu faul. Ich hab es mir auf der Terrasse bequem gemacht. Louis bereitet ein Gazpacho und einen Hühnchensalat zu. Wie klingt das?«

»Perfekt. Bin schon unterwegs.«

Amy sah ihn überrascht an, als er an ihrem Schreibtisch vorbeirauschte und ihr mitteilte, dass er am Nachmittag nicht mehr ins Büro kommen würde. »Sie wollen mir doch nicht weismachen, dass Sie nervös sind wegen des bevorstehenden Interviews – obwohl Sie doch sonst bei Ihren Vorträgen jedes Publikum zu begeistern wissen!«

George rang sich ein Lächeln ab. »Vielleicht bin ich es trotzdem.«

Die kurze Fahrt kam ihm endlos lang vor. Seine Ungeduld, zu Isabelle zu kommen, war so groß, dass er den Wagen mitten auf der kreisförmigen Anfahrt stehen ließ, die Stufen hinaufstürzte, die Tür aufriss und durch den langen Korridor zur Rückseite des Hauses eilte. Bevor er die Glastür zur Terrasse öffnete, blieb er stehen und sah hinaus. Isabelle saß in einem der Polstersessel, hatte die Füße hochgelegt und ein Buch in der Hand. Bei ihrem letzten Geburtstag war sie sechzig geworden; die Haare waren mittlerweile silbern, sie trug sie kürzer und hatte einen Pony, der wunderbar zu ihren klassischen Gesichtszügen passte. Ihr schlanker Körper war bereits von der Sonne gebräunt, sie hatte die Schuhe abgestreift und die Knöchel gekreuzt.

Eine ganze Minute lang betrachtete George Curtis nur die schöne Frau, mit der er seit fünfunddreißig Jahren verheiratet war. Kennengelernt hatten sie sich auf einer Tanzveranstaltung der Abschlussklasse in Harvard. Isabelle war mit Freundinnen vom Wellesley College erschienen. Kaum hatte sie den Saal betreten, dachte George, schon war ich hin und weg. Aber als ich ihre Eltern kennengelernt habe, wurde mir schnell klar, dass sie von mir nicht sonderlich begeistert waren. Ihnen wäre es lieber gewesen, wenn unsere Familie das Geld an der Wall Street gemacht hätte, nicht durch den Verkauf von Hotdogs und Hamburgern.

Was hätten sich ihre Eltern gedacht, wenn sie gewusst hätten, dass ich eine Affäre mit der Frau meines besten Freundes habe? Sie hätten Isabelle gedrängt, sich schleunigst von mir zu trennen.

Und hätte Isabelle davon gewusst, hätte sie mich sofort zum Teufel gejagt – obwohl sie mit den Zwillingen schwanger war.

Und das, dachte George, als er die Terrassentür aufschob, würde sie immer noch tun. Isabelle sah auf und lächelte ihn herzlich an. »Bist du meinetwegen oder wegen des Essens nach Hause gekommen?«, fragte sie, während sie aufstand und ihm einen Kuss gab.

»Deinetwegen«, antwortete George, erwiderte den Kuss und umarmte sie.

Louis, ihr Koch, kam mit einem Tablett und zwei Eistee auf die Terrasse.

»Schön, dass Sie zum Essen hier sind, Mr. Curtis«, sagte er fröhlich.

Louis war seit zweiundzwanzig Jahren bei ihnen. Er hatte als Chefkoch in einem Restaurant ganz in der Nähe gearbeitet. Als sie dort eines Abends zum Essen waren, war er an ihren Tisch getreten. »Mir ist zu Ohren gekommen, dass Sie einen neuen Koch suchen«, hatte er sie ganz diskret angesprochen.

»Ja, unser jetziger Koch geht in Rente«, hatte George bestätigt.

»Ich würde mich sehr gern bei Ihnen bewerben«, sagte Louis. »Hier servieren wie hauptsächlich italienische Küche, aber ich habe das Culinary Institute in Hyde Park absolviert und kann Ihnen versprechen, dass ich Ihnen eine große Auswahl an Speisen zu bieten habe.«

Und das konnte er wirklich, dachte George. Nach der Geburt der Zwillinge hatte er jeden Tag frische Säuglingsnahrung zubereitet, und später, als die beiden Kinder etwas größer gewesen waren, hatte er sich von ihnen in der Küche »helfen« lassen.

George nahm im Sessel neben Isabelle Platz. Als Louis das Glas neben ihm abstellen wollte, sagte er allerdings: »Louis, lassen Sie den Tee auf dem Tisch stehen und bringen Sie mir stattdessen eine Bloody Mary.«

Isabelle lüpfte die Augenbrauen. »Das sieht dir aber gar nicht ähnlich, George. Bist du nervös wegen des Interviews mit Alex Buckley?«

Er wartete, bis Louis die Terrassentür hinter sich geschlossen hatte. »Weniger nervös, eher beunruhigt. Ich habe das Gefühl, bei der Sendung geht es nicht darum, dass die Teilnehmer ihre Unschuld beweisen, sondern darum, jemanden zu finden, dem man den Mord an Betsy in die Schuhe schieben kann.«

»Jemanden wie *dich*, George?«

George Curtis starrte seine Frau nur an. »Was willst du damit sagen?«

»Ich habe auf der Gala zufällig das interessante Gespräch zwischen dir und Betsy mit angehört. Du hast dich zwar abseits der anderen gehalten, aber ich bin dir gefolgt. Ich war hinter den Palmen, die als Dekoration ins Haus gebracht worden waren. Dir war wahrscheinlich nicht bewusst, wie laut du geredet hast.«

Der Albtraum, vor dem sich George Curtis immer gefürchtet hatte, schien Wirklichkeit zu werden. Würde Isabelle ihm jetzt eröffnen, dass sie nun doch, nachdem die Zwillinge groß genug waren, die Scheidung einreichte? »Isabelle, ich bedaure das alles mehr, als du dir jemals vorstellen kannst«, sagte er. »Bitte, bitte verzeih mir!«

»Ach, das habe ich doch längst«, antwortete Isabelle. »Hältst du mich wirklich für so dumm, dass ich von deiner Affäre mit dieser ... Person nichts mitbekommen hätte? Ich habe euch beide belauscht, und da habe ich beschlossen, dass ich dich nicht verlieren möchte. Mir war klar geworden, dass wir uns auseinandergelebt hatten und dass das zum Teil auch meine Schuld war. Es fiel mir nicht leicht, dir zu verzeihen, aber ich bereue meine Entscheidung nicht. Du warst seitdem ein wunderbarer Ehemann und Vater, und ich liebe dich von ganzem Herzen.«

»Und ich habe mir all die Jahre solche Sorgen gemacht und war vor schlechtem Gewissen ganz krank«, sagte George Curtis, dem fast die Stimme brach.

»Ich weiß«, antwortete Isabelle. »Das war meine Art, dich zu bestrafen. Ah, hier kommt ja Louis mit deiner Bloody Mary. Ich wette, du kannst sie jetzt gebrauchen.«

Mein Gott, und ich dachte, ich kenne meine Frau!, ging es George Curtis durch den Kopf, während er nach dem Glas griff, das Louis ihm hingestellt hatte.

»Louis, ich denke, wir sind jetzt so weit für das Essen«, sagte Isabelle und nippte an ihrem Eistee.

Als Louis wieder in der Küche war, sagte Isabelle: »George, ich war vielleicht nicht die Einzige, die gehört hat, dass du Betsy gedroht hast, du würdest sie umbringen, wenn sie irgendjemandem von eurer Affäre erzählt. Wie gesagt, wahrscheinlich war dir nicht bewusst, wie laut du gesprochen hast. Ich bin in dieser Nacht in deinen Armen eingeschlafen, aber um vier Uhr morgens bin ich wach geworden, und du warst nicht mehr im Bett. Erst eine Stunde später bist du zurückgekommen. Ich habe angenommen, du wärst unten vor dem Fernseher, so wie du das immer machst, wenn du nicht schlafen kannst. Als ich vom Mord an Betsy gehört habe, habe ich zu Gott gebetet, dass du keine verräterischen Spuren hinterlassen hast. Wenn bei den Dreharbeiten zu dieser Sendung irgendwas auftauchen sollte, dann werde ich schwören, dass du die ganze Nacht das Bett nicht verlassen hast.«

»Isabelle, du glaubst doch nicht ...«

»George, wir wohnen nur ein paar Straßenzüge vom Powell-Anwesen entfernt. In fünf Minuten bist du zu Fuß dort. Du kennst dich im Haus aus. Und offen gesagt, es kümmert mich nicht, wenn du sie umgebracht hast. Ich weiß, wir hätten uns die fünfundzwanzig Millionen Dollar leisten können, aber es gibt keinen Grund, warum du dich von diesem Luder hättest erpressen lassen sollen.«

Als George ihr den Stuhl am Tisch zurechtrückte, sagte sie: »Ich liebe dich, George, und die Zwillinge beten dich an. Sag nichts, was das alles ruinieren könnte ... Hier kommt ja Louis mit dem Salat. Ich wette, du hast Hunger, nicht wahr?«

50

»Okay, das war großartig. Eine Pause, dann ist Alison Schaefer an der Reihe. In einer halben Stunde geht es weiter«, kam es brüsk von Laurie. Jerry, Grace und die Kameraleute waren diesen Ton gewohnt. Damit gab ihnen Laurie zu verstehen, dass sie jetzt mit Alex Buckley allein reden wollte. Also verzogen sie sich und schlossen hinter sich die Tür zur Bibliothek, ohne dass man es ihnen ausdrücklich hätte sagen müssen.

»Ich schlage vor, ich hole uns einen Kaffee«, sagte daraufhin Alex. »Sie mögen ihn schwarz, ohne Zucker, oder?«

»Genau«, antwortete Laurie.

»Bin gleich wieder da«, sagte er und stand auf.

Als er fünf Minuten später mit den Kaffeebechern zurück-kehrte, hatte Laurie in dem Sessel Platz genommen, in dem zuvor Claire gesessen hatte, und machte sich Notizen. »Vielen Dank«, sagte sie, als er die Becher auf dem Tisch zwischen ihnen abstellte. »Sind alle draußen? Ich meine, erzählt Claire den an-deren von ihrem Interview?«

»Ich weiß nicht, wo sie ist, aber zwischen den anderen läuft irgendwas Komisches ab«, erwiderte Alex Buckley. »Regina ist bleich wie ein Gespenst, und Nina und ihre Mutter streiten sich auf der Terrasse – aber das ist eigentlich nichts Ungewöhnliches. Alison und Rod haben sich zum Pool zurückgezogen, und so, wie er den Arm um sie gelegt hat, vermute ich, dass sie fürch-terlich aufgeregt ist. Sie hat ein Taschentuch in der Hand und betupft sich ständig die Augen.«

»Aber warum bloß?«, fragte Laurie überrascht.

»Die drei waren in der Bibliothek, als wir mit Claire zum ersten Interview aufgebrochen sind«, sagte Alex stirnrunzelnd. »Und Josh hat ihnen Kaffee gebracht. Ich sage Ihnen, Laurie, irgendwas ist da vorgefallen, was sie ziemlich aus der Fassung gebracht hat. Vielleicht bekomme ich es ja aus Alison heraus. Aber ich glaube, Sie wollten mit mir über das Interview mit Claire reden.«

»Ja«, antwortete Laurie. »Warum sind Sie so sehr auf Ihrer Beziehung zu Robert Powell herumgeritten?«

»Überlegen Sie doch, Laurie. In den ersten dreizehn Jahren ihres Leben hatte sie ihre Mutter ganz für sich allein. Dann tritt Robert Powell auf den Plan. Es mag für sie ja toll gewesen sein, in dieses Haus zu ziehen, aber nach allem, was ich gelesen habe, waren Claires Mutter und Powell so gut wie unzertrennlich. Und warum hat Claire nicht auf dem Campus ihres College gewohnt wie ihre Freundinnen? Claire muss oft allein zu Hause gewesen sein. Betsy und Powell haben sich anscheinend fast jeden Abend auf gesellschaftlichen Ereignissen herumgetrieben. Warum konnte Claire nicht im Studentenheim in Vassar wohnen? Haben Sie nicht bemerkt, wie sich ihre Stimme, wie sich ihre ganze Haltung geändert hat, als sie von Powell sprach? Ich sage Ihnen, irgendetwas läuft da«, sagte Alex entschieden.

Laurie sah ihn nur an, dann nickte sie.

Alex lächelte. »Ich wusste doch, dass Sie es auch bemerkt haben. Wenn wir uns auf eine Verhandlung vorbereiten, setze ich meine Rechercheure sowohl auf meine Mandanten als auch auf die Zeugen an, die für oder gegen uns aussagen. Und das Erste, was ich dabei gelernt habe, ist: Man darf sich vom äußeren Schein nicht blenden lassen. Der Tod ihrer Mutter geht Claire Bonner bei Weitem nicht so nah, wie sie vorgibt – wenn Sie mich fragen.«

»Ich habe ihre Reaktion zunächst ihrem Schock zugeschrieben«, sagte Laurie. »Aber dann ist es mir genauso gegangen wie Ihnen. Sie hat nur von ihrer Wut gesprochen, wie sie und die anderen von der Polizei behandelt wurden. Kein Wort über ihre Trauer um ihre tote Mutter. So, bevor jetzt Alison Schaefer hereinkommt, würde ich Ihnen gern noch meinen ersten Eindruck von ihr mitteilen.«

Alex nahm einen Schluck von seinem Kaffee, während Laurie fortfuhr: »Rod Kimball und Alison Schaefer haben vier Monate nach der Gala geheiratet, trotzdem hat sie ihn damals als ihren Verlobten nicht zur Party mitgebracht. Musste danach aus irgendeinem Grund alles ganz schnell gehen? Ansonsten ist mir nur noch dieses Stipendium aufgefallen. Es wurde einem Mädchen verliehen, dessen Noten erheblich schlechter waren als ihre, aber zufällig war sie die Tochter von Betsys Freundin. Hat die Tatsache, dass Powell Alisons College eine Menge Geld gespendet hat, in irgendeiner Weise die Stipendiumvergabe beeinflusst? Ja, ich glaube schon. Es handelte sich schließlich um ein Stipendium, das von einem Ehemaligen gestiftet wurde und das der Dekan nach eigenem Ermessen vergeben kann.«

Alex nickte. »Sie haben ja selbst eine Menge recherchiert, wie ich sehe.«

»Ja, das habe ich. Und ich habe mir Gedanken darüber gemacht, ob die Tatsache, dass Rod einen Profivertrag mit den Giants abgeschlossen hatte, irgendwas mit der plötzlichen Hochzeit zu tun hatte. Aber auch wenn dem so war – nach seinem Unfall hat sie ihn jedenfalls nicht verlassen, oder? Anscheinend war er schon von frühester Jugend an, seit dem Kindergarten in sie verliebt. Und zum Zeitpunkt ihrer Hochzeit sah er einer großartigen Karriere als Quarterback entgegen. Vielleicht fühlte sie sich zu ihm hingezogen, weil sie dem Ruhm und Geld des Profi-Footballs nicht widerstehen konnte, trotzdem musste mehr dahinter sein, die letzten zwanzig Jahre beweisen das.«

»Wäre es möglich, dass sie aus Wut wegen des entgangenen Stipendiums Betsy erstickt und Rod alles gebeichtet hat? Dann hätte er seitdem eine ganze Menge gegen sie in der Hand«, schlug Alex vor.

Es klopfte an die Tür, und der Kameramann sah herein. »Laurie, können wir?«

Laurie und Alex schauten sich an, und dann war es Alex, der antwortete: »Klar können wir. Bitten Sie Alison Schaefer herein.«

51

Leo Farley starrte an die Decke, während sein Arzt und langjähriger Freund seinen Herzschlag überprüfte. »Ich hab nichts«, sagte Leo in eisigem Ton.

»Das meinst du«, erwiderte James Morris sanft. »Aber glaub mir, du wirst hierbleiben, bis ich dich entlasse. Und bevor du mich ein weiteres Mal danach fragen kannst, werde ich es dir noch mal erklären. Dein Herzkammerflimmern war gestern Abend eindeutig nachweisbar. Wenn du keinen Herzinfarkt kriegen willst, bleibst du, wo du bist.«

»Schon gut, schon gut«, erwiderte Leo resigniert. »Aber, Jim, du verstehst nicht. Ich will nicht, dass Laurie erfährt, dass ich hier bin. Wahrscheinlich ahnt sie sowieso schon was. Sie ruft mich sonst nie an, wenn sie auf dem Weg zur Arbeit ist, aber heute hat sie das getan. Ich will nicht, dass sie sich Sorgen macht, solange sie mit ihren Dreharbeiten beschäftigt ist.«

»Soll ich Laurie anrufen und sie beruhigen?«, fragte Dr. Morris.

»Ich kenne Laurie. Wenn du anrufst, regt sie sich nur noch mehr auf.«

»Wann telefonierst du immer mit ihr?«

»Wenn sie von der Arbeit nach Hause kommt. Für heute Abend erwartet sie, dass ich mit ihr ausgehe und zumindest irgendwo einen Hamburger mit ihr esse. Mir fällt keine gute Ausrede ein«, sagte Leo Farley eher trübsinnig als aufgebracht.

»Hör zu, Leo, Folgendes. Du hattest gestern zwei Anfälle von

Herzkammerflimmern. Wenn heute Nacht nichts mehr passiert, werde ich dich morgen früh entlassen«, versprach Dr. Morris. »Und vergiss nicht, ich weiß, wie man Verwandten schonend den Gesundheitszustand des Patienten beibringt. Ich glaube, es wäre das Beste, wenn ich Laurie anrufe und ihr sage, dass ich dich morgen entlasse – vorausgesetzt, du hast keinen weiteren Anfall. Überleg es dir. Dann kann sie dich heute Abend besuchen. Ruft nicht auch Timmy immer zwischen sieben und acht Uhr an?«

»Ja. Sie hat ihm gesagt, er soll Viertel vor acht anrufen, dann weiß sie, dass sie auf jeden Fall Zeit für ihn hat.«

»Dann soll sie doch hier das Telefonat führen, und ihr könnt beide mit ihm reden. Du hast mir doch gesagt, dass er nur einmal am Tag telefonieren darf.«

Leo Farleys Miene hellte sich auf. »Jim, du hast doch immer die besten Ideen.«

Dr. Morris wusste von Leo Farleys verzweifelter Angst wegen der Drohung gegen seine Tochter und seinen Enkel. Damit, dachte er, würde es erst vorbei sein, wenn sie den Mörder endlich schnappten.

Er berührte Leo an der Schulter, verkniff es sich aber, die vier nutzlosesten Wörter zu äußern, die es überhaupt gab: *Mach dir keine Sorgen.*

52

Alison war die Erste, die in den Garderobenraum ging, nachdem Josh ihnen die Kassetten gegeben hatte, den Rekorder aus der Schublade nahm, die Kassette einlegte und wartete. Entgeistert hörte sie ihr Gespräch mit Rod über ihr Schlafwandeln und ihren Besuch in Betsys Schlafzimmer. Der Hysterie nahe, packte sie die Kassette und stürzte hinaus. Rod, der sie vom Fenster aus gesehen hatte, eilte ihr so schnell wie möglich hinterher.

Jetzt saß er mit ihr – mit dem Rücken zu den Filmleuten – auf der Bank am Pool und hatte den Arm um sie gelegt. Sie weinte nicht mehr, aber ihre Lippen zitterten immer noch.

»Verstehst du nicht, Rod?«, sagte Alison. »Deswegen hat Powell uns in Zwei-Stunden-Abständen vom Flughafen abholen lassen. Uns alle, bis auf Claire, die ist schon am Abend zuvor eingetroffen. Powell hat das nur aus einem einzigen Grund gemacht: Der ach so tolle Bentley war verwanzt. Rod, du weißt doch, wir haben darüber gesprochen, dass ich beim Schlafwandeln in Betsys Zimmer gewesen bin.«

»Schh«, brachte Rod sie zum Schweigen und sah sich um. Niemand war in der Nähe, der sie hätte belauschen können. Mein Gott, hier kann man ja richtig paranoid werden, dachte er sich.

Er drückte Alison fester die Schulter. »Alie, wenn du darauf angesprochen wirst, sagst du, dass du natürlich enttäuscht warst wegen des Stipendiums, dass es aber eigentlich keine so große

Rolle gespielt hat, weil du schon seit dem Kindergarten in mich verliebt warst und mich sowieso heiraten wolltest.« Er verstummte. Das, dachte er reumütig, traf jedenfalls auf ihn zu.

»Und du hast um meine Hand angehalten, obwohl du mir zugetraut hast, dass ich Betsy Powell umgebracht habe?«, fragte Alison mit ausdrucksloser Stimme. »Du kannst es doch nicht abstreiten, du hast die ganze Zeit geglaubt, ich hätte sie ermordet.«

»Ich weiß doch, wie sehr du sie gehasst hast. Aber ich habe dich nie für eine Mörderin gehalten.«

»Ich habe sie gehasst. Ich habe versucht, darüber hinwegzukommen, aber es geht nicht. Ich hasse sie immer noch. Es war so unfair. Powell hat Waverly eine Menge Geld gespendet, weil Betsy unbedingt in diesen Club wollte. Meinst du nicht, ich hätte allen Grund gehabt, sie umzubringen, als der Dekan das Stipendium der Tochter von Betsys Freundin gegeben hat? Hab ich schon erwähnt, dass sie im zweiten Jahr das Studium abgebrochen hat?«

»Ein- oder zweimal, glaube ich«, antwortete Rod leise.

»Rod, wenn dir plötzlich alles genommen wird, wofür du jahrelang gekämpft und wovon du immer geträumt hast ... Ich hatte mich schon halb aus dem Stuhl erhoben, ich wollte schon aufstehen und zur Verleihung nach vorn gehen, und plötzlich spricht der Dekan ihren Namen aus ... Kannst du dir das vorstellen?«

Dann sah sie ihn an, sah die Falten in seinem Gesicht, die von seinen Schmerzen kündeten, sah die Krücken, die er neben sich an die Bank gelehnt hatte. »O Rod, wie dumm von mir, ausgerechnet dir das alles zu sagen.«

»Schon gut, Alie!«

Nein, es war nicht gut, dachte sie. Es war überhaupt nicht gut.

»Alison, sie warten auf dich.«

Sie sahen Lauries Assistent Jerry auf sich zukommen.

»Rod, ich habe Angst, dass ich das nicht durchstehe«, flüsterte Alison, als sie aufstand und ihm noch einen Kuss auf die Stirn drückte.

»Doch, du wirst das durchstehen«, sagte Rod mit fester Stimme und sah zu der Frau auf, die er so sehr liebte. Ihre hellbraunen Augen, das hervorstechendste Merkmal in ihrem Gesicht, leuchteten. Die Lider waren noch leicht geschwollen, nachdem sie geweint hatte, aber die Visagistin würde das wieder in Ordnung bringen.

Er sah Alison nach, als sie zum Haus ging. In zwanzig Jahren hatte er sie noch nie so aufgelöst erlebt. Er wusste auch, warum – jetzt hatte sich eine zweite Chance aufgetan, um endlich das machen zu können, was sie schon immer hatte machen wollen, das, was ihr damals geraubt worden war.

Und noch ein Gedanke kam ihm. Sie hatte sich wieder die Haare wachsen lassen, so lang, dass sie ihr bis auf die Schultern fielen. Er mochte es so. Am Tag zuvor hatte sie ihm aber mitgeteilt, dass sie sie bald wieder schneiden lassen würde. Er bedauerte das, aber das hätte er ihr nie gesagt. Es gab so vieles in den vergangenen zwanzig Jahren, was er ihr nie gesagt hatte ...

Wenn sie die Sendung überstand und wirklich das versprochene Geld bekam, wäre dies ihre Fahrkarte in die Freiheit. Rod fürchtete nur, dass sie sich damit auch von ihm befreien würde.

53

Nina war die Zweite, die sich ihre Kassette anhörte. Mit fast triumphalem Gesichtsausdruck kehrte sie kurz darauf an den Tisch zurück. »Das ist eher was für dich als für mich«, sagte sie zu ihrer Mutter. »Geh rein und hör es dir an! Und dann wirst du Rob Powell wahrscheinlich nicht mehr vorjammern, was Betsy doch für eine enge und tolle Freundin war.«

»Wovon sprichst du?«, blaffte Muriel und stand auf.

»Der Kassettenrekorder liegt in der mittleren Schublade im Garderobenraum im Flur«, sagte Nina. »Den solltest sogar du finden.«

Muriels selbstzufriedene Miene bröckelte, Zweifel schlichen sich ein. Ohne ihrer Tochter zu antworten, eilte sie in den Flur. Wenige Minuten später kündete das Knallen der Tür ihre Rückkehr an.

Wutentbrannt kam sie ins Zimmer und sah zu Nina. »Komm mit nach draußen!«, herrschte sie sie an.

»Und? Was willst du?«, fragte Nina, sobald sie die Terrassentür hinter sich zugezogen hatte.

»Was ich will?«, fauchte Muriel. »Was ich will? Bist du verrückt geworden? Du hast dir die Kassette angehört? Ich klinge ja ganz fürchterlich. Und Rob hat mich für heute Abend zum Essen eingeladen. Alles läuft so hervorragend, genau wie früher, bevor ...«

»Bevor ich dir alles kaputt gemacht und Rob Powell Betsy vorgestellt habe, damals, als du mit ihm schon so gut wie verlobt warst«, beendete Nina den Satz für sie.

Muriel sah sie kalt und berechnend an. »Meinst du, Rob hat die Kassette auch gehört?«

»Keine Ahnung. Ich würde sagen, ja, aber das ist nur eine Vermutung. Könnte auch gut sein, dass der Chauffeur mit uns sein eigenes kleines Spielchen treibt und uns erpresst, ohne Rob etwas davon zu sagen.«

»Dann gib ihm die fünfzigtausend.«

Nina starrte ihre Mutter an. »Du machst Witze! Rob Powell hält dich mit seiner plötzlichen Aufmerksamkeit zum Narren. Wenn er dich wirklich gewollt hätte, warum hat er dir das dann nicht vor zwanzig Jahren gesagt, nach Betsys Tod?«

»Gib dem Chauffeur das Geld«, sagte Muriel bestimmt. »Sonst erzähle ich Rob und der Polizei, dass du den Mord an Betsy gestanden hast – dass du sie umgebracht hast, damit ich bei Rob eine zweite Chance bekomme. Und weil du geglaubt hättest, ich würde mich dir gegenüber sehr großzügig erweisen, wenn ich erst mal Mrs. Robert Nicholas Powell bin.«

»Das würdest du tun?«, fragte Nina. Ihre Lippen waren kreidebleich.

»Warum nicht? Es stimmt doch, oder?«, ätzte Muriel. »Und vergiss nicht: Solltest du recht haben und er ist wirklich *nicht* an mir interessiert, dann kann ich mich immer noch mit der einen Million Dollar trösten, die Rob für Informationen ausgelobt hat, die zur Ergreifung von Betsys Mörder führen. Das ist zwar schon zwanzig Jahre her, aber er hat die Belohnung nie zurückgezogen.«

54

Nachdem Regina gesehen hatte, wie Alison nach draußen gestürzt war und Muriel Nina befohlen hatte, mit ihr auf die Terrasse zu kommen, wusste sie, dass es an der Zeit war, die eigene Kassette anzuhören.

Josh muss den Abschiedsbrief haben, dachte sie auf dem Weg in den Garderobenraum. Der Kassettenrekorder stand auf dem Toilettentisch. Starr vor Angst, legte sie die Kassette ein und drückte auf den Knopf. Sie hörte ihr Telefonat mit Zach. Klar und deutlich waren ihre Worte und sogar die ihres Sohnes zu verstehen, obwohl seine Stimme nur über das Handy zu hören gewesen war.

Schlimmer konnte es nicht kommen, dachte Regina völlig verzweifelt. Was, wenn ich weiter abstreite, Daddys Abschiedsbrief an mich genommen zu haben? Josh könnte ihn jederzeit der Polizei übergeben. Dann würde man mich wegen Falschaussage während der stundenlangen Befragungen verhaften. Er könnte sowohl die Kassette als auch den Brief als Beweismittel vorlegen.

Ihr blieb keine andere Wahl, sie würde auf Joshs Forderungen eingehen müssen. Sie kehrte an den Tisch zurück und schob den mittlerweile kalt gewordenen Kaffee von sich.

Mit säuerlicher Miene erschien prompt Jane und brachte eine frische Kanne und eine neue Tasse. Regina sah zu, wie sie das dampfende Getränk einschenkte.

Sie nahm einen Schluck, und erneut lief vor ihrem geistigen

Auge der nur allzu vertraute Albtraum ab. Wieder fuhr sie auf ihrem Rad über die Anfahrt des herrlichen Hauses, in dem sie fünfzehn Jahre gewohnt und von dem aus man einen unschätzbaren Blick auf Long Island hatte. Sie drückte auf den Schalter und ließ das Garagentor aufschwingen. Und dann sah sie den leicht hin und her schwingenden Leichnam ihres Vaters. Sein Mund stand offen, die Zunge hing heraus, und die Augen waren aus den Höhlen getreten. An seinem Jackett war ein Zettel geheftet, mit einer Hand umklammerte er das Seil. Hatte er es sich im letzten Augenblick noch anders überlegt?

Regina erinnerte sich an ihre Taubheit, an die Kälte in ihrem Körper, wie sie zu dem Zettel gefasst und ihn gelöst hatte – der Leichnam schwankte etwas unter ihrer Berührung –, wie sie den Brief gelesen und ihn dann entsetzt in die Tasche gestopft hatte.

Ihr Vater hatte geschrieben, dass er eine Affäre mit Betsy gehabt habe und das bitterlich bereue.

Und Betsy hatte ihm eingeflüstert, dass Robs Hedgefonds im Wert regelrecht explodieren würde, weswegen er so viel wie möglich darin investieren sollte. Selbst damals mit ihren fünfzehn Jahren war Regina überzeugt, dass Betsy auf Anweisung von Powell gehandelt hatte.

Ich konnte doch nicht zulassen, dass meine Mutter diesen Brief zu sehen bekommt, dachte Regina jetzt. Er hätte ihr endgültig das Herz gebrochen – Daddys Tod war schon schlimm genug gewesen. Außerdem hat meine Mutter Betsy Powell *verachtet*. Sie hat immer gewusst, was für eine falsche Person sie war.

Jemand war jetzt also im Besitz dieses Briefes. Wahrscheinlich Josh – es musste Josh sein. Er trieb sich den ganzen Tag im Haus herum und half Jane. Was soll ich tun?, fragte sie sich. Was soll ich bloß tun?

In diesem Moment kam der Chauffeur mit einem Tablett ins Zimmer, um den Tisch abzuräumen. Er sah sich um und vergewisserte sich, dass sie allein waren.

»Wann können wir miteinander reden, Regina?«, fragte er. »Ich muss Ihnen sagen, Sie hätten den Rat Ihres Sohnes beherzigen und den Abschiedsbrief Ihres Vaters verbrennen sollen. Wenn ich es mir recht überlege, dürfte niemand ein stärkeres Motiv für den Mord an Betsy Powell haben als Sie. Meinen Sie nicht auch? Und finden Sie nicht auch, dass die viertel Million Dollar, die Sie von Mr. Powell erhalten, ein kleiner Preis dafür ist, dass niemand diesen Brief zu Gesicht oder die Kassette zu hören bekommt?«

Sie konnte darauf nichts erwidern. Entgeistert und voller Selbstvorwürfe stierte sie an Josh vorbei in eine unbestimmte Ferne; eine Ferne, in der der ordentlich gekleidete Leichnam ihres Vaters an dem Strick, den er sich um den Hals gebunden hatte, sacht hin und her schwang.

55

Wie aus alter Gewohnheit rannte Claire nach dem Interview mit Alex Buckley hinauf in ihr altes Zimmer.

Sie wusste, es war nicht gut gelaufen. Sie hatte das Gespräch noch einmal Revue passieren lassen, angefangen von den Fragen zum Aufenthalt der Absolventinnen in der Bibliothek unmittelbar nach der Party bis zum nächsten Morgen, als sie in das Schlafzimmer ihrer Mutter gestürzt waren.

Es war ihr nicht schwergefallen, sich diesen schrecklichen Augenblick wieder ins Gedächtnis zu rufen: Rob, der sich vor Schmerzen auf dem Boden gekrümmt und vom verschütteten brühheißen Kaffee bereits Blasen auf den Händen hatte. Jane, die »Betsy, Betsy!« gekreischt und das Kissen in der Hand gehalten hatte, mit dem ihre Mutter erstickt worden war. Die Haare ihrer Mutter, die, als sie ihnen eine gute Nacht gewünscht hatte, noch so seidig geglänzt hatten und jetzt im Morgenlicht nur noch matt und strähnig waren und ihren Schimmer verloren hatten.

Und ich, dachte Claire, ich war *froh* gewesen. Voller Angst, aber froh.

Ich konnte nur noch daran denken, dass ich jetzt frei war – dass ich das Haus endlich verlassen konnte.

Noch am Tag der Beerdigung bin ich ausgezogen und bei Regina und ihrer Mutter in deren winziger Wohnung untergekommen, wo ich im Wohnzimmer auf der Couch geschlafen habe.

Und überall die Bilder von Reginas Vater. Ihre Mutter hat mich sehr freundlich aufgenommen, obwohl sie wegen Robert Powells Hedgefonds alles verloren hatte.

Claire erinnerte sich, wie Betsy und Powell sich über Eric, Reginas Vater, lustig gemacht und ihn als ahnungslos und leichtgläubig hingestellt hatten. »*Also, Betsy, mir gefällt es zwar nicht, was du da tust, aber es ist nun mal notwendig. Entweder er oder wir.*«

Und ihre Mutter hatte geantwortet: »*Lieber soll er pleitegehen als wir.*« Dazu hatte sie gelacht.

Die Nächte, in denen ich auf ihrer Couch wachgelegen und darüber gegrübelt habe, dass er noch am Leben sein könnte und sie immer noch in ihrem wunderbaren Haus wohnen könnten, wären nicht meine Mutter und mein Stiefvater gewesen.

Und was war mit Alison? Sie hatte so viel dafür getan, um das Stipendium zu bekommen, und dann hatte sie es doch verloren, nur weil meine Mutter in diesen Club aufgenommen werden wollte.

Claire schüttelte den Kopf. Sie hatte am Fenster gestanden und den Blick über den großen Garten hinter dem Haus schweifen lassen. Trotz der halb von Sträuchern verborgenen, an der Grundstücksgrenze abgestellten Fahrzeuge der Filmleute, trotz Alison und Rod, die auf einer Bank am Pool saßen, kam ihr alles wie ein Stillleben vor.

Aber dann registrierte sie eine Bewegung. Die Tür zum Poolhaus ging auf, und der Typ, der schon in den letzten Tagen immer wieder im Garten beschäftigt gewesen war, kam heraus.

Er zerstörte dieses Bild der Ruhe, und ein Schauer lief ihr über den Rücken. Dann hörte sie ein Klicken. Die Tür zu ihrem Zimmer wurde geöffnet.

Robert Powell stand vor ihr. Er lächelte. »Kann ich irgendwas für dich tun, Claire?«

56

Polizeichef Ed Penn schlief nicht besonders gut in der Nacht von Montag auf Dienstag. Dazu hatte er seltsame Träume: *Jemand war in Gefahr, aber wer, das wusste er nicht. Er hielt sich in einem großen, leeren Haus auf und durchkämmte mit gezogener Waffe die einzelnen Räume. Er hörte Schritte, konnte aber nicht sagen, aus welcher Richtung sie kamen.*

Um vier Uhr morgens schreckte Ed Penn aus diesem Traum hoch und konnte nicht mehr einschlafen.

Er verstand Leos Besorgnis. Es konnte gefährlich werden, diese sechs Leute nach zwanzig Jahren wieder zusammenzubringen. Penn zweifelte nicht, dass einer von ihnen Betsy Powell ermordet hatte.

Gut, die Terrassentür war nicht abgesperrt gewesen. Na und? Natürlich hatten sich Fremde unter die Gäste mischen können.

Aber vielleicht auch nicht.

Was seiner Meinung nach zählte: Als er an jenem Morgen im Haus eingetroffen war, hatte er bei keiner der jungen Frauen auch nur einen Anflug von echter Trauer für die ermordete Betsy Powell feststellen können, noch nicht einmal bei ihrer eigenen Tochter.

Und die Haushälterin hatte nur darum gefleht, man möge sie zu »Mr. Rob« ins Krankenhaus lassen.

Bis ihr klar geworden war, welchen Eindruck sie dadurch hervorrief, und sich die Hand vor den Mund geschlagen hatte.

Und Powell? Nur wenige fügen sich freiwillig schwere Verbrühungen an den Händen zu. Der verschüttete Kaffee konnte ein Ablenkungsmanöver gewesen sein, sein Motiv für den Mord aber war völlig unklar.

Die Haushälterin? Durchaus möglich. Interessant war, dass sich alle vier Absolventinnen darin einig waren, dass sie »Betsy, Betsy!« gerufen und das Kissen in Händen gehalten hatte.

Jeder würde natürlich der Toten unwillkürlich das Kissen vom Gesicht nehmen, aber dass Jane »Betsy, Betsy!« gerufen hatte, warf ein anderes Licht auf die Sache. Ed Penn wusste, dass Betsy ihre alte Freundin angewiesen hatte, sie mit »Mrs. Powell« anzusprechen, nachdem sie sie als Haushälterin eingestellt hatte.

Hatte Jane in den neun Jahren, in denen sie von einer Freundin zu einer Bediensteten herabgewürdigt worden war, einen stetig wachsenden Groll gegen sie gehegt?

Und was war mit diesem Gärtner, der sich im Augenblick auf dem Anwesen herumtrieb? Es lag ihnen nichts über ihn vor. Vielleicht war es nur der bescheuerte Name, weshalb er ihm aufgefallen war. Welche Mutter, die noch recht bei Trost war, nannte ihr Kind schon Bruno, wenn der Nachname auch noch Hoffa lautete und der Lindbergh-Fall immer wieder mal für Schlagzeilen in den Zeitungen sorgte?

Na, wahrscheinlich ist Bruno immer noch besser als die seltsamen Namen, die Eltern ihren Kindern heutzutage so geben, dachte Ed.

Es hatte keinen Sinn mehr, noch länger im Bett zu bleiben. Genauso gut konnte er sich an die Arbeit machen. Gegen Mittag, dachte er, werde ich zu Powell fahren, dann erwische ich sie alle beim Essen.

Er richtete sich auf. Dann hörte er von der anderen Bettseite seine Frau: »Ed, entscheide dich bitte. Entweder stehst du auf, oder du gibst Ruhe. Mit deinem ständigen Herumgewerfe treibst du mich noch in den Wahnsinn.«

»Tut mir leid, Liz«, murmelte er.

Als er aufstand, wurde ihm klar, dass er zwischen zwei widerstreitenden Wünschen hin- und hergerissen war. Zum einen hoffte er, dass die Filmleute wie geplant am nächsten Tag alles zusammenpackten und in aller Ruhe wieder abzogen. Zum anderen wünschte er sich aber auch, dass sich bei den Dreharbeiten jemand als Betsy Powells Mörder oder Mörderin verriet. Das ungelöste Verbrechen war ihm seit zwanzig Jahren ein Dorn im Auge.

Powells Anwesen, dachte er, gleicht einem Pulverfass, und ich kann nur zusehen, wie alles hochgeht.

Dieser Ansicht war er immer noch, als er am frühen Nachmittag, nach seinem Besuch bei Powell, in die Dienststelle zurückkehrte.

57

Laurie hatte das Gefühl, dass sie mit ihrem Vater reden musste. Am Abend zuvor hatte er so müde und blass ausgesehen.

Als sie ihn auf dem Weg zur Arbeit anrief, sagte er, dass er gerade unter die Dusche wollte und alles in bester Ordnung sei.

Es ist ganz und gar nichts in bester Ordnung, dachte sie.

Jetzt stand sie auf und begab sich wieder zum Stuhl hinter der Kamera. »Ich rufe nur schnell meinen Vater an, solange wir noch auf Alison warten«, erklärte sie Alex.

»Natürlich«, erwiderte er.

Als sie seine Nummer wählte, spürte sie, wie nervös sie war.

»Er geht nicht ran«, sagte sie.

»Hinterlassen Sie ihm doch eine Nachricht«, schlug Alex vor.

»Nein. Mein Vater würde meinen Anruf immer entgegennehmen, selbst wenn er gerade dem Papst die Hand küssen sollte.«

»Was treibt er dann gerade?«, fragte Alex.

»Vielleicht hat er etwas über Gregs Mörder in Erfahrung gebracht und will es mir nicht erzählen«, sagte Laurie mit zitternder Stimme. »Oder er hat wieder sein Herzkammerflimmern.«

Besorgt und voller Mitgefühl sah Alex Buckley zu der jungen Frau, von deren professionellen Autorität plötzlich nicht mehr viel übrig war. Bislang hatte es ihn verblüfft, wie souverän sie die Dreharbeiten leitete, obwohl der Mord an ihrem Mann immer noch nicht aufgeklärt war und über ihr die Drohung schwebte, die gegen ihren Sohn und sie selbst ausgesprochen worden war. Jetzt aber sah er, bis zu welchem Grad sie von ihrem Vater abhängig war.

Er hatte sich kundig gemacht über den Mord an Greg Moran. Das Bild der einunddreißigjährigen Witwe, die hinter dem Sarg ihres Mannes am Arm ihres Vaters durch die Kirche schritt, kam ihm in den Sinn.

Er wusste, dass ihr Vater von einem Tag auf den anderen aus dem Polizeidienst ausgeschieden war, um auf seinen Enkelsohn aufpassen zu können.

Wenn Leo Farley jetzt etwas zustieß, hätte Laurie niemanden mehr, der sie vor dem Mörder mit den blauen Augen schützte.

»Laurie, Sie kennen den Arzt Ihres Vaters?«

»Dr. Morris ist sein Kardiologe. Mein Vater ist seit vierzig Jahren mit ihm befreundet.«

»Dann rufen Sie ihn an und erkundigen Sie sich, ob Ihr Vater ihn in letzter Zeit aufgesucht hat.«

»Das ist eine gute Idee.«

Es klopfte an der Tür. Alex sprang auf. Grace steckte den Kopf herein, aber die Frage, die sie eigentlich stellen wollte – »seid ihr so weit?« –, erstarb ihr auf den Lippen, als sie eine sichtlich aufgelöste Laurie sah, die sich das Handy ans Ohr hielt, und Alex ihr gleichzeitig sagte: »Geben Sie ihr noch eine Minute.« Behutsam schloss sie wieder die Tür.

58

»Du hattest recht, Laurie war schrecklich aufgebracht, als ich ihr gesagt habe, dass du im Krankenhaus liegst«, erzählte Dr. Morris Leo Farley. »Aber ich konnte sie beruhigen. Sie kommt dich gleich nach den Dreharbeiten besuchen, dann könnt ihr beide mit Timmy telefonieren.«

»Mir fällt ein Stein vom Herzen. Jetzt muss ich ihr nichts mehr vorlügen«, antwortete Leo Farley. »Hast du ihr auch gesagt, dass ich morgen hier rauskomme?«

»Ich habe ihr gesagt, dass ich dich morgen Vormittag entlasse, vorausgesetzt, dass du keinen weiteren Anfall mehr hast. Ich habe ihr auch gesagt, dass in den vierzig Jahren, in denen ich jetzt Arzt bin, du der übellaunigste Patient bist, den ich jemals hatte. Das, Leo, hat sie beruhigt.«

Leo Farley lachte erleichtert. »Okay, ich glaube dir. Aber übellaunig bin ich nur, weil ich mir so hilflos vorkomme mit diesen vielen Monitoren, die mich ans Bett fesseln.«

Dr. James Morris war bemüht, sich sein Mitgefühl nicht allzu sehr anmerken zu lassen. »Hoffen wir beide, dass es sich mit deinem Herzkammerflimmern wieder hat, Leo. Und ich würde sagen, wenn du mal Ruhe geben könntest und dich vielleicht dazu zwingst, dir die eine oder andere Gameshow anzusehen, dann bist du morgen früh wieder auf dem Weg nach Hause.«

Bruno lauschte entzückt. Was für eine brillante Idee, sich in Leos Handy einzuhacken! So hatte er herausgefunden, dass Leo bereits den Leiter des Camps angerufen und ihm mitgeteilt hatte, dass er im Krankenhaus lag. Und jetzt hatte er erfahren, dass Laurie und ihr Vater heute Abend mit Timmy sprechen würden.

Wenn sie gegen acht Uhr mit ihm telefonieren, werden sie frühestens dreiundzwanzig Stunden später wieder Kontakt mit ihm aufnehmen wollen, dachte Bruno. Bis dahin kommt mir niemand in die Quere.

Also, ich werfe mich in meine Polizeiuniform und fahre gegen zehn Uhr zum Freizeitcamp, überlegte Bruno. Und dann erzähle ich dem Leiter oder wem auch immer, dass sich der Zustand des Großvaters verschlechtert hat, gravierend verschlechtert hat. Sollen sie dann ruhig im Mount Sinai anrufen, dort wird man ihnen nur bestätigen, dass Farley Patient ist, aber über seinen Zustand wird man nichts verlauten lassen.

Es wird klappen. Bruno war so davon überzeugt, dass er schon mal mit den Vorbereitungen für seinen kleinen Gast anfing. Im Werkzeugraum des Poolhauses legte er Decken und ein Kissen aus. Es wäre viel zu gefährlich, Timmy im dortigen Schlafzimmer unterzubringen. Er würde ihn auch fesseln und ihm einen lockeren Knebel verpassen müssen. Das war notwendig, schließlich musste er sich am Morgen wieder von Perfect Estates hierherfahren lassen. Er musste auch Cheerios und Orangensaft für Timmy mitbringen. Da er auch sonst immer sein Essen in einer Papiertüte dabeihatte, würde das kaum auffallen.

Die Filmleute hatten überall Zettel mit dem Drehplan ausgelegt. Daher wusste er, dass am nächsten Tag Powell das letzte Einzelinterview geben würde, bevor alle wieder wie bei der Eingangsszene am Frühstückstisch zusammensaßen und dabei gefilmt würden.

Und da werden *wir* unseren Auftritt haben, dachte er. Mit Timmy an der Hand marschiere ich aus dem Poolhaus, halte ihm die Waffe an den Kopf und rufe Laurie zu, dass sie herauskommen soll, sonst würde ich ihren kleinen Sonnenschein erschießen. Und als gute Mutter, die sie ist, kommt sie bestimmt gleich angeflogen, um ihren Kleinen zu retten.

Mit einem polternden Lachen öffnete er die Tür des Poolhauses. Die Absolventin mit dem Typen auf Krücken saß auf der Bank neben dem Schwimmbecken.

Bruno musterte eindringlich die um das Poolhaus gepflanzten Blumen und Sträucher und hielt nach eventuellen Schäden Ausschau.

Morgen, ging es ihm fröhlich durch den Kopf, wird Blut über die grünen Blätter und die bunten Blüten spritzen. Mutter und Sohn werden zusammen sterben – wie schön und wie passend das doch ist! Auch wenn ich selbst vielleicht nicht davonkommen werde.

59

»Ich hatte recht«, flüsterte Laurie, als sie ihr Handy abnahm. »Dr. Morris sagt, bei Dad wird gerade eine Angiografie durchgeführt. Eine reine Vorsichtsmaßnahme, angeblich. Aber kann ich das glauben?«

»Laurie, was genau hat der Arzt denn gesagt?«, fragte Alex.

»Dass Dad letzte Nacht einen Anfall von Herzkammerflimmern hatte.« Stockend erläuterte sie, was der Arzt erzählt hatte. »Ich glaube, ich kenne auch den Grund dafür. Dad hat Angst, weil ich diese Sendung mache. Er glaubt, eine dieser sechs Personen ist der Täter und könnte, wenn er unter Druck gesetzt wird, die Nerven verlieren.«

Da mag er recht haben, dachte sich Alex. »Hören Sie zu, Laurie. Wenn wir heute Abend hier fertig sind, bringe ich Sie direkt ins Krankenhaus, wenn Sie nichts dagegen haben. Dann müssen Sie nicht erst auf den Firmenwagen warten. Und Jerry und Grace können hier noch in aller Ruhe aufräumen.« Resolut fügte er hinzu: »Ich warte dann im Krankenhaus auf Sie, und anschließend gehen wir noch einen Happen essen – außer Sie haben schon was anderes vor.«

»Ich hatte eigentlich vor, mich mit Dad auf einen Hamburger zu treffen. Als Expolizist will er immer unbedingt alles wissen, was sich hier zuträgt.«

»Dann erstatten Sie ihm im Krankenhaus Bericht und gehen nachher mit mir einen Hamburger essen«, sagte Alex.

Laurie zögerte. Unter den gegenwärtigen Umständen konnte

sie sich beim besten Willen nicht vorstellen, allein ein Restaurant aufzusuchen. Von Alex Buckley geht etwas Beruhigendes aus, dachte sie. Und außerdem können wir uns dann über die Interviews unterhalten.

»Danke, ich werde darauf zurückkommen.« Sie lächelte schwach, dann rief sie: »Jerry, sagst du bitte den Kameraleuten und Alison Schaefer, dass wir weitermachen?« Ihre Stimme klang wieder so souverän und bestimmend wie zuvor.

60

Eine wütende Regina machte sich auf die Suche nach Josh Damiano. Sie fand ihn beim Staubsaugen im riesigen Wohnzimmer, das, wie sie sich erinnerte, von Betsy immer hochtrabend »der Salon« genannt worden war. *»Der einzige Salon, den sie vor ihrer Heirat mit Robert Powell von innen gesehen hatte, war ein Schönheitssalon.«* Das hatte ihre Mutter immer über Betsy gesagt, erinnerte sich Regina.

Josh sah auf und schaltete den Staubsauger aus, als er sie bemerkte. »Sie sind ja ein wahrer Tausendsassa, wie ich sehe. Sie sind gleichzeitig Chauffeur, Hausmädchen und auch noch Erpresser. Sie scheinen ja über unzählige Talente zu verfügen.«

Damianos Lächeln schwand. »Seien Sie vorsichtig, Regina. Ich helfe nur im Haus aus, weil Mr. Powell die übliche Autowartung auf Donnerstag verschoben hat, wenn alle wieder fort sind.«

»Das Hausmädchen-Etikett scheint Ihnen nicht recht zu gefallen, Josh. Dann nenne ich Sie eben einen Gauner. Oder sind Sie dafür auch zu sensibel?«

Josh Damiano sah sie durchdringend an. »Ich sehe mich eher als jemand, der Sie vor einer Anklage wegen Mordes bewahrt. Der Abschiedsbrief Ihres Vaters liefert ein starkes Motiv für den Mord an Betsy, außerdem wissen Sie bestimmt noch, dass Sie damals in diesem Zusammenhang wiederholt die Polizei angelogen haben.«

»Das habe ich, ja«, stimmte Regina zu. »Andererseits habe

ich mit dem Verschwindenlassen des Abschiedsbriefs Robert Powell aber auch einen großen Gefallen getan. Haben Sie daran schon einmal gedacht? In diesem Brief schreibt mein Vater nämlich, dass er sich auf die Affäre mit Betsy eingelassen hat, damit sie ihm Insiderwissen über Powells Hedgefonds ausplaudert. Und was war das Ergebnis: Mein Vater hat sein gesamtes Vermögen verloren, und die Powells wurden vor dem Ruin gerettet.«

»Na und?«, fragte Damiano.

»Ich habe bei dem Telefonat, das Sie im Wagen aufgezeichnet haben, meinen Sohn angelogen. Ich habe noch eine weitere Kopie des Abschiedsbriefes. So, und jetzt stelle ich Sie vor die Wahl: Geben Sie mir das Original zurück, und wir sind quitt. Ansonsten gehe ich mit meiner Kopie und der Kassette mit dem aufgenommenen Gespräch zur Polizei, und dann landen *Sie* hinter Gittern. Ich vermute, Sie haben auch die Gespräche der anderen Absolventinnen aufgezeichnet. Und ich wette, wenn man sie nur genügend unter Druck setzt, werden sie ihre Kassetten ebenfalls der Polizei zur Verfügung stellen.«

»Das ist nicht Ihr Ernst!«

»Doch, mein voller Ernst. Ich war fünfzehn, als sich mein Vater erhängt hat. Das war der Anfang vom langsamen Niedergang meiner Mutter. Hätte sie gewusst, dass er auch noch eine Affäre mit Betsy hatte, wäre sie wahrscheinlich noch früher gestorben.«

Josh Damiano lachte gezwungen. »Ein Grund mehr für Sie, gleich in der ersten Nacht, die Sie hier im Haus verbringen durften, an Betsy Rache zu üben.«

»Außer dass Betsy Powell es nicht wert war, dass ich ihretwegen den Rest meines Lebens im Gefängnis verbringe. Ich leide nämlich an leichter Klaustrophobie. Ich hoffe, Sie nicht.«

Ohne auf eine Antwort zu warten, verließ sie den Raum. Sie war schon im Flur, als sie am ganzen Leib zu zittern begann.

Würde es funktionieren? Es war ihre einzige Chance. Sie ging in das Zimmer, in dem sie übernachten sollte, schloss die Tür ab und überprüfte ihr Handy.

Der Akku war leer.

61

Alison trat in die Bibliothek. Äußerlich war sie die Ruhe selbst, innerlich aber verging sie fast vor Sorgen.

Ich war in jener Nacht in Betsys Schlafzimmer – dieser Gedanke ließ sie einfach nicht los.

Sie versuchte sich Rods beruhigende Worte ins Gedächtnis zu rufen, konnte aber nur daran denken, dass sie ihm gesagt hatte, er könne sich nicht vorstellen, wie es ist, wenn man etwas unbedingt will und es einem dann genommen wird.

Konnte er sich das wirklich nicht vorstellen?, fragte sie sich.

Sie erinnerte sich an die Schlagzeilen nach seiner Vertrags-unterzeichnung mit den Giants. An die Spekulationen über die bevorstehende große Karriere.

Die ganze Zeit, in der sie studiert hatte, hatte er trainiert.

Vom Kindergarten bis jetzt, Rod war immer für sie da ge-wesen.

Aber ich hatte mir immer vorgestellt, einen Wissenschaftler zu heiraten, dachte sie. Wir wären der neue Dr. und die neue Madame Curie geworden. »Dr. und Dr.« Curie, korrigierte sie sich.

Wie arrogant von mir. Trotzdem, Rod hat es akzeptiert. Er hat mir einen Heiratsantrag gemacht, und ich habe angenommen, weil er versprochen hat, mir das Medizinstudium zu finan-zieren.

Und dann, nach seinem Unfall, habe ich die Ausbildung zur Apothekerin begonnen und konnte nicht mehr weg. Ich haderte mit ihm und mit mir und war wütend auf ihn, weil ich mich genötigt sah, bei ihm zu bleiben.

Sogar jetzt muss ich daran denken, dass es diese verfluchte Kassette gar nicht geben würde, wenn ich allein gekommen wäre. Dann hätte ich im Wagen nämlich gar nichts gesagt.

»Kommen Sie rein, Alison!«, war Laurie Moran zu hören.

Alex Buckley erhob sich.

Mein Gott, ist er groß, dachte Alison, als sie ihm gegenüber am Tisch Platz nahm. Sie war so starr vor Angst, dass sie fürchtete, ihre einzelnen Körperteile könnten wie Glas zersplittern, wenn sie eine zu schnelle Bewegung machte.

»Alison, ich danke Ihnen ganz herzlich, dass Sie hier mit uns in dieser Sendung sind«, begann Alex. »Die Abschlussgala und Betsy Powells Tod liegen mittlerweile zwanzig Jahre zurück. Warum haben Sie sich zur Teilnahme bereit erklärt?«

Die Frage war freundlich gemeint. Rod hatte ihr eindringlich geraten, immer wachsam zu bleiben. Sie wählte ihre Worte mit Bedacht. »Wissen Sie oder können Sie sich vorstellen, wie es ist, wenn man *zwanzig Jahre* lang verdächtigt wird, einen Mord begangen zu haben?«

»Nein, das weiß ich nicht, und das kann ich mir auch nicht vorstellen. Aber als Strafverteidiger habe ich Tatverdächtige kennengelernt, die schon mit einem Bein im Gefängnis waren, bevor eine Geschworenenjury sie doch noch für nicht schuldig erklärt hat.«

»Bevor eine Geschworenenjury sie für nicht schuldig erklärt hat«, wiederholte Alison. Ihre Verbitterung war nicht zu überhören. »Sehen Sie, genau das ist das Problem. Keine von uns wurde jemals angeklagt, daher wurden wir *alle* so behandelt, als wären wir schuldig.«

»Dieses Gefühl haben Sie immer noch?«

»Wie soll es denn anders sein? Erst letztes Jahr sind wieder zwei große Zeitungsartikel über den Fall erschienen. Ich bekomme so was immer mit. Dann kommen nämlich Leute in den Drugstore und kaufen irgendeine Kleinigkeit wie Zahnpasta, und dabei sehen sie mich an, als wäre ich eine Laus unter dem Mikroskop.«

»Ein interessanter Vergleich. Sind Sie sich in all den Jahren wie eine Laus unter dem Mikroskop vorgekommen? Sie hatten doch ursprünglich vor, Medizin zu studieren, oder?«

Vorsicht, sagte sie sich. »Ja, das hatte ich vor.«

»Und Sie hatten gehofft, ein Stipendium zu erhalten, war es nicht so?«

»Ich war mit im Rennen«, antwortete sie ruhig. »Aber ich bin nur zweite geworden. Das kommt vor.«

»Alison, natürlich habe ich mich kundig gemacht. Es stimmt doch, dass Robert Powell, kurz bevor Sie dort Ihren Abschluss gemacht haben, dem College zehn Millionen Dollar gestiftet hat für die Errichtung eines neuen Studentenwohnheims, das den Namen ›Robert und Betsy Powell Haus‹ tragen sollte?«

»Ja, das stimmt.«

»Und es stimmt doch auch, dass die Schülerin, die das Stipendium bekommen hat, die Tochter einer Freundin von Betsy Powell war?«

Alison, du bist immer noch wahnsinnig wütend. Du darfst dir das nicht anmerken lassen.

Es kam ihr vor, als würde ihr Rod diesen Satz ins Ohr brüllen.

»Natürlich war ich enttäuscht. Ich hätte das Stipendium verdient gehabt, alle haben es gewusst. Aber dann hat es Vivian Fields bekommen, damit Betsy Mitglied in dem Club werden konnte, in dem Vivians Mutter die Vorsitzende war. Ich habe es bedauert, aber so war es eben. Rod hat damals gerade seinen Vertrag mit den Giants unterzeichnet, und gleich darauf hat er mir einen Heiratsantrag gemacht. Wir haben uns verlobt, und als Hochzeitsgeschenk hat er versprochen, mir das Medizinstudium zu finanzieren.«

»Warum haben Sie dann Rod nicht zur Gala mitgenommen, wenn Sie mit ihm schon verlobt waren?«

Alison versuchte zu lächeln. »Die Gala hat kurz vor unserer Verlobung stattgefunden. Rod hat es für ziemlich unklug gehalten, zur Gala zu gehen, nach allem, was Betsy mir angetan hatte.«

Das, dachte sie, klingt überzeugend. Ich habe ihn nicht eingeladen, weil ich nicht in ihn verliebt war. Erst nach seiner Vertragsunterzeichnung und seinem Versprechen, mir das Studium zu zahlen, habe ich in die Hochzeit eingewilligt ...

Sie rang um Fassung.

Alex Buckley sah sie eindringlich an. »Alison, ich möchte Sie bitten, die Augen zu schließen und sich den Moment vorzustellen, in dem Sie Betsys Schlafzimmer betreten haben, nachdem Sie Janes Rufe gehört hatten.«

Er hatte fast etwas Hypnotisches in der Stimme. Gehorsam schloss Alison die Augen.

Und sofort war sie wieder in Betsys Schlafzimmer. Sie trat auf den Ohrring, sie zuckte zusammen, und dann hörte sie eine Tür aufgehen und schlüpfte in den begehbaren Schrank hinter sich. Eine schattenhafte Gestalt kam ins Zimmer, nahm sich das zweite Kissen auf Betsys Bett und beugte sich gleich darauf über die Schlafende.

Durch den Spalt in der Tür konnte sie sehen, wie sich Betsy wand und krümmte, bis ihr ersticktes Stöhnen irgendwann verstummte.

Die Gestalt verschwand. Habe ich das alles geträumt, fragte sich Alison, oder habe ich wirklich das Gesicht gesehen?

Sie wusste es nicht. Abrupt schlug sie die Augen auf.

Alex Buckley bemerkte ihre entsetzte Miene. »Was ist, Alison?«, fragte er. »Sie sehen aus, als hätten Sie Angst.«

»Ich ertrage es nicht mehr!«, brach es aus Alison heraus. »Ich ertrage es einfach nicht mehr! Es ist mir egal, was Sie alle von mir denken. Sollen doch alle denken, ich hätte Betsy umgebracht. Ich war es nicht, aber ich sage Ihnen eines: Als ich in das Zimmer gekommen bin und gesehen habe, dass sie tot ist, da war ich *froh!* Und die anderen waren es auch. Betsy Powell war ein boshaftes, eitles Frauenzimmer, und ich hoffe, sie schmort in der Hölle!«

62

Jane war als Nächste dran. Sie war keine dicke Frau, aber ihre breiten Schultern und die gerade Haltung machten aus ihr eine beachtliche Erscheinung. In ihrer Uniform, die sie stets trug und die aus einem schwarzen Kleid mit gestärkter weißer Schürze bestand, wirkte sie fast wie eine Karikatur, dachte Alex. Außer bei sehr förmlichen Abendgesellschaften hatte keiner seiner Freunde Dienstpersonal, das sich so kleidete.

Sie saß auf dem Stuhl, den Alison vor Kurzem geräumt hatte. »Ms. Novak«, begann Alex. »Sie haben mit Betsy Powell im Theater zusammengearbeitet?«

Jane lächelte schmallippig. »Das klingt sehr glamourös. Ich habe die Garderoben geputzt und Kostüme genäht. Betsy war Platzanweiserin, und wenn ein Stück abgesetzt wurde, hat man uns an ein anderes Theater geschickt.«

»Dann waren Sie gut miteinander befreundet.«

»Gut befreundet? Was soll das heißen? Wir haben zusammen gearbeitet. Ich koche gern. Manchmal habe ich sie und Claire am Sonntag zum Essen eingeladen. Alles, was die sonst bekommen haben, war Fast Food. Betsy konnte und wollte nicht kochen. Und Claire war so ein süßes Kind.«

»Hat es Sie überrascht, als Betsy nach Salem Ridge gezogen ist?«

»Betsy wollte reich heiraten. Sie ist zu dem Schluss gekommen, dass sie das am besten erreicht, wenn sie in eine wohlhabende Gegend zieht. Und sie hatte damit ja auch recht.«

»Sie war zweiunddreißig, als sie Robert Powell geheiratet hat. Gab es davor keinen anderen?«

»Ach, Betsy hatte immer irgendwelche Liebhaber, aber keiner hatte je genug Geld.« Jane verzog das Gesicht. »Sie hätten sie mal hören sollen, wie sie sich über manche von denen ausgelassen hat.«

»Gab es jemanden, der ihr besonders nahestand?«, fragte Alex. »Jemanden, der hätte eifersüchtig werden können, als sie geheiratet hat?«

Jane zuckte mit den Schultern. »Ich glaube nicht. Sie kamen und gingen, so war das eben.«

»Hat es Sie geärgert, als Sie von ihr angewiesen wurden, sie mit ›Mrs. Powell‹ anzureden?«

»Ob es mich geärgert hat? Natürlich nicht. Mr. Powell achtet sehr auf Förmlichkeiten. Ich habe hier eine wunderbare eigene Wohnung. Zweimal in der Woche kommt eine Reinigungsfirma, alle schwere Arbeit wird mir abgenommen. Wie gesagt, ich koche gern, und Mr. Powell isst gern gut. Soll es mich also ärgern? Ich komme aus einem kleinen Dorf in Ungarn. Komfort hat es da kaum gegeben – wir haben fließendes Wasser gehabt, Strom nur zeitweise.«

»Ich kann gut verstehen, warum Sie hier zufrieden sind. Aber soweit ich weiß, haben Sie, als Sie an jenem Morgen in Betsy Powells Schlafzimmer gestürzt sind, laut ›Betsy, Betsy!‹ gerufen.«

»Ja, das habe ich. Ich war so entsetzt, ich habe nicht mehr gewusst, was ich getan oder gesagt habe.«

»Jane, haben Sie irgendwelche Vermutungen, wer Betsy Powell umgebracht haben könnte?«

»Ja«, sagte Jane mit fester Stimme. »Und in gewisser Weise gebe ich mir selbst die Schuld an ihrem Tod.«

»Warum das denn?«

»Ich hätte wissen müssen, dass die jungen Frauen zum Rauchen auf die Terrasse gehen. Ich hätte aufbleiben und mich vergewissern sollen, dass die Tür auch wieder zugesperrt wurde, nachdem sie zu Bett gegangen sind.«

»Dann meinen Sie, es war ein Einbrecher, der sich ins Haus geschlichen hat?«

»Entweder durch die unverschlossene Terrassentür, oder er ist schon während der Party ins Haus gekommen. Betsy hat zwei begehbare Schränke. In einem von denen hätte er sich leicht verstecken können. Sie hat an dem Abend ein kleines Vermögen an Schmuck getragen, und vergessen Sie nicht, einer der Ohrringe hat auf dem Boden gelegen.«

Laurie, die hinter der Kamera alles mit ansah und mit anhörte, fragte sich, ob Jane damit nicht recht hatte. Claire hatte ebenfalls so etwas in der Art angedeutet. Und nach allem, was sie wusste, schien es durchaus plausibel, dass sich jemand während der Party nach oben schleichen konnte.

Jane erzählte Alex gerade, dass sie sowohl vor die vordere als auch vor die hintere Treppe ein Samtseil gespannt hatte. »Es gibt im Erdgeschoss insgesamt vier Toilettenräume, aus diesem Grund bestand nicht die geringste Notwendigkeit, dass jemand nach oben musste – außer er hatte vor, Betsys Schmuck zu stehlen.«

Man bekommt den Eindruck, als hätten sie alle die Köpfe zusammengesteckt und sich auf diese Version der Geschichte geeinigt, dachte Laurie.

»Danke, dass Sie mit uns geredet haben, Ms. Novak«, sagte Alex. »Ich weiß, wie schwer es ist, sich diese schreckliche Nacht wieder in Erinnerung zu rufen.«

»Nein, das wissen Sie nicht«, widersprach Jane mit tonloser, trauriger Stimme. »Wenn man weiß, wie schön Betsy an diesem Abend ausgesehen hat, und dann den Anblick ertragen muss, wie ein Kissen auf ihrem Gesicht liegt, und man gleichzeitig weiß, dass sie tot ist, und gleich daneben Mr. Powell liegt, der vor Schmerzen laut stöhnt ... Nein, das alles wissen Sie nicht, Sie können gar nicht wissen, wie schwer es fällt, das alles noch einmal zu durchleben, Mr. Buckley. Sie haben ja keine Ahnung.«

63

Nina hielt den gesamten restlichen Morgen über eisige Distanz zu ihrer Mutter. Als Alison zum Interview mit Alex Buckley ins Haus ging, gesellte sie sich zu Rod auf der Bank am Pool.

»Was dagegen, wenn ich mich dazusetze?«, fragte sie.

Rod schien überrascht, zwang sich aber zu einem Lächeln und sagte: »Natürlich nicht.«

»Bereut ihr beide, dass ihr jetzt so in der Klemme steckt?«, fragte Nina, als sie neben ihm Platz genommen hatte.

Als Rod sie nur verdutzt ansah, sagte sie: »Ich hab auch eine Kassette bekommen, genau wie Regina. Von Claire weiß ich nichts. Aber Alison war anzusehen, wie aufgelöst sie war, nachdem sie ihre Kassette angehört hat. Bei Regina war es genauso. Meinst du, Josh Damiano hat die Kassetten aus eigenem Antrieb aufgenommen, oder hat Robert Powell ihn damit beauftragt?«

»Keine Ahnung«, antwortete Rod vorsichtig.

»Ich weiß es auch nicht. Aber ich gehe davon aus, dass Damiano allein dahintersteckt, und ich werde ihm die geforderten fünfzigtausend Dollar zahlen. Ihr solltet das auch tun. Ich weiß nicht, was Damiano von euch zu hören bekommen hat, aber der Polizeichef brennt nur darauf, endlich den Mord an Betsy zu lösen. Wenn ihm jemand die richtigen Anhaltspunkte dazu liefert, wird er sie nutzen.«

»Da hast du wahrscheinlich recht«, sagte Rod. »Aber was kann er von dir schon gehört haben – was kann dich zu einer

Tatverdächtigen machen? Doch sicherlich nicht, dass deine Mutter was mit Rob Powell hatte, bevor er Betsy geheiratet hat.«

»Nein, das nicht«, antwortete Nina. »Aber meine Mutter will überall herumposaunen, dass ich den Mord an Betsy gestanden hätte, falls ich Josh die fünfzigtausend Dollar *nicht* zahle.«

Rod glaubte sich verhört zu haben. Fassungslos erwiderte er nur: »Das kann sie unmöglich ernst meinen. Das sagt sie doch nur so!«

»Oh, nein, es ist ihr voller Ernst«, antwortete Nina. »Sollte Robert Powell von ihr auf der Kassette zu hören bekommen, wie sehr sie Betsy gehasst hat, rechnet sie sich bei ihm keine Chancen mehr aus – die sie meiner Meinung nach sowieso nicht hat. Aber wenn nur Josh Damiano dahintersteckt, wer weiß? Deswegen will sie, dass ich ihm die geforderten fünfzigtausend Dollar zahle. Dir ist aber hoffentlich klar, dass sich Alison weit mehr Sorgen machen muss als meine Mutter. Ich hab mich sehr zurückgehalten, als uns vor zwanzig Jahren die Polizei befragt hat.« Sie hielt inne und sah ihm unverwandt in die Augen. »Ich habe niemandem erzählt, wie grausam sich Betsy an dem Abend gegenüber Alison verhalten hat. Sie hat nämlich ständig darauf herumgeritten, wie stolz Selma Fields auf ihre Tochter war, auf Vivian, weil sie das Stipendium bekommen hat. Sie musste auch unbedingt erwähnen, dass Selma eine fabelhafte Party für Vivian gegeben hat und dass die ganze Familie im Anschluss auf ihrer Jacht an die französische Riviera gesegelt ist. Alison konnte nur mit Mühe die Tränen zurückhalten. Und als sich Betsy dann endlich entfernt hat, hat Alison mir gesagt: ›Ich werde diese Hexe umbringen.‹ Also, ich denke mir, diese Informationen sind es wert, dass ihr Damiano eure fünfzigtausend Dollar zahlt *und* die fünfzigtausend, die er von mir fordert. Ich will nämlich noch etwas mitnehmen, wenn ich von hier verschwinde.

Rod, glaub mir, ich mach das nicht gern, aber mir bleibt keine andere Wahl. Ich brauche jeden Cent von den dreihunderttausend Dollar, damit ich meiner Mutter eine Wohnung kaufen kann und sie endlich aus meinem Leben verschwindet. Wenn wir noch länger zusammenwohnen, werde ich noch *sie* umbringen, das kann ich dir versprechen. Ich weiß, wie es Alison auf der Gala ergangen ist.«

Sie stand auf. »Ich möchte noch sagen, wie sehr ich euch beide bewundere. Sie hat dich wegen des Medizinstudiums geheiratet, und trotzdem ist sie bei dir geblieben, nachdem es mit deiner Karriere nichts geworden ist. Ich tippe ja darauf, dass sie dir den Mord gestanden hat. Ist es nicht so, Rod?«

Rod griff zu seinen Krücken und erhob sich. Mit wutverzerrtem, kreidebleichem Gesicht sagte er: »Du und deine Mutter, ihr schenkt euch nichts. Alison hat eine Menge auf dem Kasten, das solltest du wissen, sie wird sich zu gegebener Zeit schon selbst daran erinnern, wie sehr du von deiner Mutter gepiesackt worden bist, weil Betsy ihr Rob Powell weggeschnappt hat. Vielleicht sind bei dir ja die Sicherungen durchgebrannt, und du hast Betsy umgebracht, damit Robert Powell zum Witwer wird. Denn eines kann ich über Alison sagen: Sie würde auch nicht in einer Million Jahren irgendjemanden töten.«

Nina lächelte. »Wann bekomme ich meine Antwort?«, fragte sie.

»Keine Ahnung«, antwortete Rod. »Lässt du mich jetzt vorbei? Meine Frau kommt aus dem Haus, und ich möchte zu ihr.«

»Ich mach es mir auf den Clubsesseln hier bequem«, sagte Nina fröhlich, trat zur Seite und ließ ihn gehen.

64

Jane ging nach dem Interview sofort in die Küche. Sie hatte bereits Vichyssoise, Waldorf-Salat und kalten Braten vorbereitet.

Wenige Minuten später kam Robert Powell in die Küche. »Jane, ich hab mir überlegt, nachdem es draußen so heiß ist, sollten wir lieber im Speisezimmer essen. Wie viele Leute haben wir heute denn hier?«

Er hatte sehr viel bessere Laune als noch am Morgen, wie sie bemerkte. Er trug ein hellblaues Sporthemd und khakifarbene Freizeithosen. Seine vollen weißen Haare passten wunderbar zu dem attraktiven Gesicht, und seine gerade Haltung täuschte über sein wahres Alter hinweg.

Er entsprach überhaupt nicht den Männern seines Alters, dachte Jane. Er hat schon immer wie ein englischer Lord ausgesehen.

Lord und Lady Powell.

Was hatte er sie gefragt? Ach ja, wie viele zum Mittagessen da wären.

»Die vier Absolventinnen.« Jane zögerte. »Das sind sie für mich immer noch. Ms. Moran, Mrs. Craig, Mr. Kimball, Mr. Buckley und Sie, Sir.«

»Die glücklichen Neun«, entfuhr es Rob Powell fröhlich. »Ein kunterbunter Haufen.«

Damit öffnete er die Terrassentür und trat hinaus.

Was war das denn?, fragte sich Jane. Am Morgen vermittelt er noch den Eindruck, als wollte er so schnell wie möglich aus dem Haus. Vielleicht geht es ihm besser, weil er weiß, dass sie morgen um diese Zeit alle verschwunden sein werden. Ich weiß ja nicht, was die anderen in ihren Interviews gesagt haben, aber ich weiß, dass *ich* einen guten Eindruck hinterlassen habe.

Vollauf mit sich zufrieden, begann sie den Tisch im Speisezimmer zu decken.

In der Tür erschien Josh. »Ich mach schon«, herrschte er sie an. »Trag du das Essen auf!«

Jane sah ihn überrascht an. »Was ist denn in dich gefahren?«

»Was in mich gefahren ist? Ich bin kein Hausboy«, blaffte Josh.

Jane, die gerade das Besteck auf dem Tisch auslegte, richtete sich auf und fuhr ihn mit geröteten Wangen und zusammengepressten Lippen an: »Was fällt dir eigentlich ein, so zu reden, nur weil du für ein paar Tage im Haus aushelfen musst? Pass bloß auf! Wenn Mr. Powell das hört, wirst du auf der Stelle gefeuert. Und damit kannst du auch rechnen, wenn ich ihm von diesem Gespräch erzähle.«

»Dann lass dir mal Folgendes gesagt sein«, entgegnete Josh. »Was ist denn mit dem Schmuck passiert, den George Curtis Betsy geschenkt hat? Und erzähl mir nicht, du wüsstest nicht, wovon ich rede. Wenn Mr. Rob geschäftlich unterwegs war, hab ich Betsy zu ihren Treffen mit Curtis gefahren, da war sie immer behängt wie ein Weihnachtsbaum. Ich weiß, sie hat den Schmuck irgendwo in ihrem Zimmer versteckt, aber später ist er nie auch nur mit einem Wort erwähnt worden. Wenn ich etwas weiß, dann, dass Mr. Powell keine Ahnung von dieser Affäre hatte.«

»Du weißt überhaupt nichts«, zischte Jane und zögerte kurz. »Also gut, einigen wir uns darauf, dass wir beide den Mund halten. Morgen um diese Zeit sind sie alle wieder fort.«

»Eins noch, Jane. Wenn Betsy Mr. Powell wegen George Curtis

verlassen *hätte,* dann hätte sie dich mitgenommen – aus zwei guten Gründen. Zum einen, weil du ihr immer in den Hintern gekrochen bist. Zum anderen, weil Powell im Fall einer Scheidung bestimmt Privatdetektive angeheuert hätte, um herauszufinden, wie lang die Affäre schon ging. Und da wäre herausgekommen, dass du jedes Mal, wenn er von seinen Geschäftsreisen aus angerufen hatte, Betsy gedeckt hast.«

»Und was hätte er mit *dir* gemacht, wenn er gewusst hätte, dass du sie immer in seinem Bentley zu ihrem kleinen Liebesnest kutschiert hast?«, flüsterte Jane.

Sie starrten sich über den Tisch hinweg finster an, dann sagte Jane versöhnlich: »Machen wir uns lieber an die Arbeit. Um halb eins soll das Mittagessen serviert werden.«

65

Nachdem Alison Hals über Kopf die Bibliothek verlassen hatte, warteten Alex und Laurie, bis Jerry, Grace und die Kameraleute ebenfalls verschwunden waren.

Dann sagte Alex leise: »Zwei unserer Absolventinnen haben soeben dem Fernsehpublikum einen überzeugenden Grund geliefert, warum eine von ihnen Betsy Powell umgebracht haben könnte.«

»So ist es«, stimmte Laurie zu. »Und wer weiß, was Regina und Nina am Nachmittag noch aussagen werden? Womöglich werden alle vier es trotz des Geldes bitterlich bereuen, dass sie sich auf die Sendung eingelassen haben.«

»Das tun sie vielleicht jetzt schon«, sagte Alex.

»Alex, warum hat Powell darauf bestanden, dass wir alle heute hier die Nacht verbringen und wir ihn erst morgen früh interviewen sollen?«

»Um Druck auf sie aufzubauen, in der Hoffnung, dass irgendjemand schwach wird und etwas Unüberlegtes tut? Dann sind wir beide die Hauptzeugen«, erwiderte Alex. »Ich tippe ja, dass er blufft.« Er sah auf seine Uhr. »Ich ruf mal lieber in meiner Kanzlei an. In einer Viertelstunde soll es Essen geben.«

»Und ich werde noch mal versuchen, Dad zu erreichen.«

Alex lehnte sich zurück und tat so, als würde er etwas in seiner Aktentasche suchen.

Er wollte da sein, damit er sich um Laurie kümmern konnte, falls sich Leo Farley nicht meldete oder nicht melden konnte.

66

Bei Leos fröhlichem »Hallo« fiel Laurie ein Stein vom Herzen.

»Wie ich erfahren habe, warst du letzten Abend nicht in der Stadt, Dad«, sagte sie.

»Ja, ich hatte ein heißes Rendezvous auf dem Mount Sinai. Wie geht's mit der Sendung voran?«

»Warum hast du mich nicht angerufen, als du ins Krankenhaus bist?«

»Damit du sofort angerast kommst? Nein, ich hatte solche Anfälle schon früher. Jim Morris hat mir gesagt, ich soll einen Gang runterschalten und mir Gameshows ansehen. Im Moment schau ich mir immerhin eine Wiederholung von *I Love Lucy* an.«

»Dann will ich dich nicht weiter stören. Ich komme spätestens um halb acht.« Laurie zögerte, bevor sie fragte: »Dad, geht es dir wirklich wieder gut?«

»Es geht mir gut. Mach dir keine Sorgen.«

»Das ist nicht so einfach bei dir. Gut, ich lass dich jetzt wieder deine Sendung schauen. Bis dann!«

Sie ließ das Handy in die Tasche gleiten, mit der anderen Hand kramte sie ungeduldig nach einem Taschentuch, um sich die Tränen wegzuwischen, die ihr in den Augen standen.

Alex zog sein frisch gebügeltes Taschentuch heraus, reichte es ihr und sagte: »Laurie, es schadet nicht, wenn man hin und wieder ein bisschen loslässt.«

»Das kann ich nicht«, flüsterte sie. »Wenn ich loslasse, gleitet mir alles aus den Händen. Die Drohungen gehen mir nie aus dem Kopf. Dass ich bislang nicht völlig den Verstand verloren habe, liegt nur daran, dass ich immer gehofft habe, der Mörder meines Mannes hält sein Versprechen und bringt mich als Nächste um. Vielleicht wird er dann ja gefasst. Und falls er entkommen sollte, können Dad und Timmy einen neuen Namen annehmen und untertauchen. Wer weiß? Aber angenommen, Timmy und ich sind zu zweit irgendwo unterwegs ... Oder ich sterbe, und Dad ist nicht da, um auf Timmy aufzupassen. Was dann?«

Darauf hatte Alex keine Antwort. Ihre Tränen versiegten augenblicklich, sie zog ihren Schminkspiegel heraus und betupfte sich die Augen. Als sie zu ihm aufblickte, war ihrer Stimme nichts mehr anzumerken. »Rufen Sie mal lieber in Ihrer Kanzlei an, Alex«, sagte sie. »›Mr. Rob‹ erwartet uns pünktlich zum Essen.«

67

Polizeichef Penn, die Absolventinnen, Rod, Alex, Muriel und Laurie waren schon im Speisezimmer versammelt, als Robert Powell eintrat.

»Wie still Sie alle sind«, begrüßte er sie. »Ich kann das gut nachvollziehen. Sie stehen unter großer Anspannung.« Er ließ den Blick über die Gesichter schweifen. »Aber das gilt auch für mich.«

Jane wollte gerade das Zimmer betreten.

»Jane, würden Sie uns bitte einen Augenblick entschuldigen und die Tür schließen? Ich möchte meinen Gästen ein, zwei Dinge mitteilen.«

»Natürlich, Sir.«

»Meinen Sie nicht auch, dass heute ebenso wunderbares Wetter herrscht wie am Tag der Gala? Ich weiß noch, damals an jenem Morgen habe ich mit Betsy an diesem Tisch gesessen, und wir haben uns zu dem herrlichen Wetter beglückwünscht. Wer hätte sich da vorstellen können, dass Betsy am nächsten Morgen tot sein würde, ermordet von einem Einbrecher?« Er hielt inne. »Oder vielleicht auch *nicht* von einem Einbrecher.«

Er wartete, und als keine Reaktion kam, fuhr er fort: »So, ich möchte mich nur vergewissern, dass ich auch alles richtig im Kopf habe. Am Nachmittag werden noch Regina und Nina interviewt. Gegen halb fünf werden die Absolventinnen in Kleidern erscheinen, die ihrer Abendgarderobe von damals nachempfunden sind, und vor Videoaufnahmen von damals gefilmt werden. Mein guter Freund George Curtis wird sich mit Ihnen, Alex, unterhalten und Ihnen seine Eindrücke von jenem Abend mitteilen.« Er sah zu Laurie. »Ist das bislang richtig?«

»Ja, das ist richtig.«

Powell lächelte. »Morgen dann werde ich von Ihnen, Alex, interviewt – in Anwesenheit der Absolventinnen. Ich hoffe und erwarte mir, dass Sie das alles äußerst interessant finden. Vor allem *eine* Person sollte es interessant finden.« Er lächelte verhalten.

»Nun, zum heutigen Abend – alle an diesem Tisch mit Ausnahme von Polizeichef Penn werden im Haus übernachten. Nachdem am Nachmittag die letzte Szene abgedreht ist, werden die Absolventinnen zu ihren Hotels gebracht. Sie werden packen und auschecken. Ihr Gepäck können Sie in Ihrem jeweiligen Wagen verstauen, Sie können zu Abend essen, wo immer Sie wollen – auf meine Rechnung, versteht sich –, aber bitte seien Sie um dreiundzwanzig Uhr wieder hier. Um diese Zeit werden wir gemeinsam noch einen kleinen Nachttrunk zu uns nehmen und uns dann zurückziehen. Ich möchte, dass jeder ausgeschlafen ist, wenn ich am folgenden Morgen einiges zu sagen habe. Haben Sie das verstanden?«

Als fühlten sie sich diesmal zu einer Reaktion genötigt, nickten alle.

»Beim morgigen Brunch werde ich Ihnen die versprochenen Schecks überreichen. Danach wird eine von Ihnen den Scheck möglicherweise dazu benötigen, sich der Dienste von Mr. Buckley zu versichern.« Er schenkte allen ein unterkühltes Lächeln. »War natürlich nur ein Scherz«, fügte er hinzu.

Er wandte sich an Nina. »Nina, Sie müssen sich heute keinen Wagen mit Ihrer lieben Mutter teilen. Muriel und ich werden an diesem Abend zusammen zum Essen fahren. Es ist an der Zeit, die Vergangenheit endgültig hinter uns zu lassen.«

Muriel lächelte Powell entzückt an, dann warf sie Nina einen triumphierenden Blick zu.

»Genug davon. Genießen wir jetzt das Essen. Ich werde gleich Jane rufen. Ich weiß, sie hat Vichyssoise zubereitet. Solange Sie Janes Vichyssoise nicht probiert haben, können Sie nicht behaupten, gelebt zu haben. Diese Suppe ist in der Tat Nektar für die Götter.«

Als die Suppe serviert wurde, herrschte Grabesstille am Tisch.

68

Regina verließ das Speisezimmer und ging draußen zum Wagen der Visagistin. Nach der Kühle im Haus war es im Freien richtig heiß, aber das war ihr ganz recht. Nachdem sie gehört hatte, was Robert Powell für den restlichen Tag und den folgenden Morgen vorhatte, war sie überzeugt: Er war im Besitz des Abschiedsbriefs ihres Vaters. Brauchte er sonst noch einen Beweis, dass sie Betsy umgebracht hatte?

Siebenundzwanzig Jahre lang, seit ihrem fünfzehnten Lebensjahr, hatte sie unter Eid stets geschworen, dass er keinen Brief bei sich gehabt hatte.

Hatte jemand ein stärkeres Motiv für den Mord an Betsy als ich?, fragte sie sich. Robert Powell schien entschlossen zu sein, das Rätsel um Betsys Tod ein für alle Mal zu lösen. Das war der ganze Sinn und Zweck, warum er die Sendung so großzügig finanziell unterstützte.

Sie ging am Pool vorbei. Auf dem kristallklaren Wasser spiegelte sich die Sonne, bunt gemusterte Clubsessel standen um das Becken herum, das Ganze hatte die Anmutung eines Filmsets. Entsprechend hatte man sie alle aufgefordert, Schwimmsachen mitzubringen.

Was niemand getan hatte.

Dahinter stand das Poolhaus, eine verkleinerte Version des Herrenhauses, das von niemandem benutzt wurde außer von diesem Gärtner, der ständig rein- und rausrannte und sich auf dem Gelände zu schaffen machte.

Vor dem Wagen der Visagistin zögerte Regina kurz, dann zog sie die Tür auf.

Meg erwartete sie schon. Vor ihr auf dem Regal waren Kosmetikdöschen aufgereiht.

Courtney saß auf dem anderen Stuhl und hatte eine Zeitschrift aufgeschlagen. Auf ihrem Regal lagen Bürsten, Sprays und ein Föhn.

Am Morgen hatte Courtney zu Regina gesagt, dass andere Frauen für ihre dichten Locken einen Mord begehen würden. »Und ich wette, Ihnen sind sie nur lästig, weil sie immer so schnell wachsen.«

Genau darüber habe ich mich immer beschwert, dachte Regina.

Sie mied es, zur Wand links zu sehen, wo vergrößerte Abzüge der bei der Abschlussgala aufgenommenen Fotos von ihr und den anderen Absolventinnen hingen.

Sie wusste noch sehr gut, wie sie damals alle ausgesehen hatten. Claire, nicht geschminkt, die Haare zu einem Pferdeschwanz gebunden, dazu ein Kleid mit hohem Kragen und Ärmeln bis zu den Ellbogen. Alison mit einem von ihrer Mutter selbst geschneiderten Kleid – ihre Mutter hatte ein Händchen für so etwas und hatte alle ihre Kleider selbst genäht, da Alisons Vater nur Einkaufsleiter in einem Lebensmittelmarkt war. Und Nina in einem äußerst gewagten kurzen Teil, mit flammend roten Haaren und gekonnt aufgetragenem Make-up. Sogar auf dem Foto sprühte sie vor Selbstbewusstsein.

Und ich hatte das eleganteste Kleid von allen. Nachdem wir alles verloren hatten, hatte Mutter eine Stelle bei Bergdorf gefunden. Das Kleid, obwohl im Preis stark reduziert, hätten wir uns eigentlich nicht leisten können, trotzdem hatte sie darauf beharrt. »Dein Vater hätte es dir gekauft«, hatte sie nur gesagt.

Erst jetzt bemerkte sie, dass sie bislang noch kein Wort zu Meg oder Courtney gesagt hatte. »Hallo«, brachte sie heraus. »Halten Sie mich bitte nicht für verrückt, aber ich möchte mich für das Interview etwas herrichten lassen.«

»Claire und Alison waren auch nervös«, sagte Meg fröhlich. »Warum Sie also nicht? Die Sendung wird immerhin landesweit ausgestrahlt.«

Regina ließ sich bei Meg nieder.

»Besten Dank, dass Sie mich daran erinnern«, erwiderte sie, während Meg ihr den Plastikumhang umlegte.

Am Morgen, als sie für die Bibliotheksszene geschminkt worden war – darin waren die vier Absolventinnen nach dem Fund der Leiche und dem Eintreffen der Polizei zu sehen –, hatte ihr Meg nur wenig Make-up aufgetragen, und Courtney hatte die Haare etwas zerzaust gelassen, so wie sie am Morgen nach Betsys Tod eben gewesen waren.

Jetzt trugen sie alle Sachen ihrer Wahl. »Kleiden Sie sich ganz bequem, damit Sie sich wohlfühlen«, hatte Laurie ihnen geraten.

Regina hatte sich für ein dunkelblaues Leinenjackett, eine weiße Bluse und eine Freizeithose entschieden. Als einzigen Schmuck trug sie eine Perlenkette, die ihr Vater ihr zum fünfzehnten Geburtstag geschenkt hatte.

Geschickt trug Meg Grundierung, etwas Rouge, Lidschatten und Lippenstift auf.

Courtney kam dazu, bürstete ihr schwungvoll die Haare und strich sie hinter die Ohren zurück.

»Sie sehen großartig aus«, sagte sie.

»Keine Frage«, pflichtete Meg bei.

Meg löste den Umhang, und in dem Moment steckte auch schon Jerry den Kopf zur Wagentür herein. »Fertig, Regina?«, fragte er.

»Ich denke doch.«

»Ich weiß, Sie sind nervös«, sagte er ihr auf dem Weg zum Haus. »Aber dazu besteht kein Anlass. Können Sie sich vorstellen, selbst altgediente Schauspieler haben nach Jahren auf der Bühne Lampenfieber.«

»Komisch«, erzählte Regina. »Sie wissen vielleicht, dass ich ein Immobilienbüro betreibe. Erst heute Morgen habe ich daran denken müssen, dass ich an dem Tag, an dem ich die Einladung für diese Sendung bekommen habe, total durch den Wind und so nervös war, dass ich eine Hausbesichtigung verbockt habe. Die Hausbesitzerin ist eine sechsundsiebzigjährige Frau, sie wollte in ein Heim für betreutes Wohnen ziehen. Erst zwei Monate später konnte ich ihr Haus verkaufen, und dann auch nur für dreißigtausend Dollar weniger als ursprünglich vorgesehen. Wenn ich das Geld für diese Sendung bekomme, werde ich ihr meine Provision zurückzahlen.«

»Damit sind Sie eine aus einer Million«, antwortete Jerry und schob die Terrassentür zur Küche auf. »Niemand zu sehen hier, und auch keine Spur von Jane«, bemerkte er. »Na, vielleicht macht sie auch mal eine Pause.«

Wo stecken denn alle?, fragte sich Regina, als sie durch den Flur zur Bibliothek gingen. Haben sie Angst voreinander?

Wir trauen uns nicht mehr über den Weg, dachte sie. Jede von uns hat einen Grund gehabt, Betsy umzubringen, aber keine einen stärkeren als ich.

Laurie Moran und Alex Buckley warteten auf sie in der Bibliothek. Lauries Assistentin Grace war ebenfalls anwesend, ein weiterer Mitarbeiter justierte die Scheinwerfer. Der Kameramann war an seinem Platz.

Ohne dazu aufgefordert zu werden, nahm Regina am Tisch gegenüber Alex Platz. Sie verschränkte die Hände und löste sie wieder. Hör auf damit!, ermahnte sie sich. Dann wurde sie von Laurie begrüßt.

Alex Buckley hieß sie willkommen, aber sie war überzeugt davon, dass er ihr gegenüber feindselig eingestellt war. Wann würde er auf den Abschiedsbrief ihres Vaters zu sprechen kommen?

»Szene eins«, kam es vom Regisseur, der auch gleich zu zählen begann. »Zehn, neun, acht, sieben, sechs, fünf, vier, drei, zwei, eins.« Der Knall der Klappe war zu hören, dann ergriff Alex das Wort.

»Wir unterhalten uns jetzt mit der dritten der vier Absolventinnen, mit Regina Callari.

Regina, zunächst vielen Dank, dass Sie sich bereit erklärt haben, an der Sendung teilzunehmen. Sie sind in dieser Stadt aufgewachsen, nicht wahr?«

»Ja, das bin ich.«

»Trotzdem sind Sie seit der Gala und dem Tod von Betsy Bonner Powell nicht mehr hier gewesen?«

Ruhig bleiben!, ermahnte sich Regina.

»Die anderen haben Ihnen bestimmt schon gesagt, dass wir alle als Mordverdächtige behandelt wurden. Wären Sie unter diesen Umständen hiergeblieben?«

»Sie sind kurz danach nach Florida umgezogen. Ihre Mutter ist Ihnen gefolgt?«

»Ja.«

»Sie war noch nicht so alt, als sie gestorben ist, oder?«

»Sie war gerade fünfzig geworden.«

»Was war sie für eine Frau?«

»Sie hat zu den Menschen gehört, die viel Gutes getan, es aber nicht an die große Glocke gehängt haben.«

»Wie würden Sie die Beziehung Ihrer Eltern beschreiben?«

»Die beiden waren ein Herz und eine Seele.«

»Was war er von Beruf?«

»Er hat Unternehmen aufgekauft, die kurz vor der Pleite

standen, hat sie wieder profitabel gemacht und meist mit großem Gewinn weiterverkauft. Er war sehr erfolgreich.«

»Darauf würde ich später gern noch mal zurückkommen. Zuerst möchte ich aber über die Nacht der Abschlussgala reden, als Sie zusammen mit den anderen in der Bibliothek saßen.«

Laurie lauschte aufmerksam und bekam von Regina die gleiche Geschichte zu hören wie schon von den anderen. Sie hatten Wein getrunken, hatten sich immer wieder nachgeschenkt, hatten sich unterhalten und über die Kleider mancher der älteren Frauen gelästert. Auch Reginas Beschreibung, wie Betsys Leiche gefunden wurde, unterschied sich nicht von der der anderen.

»Wir waren jung. Sie müssen wissen, jede von uns hatte ihre Probleme mit den Powells«, sagte Regina. »Aber zu dem Zeitpunkt war ich sehr entspannt und habe das Zusammensein mit den anderen genossen. Wir haben Wein getrunken und sind immer wieder raus zum Rauchen. Sogar Claire hat sich über ihren Stiefvater lustig gemacht, der fast schon allergisch aufs Rauchen reagiert hat. ›Zündet die Zigaretten erst an, wenn ihr am Ende der Terrasse seid‹, hat sie immer gesagt. ›Er hat eine Nase wie ein Spürhund.‹

Wir haben über unsere Pläne geredet. Nina wollte nach Hollywood. Sie hat schon damals in den Stücken an der Highschool und am College immer die Hauptrolle gespielt, und, na ja, ihre Mutter war ja auch Schauspielerin. Sie konnte sogar darüber lachen, dass ihre Mutter immer auf ihr herumgehackt hat, weil Rob Powell durch sie Betsy kennengelernt hat.«

»Wie ist es Claire damit ergangen?«, hakte Alex sofort ein.

»Sie hat immer nur gesagt: ›Nina, du kannst von Glück reden!‹«

»Was hat sie denn damit gemeint?«, fragte Alex.

»Keine Ahnung«, antwortete Regina ehrlich. »Aber ich hab so meine Vermutungen.«

»Ich möchte noch einmal auf Ihre Vergangenheit zu sprechen kommen. Ich habe Bilder von dem Haus gesehen, in dem Sie aufgewachsen sind. Es war sehr schön.«

»Ja, das war es. Und mehr als das. Ich habe mich dort sehr behütet und sehr wohlgefühlt.«

»Das alles hat sich natürlich geändert, nachdem Ihr Vater in Robert Powells Hedgefonds investiert hat.«

Regina wurde bewusst, in welche Richtung er wollte. Vorsicht, sagte sie sich, er will ein Motiv für den Mord an Betsy konstruieren.

»Es dürfte schwerfallen, sich damit abzufinden, dass Ihr Vater bei diesem Investment nahezu sein gesamtes Vermögen verloren hat.«

»Meine Mutter war darüber sehr betroffen, aber sie war nie verbittert. Sie hat immer gesagt, mein Vater sei jemand gewesen, der gern alles auf eine Karte setzt, und das hat er mehr als nur einmal gemacht. Andererseits hat er nie fahrlässig gehandelt.«

»Ihrer Freundschaft zu Claire hat das keinen Abbruch getan?«

»Nein. Die Freundschaft hatte Bestand, bis wir alle aus Salem Ridge weggezogen sind. Ich denke, es gab zwischen uns eine Art stillschweigendes Einverständnis, nach Betsys Tod jeden Kontakt zueinander abzubrechen.«

»Wie geht es Ihnen jetzt damit, wenn Sie nach dem Tod Ihres Vaters in dieses Haus kommen?«

»Ich war sowieso nur selten hier. Robert Powell hat es, glaube ich, nie gern gesehen, wenn Claires Freunde aufgekreuzt sind. Meistens haben wir uns bei den anderen getroffen.«

»Warum hat er dann für Sie alle diese Gala ausgerichtet?«

»Ich vermute, es war Betsys Idee. Einige ihrer Freunde haben

Abschlusspartys für ihre Töchter gegeben. Sie wollte sie eben alle übertrumpfen.«

»Wissen Sie noch, was Ihnen am Abend der Gala durch den Kopf gegangen ist?«

»Dass mir mein Vater fehlt. Ich dachte, es könnte so schön, es könnte so ein perfekter Abend sein, wenn er noch am Leben wäre. Meine Mutter war ebenfalls eingeladen, und es war ihr anzusehen, dass sie das Gleiche empfunden hat.«

»Regina, Sie waren fünfzehn, als Sie Ihren toten Vater gefunden haben«, fuhr Alex fort.

»Ja.«

»Wäre es für Sie einfacher gewesen, wenn er einen Abschiedsbrief hinterlassen, wenn er sich für seinen Selbstmord und die finanzielle Katastrophe entschuldigt hätte? Wenn er Ihnen ein letztes Mal gesagt hätte, dass er Sie liebt? Meinen Sie, das hätte es Ihnen und Ihrer Mutter leichter gemacht?«

Wieder trat ihr lebhaft vor Augen, wie sie glücklich und nichts ahnend mit ihrem Fahrrad über die lange Anfahrt gefahren kam und wie sie dann auf den Knopf gedrückt und das Garagentor geöffnet und ihren Vater baumelnd am Strick entdeckt hatte, die eine Hand noch um das Seil geschlungen, als hätte er es sich im letzten Moment anders überlegt. Die Erinnerungen erschütterten Regina zutiefst.

»Hätte ein Abschiedsbrief irgendetwas geändert?«, brachte sie schließlich mit erstickter Stimme heraus. »Mein Vater war tot.«

»Haben Sie Robert Powell die Schuld daran gegeben, dass Ihr Vater durch seinen Hedgefonds alles verloren hat?«

Ihr letzter Rest an Selbstbeherrschung brach zusammen. »Ich gebe beiden die Schuld. Betsy hat doch genau wie Powell nichts anderes gemacht, als meinen Vater an der Nase herumzuführen.«

»Woher wissen Sie das, Regina? Hat Ihr Vater möglicherweise *doch* einen Abschiedsbrief hinterlassen?«

Alex wartete, bevor er mit fester Stimme fortfuhr: »Er *hat* einen Brief hinterlassen, nicht wahr?«

»Nein ... nein ... nein«, flüsterte Regina, während er sie mitfühlend, aber auch herausfordernd ansah.

69

Bruno geriet in helle Aufregung, als er Lauries Anruf bei ihrem Vater belauschte. Besser konnte es nicht laufen!

Leo Farley würde noch bis zum nächsten Tag im Krankenhaus sein.

Leo und Laurie würden im Krankenzimmer Timmys Anruf entgegennehmen.

Und zwei Stunden später, dachte Bruno, werde ich Timmy abholen. Der Camp-Leiter weiß ja schon von Leos Krankenhausaufenthalt. Und dann werde ich in Polizeiuniform auftauchen.

Ich werde meinen Plan in die Tat umsetzen.

Und wahrscheinlich sogar ungeschoren davonkommen.

Und wenn nicht, war es das auch wert. Seit Jahren sorgt der Mordfall um den Mann mit den blauen Augen für Schlagzeilen. Wenn die wüssten, dass ich nach dem Mord fünf Jahre im Gefängnis versauert bin – und warum? Wegen eines lausigen Verstoßes gegen die Bewährungsauflagen. Aber auch das ist es in gewisser Weise wert gewesen. Leo Farley und seine Tochter haben fünf Jahre in ständiger Angst gelebt und sich immer gefragt, wann ich das nächste Mal zuschlage. Morgen wird das Warten ein Ende haben.

Bruno steckte das Handy in die Tasche und ging hinaus. Der Wagen des Polizeichefs hielt gerade hinter den Fahrzeugen der Filmcrew. Der Polizeichef war zum Mittagessen eingetroffen.

Bruno verzog sich zum Puttinggrün, damit er so weit wie möglich außer Sichtweite der Polizei war. Hier würden sie sein

Gesicht nicht näher zu sehen bekommen. Denn eines wusste Bruno – viele Polizisten konnten sich auch noch nach Jahren an bestimmte Gesichter erinnern, selbst wenn die Gesichtszüge durch das Alter oder durch die Haar- oder Barttracht verändert worden waren.

Oder sie erinnerten sich an einen, weil man dämlich genug war, ein Bild von sich auf Facebook zu stellen.

Bei diesem Gedanken musste der Mann mit den blauen Augen laut lachen.

Eine Stunde später, als der Streifenwagen davonfuhr, begutachtete er akribisch die Blumenbeete am Swimmingpool.

Das hieß also, dass der Polizeichef erst am nächsten Tag wieder aufkreuzen würde.

Gerade rechtzeitig für die große Show, wie Bruno voller Freude dachte.

70

Nina und Muriel sprachen nach dem Essen nicht miteinander. Offensichtlich hatte Muriel Robert Powell darum gebeten, ihr einen Wagen zur Verfügung zu stellen, denn dieser stand jetzt vor der Eingangstür und wartete auf sie.

Nina wusste, was das zu bedeuten hatte. Das teure neue Outfit, das ihre Mutter mit ihrer, Ninas, Kreditkarte gekauft hatte, würde gegen etwas Neues eingetauscht werden – eines, das ebenfalls mit Ninas Kreditkarte bezahlt würde.

Sie ging in ihr Zimmer und versuchte ihre Gedanken zu ordnen, bis es Zeit war für ihr Interview.

Wie den anderen war auch ihr ein großes Schlafzimmer mit eigenem Wohnbereich zugewiesen worden, in dem eine Couch, ein Sessel, ein Beistelltisch und ein Fernseher standen.

Nina setzte sich auf die Couch, betrachtete die cremefarbenen Wandbehänge über dem Bett, deren Borten zu denen der Vorhänge an den Fenstern passten, sah zum Läufer und den Kissen, die ebenfalls ein harmonisches Ganzes bildeten. Der Traum eines jeden Inneneinrichters.

Sie erinnerte sich daran, dass Betsy ein Jahr vor ihrem Tod sämtliche Zimmer hatte neu einrichten lassen. Claire hatte ihnen allen davon erzählt.

»Ich soll euch mal mitbringen. Meine Mutter macht jetzt mit jedem eine Besichtigungstour durch das ganze Haus.«

Die »Besichtigungstour« war dann wieder nach ihrem Tod zur Sprache gekommen, erinnerte sich Nina. Ein Freund, der

Jura studierte, hat mir erzählt, dass das für die Verteidigung sehr wichtig sein könnte, falls es zu einer Mordanklage kam: Denn sehr viele Freunde und Bekannte waren mit dem Grundriss des Hauses bestens vertraut und wussten, dass Betsy und Robert getrennte Schlafzimmer hatten.

Was passiert jetzt?, fragte sich Nina. Robert blufft nur, davon bin ich überzeugt. Er hält meine Mutter zum Narren, und deshalb wird sie wieder auf mich losgehen. Kann sie wirklich so rachsüchtig sein und allen Ernstes behaupten, ich hätte den Mord an Betsy gestanden?

Nein, noch nicht einmal *sie* konnte so etwas tun, entschied Nina.

Oder doch?

Ihr Handy klingelte. Sie griff danach und riss die Augen auf, als sie die Nummer erkannte. »Hallo, Grant«, begrüßte sie den Anrufer.

Es klang sehr herzlich, als er ihren Namen aussprach.

Er bat sie, sich für Samstagabend nichts vorzunehmen, weil er mit ihr zu einer Dinnerparty bei Steven Spielberg wollte.

Sie sollte mit Grant zu einer Dinnerparty bei Steven Spielberg! Zur Crème de la Crème der Hollywood-Society!

Aber was, wenn ihre Mutter überall herumerzählte, dass sie den Mord an Betsy gestanden habe? Oder, was fast genauso schlimm wäre, ihre Mutter kehrte mit ihr nach Kalifornien zurück und machte da weiter, wo sie aufgehört hatte – lebte weiter bei ihr in der Wohnung, pöbelte sie an, hinterließ ihren Abfall und ihre Weingläser, qualmte die Wohnung zu.

»Ich freue mich schon auf Samstagabend«, sagte Grant.

Kling jetzt nicht wie Muriel, spar dir ihr geziertes Lächeln und ihre Schmeicheleien. »Ich freu mich auch, sehr sogar, Grant«, sagte sie freundlich, ohne unangebracht aufgeregt zu klingen.

Nach dem Gespräch saß sie nur da, ohne ihre Umgebung so recht wahrzunehmen.

Ganz egal, wie ich es anstelle, meine Mutter wird mir auch noch mein restliches Leben zerstören, dachte sie.

Wieder klingelte ihr Handy. Es war Grace. »Nina, es wäre an der Zeit für die Visagistin«, teilte sie ihr mit. »In einer halben Stunde steht Ihr Interview an.«

71

Laurie und Alex saßen in der Bibliothek und gingen nach dem Interview mit Regina ihre Aufzeichnungen durch.

»Habe ich sie zu hart angefasst?«, fragte Alex.

»Nein, ich glaube nicht«, antwortete Laurie nachdenklich. »Jetzt dürfte kaum noch jemand daran zweifeln, dass es einen Abschiedsbrief gegeben hat. Aber warum sollte eine Fünfzehnjährige ihn verschwinden lassen?«

»Sie haben dazu doch bestimmt eine Theorie«, sagte Alex.

»Glauben Sie ja nicht, mir wäre es nicht aufgefallen – jedes Mal, wenn Sie mich nach meinen Mutmaßungen fragen, haben Sie sich selbst schon eine Meinung gebildet.«

»Schuldig im Sinne der Anklage.« Laurie lächelte. »Ich vermute, in dem Abschiedsbrief stand etwas, von dem Regina nicht wollte, dass es ihre Mutter zu lesen bekam – irgendetwas, das Betsy betraf. Vielleicht hatte ihr Vater eine Affäre mit ihr. Sie erinnern sich, sie hat ihre Eltern als ›ein Herz und eine Seele‹ beschrieben – Regina schien das sehr wichtig gewesen zu sein.«

»Und das führt möglicherweise zu der Frage: Hat Betsy die riskante Investmententscheidung von Reginas Vater, alles auf Powells Hedgefonds zu setzen, in irgendeiner Weise beeinflusst? Und ergibt sich daraus für Regina ein Motiv, es Betsy heimzuzahlen – bei der ersten Gelegenheit, die sich ihr dazu geboten hat, bei der Abschlussgala?«

»Wäre ich an Reginas Stelle und hätte ich wegen Betsy Powell meine Eltern verloren und dazu alles, was mir sonst noch lieb und teuer war«, sagte Laurie, »wäre ich zu einem Mord fähig. Ich weiß es!«

»Sie *glauben* es zu wissen«, korrigierte Alex sie. »Erzählen Sie mir doch noch, was Sie von Robert Powells Ansprache beim Mittagessen halten. Wie gesagt, ich glaube, er blufft. Aber sollte unter den am Tisch Anwesenden *wirklich* der Täter gewesen sein, dann könnte dieser die Drohung vielleicht ernst nehmen. Robert Powell spielt ein gefährliches Spiel.«

72

Nina betrachtete sich im Spiegel, während Meg ihr den Plastikumhang umlegte.

»Also, Meg, heute Morgen hat man Sie angewiesen, Püppchen aus uns zu machen.«

»Man hat mir nur gesagt, dass Sie so aussehen sollen wie an dem Morgen nach dem Mord«, antwortete Meg. »Sogar da haben Sie besser ausgesehen als die anderen.«

»Ja, es war wohl ganz passabel. Jetzt für dieses Interview hätte ich es aber gern, wenn Sie mich so stylen können, dass ich ein wenig wie *sie* hier aussehe.« Dabei deutete Nina auf ihr Handy, auf dem sie das Foto von Grant mit seiner verstorbenen Frau Kathryn aufgerufen hatte.

Meg betrachtete es. »Sie sehen ihr sowieso ein wenig ähnlich.«

»Ich will ihr aber noch ähnlicher sehen«, erwiderte Nina entschieden.

Sie hatte alles recherchiert, was sie im Internet über Grant Richmond finden konnte. Für einen der großen Filmproduzenten führte er ein eher stilles, zurückgezogenes Leben.

Mit sechsundzwanzig Jahren hatte er seine damals einundzwanzigjährige Frau geheiratet. Sie waren dreißig Jahre verheiratet gewesen. Zwei Jahre zuvor war sie an einem Infarkt gestorben, nachdem sie ihr Leben lang an einer Herzschwäche gelitten hatte.

Sie hatten keine Kinder, und es hatte nie den Hauch eines Skandals gegeben.

Grant war also eine treue Seele. Und seit zwei Jahren allein – vielleicht mittlerweile sogar einsam.

Er ging auf die sechzig zu.

Nina hielt Meg das Handy hin und zeigte ihr ein zweites Foto. »Wem sieht sie ähnlich?«, fragte sie.

Meg musterte es eindringlich. »Das ist die gleiche Frau wie vorhin. Ist sie mit Ihnen verwandt?«

Nina nickte zufrieden. Ich bin nicht nur eine gute Tänzerin, ich ähnle auch seiner Frau, dachte sie.

»Also, Meg«, sagte sie. »Sie ist nicht mit mir verwandt, aber ich möchte genauso aussehen wie sie.«

»Dann kann ich Ihnen nicht den schweren Lidschatten und Eyeliner auftragen.«

»Machen Sie, was Sie für richtig halten.«

Eine halbe Stunde später sagte Meg. »So, das wär's.«

Nina betrachtete sich im Spiegel. »Ich könnte ihre Schwester sein«, sagte sie. »Perfekt.«

»So, jetzt zu mir, Nina, sonst schaffen wir es nicht mehr«, drängelte Courtney.

»Ich weiß.« Nina ließ sich an Courtneys Platz nieder und zeigte auch ihr das Foto. »Sie hat kurze Haare, aber ich will meine nicht schneiden lassen.«

»Ist auch nicht nötig«, antwortete Courtney. »Ich steck sie einfach hoch, damit erzielen wir die gleiche Wirkung.«

Fünf Minuten später klopfte Jerry an die Wagentür, trat ein und war sehr überrascht über Ninas verändertes Äußeres.

»Bereit, Nina?«, fragte er.

»Ja.« Sie sah ein letztes Mal in den Spiegel, dann stand sie auf. »Sie beide haben Wunder gewirkt«, sagte sie. »Meinen Sie nicht auch, Jerry?«

»Ja, wirklich«, kam es von ihm. »Aber«, fügte er hastig hinzu, »ich meine damit bloß, die beiden haben Ihnen einen anderen

Look verpasst, aber schlechter haben Sie vorher auch nicht ausgesehen.«

Nina lachte. »Schön, dass Sie das sagen.«

Jerry mochte Nina am meisten. Die anderen schienen sich immer in ihr Schneckenhaus zu verkriechen. Für Frauen, die bis zu ihrem einundzwanzigsten Lebensjahr eng miteinander befreundet gewesen waren, hatten sie sich verblüffend wenig zu sagen. Wenn sie zwischen den einzelnen Szenen auf der Terrasse saßen, klammerten sie sich immer an ein Buch oder holten ihre Smartphones aus der Handtasche.

Das machte Nina auch, außer Muriel meinte mal wieder einen Kommentar abgeben oder zum wiederholten Mal lautstark verkünden zu müssen, welch wunderbarer Mann Robert Powell doch sei und was für eine liebe Freundin ihr Betsy gewesen sei.

Jerry kam es dabei immer vor, als hoffte Muriel, dass Powell sie hörte. Sie übertrieb es mit ihrer Rolle. Er war lange genug beim Film, um so etwas erkennen zu können.

Er ging mit Nina am Pool vorbei. »An so einem Tag wie heute hätte ich nichts dagegen, da mal reinzuhüpfen«, sagte er. »Wie sieht's mit Ihnen aus?«

»Ich schwimme gern im Pool meiner Apartmentanlage. Das mache ich jeden Tag, manchmal auch noch am Abend, wenn es mit der Arbeit später geworden ist«, sagte Nina.

Was soll ich sagen?, ging es ihr durch den Kopf. Was werden mir für Fragen gestellt werden? Was wird morgen passieren, wenn Robert Powell uns verabschiedet? Wird meine Mutter beschwören, dass ich den Mord an Betsy gestanden habe, damit sie die ausgesetzte Belohnung kassieren kann?

Da kannst du Gift darauf nehmen!

Ich werde es nicht zulassen!

Jerry machte keinerlei Anstalten, den Small Talk fortzuführen.

Anders als Regina wirkte Nina kein bisschen nervös, aber er spürte, dass sie sich innerlich auf das Interview vorbereitete.

Doch dann sagte sie plötzlich: »Da ist ja wieder dieser gruselige Heimlichtuer.« Sie deutete auf Bruno, der sich an der Grundstücksgrenze hinter dem Haus aufhielt. »Was macht er dort bloß? Jagt er Insekten auf den Sträuchern?«

Jerry lachte. »Mr. Powell ist ein Perfektionist. Er will, dass jede Außeneinstellung das Anwesen von seiner schönsten Seite zeigt. Als wir gestern Aufnahmen von Ihnen vier dort hinten im Garten gemacht haben, war er richtig aufgebracht, nachdem wir mit unserer Ausrüstung Spuren im Rasen hinterlassen haben. Dann ist gleich dieser gruselige Heimlichtuer, wie Sie ihn nennen, angerannt gekommen und hat alles wieder in Ordnung gebracht.«

»O Gott, ja, ich erinnere mich – und was für ein Perfektionist er ist!«, entgegnete Nina. In der Nacht damals, als wir aus der Bibliothek zum Rauchen auf die Terrasse gegangen sind, hat Regina ihre letzte Zigarette absichtlich nicht im Aschenbecher ausgedrückt, sondern direkt auf dem Tisch. Außer mir hat das, glaube ich, niemand gesehen.

Soll ich *diese* Geschichte beim Interview erzählen?

Nach wie vor ließ sich auf der Terrasse und in der Küche niemand blicken.

Grant wird sich die Sendung bestimmt ansehen, wenn sie ausgestrahlt wird, sagte sich Nina, während sie mit Jerry durch den Flur in Richtung Bibliothek ging. Ich jedenfalls hatte nicht den geringsten Grund, Betsy umzubringen. Niemand, der noch irgendwie bei Verstand ist, könnte auf eine solche Idee kommen. Dass meine Mutter mir vorwirft, ich hätte sie miteinander bekannt gemacht, kann doch keiner ernsthaft als Motiv für einen Mord ansehen!

Kurz verharrte sie in der Tür zur Bibliothek. Gut, dann wollen wir also, dachte sie sich. Alex und Laurie warteten auf sie. Wie ist es den anderen ergangen, als sie hier eingetreten sind?, fragte sich Nina. Hatten sie ebenfalls so große Angst wie ich?

Komm schon, du bist Schauspielerin! Du kannst das! Sie lächelte kurz, dann nahm sie selbstsicher gegenüber von Alex Buckley Platz.

»Nina Craig ist unsere letzte Absolventin, die an jenem tragischen Abend gefeiert wurde«, begann Alex. »Nina, ich danke Ihnen, dass Sie heute bei uns sind.«

Nina nickte nur. Ihr Mund war so ausgedörrt, dass sie glaubte, sie würde kein Wort herausbringen.

Mit einem herzlichen Lächeln fuhr Alex fort: »Wie ist es, wenn Sie nach zwanzig Jahren zusammen mit Ihren Freundinnen wieder in Salem Ridge sind?«

Sei so ehrlich wie möglich, ermahnte sich Nina. »Irgendwie merkwürdig. Aber wir wissen ja, warum wir hier sind.«

»Und warum sind Sie hier, Nina?«

»Damit wir ein für alle Mal beweisen können, dass keine von uns Betsy Powell umgebracht hat«, antwortete sie. »Der Täter muss ein Einbrecher gewesen sein. Andererseits wissen wir auch, dass Sie es darauf anlegen, dass sich eine von uns verplappert oder einer von uns ein Geständnis herausrutscht. Zumindest erhofft sich das Robert Powell. In gewisser Weise kann man es ihm auch nicht verdenken.«

»Wie geht es Ihnen damit, Nina?«

»Ich bin wütend, ich bin vorsichtig. Aber so ist es uns wahrscheinlich in den letzten zwanzig Jahren gegangen, für uns ist es also nichts Neues. Ich jedenfalls habe auf die harte Tour gelernt, dass man sich an alles gewöhnen kann.«

Laurie fiel es bei diesen Worten schwer, sich ihre Überraschung nicht anmerken zu lassen. Nina Craig reagierte nicht so, wie sie es erwartet hatte. Irgendwie hatte sie gedacht, sie würde sich aggressiver, streitlustiger geben. Schließlich hatte Nina von allen den geringsten Grund gehabt, Betsy zu ermorden. Aber jetzt vermittelte sie einen fast reumütigen Eindruck, sogar wenn sie von ihrer Wut sprach. Außerdem, dachte Laurie, sieht sie auch anders aus. Weicher. Warum hat sie sich die Haare hochstecken lassen? Wir haben viel über sie recherchiert, aber mir ist kein einziges Bild von ihr untergekommen, auf dem sie eine solche Frisur trägt. Irgendwas hat sie vor, aber was?

Nina sprach mit Alex über ihre Kindheit.

»Wie Sie bestimmt wissen, ist meine Mutter Muriel Craig Schauspielerin. Damals waren wir immer unterwegs. Ich bin sozusagen in einem Koffer geboren worden.«

»Wie war das mit der Schule?«

»Irgendwie, so zwischen der Ost- und der Westküste, habe ich die Grundschule hinter mich gebracht.«

»Und Ihr Vater? Ich weiß, Ihre Eltern wurden geschieden, als Sie noch sehr klein waren.«

Er hat sie auch nicht leiden können, dachte Nina. Aber er hat sich schnell aus dem Staub gemacht. »Sie haben jung geheiratet und sich bald wieder scheiden lassen. Da war ich drei.«

»Haben Sie ihn nachher noch oft gesehen?«

»Nein, aber er hat zu meiner College-Ausbildung beigetragen.« Ein wenig, dachte sie, ganz wenig – was Mutter eben vor Gericht aus ihm hatte herauspressen können.

»Sie hatten also sehr wenig von ihm nach der Scheidung, oder, Nina?«

»Er hat es mit der Schauspielerei probiert und es nicht geschafft, dann ist er nach Chicago gezogen, hat wieder geheiratet und vier weitere Kinder gehabt. Da war für mich nicht mehr viel Platz.«

Wohin soll das alles führen?, fragte sie sich.

»Dann hatten Sie in Ihrer Jugend also keinen Vater?«

»Das liegt wohl auf der Hand.«

»Warum ist Ihre Mutter mit Ihnen nach Salem Ridge gezogen?«

»Meine Mutter hatte eine Beziehung mit Robert Powell.«

»Wurde ihr damals nicht die Hauptrolle im Pilotfilm zu einer Serie angeboten, die daraufhin insgesamt sechs Jahre lief und seitdem einige Male wiederholt wurde?«

»Ja, das stimmt. Aber Powell hat ihr gesagt, er wolle nicht mit einer Frau verheiratet sein, die die ganze Zeit arbeitet.«

»Sie sind dann aber in Salem Ridge geblieben, obwohl die Beziehung Ihrer Mutter mit Robert Powell beendet wurde. Das erscheint mir seltsam.«

»Warum? Meine Mutter hatte eine Wohnung gemietet, gleich nebenan hat ein freundliches älteres Paar gewohnt, die Johnsons. Nachdem meine Mutter mit Robert Powell Schluss gemacht hatte, wurde ihr eine Reihe von Rollen angeboten. Ich war da schon auf der Highschool, und die Johnsons haben sich gegen ein kleines Entgelt um mich gekümmert, wenn meine Mutter beim Drehen war.«

Reit nicht darauf herum, wie einsam du dich gefühlt hast, wenn die Johnsons abends noch mal in dein Zimmer geschaut und dir eine gute Nacht gewünscht haben und du nachts allein zu Hause warst, dachte Nina. Und wenn Mutter gekommen ist, habe ich mir endlos anhören müssen, wie hart sie schuften muss und dass alles nur meine Schuld sei. Sie hat mir gefehlt, wenn sie fort war, und wenn sie zu Hause war, hab ich mir gewünscht, sie wäre fort und irgendwo anders beim Drehen.

»Ihre Mutter hat die Wohnung behalten, bis Sie zum College weggegangen sind?«

»Ja. Da hatte meine Mutter nur noch Rollen an der Westküste. Sie hat sich dort eine Wohnung besorgt.«

»Dann haben Sie Ihre Semesterferien bei ihr verbracht?«

»Soweit das möglich war. Aber ich hatte auch Ferienjobs, ich habe sie eigentlich immer angenommen, wenn sie mir angeboten wurden.«

»Nina, reden wir über die Gala.«

Laurie lauschte, als Alex Nina in abgewandelter Form die gleichen Fragen stellte wie zuvor den anderen. Ninas Antworten unterschieden sich kaum von denen der anderen Absolventinnen. Auch sie beharrte darauf, dass ein Einbrecher der Täter gewesen sein musste.

»Gehen wir noch mal zurück«, sagte Alex. »Hat es Sie überrascht, als Claire Sie angerufen und Ihnen mitgeteilt hat, dass ihre Mutter und Robert Powell für Sie vier eine Abschlussgala geben wollen?«

»Ja, aber es war eine gute Gelegenheit, noch mal alle zu sehen.«

»Ihre Mutter war ebenfalls eingeladen?«

»Ja, aber sie ist nicht mitgekommen.«

»Warum nicht?«

»Sie hat sich nicht freinehmen können. Ein Vorsprechen hat angestanden.«

»Nina, lag es nicht eher daran, dass Betsy auf die Einladung geschrieben hatte, sie und Robert könnten es gar nicht erwarten, Sie wiederzusehen – und wie wunderbar es sei, dass Sie sie damals an den Tisch gerufen und sie und Robert zusammengebracht haben?«

»Woher wissen Sie das? Wer hat Ihnen das erzählt?«

»Ihre Mutter hat es mir erzählt«, antwortete Alex freundlich. »Kurz vor dem Mittagessen heute.«

Sie bereitet alles dafür vor, damit sie von meinem Mordgeständnis erzählen kann, dachte Nina. Egal, ob ihr jemand glaubt oder nicht, meine Chancen bei Grant wären damit zunichte.

Und was hatte Alex Buckley sie jetzt gleich noch mal gefragt? Wie sie ihre Gefühle gegenüber Betsy Powell beschreiben würde?

Warum nicht einfach die Wahrheit sagen?

»Ich habe sie verabscheut«, antwortete sie. »Besonders nach dieser Einladung. Sie war gemein. Sie war grausam. Sie hatte nicht den geringsten Anstand. Als ich damals vor ihr gestanden habe, musste ich mich zwingen, ihr nicht ins tote Gesicht zu spucken.«

73

George Curtis traf um halb vier auf dem Powell-Anwesen ein. Er war gebeten worden, in ähnlicher Aufmachung zu erscheinen wie bei der Gala. In seinem Schrank hatte er im Grunde noch eine Kopie seines damaligen Anzugs. Wegen der Hitze brachte er sein weißes Dinnerjacket, Hemd und Fliege auf einem Kleiderbügel in einer Schutzhülle mit.

Isabelle hatte ihm noch einen Ratschlag mit auf den Weg gegeben, bevor sie zur Bridge-Partie mit ihren Freundinnen aufgebrochen war. »Du glaubst, dass eure kleine Liebelei geheim geblieben wäre. Aber vergiss nicht, wenn ich damals misstrauisch war, können auch andere Verdacht geschöpft haben. Vielleicht sogar Rob Powell. Sei also vorsichtig und lauf nicht in eine Falle. Du hattest damals allen Grund, dir Betsys Tod zu wünschen.« Sie gab ihm noch einen Kuss, winkte ihm zu und stieg in ihr Cabrio.

»Isabelle, ich schwöre dir ...«, setzte er an.

»Ich weiß«, unterbrach sie. »Aber *mich* musst du nicht überzeugen, und mir ist es außerdem völlig egal, ob du sie umgebracht hast oder nicht. Ich will nur nicht, dass man dir etwas nachweisen kann.«

Die Temperatur war etwas gesunken, trotzdem war es immer noch warm. George parkte in der Anfahrt, nahm seinen Kleiderbügel und ging zur Rückseite des Hauses, wo einiges los war. Das Fernsehteam hatte Kameras auf mehrere Stellen im Garten gerichtet. Er vermutete, dass sich dort die Absolventinnen aufhalten würden, während er im Vordergrund mit Alex Buckley sprach. Man hatte ihm gesagt, im Hintergrund würden Original-Videoaufnahmen der Gala eingeblendet.

Laurie Moran kam auf ihn zu, sobald sie ihn erblickte. »Nochmals vielen Dank, dass Sie sich die Zeit für uns nehmen, Mr. Curtis. Wir werden versuchen, Sie nicht allzu lange aufzuhalten. Aber warten Sie doch bei den anderen im Haus. Hier draußen ist es ja viel zu heiß.«

»Keine schlechte Idee«, stimmte er zu. Etwas zögerlich überquerte er die Terrasse und trat ein. Die vier Absolventinnen hielten sich im Speisezimmer auf und waren wie auf der Gala gekleidet. Trotz ihres professionellen Make-ups war die Anspannung in ihren Mienen deutlich zu lesen.

Er musste nicht lange warten. Lauries Assistentin Grace bat die Absolventinnen nach draußen. Als sie kurz darauf zurückkam, sah er, dass die Frauen wie Statuen auf verschiedene Bereiche des Anwesens verteilt waren – Stellen, die den Hintergrund mancher damals gefilmter Videoaufnahmen bildeten. Aber keine von ihnen dürfte sich damals so gefühlt haben wie er an jenem Abend. Ich hatte eine Heidenangst, dass Betsy meine Ehe ruiniert, dachte er, und das gerade in dem Moment, als sich endlich die von mir und Isabelle so sehnlich erwarteten Kinder einstellten. Und Alison muss ziemlich verärgert gewesen sein, immerhin war ihr wegen einer Spende, die Rob dem College hat zukommen lassen, das Stipendium vorenthalten worden. Gelegentlich hab ich in dem Laden eingekauft, in dem ihr Vater gearbeitet hat, und er hat immer erzählt, wie hart Alison für das Stipendium lernt ...

Außerdem gibt es wohl keinen in der Stadt, dem Muriel nicht erzählt hätte, dass Betsy ihr Rob gestohlen habe – und niemand anderes als Nina schuld daran sei. Und nach allem, was mir zu Ohren gekommen ist, hat Claire unbedingt ins Studentenwohnheim nach Vassar gewollt, aber weder Betsy noch Rob haben davon irgendetwas hören wollen. *»Die reine Geldverschwendung, wenn wir hier doch ein so schönes Haus haben«,* hatte Betsy immer gesagt. Und Reginas Vater hat aufgrund seines Investments in Robs Hedgefonds Selbstmord begangen.

Wer von den Mädchen ist also an jenem Abend nicht wütend und verbittert gewesen? Und nach dem darauffolgenden Tag haben sie sich alle die nächsten zwanzig Jahre des Verdachts erwehren müssen, einen Mord begangen zu haben.

George Curtis schämte sich zutiefst. Ich bin damals, erinnerte er sich, wirklich noch mal hierhergekommen. So gegen vier Uhr morgens. Genau hier habe ich gestanden, hier an diesem Fleck. Ich habe gewusst, wo Betsys Zimmer liegt. Ich war außer mir vor Angst, dass Isabelle sich scheiden lassen könnte, wenn Betsy ihr von unserer Affäre erzählt. Und dann habe ich jemanden gesehen, einen Schatten, er hat sich in ihrem Zimmer bewegt. Im Flur hat das Licht gebrannt, und als die Tür aufging, war ich mir ziemlich sicher, die Person erkannt zu haben.

Ich bin mir immer noch ziemlich sicher ... nein, ich *weiß,* wer es war. Als Betsy gefunden wurde, wollte ich alles erzählen, aber wie hätte ich erklären sollen, warum ich zu dieser Zeit noch mal hier gewesen war? Das ging doch nicht. Hätte ich damals erzählt, was ich gesehen habe, hätten die Mädchen das alles nicht durchmachen müssen.

Wieder überkamen ihn Schuldgefühle.

Alex Buckley kam auf ihn zu. »Bereit, Mr. Curtis?«, fragte er freundlich.

74

»Na, wie ist es Ihrer Meinung nach gelaufen?«, fragte Laurie, als sie zu Alex in den Wagen stieg.

Alex ließ den Motor an und schloss das Verdeck. »Wir sollten lieber mal die Klimaanlage anstellen. Und um Ihre Frage zu beantworten: Meiner Meinung nach ist es großartig gelaufen.«

»Das denke ich mir auch. Es ist schon zwanzig vor sieben. Ich fürchte nur, dass wir in einen Stau geraten und nicht rechtzeitig ins Krankenhaus kommen, bis Timmy anruft. Dann kann Dad wieder nicht mit ihm reden.«

»Ich habe vor ein paar Minuten die Verkehrsnachrichten abgerufen. Es scheint alles in Ordnung zu sein. Ich verspreche Ihnen, um halb acht sind wir im Krankenhaus.«

»Ein Interview steht noch an.« Laurie seufzte, als Alex das Powell-Anwesen verließ. »Und jetzt zur üblichen Frage: Was halten Sie von George Curtis?«

»Er ist ein hervorragender Schauspieler«, kam die prompte Antwort. »Genau der Typ, zu dem andere aufschauen. Und warum auch nicht? Immerhin war er schon mal auf dem *Forbes*-Cover.«

»Und sein attraktives Äußeres schadet auch nicht«, sagte Laurie. »Er ist Milliardär, charmant, gut aussehend. Vergleichen Sie ihn mal mit Robert Powell, zumindest was das Geld anbelangt.«

»Da gibt es nichts zu vergleichen, Laurie. Powell hat vielleicht fünfhundert Millionen, Curtis ist dagegen mehrere Milliarden schwer.«

»Gut. Haben Sie zufällig die Gala-Videos vor sich, auf denen George Curtis und Betsy Powell zu sehen sind, beide mit ganz ernster Miene, fast so, als würden sie sich streiten?«

»Wollen Sie die für die Hintergrundszenen verwenden?«

»Nein, das wäre nicht fair. Ich weiß nur: Einer wie George Curtis lässt sich nicht auf eine solche Sendung ein, es sei denn, er hat etwas zu verbergen. Meinen Sie nicht auch?«

»Laurie, Sie verblüffen mich immer wieder aufs Neue. Ich habe ebenfalls darüber nachgedacht. Und auch in dem Punkt stimme ich mit Ihnen überein.«

Laurie holte ihr Handy heraus. »Ich sage nur kurz mal Dad Bescheid, dass wir unterwegs sind.«

Leo meldete sich nach dem ersten Klingeln. »Ich lebe noch«, sagte er. »Ich sehe mir gerade *All in the Family* an, auch so ein wunderbarer Oldie. Wo steckst du?«

»Wir sind schon unterwegs. Bislang herrscht nicht übermäßig viel Verkehr.«

»Hast du nicht gesagt, dass Alex Buckley dich herbringt?«

»Das ist richtig.«

»Lass ihn nicht im Wagen sitzen. Bring ihn mit hoch! Ich würde ihn gern kennenlernen.«

Laurie sah zu Alex. »Hätten Sie Lust, meinen Dad kennenzulernen?«

»Natürlich.«

»Alex freut sich schon, Dad. Bis gleich!«

75

Bruno zog seine Polizeiuniform an, während er dem Anruf lauschte. Der Countdown läuft, dachte er. Endlich bekomme ich meine Rache. Es wird Heulen und Zähneklappern geben, dachte er. Oh, Leo, wie traurig wirst du sein! Deine Tochter, dein Enkel! Und immer sind sie die Krankenhausaufzeichnungen durchgegangen, weil sie herausfinden wollten, ob der Arzt irgendwo einen Fehler gemacht hat. Dabei warst *du* derjenige, der den Fehler gemacht hat, Leo. Damals, als du noch ein harter und zäher Bursche gewesen bist. Zu hart und zu zäh. Du hättest einfach ein Auge zudrücken können, stattdessen musstest du mich unbedingt verhaften. Und hast dabei mein Leben ruiniert. Du hast mich dreißig Jahre meines Lebens gekostet, die habe ich im Gefängnis zugebracht, plus fünf als Zugabe.

Bruno stand vor dem hohen Spiegel in der Schranktür in seinem schäbigen Apartment. Er hatte es nur monatsweise gemietet, weil er, wie er seinem Vermieter erzählt hatte, erst sehen wollte, wie sich seine Stelle bei Perfect Estates anließ. Und der Vermieter – zufrieden, die eigentlich notwendigen Reparaturen aufschieben zu können – hatte nichts einzuwenden gehabt.

Es kann ihm völlig egal sein, wenn ich von heute auf morgen ausziehe, schließlich hab ich für diesen Monat im Voraus bezahlt, und die Kaution von einer Monatsmiete würde ich in dem Fall auch nicht mehr einfordern.

Als ob man in dieser Bruchbude überhaupt noch etwas kaputt machen könnte, dachte Bruno.

76

Laurie und Alex hatten das Anwesen verlassen, und die Filmcrew packte die Ausrüstung zusammen.

Die Absolventinnen hatten die Abendkleider wieder ausgezogen. Keine von ihnen war auf das Angebot eingegangen, das Kleid zu behalten. »Laurie würde sich freuen, wenn Sie sie mitnehmen«, hatte Jerry erklärt. »Ich kann nur sagen, sie waren ziemlich teuer.«

Nina hatte für alle gesprochen, als sie erwiderte: »Damit würden wir nur wieder an diesen Abend erinnert, und das ist genau das, was wir jetzt nicht brauchen.«

Die Wagen, die sie in ihre jeweiligen Hotels bringen sollten, warteten bereits.

Rod und Alison waren froh, als sie endlich in ihrem Zimmer angekommen waren und die Tür hinter sich zumachen konnten. Rod nahm ihre Hand. »Alie, alles ist in Ordnung.«

»Nein, Rod. Nichts ist in Ordnung. Du weißt, was auf der Kassette zu hören ist. Du weißt, was Josh damit anstellen kann.« Sie löste sich von ihm und drehte sich zum Schrank um, zog Kleiderbügel mit ihren Sachen heraus und warf sie aufs Bett.

Rod sank auf die Couch und massierte sich gedankenverloren die Knie. »Genehmigen wir uns erst einen Scotch«, sagte er. »Dann ordern wir ein fabelhaftes Menü, entweder hier oder ... wo immer du willst. Wir bestellen die teuersten Sachen auf der Speisekarte, und alles auf Rechnung von Robert Powell.«

»Ich werde keinen Bissen hinunterbringen«, sagte Alison.

»Du kannst es ja trotzdem bestellen.«

»Rod, du bringst mich zum Schmunzeln ... obwohl dafür wirklich kein Anlass besteht.«

»Dafür bin ich doch da, Alison«, entgegnete Rod fröhlich. Er würde ihr nicht sagen, dass er ihre Befürchtungen wegen der Kassette teilte – nicht allein wegen der finanziellen Folgen, sondern vor allem wegen der Auswirkungen, die sich für Alison ergeben würden. Denn damit würde ihr ein weiteres Mal wegen Betsy Powell die Möglichkeit genommen, endlich frei von finanziellen Sorgen das Medizinstudium zu beginnen.

77

Sorgfältig packte Regina die wenigen Sachen ein, die sie sich extra für die Sendung angeschafft hatte. Vielleicht, dachte sie deprimiert, werde ich das alles gegen orangefarbene Häftlingskleidung eintauschen. Hundert Punkte für Robert Powell. Er hat mein Leben kaputt gemacht, als ich fünfzehn war, und jetzt hat er die große Chance, mir den Rest meines Lebens auch noch zu ruinieren. Würde mich nicht wundern, wenn er Josh angewiesen hätte, meine Handtasche zu durchwühlen.

Aber im Abschiedsbrief hat Dad ihn und Betsy beschuldigt, ihn absichtlich um sein Vermögen gebracht zu haben. Powell kann doch unmöglich wollen, dass das an die Öffentlichkeit dringt? Josh muss also auf eigene Faust handeln. Mir bleibt gar nichts anderes übrig, als auf seine Forderungen einzugehen, dachte sie. Und welche Ironie – damit ist es jetzt sehr viel wahrscheinlicher geworden, dass ich wegen des Mordes an Betsy angeklagt werde, als wenn ich zu Hause in meinem Immobilienbüro geblieben wäre.

Sie packte ihre Tasche mit den Sachen für die Übernachtung sowie ihren großen Koffer. Und wohin jetzt?, fragte sie sich. Ich habe keine Lust auf den Zimmerservice. Unten steht ein Wagen, dank Mr. Powells Großzügigkeit. Soll ich?

Ja, beschloss sie, warum nicht? Sie würde erst an dem Haus vorbeikommen, in dem sie früher gewohnt hatte, und anschließend ein Restaurant aufsuchen, wo sie regelmäßig mit ihren Eltern beim Essen gewesen war.

Das, dachte sie, war lange her.

78

Eine weitere Nacht in dem verhassten Haus! Warum tu ich mir das an?

Das fragte sich Claire schon, seit die Maschine gelandet war. War es dumm gewesen, am ersten Tag so auszusehen wie ihre Mutter? Hatte sie es gemacht, um »Daddy Rob« aus der Fassung zu bringen? Vielleicht. Er hatte tatsächlich die Unverfrorenheit besessen, heute Morgen gleich nach dem Interview zu ihr ins Zimmer zu kommen und ihr genau die gleiche Frage wie damals zu stellen. Warum hab ich ihn nicht angezeigt?, fragte sie sich. Warum tu ich es jetzt nicht?

Sie kannte die Antwort. Weil es ein wunderbares Motiv für den Mord an meiner Mutter abgäbe und weil mich »Daddy Rob« mit seinen Heerscharen von Anwälten leicht als geistesgestörte Lügnerin hätte hinstellen können – und meine Mutter hätte nichts lieber getan, als ihn darin auch noch zu unterstützen. Deshalb bin ich ja auch in die Sozialarbeit gegangen. Ich will anderen Mädchen in meiner Situation helfen. Nur, dass *ihre Mütter* es hinnehmen, wenn sich ihr Stiefvater nachts in ihr Zimmer schleicht – das haben mir noch nicht viele erzählt. Und mit meinem Leben wird es erst vorangehen, wenn ich mich in Therapie begebe, auch das ist mir klar. Die ganze Zeit über hat er mich als Geisel genommen.

Es gab nur eine Möglichkeit, um an ihn heranzukommen. Heute Abend und morgen würde sie sich wieder so stylen, um ihre bemerkenswerte Ähnlichkeit mit seiner lieben Betsy zu betonen. Auch wenn das vielleicht im Großen und Ganzen nicht mehr viel änderte, dachte Claire und griff zum Telefon, um den Zimmerservice zu rufen. Fragt sich nur, ob Nina bei meinem Anblick wieder in Ohnmacht fällt.

Und warum musste eigentlich ausgerechnet sie in Ohnmacht fallen?

79

Nina packte ihre Sachen und ließ sich vom Zimmerservice das Abendessen bringen. Während sie lustlos auf ihrem Cordon bleu herumkaute, klingelte ihr Handy. Zu ihrer Überraschung war es Grant.

»Ich kann es kaum erwarten zu erfahren, wie das Interview gelaufen ist«, sagte er. »Alex Buckley ist bekannt dafür, dass er seine Zeugen gehörig in die Mangel nimmt.«

»Na ja, seine Aufführung war fast oscarreif«, sagte Nina. »Warten Sie, bis Sie es zu sehen bekommen.«

»Sie klingen, als ginge es Ihnen gerade gar nicht gut.«

»Da könnten Sie recht haben«, gestand Nina.

»Lassen Sie sich nicht unterkriegen – aber ich kann es verstehen. Vor zwanzig Jahren war ich mal Zeuge in einem Betrugsfall. Das war nicht schön.«

Nicht schön! So kann man es auch sagen, dachte sich Nina, während Grant ihr mitteilte, wie sehr er sich schon auf sie freue, und ihr noch einen guten Flug wünschte.

Nina nahm einen kräftigen Schluck vom Wodka, der neben ihrem Teller stand. Vielleicht gibt sich meine Mutter ja mit der Summe zufrieden, die noch übrig ist, wenn ich Josh bezahlt habe, dachte sie. Vor allem wenn sie erfährt, dass ein renommierter Filmproduzent wie Grant tatsächlich Interesse an mir zu haben scheint!

80

Im Mount Sinai Hospital sah Leo mit wachsender Ungeduld auf seine Uhr. Es war zwanzig vor acht, und Laurie war immer noch nicht da. Als er schon überzeugt war, sie würde Timmys Anruf im Wagen entgegennehmen, erschien sie allerdings in der Tür. Den großen, beeindruckenden Kerl hinter ihr erkannte er sofort als den berühmten Alex Buckley.

Laurie eilte zu ihm und umarmte ihn. »Dad, tut mir leid. Den East River Drive sollte man am besten im Meer versenken. Auf der Hundred Fifty-fifth Street war ein Unfall, bloß ein kleiner Blechschaden, aber nach dem Stau, den er verursacht hat, hätte man meinen können, es hätte einen Terroranschlag gegeben.«

»Entspann dich«, sagte Leo, »sonst bist du noch die Nächste mit Herzkammerflimmern.« Er sah zu Alex. »Meinen Sie nicht auch, Herr Anwalt?«

»Ich meine jedenfalls, dass Ihre Tochter unter enormem Druck steht«, sagte Alex und zog sich einen Stuhl an Leo Farleys Bett. »Aber sie macht ihre Sache ganz hervorragend, das kann ich Ihnen versichern.«

»So, Laurie, bevor du mich wieder danach fragst, ja, es geht mir gut, und, ja, ich werde morgen entlassen«, verkündete Leo Farley. »Um wie viel Uhr bist du mit deiner Hexenjagd fertig?«

»Hey, Dad, Respekt vor meiner Arbeit hört sich anders an«, protestierte Laurie.

»Ich habe großen Respekt vor deiner Arbeit«, sagte Leo. »Aber wenn ich zwanzig Jahre lang mit einem Mord davongekommen wäre und jetzt im Rampenlicht stünde, wo jedes Wort von mir auf die Goldwaage gelegt wird, dann würde ich ganz schön Muffensausen haben und alles, wirklich alles tun, damit ich auch weiterhin unentdeckt bleibe.«

Alex bemerkte, dass sowohl Leo als auch Laurie wiederholt auf ihre Armbanduhren sahen. Es war fünf vor acht.

»Timmy ist spät dran. Ich ruf lieber noch mal bei der Camp-Leitung an und frage nach, ob alles in Ordnung ist«, sagte Leo.

»Du hast bei der Camp-Leitung angerufen, Dad?«, fragte Laurie.

»Aber sicher doch. Ich muss mich doch vergewissern, dass sie aufpassen und nicht nachlässig werden. Was meinen Sie, Alex?«

»An Ihrer Stelle würde ich genauso handeln«, stimmte Alex zu.

Als in diesem Moment Lauries Handy klingelte, seufzten sie alle drei erleichtert auf. »Hallo, Timmy«, kam es unisono von ihr und von Leo, noch bevor es ein zweites Mal klingeln konnte.

»Hallo, Mom«, war eine glückliche Jungenstimme zu hören. »Ich hab gedacht, ich warte noch, damit du zu Hause bist und Grandpa auch da ist, wenn ich anrufe.«

»Also, wir sind beide da«, antwortete Laurie.

Daraufhin beschrieb Timmy, was er an dem Tag alles gemacht hatte. Er gehörte zur ersten Gruppe im Schwimmteam, er mochte die anderen in seinem Zelt, das Freizeitcamp machte ihm großen Spaß. Erst am Schluss bekam seine Stimme etwas Wehmütiges. »Ihr fehlt mir. Kommt ihr auch ganz bestimmt am Besuchstag zu mir?«

»Darauf kannst du aber wetten«, sagte Leo entschieden. »Und hab ich jemals ein Versprechen gebrochen, das ich dir gegeben habe?«

»Nein, Grandpa.«

»Und glaubst du, dass ich jetzt damit anfange?«, fragte Leo mit gespielter Ernsthaftigkeit.

Der wehmütige Ton war verschwunden. »Nein, Grandpa«, rief Timmy fröhlich.

Nachdem sie sich verabschiedet hatten, sah Laurie zu Alex. »Das«, sagte sie voller Stolz, »ist mein Kleiner.«

»Scheint ein toller Bursche zu sein«, antwortete Alex.

»So, und ihr beide geht jetzt was essen, damit ihr wieder rechtzeitig bei Robert Powell seid«, sagte Leo mit Nachdruck. »Es ist sowieso schon spät genug, Laurie. Außerdem hoffe ich, dass du dir ein paar Tage freinimmst, wenn die Dreharbeiten vorbei sind.«

»Dad, das ist das Letzte, was ich machen werde. Die Postproduktion ist manchmal der anstrengendste Teil. Aber du hast natürlich recht – die Dreharbeiten sind, emotional gesehen, ein hartes Stück Arbeit. Und ich muss dir ganz ehrlich sagen, ich hoffe sehr, dass ich niemals unter Mordverdacht gerate.«

Alex wusste, worauf Laurie und ihr Vater ihre Gedanken richteten. »Aber wenn, dann werde ich Sie verteidigen – mit zehn Prozent Rabatt«, versprach er. Sie mussten beide lachen, und als sich Alex von Leo verabschiedete, sagte er noch: »Manchmal habe ich mit Fällen zu tun, bei denen ich gern eine professionelle Meinung hören würde. Was dagegen, wenn ich Sie mal zum Abendessen einlade?«

»Nein, das können wir gern machen«, antwortete Leo.

»Kann ich da mitkommen?«, fragte Laurie mit einem Lachen.

»Aber sicher«, sagte Alex, allerdings mit ernster Stimme.

Daraufhin verließen sie das Krankenhaus.

»Ich liebe Manhattan«, seufzte Laurie. »Nirgends fühle ich mich so zu Hause wie hier.«

»Da geht es mir genauso«, stimmte Alex zu. »Also, wir müssen um elf wieder in diesem Mausoleum sein, und jetzt ist es erst halb neun. Wie wäre es daher mit einem ganz entspannten Abendessen?«

»Wir haben davon gesprochen, irgendwo schnell einen Hamburger zu essen.«

»Vergessen Sie es. Das Marea in der Central Park South gehört zu den besten Restaurants der Stadt. Es ist eigentlich immer voll, aber um diese Zeit sind die Theaterbesucher schon fort. Irgendwelche Einwände?«

»Nein«, sagte Laurie. Sie spürte, wie sie sich allmählich entspannte, und nachdem es Leo wieder besser ging und Timmy sehr glücklich klang, freute sie sich auf das Abendessen mit Alex.

Exakt in diesem Moment überquerte Bruno auf dem Weg zu Timmys Freizeitcamp die Tappan Zee Bridge.

81

Vierzig Kilometer entfernt, in einem ebenso teuren Restaurant im Westchester County, tranken Robert Powell und Muriel Craig Champagner.

»Rob, mein Lieber, ich habe dich vermisst, oh, was habe ich dich vermisst!« Muriel griff über den Tisch nach seiner Hand. »Warum hast du mich denn nie angerufen?«

»Ich habe mich nicht getraut. Ich war sehr ungerecht zu dir, als wir uns getrennt haben. Du hast die Rolle für diese TV-Serie abgelehnt, die dann so erfolgreich gelaufen ist, und ich habe tief in deiner Schuld gestanden und nicht gewusst, wo ich überhaupt anfangen sollte.«

»Ich hab dich angerufen und dir geschrieben«, erinnerte Muriel ihn.

»Das hat meine Schuldgefühle bloß noch verstärkt«, gestand Robert Powell. »Ich habe dir noch gar nicht gesagt, wie bezaubernd du heute Abend aussiehst.«

Muriel wusste, dass das nicht nur schöne Worte waren. Sie hatte Meg und Courtney dazu bewegen können, sie zu schminken und zu frisieren. Dazu hatte sie in einer exklusiven Boutique in Bedford ein wunderbares Abendkostüm gefunden. Dass sie bereits auf dem Rodeo Drive in Hollywood ein wunderbares Abendkostüm mit dazu passenden Accessoires gekauft hatte, störte sie nicht weiter. Die Rechnungen wurden ja von Ninas Kreditkarte abgebucht.

»Ich glaube, wir sollten jetzt lieber mal bestellen«, sagte Robert.

Während des gesamten Essens mischte er in die Komplimente immer wieder geschickt seine subtilen Fragen. »Es hat
mir natürlich geschmeichelt, als ich gehört habe, wie wütend du
auf Nina warst, weil sie Claire und Betsy an den Tisch gerufen
hat.«

»Ich hätte sie deswegen umbringen können«, gestand Muriel.
Sie verschliff bereits leicht die Worte und sprach zu laut. »Ich
war ja so in dich verliebt.«

»Ich habe in den Jahren danach oft an dich denken müssen,
und immer habe ich mich gewundert, wie ich so dumm sein
konnte, mich von Betsy so hinreißen zu lassen. Wie sehr habe
ich das alles bedauert.« Er hielt inne. »Und dann, als ich Betsy
Gott sei Dank endlich los war, habe ich mir gewünscht, ich
wüsste, wem ich dafür zu danken habe.«

Muriel zögerte, dann sah sie sich um und vergewisserte sich,
dass die Gäste an den umliegenden Tischen in ihre Gespräche
vertieft waren. Zufrieden beugte sie sich weit über den Tisch, so
weit, dass sie das Revers ihres neuen Kostüms mit Butter ver-
schmierte.

»Robbie, willst du mir damit sagen, du wärst *froh* gewesen,
dass Betsy erstickt wurde?«

»Versprich mir, dass du es niemandem erzählst«, flüsterte er.

»Natürlich nicht. Das bleibt unser Geheimnis. Ähm ... du
weißt, wie eng mein Verhältnis zu meiner Tochter immer war?«

»Natürlich.«

»Gut, sie war nämlich sehr verärgert wegen der Einladung,
die Betsy mir geschickt hat – du weißt, sie hat da geschrieben,
ich soll sehen, wie glücklich du wärst und wie froh sie ist, dass
Nina sie dir vorgestellt hat ...«

»Davon habe ich später erfahren. Ich war entsetzt.«

»Ich war gekränkt, aber Nina war wütend. Sie hat gewusst,

354

wie sehr ich dich liebe. Rob, ich glaube ... ich glaube, Nina hat Betsy umgebracht. Sie hat es für mich getan, damit wir eine zweite Chance bekommen.«

»Weißt du das, oder ist das nur eine Vermutung, Muriel?« Plötzlich musterte er sie eindringlich, sein Ton war scharf.

Muriel Craig, die sein verändertes Verhalten nur am Rande wahrnahm, sah ihn an. »Natürlich weiß ich es, Robbie. Sie hat mich doch angerufen. Du weißt doch, ich war damals in Hollywood. Sie hat am Telefon geweint, und dann hat sie gesagt: ›Mommy, ich hab so große Angst, sie stellen so viele Fragen. Mommy, ich hab es doch für dich getan.‹«

82

Bevor alle ins Haus zurückkehrten, warf Jane noch mal einen letzten Blick auf die Gästezimmer. Sie hatte die Bar in der Bibliothek geöffnet und eine Platte mit kleinen Speisen bereitgestellt, so wie sie es auch am Abend der Mordnacht getan hatte. Ach, dachte sie, bald sind wir sie endlich alle wieder los!

Nach mehreren Tagen hektischer Aktivitäten im Haus war sie die gesegnete Stille kaum mehr gewohnt. Mr. Powell hatte die unmögliche Muriel Craig zum Abendessen ausgeführt. Keine Frage, sie sah sehr schön aus, es bestanden aber auch keine Zweifel, dass sie schon etwas angeheitert war.

Und in ihrem Badezimmer roch es leicht nach Zigarettenrauch.

Mr. Powell verachtete alle, die zu viel tranken oder rauchten.

Mr. Powell spielte mit Muriel. Jane kannte die entsprechenden Anzeichen. Auf ähnliche Art und Weise hatte Betsy auch mit Reginas Vater gespielt, bis sie ihn so weit hatten, dass er jeden Cent in ihren Hedgefonds steckte.

Oh, die beiden waren sehr versiert im Betrügen, dachte sie mit einiger Bewunderung. Und Betsy war dazu noch jemand, die ein Doppelspiel trieb. Geschickt hatte sie ihre kleinen Liebeleien vor Mr. Powell geheim gehalten.

Deshalb hat sie mir auch kleine Geschenke zugesteckt, damit ich den Mund halte, dachte Jane.

Jetzt aber machte sie sich Sorgen. Ihr war völlig entgangen, dass Josh sein eigenes kleines Spielchen trieb und Leute erpresste, nachdem er sie im Wagen belauscht hatte.

Würde Mr. Powell wissen, dass sie Betsy gedeckt hatte, würde er sie auf der Stelle feuern. Er durfte das daher nie erfahren. Aber wer sollte es ihm schon sagen? Josh jedenfalls nicht. Sonst würde er ebenfalls seine Stelle verlieren.

Ich hab immer noch den Schmuck, den George Curtis Betsy geschenkt hat, dachte Jane, als sie die Betten für die Gäste vorbereitete und die Rollläden herunterließ – etwas, was sie seit zwanzig Jahren nicht mehr getan hatte, außer natürlich für Mr. Powell. Manchmal legte sie ihm ein Stück Schokolade auf das Kissen, wie man es in den Hotels machte.

Mr. Curtis war am späten Nachmittag hier gewesen. Junge, Junge, er musste sich ganz schön gewunden haben, dachte sie, als er mit Alex Buckley über die Gala gesprochen hatte.

Nach der Gala hatte Jane die Platte mit den Speisen für die Absolventinnen hergerichtet und sie in die Bibliothek gebracht. In der ersten halben Stunde war ich ständig zwischen Küche und Bibliothek unterwegs gewesen, ich habe ihnen zugehört, bis sich Betsy verabschiedet hat. Dann haben sie mich so komisch angesehen, und ich habe ihnen auch eine gute Nacht gewünscht.

Wenn es hart auf hart kommt, könnte ich jede von ihnen in Schwierigkeiten bringen, sagte sie sich.

Sie legte den Kopf auf Mr. Powells Kissen, nur ganz kurz. Dann richtete sie sich auf und strich das Kissen schnell wieder glatt.

Morgen Abend um diese Zeit würden sie und Mr. Powell wieder ganz für sich sein.

83

»Es ist an der Zeit zurückzufahren«, sagte Alex widerstrebend. In den vergangenen eineinhalb Stunden hatte er bei einem ausgezeichneten Essen mit Laurie geplaudert und ihr von sich erzählt – von sich und seinen Eltern, die gestorben waren, als er noch das College besucht hatte, worauf er mit einundzwanzig Jahren zum Vormund seines jüngeren Bruders ernannt worden war.

»So ist er zu ›meinem Kleinen‹ geworden«, sagte er, um, entsetzt über die eigenen Worte, sofort zurückzurudern. »Tut mir leid, Laurie, aber das ist natürlich überhaupt kein Vergleich mit Ihrer Situation.«

»Nein«, antwortete Laurie nur. »Aber ich kann es nicht leiden, wenn die Leute jedes Wort mir gegenüber erst auf die Goldwaage legen. Das alles gehört eben zu meinem Leben. Und aus Ihrem Bruder ist ein erfolgreicher Anwalt geworden, und eines Tages wird Gregs Mörder vielleicht gefasst, und die schreckliche Last wird von mir genommen. Mein einziger Trost ist, dass der Mörder mich als Erstes schnappen will – hat er zumindest gesagt.« Sie nahm einen Schluck Champagner. »Darauf kann ich anstoßen!«

»Nein«, kam es vehement von Alex. »Trinken wir lieber darauf, dass der Mörder Ihres Mannes gefasst wird und für den Rest seines Lebens hinter Gitter muss.« Oder, aber das behielt er für sich, eiskalt erschossen wird – mit einer Kugel genau zwischen die Augen, so wie er Greg Moran erschossen hat.

Nur ungern ließ Alex die Rechnung kommen.

Eine Viertelstunde später fuhren sie auf dem Henry Hudson Parkway nach Westchester.

Alex sah, dass Laurie mit dem Schlaf kämpfte. »Hören Sie, machen Sie doch einfach die Augen zu. Sie haben mir gesagt, Sie haben letzte Nacht nur ganz schlecht geschlafen, weil Sie sich solche Sorgen um Ihren Dad machen. Und diese Nacht werden Sie wahrscheinlich auch nicht viel Schlaf bekommen.«

»Sie haben recht.« Laurie seufzte, dann schloss sie die Augen, und keine Minute später hörte er nur noch ihren gleichmäßigen Atem.

Hin und wieder sah er zu ihr hinüber. Die Straßenlichter beleuchteten ihr Profil, und dann drehte sie ihm im Schlaf den Kopf zu.

Er musste an Leo Farleys Befürchtungen denken. Sie verbrachten mit Personen die Nacht, unten denen sich mit hoher Wahrscheinlichkeit der Mörder oder die Mörderin von Betsy Powell befand – nur wer war es?

Und dann war da noch dieser Gärtner, der ihm irgendwie bekannt vorgekommen war. Was hatte es mit ihm auf sich? Gestern, als der Mann sich auf der Terrasse aufgehalten hatte, hatte er ein Foto von ihm geknipst und es seinem Rechercheur geschickt. Außerdem hatte er bei Perfect Estates angerufen und ihnen mitgeteilt, dass er aus Sicherheitsgründen von allen, die sich auf dem Grundstück aufhielten, die Namen überprüfen müsse.

Robert Powells Rede beim Mittagessen war eindeutig der Versuch, den potenziellen Täter einzuschüchtern und ihn zu einer unüberlegten Handlung zu bewegen, durch die er sich verraten könnte. Der Täter könnte jetzt also versucht sein, einen letzten, verzweifelten Schritt zu unternehmen.

Eine halbe Stunde später klopfte er Laurie auf den Arm. »Okay, Dornröschen«, sagte er. »Zeit zum Aufwachen. Wir sind da.«

84

Bruno stand in seiner Polizeiuniform im Büro des Freizeitcamps. Der Nachtaufseher war aus seiner Hütte geholt worden.

Toby Barber war sechsundzwanzig Jahre alt, ging meistens früh zu Bett und hatte einen gesegneten Schlaf. Müde rieb er sich jetzt die Augen, als er im Büro Bruno gegenübertrat, der eine äußerst besorgte Miene aufgesetzt hatte. »Tut mir leid, dass ich Sie störe, Mr. Barber, aber es ist sehr, sehr wichtig. Polizeichef Farley hatte einen schweren Herzinfarkt. Es ist damit zu rechnen, dass er nicht überlebt. Deswegen will er ein letztes Mal seinen Enkel sehen.«

Bruno, der über einiges schauspielerisches Talent verfügte, starrte dem jungen Angestellten eindringlich in die Augen.

»Man hat uns eingeschärft, auf Timmy besonders achtzugeben«, antwortete Toby und bemühte sich, ganz wach zu werden. »Ich weiß, dass sein Großvater heute unseren Leiter angerufen und ihm gesagt hat, dass er wegen Herzproblemen im Krankenhaus liegt. Ich rufe sofort meinen Boss an, ohne sein Einverständnis kann ich aber nichts machen. Er ist bei Freunden auf einer Geburtstagsfeier.«

»Polizeichef Farley liegt im Sterben«, sagte Bruno. Sein unterschwelliger Zorn war jetzt nicht mehr zu überhören. »Er will seinen Enkel noch einmal sehen.«

»Schon gut, ich verstehe ja«, erwiderte Toby nervös. »Ist doch bloß ein Anruf.«

Aber es meldete sich niemand.

»Wahrscheinlich hört er sein Handy nicht«, sagte Toby beunruhigt. »Ich probier es in ein paar Minuten noch mal.«

»So lange werde ich nicht warten!«, donnerte Bruno los. »Der Polizeichef ist so gut wie tot, und er will noch einmal seinen Enkel sehen!«

Barber, nun völlig eingeschüchtert, gab nach: »Gut, ich hol Timmy. Ich werde ihm noch beim Anziehen helfen.«

»Das ist nicht nötig. Bademantel und Hausschuhe reichen völlig!«, befahl Bruno. »Er hat zu Hause genügend Sachen zum Anziehen.«

»Ja, natürlich, Sie haben recht. Ich hole ihn.«

Zehn Minuten später hatte Bruno den verschlafenen Timmy an der Hand und brachte ihn in seinen Wagen.

Innerlich jubilierte er und freute sich auf das, was kommen sollte.

85

Robert Powell traf zu Hause ein, um seine über Nacht bleibenden Gäste zu begrüßen.

Muriel eilte nach oben und wechselte ihr Jackett. Als sie sich im Spiegel sah, erschrak sie über sich selbst, frischte schnell ihr Make-up auf und bürstete sich die Haare. Dann ging sie nach unten, bemüht, sich nicht anmerken zu lassen, wie unsicher sie auf den Beinen war. Nina kam als Nächste in die Bibliothek, und in ihrem Blick lag nichts als Verachtung für ihre Mutter.

Warte nur!, dachte Muriel, ging zu Rob und gab ihm einen Kuss auf die Wange. Zärtlich legte er den Arm um sie.

Kurz darauf, mit wenigen Minuten Abstand, trafen auch Claire, Regina, Alison und Rod ein. Laurie und Alex waren die Letzten.

Jane stand an der Bar und servierte Wein und Likör.

Robert Powell erhob sein Glas. »Ich kann Ihnen allen nicht genug danken, dass Sie heute Abend hier bei mir sind, und ich möchte mich dafür entschuldigen, was Sie seit zwanzig Jahren ertragen mussten. Wie Sie wissen, hat auch mich stets dieser schreckliche Mordverdacht verfolgt. Aber es freut mich, sagen zu können, dass ich morgen der ganzen Welt verkünden werde, wer meine geliebte Betsy getötet hat – ich werde den Mörder namentlich nennen. Stoßen wir also darauf an, dass diese schwere Last endlich von uns genommen ist, und wünschen wir uns allen eine gute Nacht.«

Es herrschte gespenstische Stille. Die Platte mit den von

Jane so sorgfältig vorbereiteten Häppchen wurde nicht ange-rührt.

Jeder stellte wortlos sein Glas ab und verließ den Raum.

Josh harrte im Flur aus, um Jane noch beim Aufräumen zu helfen.

Laurie und Alex warteten, bis die anderen oben waren, bevor sie sich von Robert Powell für die Nacht verabschiedeten.

»Sie haben sich weit aus dem Fenster gelehnt, Mr. Powell«, sagte Alex. »Das war eine sehr provokante Aussage. Meinen Sie wirklich, dass sie nötig war?«

»Ich meine, dass sie absolut nötig war«, antwortete Robert Powell. »Viele Jahre habe ich über diesen Mord nachgedacht und mir vorzustellen versucht, wer von den vier jungen Frauen sich in Betsys Schlafzimmer geschlichen und sie erstickt ha-ben könnte. Ich weiß, Betsy hatte ihre Fehler, aber für mich war sie genau die richtige Frau. Seit zwanzig Jahren fehlt sie mir. Warum, glauben Sie wohl, habe ich nie wieder geheiratet? Weil sie für mich unersetzlich war.«

Was, fragte sich Laurie, blieb dann jetzt für Muriel Craig?

»Und jetzt wünsche ich Ihnen eine wunderschöne Nacht«, sagte Powell fast schroff.

Alex begleitete Laurie noch zu ihrem Zimmer. »Sperren Sie die Tür ab«, sagte er. »Wenn Powell recht hat, dürfte sich jetzt je-mand fieberhaft überlegen, was er tun soll. Es klingt vielleicht verrückt, aber diese Person könnte Ihnen die Schuld für alles ge-ben, weil Sie sich die Sendung ausgedacht haben.«

»Oder Ihnen, weil Sie alle dazu gebracht haben, zuzugeben, wie sehr sie Betsy gehasst haben.«

»Um mich mache ich mir keine Sorgen«, sagte Alex leise. »Legen Sie sich schlafen, und sperren Sie die Tür ab.«

86

Regina saß auf der Bettkante. Er meint mich, ich weiß es, dachte sie. Josh muss ihm den Abschiedsbrief zugesteckt haben. Ob ich dann trotzdem das Geld bekomme? Ich könnte es gut für die Verteidigung brauchen, falls es wirklich so weit kommt. Zwanzig Jahre lang habe ich mir gewünscht, dass es endlich ein Ende nimmt, und jetzt ... jetzt ist es so weit.

Mit mechanischen Bewegungen schlüpfte sie in ihren Pyjama, ging ins Bad, wusch sich das Gesicht, schaltete das Licht aus und legte sich ins Bett. Schlaflos starrte sie anschließend in die Dunkelheit.

87

Alison und Rod lagen nebeneinander, die Hände unter der Decke verschränkt.

»Ich hab es getan«, sagte Alison. »Ich weiß es, ich war in Betsys Schlafzimmer, ich hab vom Schrank aus alles mit angesehen.«

»Was hast du mit angesehen?«, fragte Rod.

»Wie jemand Betsy ein Kissen aufs Gesicht gedrückt hat. Aber, Rod, das war nicht einfach nur irgendjemand ... das war *ich!*«

»Sag das nicht!«

»Es war aber so, Rod. Ich weiß es, ich war es!«

»Das weißt du nicht! Hör auf damit!«

»Rod, man wird mich ins Gefängnis stecken.«

»Nein, das wird man nicht! Aus einem ganz einfachen Grund: Ich kann ohne dich nicht leben.«

Alison starrte in die Dunkelheit, und in diesem Moment erkannte sie, was sie in ihrem Groll all die Jahre über nie hatte wahrhaben wollen. »Rod«, sagte sie leise, »ich weiß, du hast immer geglaubt, ich hätte dich nur geheiratet, weil du mir das Medizinstudium finanzieren wolltest. Vielleicht habe ich das sogar selbst geglaubt. Aber du warst nicht der Einzige, der sich am ersten Tag im Kindergarten verliebt hat. Ich habe mich auch verliebt. Es ist alles so fürchterlich, aber jetzt weiß ich, dass ich zwanzig Jahre meines Lebens mit meinem Hass auf Betsy Powell vergeudet habe.«

Freudlos lachte sie auf. »Wenn mir wenigstens bewusst gewesen wäre, was ich getan habe, als ich sie umgebracht habe – aber sogar das, sogar diese einzige Befriedigung war mir nicht vergönnt.«

88

Claire saß auf der Couch in ihrem Zimmer und versuchte erst gar nicht zu schlafen.

Er hat also wirklich meine Mutter geliebt, dachte sie. Und ich habe es zugelassen, dass er in mein Zimmer gekommen ist, von Anfang an – keinen Monat nach unserem Umzug in dieses Haus – habe ich es zugelassen, ihr zuliebe. Sie wirkte so glücklich, und ich wollte, dass es so bleibt. Ich war felsenfest davon überzeugt, dass sie sofort wieder ausgezogen wäre, wenn ich ihr davon erzählt hätte – und was wäre dann aus uns geworden?

Wir hätten wieder in so einem winzigen Loch leben müssen. Wie früher hätte sie sich dauernd mit anderen Männern getroffen, immer auf der Suche nach jemand wie Robert Powell. Als ich noch klein war, sind wir uns so nah gewesen. Ich hatte das Gefühl, ich wäre es ihr schuldig. Das war mein großes Geheimnis, dieses Opfer, das ich für meine Mutter gebracht habe. Und jede Nacht, in der er nicht zu mir gekommen ist, habe ich als Segen empfunden. Und dann habe ich sie zufällig belauscht, er hat ihr von der vorherigen Nacht erzählt, und sie hat sich richtig gefreut, dass ich so entgegenkommend war.

Verflucht soll sie sein, verflucht, tausendmal verflucht!

Seit meinem dreizehnten Lebensjahr habe ich sie in Gedanken erwürgt. Wenn ich in dieser Nacht wirklich diejenige gewesen bin, die sie umgebracht hat, und jemand hat mich gesehen, dann soll es so sein ... dann soll es eben so sein!

89

Nina legte sich nicht schlafen, sondern saß im Schneidersitz auf dem Bett und ging in Gedanken die Ereignisse des Tages durch. War es möglich, dass ihre Mutter ihre Drohung tatsächlich wahr gemacht hatte? Sie ist eine gute Schauspielerin, dachte Nina, wer würde ihr nicht glauben?

Ich verstehe nicht, warum sich Robert Powell so von Betsy hat um den Finger wickeln lassen und nicht gesehen hat, wer sie wirklich war. Aber vielleicht *hat* er es auch gesehen und es einfach aufregend gefunden.

Rob hat meiner Mutter in den letzten zwei Tagen etwas vorgemacht, und in ihrer Dummheit ist sie darauf hereingefallen. Wenn sie wirklich allen Ernstes behauptet, ich hätte den Mord an Betsy gestanden, kann ich nichts dagegen vorbringen. Und wenn Rob ihr morgen die Tür weist, kann sie sofort zur Polizei gehen und die Belohnung einfordern. Und ich bin völlig machtlos dagegen.

90

Als im Haus das letzte Licht ausging, stieg Bruno aus dem Wagen. Er hatte Timmy eine Schlaftablette eingeflößt, hatte ihn sich über die Schulter gelegt, stieg vorsichtig über den Zaun und bewegte sich ganz langsam, um ihn nicht zu wecken. So trug er ihn zum Poolhaus und öffnete die Tür zum Werkzeugraum. Dort legte er ihn auf die Decken, die er schon für ihn vorbereitet hatte, und fesselte ihm lose Hände und Füße.

Timmy strampelte etwas, protestierte murmelnd, als Bruno ihm einen lockeren Knebel um den Mund band, dann fiel er wieder in Tiefschlaf.

Am Morgen würde sich Bruno wieder vom Pick-up der Gärtnerei abholen lassen. Immer im alltäglichen Trott bleiben, nicht aus der Reihe tanzen und nur nicht auffallen. Dem Jungen, dachte er, sollte bis dahin nichts passieren. Selbst wenn er aufwachte, käme er nicht ins Freie und könnte sich auch nicht den Knebel entfernen. Bruno hatte ihm die Hände auf den Rücken gebunden.

Nachdem jetzt das Ende nahte, war er erfüllt von einer tödlichen Ruhe – und so, wusste er, würde es auch bleiben. Er sah auf Timmys schlafendes Gesicht, das im Licht des Vollmonds deutlich zu erkennen war. »Irgendwann hättest du genau wie dein Daddy ausgesehen«, sagte er, »und deine Mommy ist jetzt gleich da drüben im Haus und weiß nicht, dass du hier bist. Na, warten wir mal ab, bis sie herausfindet, dass du vermisst wirst.«

Er wusste, er sollte jetzt gehen, aber er konnte nicht widerstehen – er griff in seine Tasche und zog eine kleine Dose heraus. Er öffnete sie, entnahm ihr die blauen Kontaktlinsen und setzte sie sich ein. Er hatte sie an jenem Tag getragen, weil er damit auffiel, eine reine Vorsichtsmaßnahme, für den Fall, dass jemand ihn sah und eine Beschreibung von ihm ablieferte. Und noch immer hörte er deutlich Timmys Worte: *»Der Mann mit den blauen Augen hat meinen Daddy erschossen.«*

Ja, das hab ich gemacht, dachte er. Das hab ich gemacht.

Er nahm die Linsen heraus, er wollte sie sich für den morgigen Tag aufheben.

91

Leo Farley konnte nicht schlafen. Der Polizist in ihm war voller Unruhe, auch wenn er versuchte, sie zu verdrängen.

Laurie geht es gut, redete er sich ein. Und ich bin froh, dass Alex Buckley mit im Haus ist. Er mag Laurie, das sieht man sofort, wichtiger aber ist, dass er weiß, wie brisant die Situation dort ist.

Timmy klingt, als würde es ihm ganz großartig gehen. Am Sonntag sehen wir ihn endlich wieder. Warum zum Teufel habe ich dann das Gefühl, als würde irgendwas überhaupt nicht stimmen? Vielleicht liegt es an den Herzmonitoren, die treiben jeden in den Wahnsinn.

Die Schwester hatte ihm eine Schlaftablette auf dem Nachttisch dagelassen. »Nichts Starkes«, hatte sie ihm versichert, »aber sie beruhigt und sorgt dafür, dass Sie Ihren Schlaf bekommen.«

Leo nahm sie, warf sie dann aber wieder auf den Nachttisch. Ich will nicht halb belämmert aufwachen, dachte er wütend.

Und außerdem würde sie mir sowieso nicht beim Einschlafen helfen.

92

Um drei Uhr morgens verließ Jane das Bett, öffnete die Tür ihrer Wohnung und schlich sich leise in das Zimmer, in dem Muriel Craig untergebracht war.

Deren lautes Schnarchen war Beweis genug, dass sie zu viel getrunken hatte. Auf Zehenspitzen näherte sich Jane dem Bett, beugte sich über die schlafende Gestalt, hob das Kissen hoch, das sie in der Hand hielt, und presste es Muriel mit einer schnellen Bewegung aufs Gesicht.

Mit einem abrupten Würgelaut verstummte das Schnarchen. Muriel rang nach Luft, aber die starken Hände der Angreiferin hielten das Kissen unerbittlich fest.

Muriel schlug um sich und versuchte das Kissen wegzudrücken. »Ganz ruhig«, flüsterte jemand.

Und mit einem Mal war Muriel wieder klar im Kopf.

Ich will nicht sterben!, dachte sie. Ich will nicht sterben!

Ihre langen Fingernägel gruben sich tief in die Handrücken der Angreiferin, kurz lockerte diese daraufhin ihren Griff, und Muriel schlug das Kissen weg und schrie laut auf. Noch im gleichen Moment wurde ihr das Kissen erneut und noch fester aufs Gesicht gedrückt. »Du glaubst doch nicht, dass ich ihn dir überlasse«, zischte Jane. Ihre Stimme war rau und abgehackt, während sie Muriel mit aller Kraft das Kissen aufs Gesicht presste. »Vielleicht wissen sie ja alle, dass ich Betsy umgebracht habe, aber *du* wirst ihn nicht kriegen. *Er gehört nämlich mir! Er gehört mir!*«

Muriels Schrei war im gesamten Obergeschoss zu hören gewesen. Alle schreckten auf, für einen Moment unsicher, ob sie richtig gehört hatten.

Alex kam als Erster ins Zimmer, stürzte sich auf Jane, riss sie zu Boden, und als er das Licht einschaltete, sah er, dass Muriel schon ganz blau im Gesicht war und nicht mehr atmete. Er hob sie aus dem Bett, legte sie auf den Boden und begann mit der Herzdruckmassage.

Auch Robert Powell kam durch den Flur gelaufen, aus der anderen Richtung erschienen Rod und die vier Absolventinnen. Jane hatte immer noch das Kissen in der Hand. Gehetzt sah Jane vom einen zum anderen, dann rannte sie los.

»Sie?«, schrie Powell und nahm die Verfolgung auf. »*Sie* waren es?«

Keuchend hetzte Jane die Treppe hinunter und durch die Küche, schob die Terrassentür auf, rannte hinaus in die Dunkelheit und wusste nicht, wohin. Sie stand direkt neben dem Pool, als Robert Powell sie packte.

»Sie haben sie umgebracht«, keuchte er. »*Sie?* Zwanzig Jahre habe ich Sie Tag für Tag gesehen, und nicht eine Minute habe ich geahnt, dass Sie meine Betsy ermordet haben.«

»Ich liebe dich, Rob«, stammelte sie. »Ich liebe dich, ich liebe dich, ich liebe dich.«

»Sie können nicht schwimmen, oder? Sie haben Angst vor dem Wasser, nicht wahr?« Abrupt stieß er sie ins Becken, und um ihre verzweifelten Hilfeschreie zu übertönen, rief er laut: »Jane, Jane, haben Sie keine Angst, wir wollen Ihnen doch nur helfen, Jane, wir wollen Ihnen helfen. Wo stecken Sie denn?«

Als er sich davon überzeugt hatte, dass sie untergegangen war, lief er am Poolhaus vorbei und über die Anfahrt, bis er erschöpft zusammenbrach. So fand ihn der eintreffende Streifenwagen. Ein Polizist ging neben ihm in die Hocke. »Alles in

Ordnung, Mr. Powell, alles in Ordnung? Wissen Sie, wo sie hin ist?«

»Nein.« Robert Powell war kreidebleich, sein Atem ging schwer. In diesem Moment wurde die Außenbeleuchtung angeschaltet, und das gesamte Anwesen war in grelles Licht getaucht. »Vielleicht im Poolhaus«, röchelte er. »Vielleicht versteckt sie sich dort.«

Sirenen ertönten, weitere Streifenwagen kamen über die Anfahrt. In einem von ihnen saß Ed Penn.

»Seht im Poolhaus nach!«, rief der Polizist neben Powell.

Einer der Beamten rannte zum Poolhaus und wollte gerade die Tür öffnen, als die Stimme eines Kollegen zu hören war: »*Hier* ist sie!«

Er stand am Becken und starrte ins Wasser. Jane war mit dem Gesicht nach oben auf den Boden gesunken, hatte die Augen weit aufgerissen und die Hände geballt, als hielte sie immer noch das Kissen umklammert. Der Beamte sprang ins Wasser und brachte sie an die Oberfläche, andere halfen ihm, sie nach draußen zu schaffen und auf den Fliesen abzulegen. Sofort begannen sie mit Wiederbelebungsmaßnahmen, nach mehreren Minuten aber stellten sie die vergeblichen Versuche ein.

Im Haus war es Alex mittlerweile gelungen, Muriel zu reanimieren. Reglos standen die Absolventinnen und Rod um sie herum. »Rob, Rob«, war das Erste, was Muriel stöhnte, als sie allmählich wieder zu Bewusstsein kam.

Ninas hysterisches Lachen war im ganzen Haus zu hören.

93

Eine geschlagene Viertelstunde wartete Bruno auf dem Bürgersteig, bis Dave Cappo ihn endlich um acht Uhr abholte, damit er ihn zum Powell-Anwesen bringen konnte. Dave konnte es kaum erwarten, seine Neuigkeiten loszuwerden.

»Schon gehört, was da los war?«, fragte er.

»Was?«, fragte Bruno, obwohl ihn Cappos Klatschgeschichten eigentlich nicht die Bohne interessierten.

»Die Haushälterin war es! Sie hat vor zwanzig Jahren Powells Frau umgebracht«, sprudelte es aus dem atemlosen Dave heraus. »Letzte Nacht hat sie es anscheinend wieder probiert, bei einer anderen, aber dabei ist sie erwischt worden. Und auf der Flucht ist sie in den Pool gefallen und ertrunken – sie konnte nämlich nicht schwimmen.«

Ist Timmy gefunden worden?, fragte sich Bruno erschreckt.

»Na, was sagst du dazu?«, kam es von Dave. »Ich meine, zwanzig Jahre lang werden die vier Absolventinnen verdächtigt, und dann stellt sich heraus, dass sie es gar nicht waren.«

»Was ist da jetzt los?«, fragte Bruno. Wenn Timmy gefunden wurde, kann Dave mich gleich wieder nach Hause kutschieren. Ich könnte so tun, als ob ich mich nicht wohlfühlen würde. Und dann verschwinde ich aus der Stadt. Timmy weiß nicht, wer ihn abgeholt hat. Trotzdem würde man wahrscheinlich bald nach mir suchen ...

»Ach, das Übliche«, sagte Dave. »Die Leiche ist in die Gerichtsmedizin gebracht worden. Angeblich wollte die Haushälterin die Mutter von einer der Absolventinnen umbringen. Muriel Craig, so heißt sie, sie soll Schauspielerin sein.«

»Ja, von der hab ich schon mal gehört.« Wahrscheinlich haben sie das Poolhaus also nicht durchsucht, dachte er. Es gab ja keinen Grund dafür. Also werde ich an meinem Plan festhalten.

Gewöhnlich setzte Dave ihn direkt vor dem Haus ab. »Ich weiß nicht, ob die uns heute reinlassen, aber wir können es ja mal versuchen«, sagte Dave. »Dann kannst du uns später erzählen, was da abgeht.«

Der Wagen wurde von einem Polizisten gestoppt. »Ich muss erst im Haus nachfragen«, sagte er. Er telefonierte und wandte sich an Bruno.

»Mr. Powell lässt Sie durch. Sie sollen sich um das Puttinggrün kümmern, das liegt noch außerhalb des Bereichs, der von unseren Leuten abgesperrt wurde.«

Mit unbeteiligter Miene stieg Bruno aus und ging langsam am Becken vorbei zum Poolhaus, trat ein, schloss hinter sich die Tür und eilte in den Werkzeugraum. Timmy war aufgewacht und wand sich auf den Decken. Tränen liefen ihm über das Gesicht. Bruno kniete sich neben ihn.

»Nicht weinen, Timmy«, sagte er. »Mommy kommt doch bald. Ich gebe dir auch was zu essen und lass dich auf die Toilette. Dann wird dich Mommy zu Grandpa bringen. Ist das okay?«

Timmy nickte.

»So, und jetzt musst du mir versprechen, dass du nicht schreist, wenn ich dir Frühstücksflocken gebe. Versprichst du mir das?«

Timmy nickte wieder.

Neben dem Werkzeugraum gab es eine kleine Toilette für die Angestellten. Bruno trug Timmy dorthin und stellte sich mit ihm über die Schüssel. »Nun mach«, sagte er. Es wird sowieso dein letztes Mal sein, dachte er sich.

Dann legte er Timmy wieder auf die Decken, ging in die Küche und brachte Cheerios, Milch und Orangensaft.

»Ich werde dir den Knebel abnehmen«, sagte er. »Und ich lass dich was essen, aber beeil dich.«

Verängstigt gehorchte Timmy.

Als er fertig war, legte Bruno ihm wieder den Knebel an und vergewisserte sich erneut, dass er nicht zu straff saß. Er schubste Timmy auf die Decken. »Du kannst hier herumlärmen, so viel du willst, es wird dich keiner hören«, warnte er. »Aber wenn du ganz, ganz leise bist, wird Mommy dich holen kommen, versprochen.«

Bruno griff sich einen Rechen, verließ den Werkzeugraum, schloss die Tür und sperrte sie ab.

Er ging nach draußen und machte sich auf dem Puttinggrün zu schaffen.

94

Noch vor dem Eintreffen der Polizei war Josh in Janes Wohnung gestürzt, hatte nach dem versteckten Schmuck gesucht, den George Curtis Betsy geschenkt hatte, und ihn schließlich auch gefunden. Jetzt hatte er ihn sicher in seiner Tasche stecken, ohne dass irgendjemand davon wusste. Er hatte zwar immer vermutet, dass Jane verrückt war nach Mr. Powell, aber dass sie Betsy auf dem Gewissen hatte, war nun doch eine Überraschung.

Um neun Uhr erschienen alle, die im Haus übernachtet hatten, zum Frühstück. Es fiel kaum ein Wort dabei. Den Absolventinnen schien es nur allmählich zu dämmern, dass die Verdachtsmomente gegen sie jetzt endgültig ausgeräumt waren.

Muriel hatte sich geweigert, ins Krankenhaus gebracht zu werden, und war im Bett geblieben, bis der Gerichtsmediziner Janes Leichnam abtransportiert hatte. Ihr Gesicht war geschwollen, ihre Stimme heiser, aber sofort wurde ihr klar, dass Robert jetzt wirklich allein war – und dass er natürlich wusste, dass sie ihn hinsichtlich Ninas angeblichen Geständnisses angelogen hatte. Andererseits, dachte sie, versteht er vielleicht, dass ich ihn nur angelogen habe, weil ich ihn doch so sehr liebe. So stand sie schließlich auf, duschte, schminkte sich sorgfältig und bürstete sich die Haare. Sie zog einen leichten Pullover, Freizeithosen und Sandalen an. Die Blutergüsse in ihrem Gesicht machten Rob hoffentlich deutlich, was sie alles für ihn auf sich genommen hatte.

Polizeichef Ed Penn hatte zusammen mit weiteren Beamten

nach dem Vorfall jeden im Haus befragt. Sämtliche Aussagen stimmten überein. Allem Anschein nach hatte Jane allein gehandelt, und allem Anschein nach war sie nach dem Mordversuch bei der Flucht aus dem Haus versehentlich in den Pool gefallen.

Unter diesen Umständen gab er den dringenden Bitten von Laurie und Alex nach, dass die Sendung zu Ende gebracht werden konnte. »Die Ermittlungen sind aber noch nicht abgeschlossen«, schränkte er ein. »Jeder wird auf die Dienststelle kommen und seine Aussage abgeben müssen. Solange also niemand die abgesperrten Bereiche betritt, lasse ich Sie weitermachen.«

In der Bibliothek warteten bereits Laurie und Alex, um mit Robert Powell das abschließende Interview zu führen.

Die anderen durften dabei zusehen. Sie hatten schon ihre Sachen gepackt, konnten es kaum erwarten, endlich abzureisen, und wollten immer noch nicht richtig glauben, dass der Albtraum vorbei war. So traten sie in die Bibliothek, nahmen hinter den Kameras Platz und warteten auf Robert Powell.

95

Mark Garret, der Camp-Leiter in Mountainside, starrte Toby Barber völlig entgeistert an. »Du meinst, du hast gestern Nacht Timmy Moran einfach so mit einem Fremden abziehen lassen?«

»Sein Großvater liegt im Sterben. Ein Polizist hat ihn abgeholt«, versuchte sich Toby zu rechtfertigen.

»Warum hast du mich nicht angerufen?«

»Hab ich doch. Du bist nicht rangegangen.«

Garret musste sich eingestehen, dass Toby recht hatte. Er hatte seine Jacke ausgezogen und im Partytrubel das Handy nicht mehr gehört.

Ich hab gestern erst mit Leo Farley gesprochen, versuchte er sich zu beruhigen. Es stimmt schon, er hat mir erzählt, dass er im Krankenhaus liegt.

Aber er hat mich auch eindringlich vor dem Täter gewarnt, der Timmys Vater umgebracht und den Jungen und seine Mutter bedroht hat. Was, wenn er es war, der jetzt Timmy abgeholt hat?

Mit einiger Beklemmung griff Garret zum Hörer. Leo Farleys Nummer lag auf seinem Schreibtisch, damit er jederzeit erreichbar war, sollte Timmy tatsächlich in Gefahr geraten. Jetzt konnte Garret nur hoffen und beten, dass Leo Farleys Zustand wirklich so ernst war wie behauptet.

Farley meldete sich beim ersten Klingeln.

»Hallo, Mark. Was gibt es?«

Garret zögerte, bevor er sich zu der Frage durchrang: »Wie geht es Ihnen, Mr. Farley?«

»Oh, mir geht es gut. Ich werde heute Morgen entlassen. Letzten Abend habe ich mit Timmy gesprochen. Es gefällt ihm sehr gut in Ihrem Camp.«

Mark Garret blieb nichts anderes übrig, als mit der Wahrheit herauszurücken: »Dann haben Sie ihn also gestern Abend nicht von einem Polizisten abholen lassen?«

Es dauerte einige Sekunden, bis Leo wirklich erfasste, was er soeben gehört hatte. Sein schlimmster Albtraum war Wirklichkeit geworden. Es konnte nur der Mann mit den blauen Augen gewesen sein, der sich Timmy geholt hatte.

»Sie meinen, Sie haben trotz meiner Warnungen meinen Enkel mit einem Fremden fortgehen lassen? Wie hat dieser Fremde ausgesehen?«

Garret bat Toby, den Polizisten zu beschreiben.

Der verzweifelte Leo bekam eine Beschreibung zu hören, die der von Margy Bless glich, die sie fünf Jahre zuvor nach dem Mord an Greg abgegeben hatte: von eher durchschnittlicher Größe, stämmig ...

»Hatte er blaue Augen?«, fragte Leo.

»Toby ist da nichts aufgefallen. Aber er war auch noch sehr verschlafen.«

»Sie Dummkopf!«, brüllte Leo und legte auf.

Er riss sich die Kabel ab, die ihn mit den Monitoren verbanden, und in seinem Kopf hörte er bloß noch die Worte, die Gregs Mörder damals Timmy zugerufen hatte: *»Sag deiner Mutter, dass sie die Nächste ist. Und dann bist du an der Reihe!«*

Hektisch wählte er Ed Penns Nummer. Wenn der Mörder seine Drohung wahr machte, würde er Laurie als Erstes umbringen. Er musste sofort zu ihr – und zu Gott beten, dass Timmy noch am Leben war!

96

Robert Powell, ausgezehrt und sichtlich mitgenommen, aber makellos mit Hemd, Krawatte und einem leichten Sommerjackett bekleidet, lauschte den einführenden Worten von Alex Buckley. Die Absolventinnen saßen hinter ihm.

»Mr. Powell, niemand unter uns hat erwartet, dass diese Sendung ein solches Ende nimmt. Haben Sie jemals vermutet, dass Jane Novak Ihre Frau umgebracht haben könnte?«

»Ganz und gar nicht«, antwortete Robert Powell. »Ich bin immer davon ausgegangen, dass eine der Absolventinnen die Täterin war. Welche, wusste ich natürlich nicht, aber ich wollte Antworten. Ich wollte einen Schlussstrich ziehen. Ich *brauchte* diesen Schlussstrich. Es geht mir gesundheitlich nicht gut, meine Tage sind gezählt. Ich habe vor Kurzem erfahren, dass ich neben anderen gesundheitlichen Problemen an einer besonders aggressiven Form von Bauchspeicheldrüsenkrebs leide. Es wird nicht mehr lange dauern, und ich werde mich zu meiner geliebten Betsy in den Himmel gesellen – oder in die Hölle.«

Schweigen.

»Ich habe vor, jeder Absolventin fünf Millionen Dollar zu vermachen. Ich weiß, Betsy und ich haben jeder von ihnen auf ganz unterschiedliche Weise großen Schaden zugefügt.«

Er drehte sich zu ihnen um und erwartete, dankbare Gesichter zu erblicken.

Was ihm stattdessen entgegenschlug, waren Abscheu und Verachtung.

97

»Es ist so weit«, sagte Bruno. »Wir werden jetzt deine Mommy anrufen müssen.« Er hatte sich wieder die Kontaktlinsen eingesetzt.

Timmy sah ihm in die blauen Augen, die ihn mehr als fünf Jahre seines jungen Lebens verfolgt hatten. »Du hast meinen Daddy erschossen«, sagte er.

»Das stimmt, Timmy, und ich will dir auch erzählen, warum. Eigentlich wollte ich nämlich kein Verbrecher mehr sein. Ich wollte von der Mafia weg. Ich war doch erst neunzehn. Ich hätte mir ein anderes Leben aufbauen können. Aber dein Großvater hat mich erwischt, als ich betrunken Auto gefahren bin. Ich hab ihn angefleht, mich gehen zu lassen, ich wollte mich am nächsten Tag zur Armee melden. Aber er musste mich ja unbedingt verhaften. Und dann hat die Armee mich nicht mehr genommen, und ich bin zurück zur Mafia. Und als ich in ein Haus eingebrochen bin, hat die alte Frau, die da gewohnt hat, einen Herzinfarkt bekommen und ist daran gestorben. Dafür haben sie mich dreißig Jahre eingebuchtet.«

Brunos Gesicht war vor Wut verzerrt. »Ich hätte alles machen können. Ich kann Computer zusammenbauen. Ich kann mich in jeden Computer und in jedes Handy hacken. Und ich habe mir überlegt, wie ich es deinem Großvater heimzahlen kann. Daher bringe ich alle um, die er liebt – erst seinen Schwiegersohn, dann seine Tochter und dann dich. Ich habe deinen Vater getötet, aber dann haben sie mich wieder für fünf Jahre ins

Gefängnis gesteckt wegen so einem blöden Verstoß gegen die Bewährungsauflagen. So, Timmy, jetzt weißt du alles, und jetzt ist es an der Zeit, deine Mommy anzurufen.«

Die Absolventinnen verließen den Raum, und Robert Powell blieb mit Laurie und Alex zurück. Mit einem Kopfnicken gab Laurie dem Fernsehteam zu verstehen, dass es zusammenpacken konnte. Es war alles gesagt.

Alex spürte, wie sein Handy in der Tasche vibrierte. Aus seiner Kanzlei meldete sich der Rechercheur, den er wegen des Gärtners beauftragt hatte.

»Alex.« Der Rechercheur klang besorgt. »Der Gärtner, den wir überprüfen sollten ... es handelt sich nicht um Bruno Hoffa, sondern um einen gewissen Rusty Tillman. Der hat dreißig Jahre gesessen und ist vor fünfeinhalb Jahren entlassen worden, genau eine Woche bevor dieser Arzt erschossen wurde. Wegen eines Verstoßes gegen die Bewährungsauflagen wurde er damals erneut eingesperrt und kam vor fünf Monaten wieder frei. Wir haben sein Bild ...«

Alex ließ das Handy sinken. Entgeistert sah er zu Laurie, die in diesem Moment auf die Terrasse treten wollte. Er hörte noch ihr Handy klingeln, als er schrie: »Warten Sie, Laurie!«

Aber sie war bereits auf der Terrasse und hatte das Handy am Ohr.

»Timmy, du darfst doch tagsüber gar nicht telefonieren«, sagte sie. »Stimmt etwas nicht, mein Kleiner?« Dann sah sie auf.

Die Tür zum Poolhaus ging auf, und Timmy kam heraus. Er trug seinen Pyjama und darüber einen Bademantel. Der Gärtner hielt ihn an der Hand, und mit der anderen Hand richtete er ein Gewehr auf Timmys Kopf.

Mit einem Aufschrei stürzte sie los und rannte über den Rasen.

Polizeichef Ed Penn, von Leo Farley alarmiert, war bereits in Richtung Powell-Anwesen unterwegs. »Nicht die Sirenen anstellen«, wies er seinen Fahrer an. »Wir wollen ihn nicht warnen. Alle Einheiten sollen zum Powell-Anwesen kommen.«

Der Polizist im Streifenwagen an der Rückseite des Grundstücks, Officer Ron Teski, hatte bereits die Meldung empfangen. Er hatte sich durch die Sträucher geschlagen und war über den Zaun gestiegen. Obwohl Teski ein hervorragender Schütze war, hatte er im Dienst noch nie seine Waffe abfeuern müssen. Als er über den Rasen lief, wurde ihm klar, dass heute möglicherweise der Tag war, für den er immer trainiert hatte. Er sah, wie der Gärtner Timmys Hand losließ, laut auflachte und ihn zu Laurie laufen ließ, die keine zwanzig Meter von ihnen entfernt war.

In diesem Moment traf der Streifenwagen mit Ed Penn auf der Anfahrt ein. Penn stürzte aus dem Wagen, hatte bereits die Waffe gezückt, legte auf Bruno an und verfehlte ihn.

Mittlerweile war Laurie bei Timmy, sie beugte sich zu ihm hinunter und hob ihn hoch. Das war der Augenblick, in dem der Mörder alles ein für alle Mal beenden wollte. Er legte an, zielte auf Lauries Kopf, aber bevor er den Abzug durchdrücken konnte, traf ihn Officer Teskis erster Schuss in der Schulter. Bruno wurde herumgerissen, mühsam richtete er das Gewehr ein weiteres Mal auf Laurie, aber im gleichen Augenblick bohrte sich das nächste Geschoss in seinen Brustkorb.

Er sackte zu Boden, gleichzeitig splitterte Glas – das von ihm noch abgefeuerte Geschoss hatte die Glasschiebetür durchschlagen, und Powell, der noch immer in der Bibliothek saß, hob überrascht die Hand und wollte sich an die Stirn greifen … von der war allerdings nicht mehr viel übrig. Dann fiel er vom Sessel.

Sekunden später schlang Alex Buckley die Arme um Laurie und Timmy.

EPILOG

Ein halbes Jahr später trafen die Absolventinnen erneut zusammen – diesmal unter sehr viel glücklicheren Umständen.

Der Vorschlag ging auf Alex Buckley zurück, der sie zu Silvester in seine Wohnung eingeladen hatte. Das Leben aller Beteiligten hatte sich gravierend verändert, und er meinte, dass es an der Zeit sei, auch andere daran teilhaben zu lassen.

Claire hatte eine Therapie begonnen und konnte endlich darüber reden, was Robert Powell ihr angetan hatte. »Es war nicht meine Schuld«, konnte sie jetzt mit Überzeugung sagen. Sie schminkte sich wieder und musste auch nicht mehr ihre Ähnlichkeit mit ihrer Mutter verbergen. Nun saß sie, eine sehr hübsche Frau, mit ihren alten Freundinnen zusammen, lachte mit ihnen und erzählte von ihrem neuen Leben.

Regina hatte, nachdem sie das Geld für ihre Teilnahme an der Abschlussgala-Sendung erhalten hatte, als Erstes die Provision von Bridget Whiting zurückgezahlt. Der Immobilienmarkt schien sich zu erholen, und sie stand kurz davor, ein größeres Haus mit angeschlossenem Büro zu erwerben. Dass ihr Exmann und seine Frau mitten in einer äußerst unschönen Scheidung steckten, erfüllte sie mit nicht geringer Befriedigung. Zach verbrachte den Großteil seiner freien Zeit mit ihr.

Nina war mittlerweile mit Grant Richmond verlobt. Sie hatte ihren Anteil der Summe, die sie von Powell und der Produktionsfirma bekommen hatte, leichten Herzens ihrer Mutter überlassen, unter der Bedingung, dass sie keinerlei Kontakt mehr hatten. Muriel in ihrer typischen Art erzählte allen und jedem, wie sehr Robert sie geliebt habe und dass er sie hätte heiraten wollen, wäre er nicht durch diesen schrecklichen Unfall aus dem Leben gerissen worden.

Alison studierte tatsächlich Medizin in Cleveland, wo sie jeden Tag nach Hause fahren konnte. Sie witzelte, dass es ihr schwerfiel, mit ihren zwanzigjährigen Kommilitonen mitzuhalten. Und sie konnte mit der freudigen Nachricht aufwarten, dass sie im dritten Monat schwanger war. Rod hatte sie überrascht, indem er ebenfalls zu studieren begonnen hatte. Seit Jahren, stellte sich heraus, hatte er Pharmazeut werden wollen.

Die vier Absolventinnen waren allesamt der Meinung, dass Robert Powell erschossen wurde, bevor er wirklich hatte wiedergutmachen können, was er ihnen allen angetan hatte. Natürlich stellten sie sich die Frage, ob sie sein Geld angenommen hätten, wenn er noch am Leben gewesen wäre – und sie kamen zu dem Schluss, dass sie es wohl akzeptiert hätten.

Auch George Curtis war dazugeladen. Als er den anderen zuhörte, wurde ihm bewusst, wie gut er es getroffen hatte. Robert Powell hatte von seiner Affäre mit Betsy nie auch nur etwas geahnt. Isabelle hatte ihm verziehen. Er hätte sich zwanzig Jahre Seelenqualen sparen können, wenn er nicht so ein erbärmlicher Feigling gewesen wäre.

Bei dem Gedanken, was er jetzt am Speisetisch verkünden wollte, lächelte er aber. Robert Powell hatte den Absolventinnen jeweils fünf Millionen Dollar versprochen, sein Testament allerdings nicht mehr entsprechend ändern können. George wollte jetzt für ihn einspringen – er wollte den Frauen jeweils fünf Millionen Dollar schenken und damit den Schaden wiedergutmachen, den er ihnen durch sein zwanzigjähriges Schweigen zugefügt hatte.

Drei der Absolventinnen hatten sich mit Joshs Kassetten an

Polizeichef Penn gewandt. Josh war im Moment auf Kaution frei und erwartete seinen Prozess. Bei der Durchsuchung seiner Wohnung war der Schmuck aufgetaucht, den Jane gestohlen hatte. Da er ursprünglich Betsy gehört hatte, fiel er somit an Claire, die ihn in Empfang nehmen würde, wenn Joshs Prozess beendet und ein rechtsgültiges Urteil gesprochen war.

Alex Buckley hörte den vier Absolventinnen zu und bewunderte ihre Stärke und Unerschütterlichkeit. Dann richtete er den Blick auf Laurie. Zum ersten Mal seit Gregs Tod hatten Leo und sie Timmy bei einer Nachbarin gelassen, die jetzt auf ihn aufpasste. Und auch Leo und Laurie sahen anders aus, gelöster, entspannter, wenn sie mit den anderen lachten. Leo hatte fassungslos zur Kenntnis genommen, dass eine scheinbar routinemäßige Verhaftung wegen Trunkenheit am Steuer, die er als junger Streifenpolizist vorgenommen hatte, von Rusty Tillman alias Bruno Hoffa als das Ereignis aufgefasst worden war, das sein Leben zerstört und ihn letztlich dazu getrieben hatte, Greg zu ermorden – und Leo sowie dessen Tochter und Enkelsohn dazu zu zwingen, jahrelang unter seiner Bedrohung zu leben.

Wie von Laurie vorhergesehen, war die TV-Serie *Unter Verdacht* ein großer Erfolg geworden.

Alex wusste, dass es noch zu früh war, ihr seine Liebe zu gestehen. Sie brauchte noch etwas Zeit, um über alles hinwegzukommen.

Aber ich kann warten, dachte er, egal, wie lange es dauern mag.

Danksagung

Wieder einmal ist eine Geschichte erzählt. Vergangenen Abend habe ich die letzten Sätze geschrieben, dann zwölf Stunden durchgeschlafen.

Diesen Morgen bin ich mit der heiteren Gewissheit aufgewacht, dass ich alle bereits abgesagten Termine mit meinen Freunden doch wahrnehmen kann.

Es erfüllt mich immer mit großer Zufriedenheit, wenn eine weitere Geschichte erzählt ist, wenn wieder eine Reise mit anderen geteilt werden kann, mit Figuren, die von mir geschaffen wurden und die mir ans Herz gewachsen sind – oder auch nicht.

Wie immer in den vergangenen vierzig Jahren war mein Lektor Michael V. Korda Kapitän meines Schiffes. Ich schicke ihm jedes Mal etwa zwanzig bis fünfundzwanzig Seiten, und wenn er anruft und mir mitteilt: »Die Seiten sind gut«, klingt das wie Musik in meinen Ohren. Anders gesagt: Michael, es ist einfach wunderbar, mit dir zusammenzuarbeiten.

Marysue Rucci, die neue Cheflektorin bei Simon & Schuster, ist eine wunderbare Freundin und Mentorin. Es ist eine Freude, mit ihr zu arbeiten.

Das Heimteam besteht aus meiner rechten Hand Nadine Petry, meiner Tochter Patty und meinem Sohn Dave, Agnes Newton und Irene Clark. Dazu kommen natürlich noch John Conheeney, bester Ehemann von allen, und meine gesamte Familie.

Steter Dank an die Leiterin der Satzredaktion Gypsy da Silva und die Art Directorin Jackie Seow, auf deren Covern ich immer so gut aussehe. Dank auch an Elizabeth Breeden.

So ist es also an der Zeit, daran zu denken, was als Nächstes kommen soll – aber das werde ich noch etwas zurückstellen. Morgen ist schließlich auch noch ein Tag.

Werkverzeichnis der Titel von Mary Higgins Clark

› Bonusmaterial

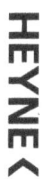

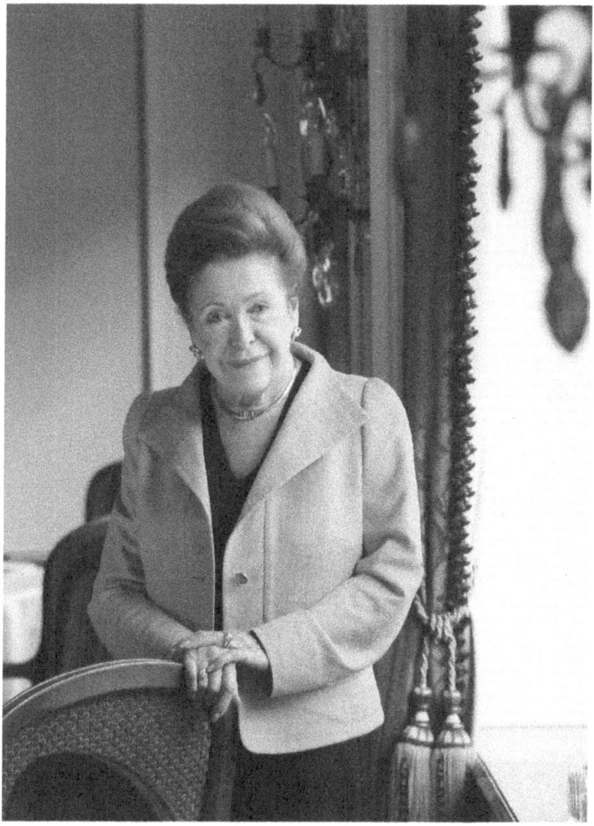

© Gunter Glücklich

HEYNE ‹

Die Autorin

Mary Higgins Clark, geboren 1928 in New York, wuchs in der Bronx auf. Ihr Vater starb, als sie kaum elf Jahre alt war. Die Mutter zog sie und ihre beiden Brüder allein groß. Nach der Highschool machte sie eine Ausbildung zur Sekretärin und war drei Jahre in einer Werbeagentur tätig, bevor sie das Reisefieber packte und sie ab 1949 als Stewardess für PanAm arbeitete. Ein Jahr später heiratete sie ihren Nachbarn Warren Clark. Kurz nach ihrer Hochzeit begann sie, Erzählungen zu schreiben. Sie verkaufte die erste im Jahr 1956 für einhundert Dollar an eine Zeitschrift. Nach dem plötzlichen Tod ihres Ehemanns im Jahr 1964 verfasste sie bald ihr erstes Buch, einen biografischen Roman über George Washington. Sie schrieb immer morgens zwischen fünf und sieben Uhr, bevor die fünf Kinder zur Schule mussten. Der erste Kriminalroman, *Wintersturm*, aus dem Jahr 1975 bedeutete einen Wendepunkt in ihrem Leben und in ihrer Karriere: Er wurde zum Bestseller. Neben dem Schreiben studierte sie Philosophie und schloss 1979 ihr Studium mit »Summa cum laude« ab.

Mary Higgins Clark zählt zu den erfolgreichsten Thrillerautorinnen weltweit. Mit ihren Büchern führte sie regelmäßig die internationalen Bestsellerlisten an und erhielt zahlreiche Auszeichnungen, u. a. den begehrten »Edgar Award«. 1996 heiratete sie John Conheeney. Die Autorin lebte und arbeitete in Saddle River, New Jersey, und starb am 31. Januar 2020 im Kreis ihrer Familie.

Aspire to the Heavens, 1969/
Mount Vernon Love Story, 2002

In ihrem Erstling gestaltet Mary Higgins Clark ein lebendiges Porträt George Washingtons. Wir begegnen einem jungen Mann, der einer unerfüllbaren Liebe nachtrauert, ehe er sein Herz seiner zukünftigen Frau öffnet ...

Wintersturm
(Where Are the Children?, 1975)

Ray und Nancy Eldredge leben mit ihren Kindern in einer malerischen Siedlung an der amerikanischen Ostküste. Aber die Idylle trügt: Ein geheimnisvoller, neurotischer Mörder entführt die Kinder des jungen Paares. Zug um Zug wird eine grauenvolle Vergangenheit aufgedeckt, die sich zu wiederholen droht ...

Die Gnadenfrist
(A Stranger Is Watching, 1978)

Ein Junge wird Zeuge des Mordes an seiner Mutter. Doch als sein Vater die Todesstrafe für den vermeintlichen Täter fordert, stellt eine spektakuläre Entführung die Ermittlungen auf den Kopf. Die Polizei beginnt einen nahezu aussichtslosen Wettlauf mit der Zeit ...

Wo waren Sie, Dr. Highley?
(The Cradle Will Fall, 1980)

Der Frauenarzt Dr. Highley unterhält eine renommierte Privatklinik in New Jersey. Aber er missbraucht seine Patientinnen auch für wissenschaftlich nicht fundierte Experimente. Eine Reihe von mysteriösen Todesfällen alarmiert schließlich die Polizei. Da macht die junge Richterin Katie DeMaio eine Beobachtung, die für sie höchst gefährlich wird ...

Schrei in der Nacht

(A Cry in the Night, 1982)

Eine Ehe verwandelt sich in ein Szenario des Grauens, als Jenny ihrem Mann in die Wälder Minnesotas folgt. Als Jennys Töchter verschwinden, begibt sie sich auf die Suche. In einer Jagdhütte macht sie eine furchtbare Entdeckung.

Das Haus am Potomac

(Stillwatch, 1984)

Die junge Patricia Traymore will ein Geheimnis lüften, das sie seit ihrer Kindheit bedrückt: der plötzliche, gewaltsame Tod ihrer Eltern. Als sie auf die ehrgeizige Senatorin Abigail Jennings trifft, ahnt sie nicht, dass sie in eine Auseinandersetzung gerät, die sie an den Rand des Abgrunds bringt.

Schlangen im Paradies

(Weep No More My Lady, 1987)

In der luxuriösen Umgebung einer exklusiven Schönheitsfarm versucht eine junge Schauspielerin, Klarheit über den Tod ihrer Schwester zu gewinnen. Aber hinter den Fassaden des Idylls lauert das Unheil. Elisabeth gerät in einen Strudel gefährlicher Ereignisse, die nicht nur ihr Leben bedrohen …

Das Anastasia-Syndrom oder Doppelschatten

(The Anastasia Syndrome and Other Stories, 1989)

Fünf Kurzgeschichten in einem Band: In der Titelgeschichte sucht Judith Case, eine erfolgreiche Historikerin, einen Psychiater auf, da es in ihrer Vergangenheit viele ungeklärte Fragen gibt. Er versetzt sie in Hypnose. Eine haarsträubende Reise beginnt …

Schlaf wohl, mein süßes Kind

(While My Pretty One Sleeps, 1989)

Dass Ethel Lambstons, eine elegante Gesellschaftskolumnistin, einfach so, ohne sich vorher mit entsprechender Garderobe einzudecken, verreist sein soll, kann Neeve nicht glauben. Schließlich ist Ethel eine der besten Kundinnen ihrer Modeboutique. Neeve beginnt, Nachforschungen anzustellen ...

Schwesterlein, komm tanz mit mir

(Loves Music, Loves to Dance, 1991)

Erin und Darcy antworten auf diverse Kontaktanzeigen, um einer Kollegin bei einer Untersuchung darüber zu helfen. Sie treffen sich mit Kandidaten und tauschen ihre Erfahrungen aus. Bis Erin eines Tages spurlos verschwindet ...

Dass du ewig denkst an mich

(All Around the Town, 1992)

Alles an Laurie Kenyon ist mysteriös. Als Kind wird sie entführt und bleibt zwei Jahre vermisst. Als sie aus dem Nichts wieder auftaucht, hat sie die Erinnerung verloren. Der plötzliche Tod ihrer Eltern erzeugt einen Schock, der eine Persönlichkeitsspaltung auslöst. Eine dieser Persönlichkeiten begeht einen Mord, für den Laurie vor Gericht steht, verteidigt von ihrer Schwester, einer talentierten Anwältin ...

Das fremde Gesicht

(I'll Be Seeing You, 1993)

Meghan Collins glaubt, ihr seit Monaten verschwundener Vater sei bei einem Unfall verstorben. Dann häufen sich die Hinweise, dass er noch am Leben ist. Die Suche nach ihm enthüllt merkwürdige Geschehnisse. Ist Meghans Vater ein Mörder?

Das Haus auf den Klippen

(Remember Me, 1994)

Mysteriöse Vorkommnisse in einem alten Kapitänshaus, hoch über den Klippen von Cape Cod, versetzen die Schriftstellerin Menley Nichols in Angst und Verzweiflung. Das Haus war schon einmal Schauplatz einer Tragödie ...

Sechs Richtige. Mordsgeschichten

(The Lottery Winner: Alvirah & Willy Stories, 1994)

Nachdem Alvirah und Willy 40 Millionen Dollar im Lotto gewonnen haben, könnten sie eigentlich in ihrem am Central Park gelegenen Apartment das Leben genießen. Alvirahs unheilvolles Hobby aber sind ungelöste Kriminalfälle ...

Ein Gesicht so schön und kalt

(Let Me Call You Sweetheart, 1995)

Als die Staatsanwältin Kerry McGrath einigen Patientinnen des renommierten Schönheitschirurgen Dr. Smith begegnet, macht sie eine grausige Entdeckung: Die Gesichtszüge ähneln denen der vor Jahren ermordeten Suzanne. McGrath nimmt die Nachforschungen auf und begibt sich selbst in größte Gefahr.

Stille Nacht

(Silent Night, 1995)

Der siebenjährige Brian hofft, ein Christophorus-Medaillon werde seinen todkranken Vater retten. Da wird es ihm auf der Straße von einer Frau entrissen. Brian nimmt die Verfolgung auf, ohne zu ahnen, in welche Gefahr er sich begibt. Die Heilige Nacht wird zum Albtraum ...

Mondlicht steht dir gut

(Moonlight Becomes You, 1996)

Nachdem ihre Stiefmutter ermordet wurde, beginnt die Mode-fotografin Maggie Holloway Nachforschungen in einem Altenstift anzustellen. Sie kommt zu einer erschütternden Erkenntnis: Auch andere ältere Damen sind auf unerklärliche Weise verstorben. Schließlich gerät Maggie selbst in eine tödliche Falle.

Und tot bist du

(My Gal Sunday: Henry and Sunday Stories, 1996)

Henry Parker Britland IV, früherer Präsident der Vereinigten Staaten, und seine Frau, die Kongressabgeordnete Sandra, betätigen sich als Privatdetektive. Selbst Kapitalverbrechen wie Mord und Entführung schrecken sie nicht ab ...

Sieh dich nicht um

(Pretend You Don't See Her, 1997)

Lacey Farrells Leben ändert sich schlagartig, als sie zur unfreiwilligen Zeugin eines Mordes wird. Warum musste Isabelle Waring sterben? Und was hat es mit dem rätselhaften Tagebuch ihrer Tochter Heather auf sich? Lacey ahnt nicht, in welche Gefahr sie sich begibt, denn der Mörder verfolgt nun sie.

Nimm dich in acht

(You Belong To Me, 1998)

Als eine Bekannte während einer Luxuskreuzfahrt spurlos verschwindet, versucht die Psychologin und Moderatorin Susan Chandler, die Wahrheit zu ergründen, und bringt sich dabei selbst in tödliche Gefahr.

In einer Winternacht

(All Through the Night, 1998)

Sondra weiß sich in ihrer Verzweiflung nicht anders zu helfen, als ihr Baby vor einer Kirche auszusetzen. Doch in jener Nacht ist sie nicht die Einzige, die Unlauteres im Sinn hat. Kurz nach ihr bricht ein Kunsträuber in die Kirche ein. Sieben Jahre später macht sich Sondra auf die Suche nach ihrem Kind …

Wenn wir uns wiedersehen

(We'll Meet Again, 1999)

Als Molly Lash nach sechs Jahren Gefängnis entlassen wird, ist sie entschlossen, den wahren Täter des Verbrechens zu finden, für das sie verurteilt wurde – den Mörder ihres Mannes. Sie macht sich auf die Suche und gerät in einen Albtraum …

Vergiss die Toten nicht

(Before I Say Good-Bye, 2000)

Nell McDermott plant eine Karriere in der Politik. Gegen den Willen von Adam, ihrem Mann. Da kommt Adam auf mysteriöse Art ums Leben. Nell recherchiert. Sie entdeckt eine Schmiergeldaffäre in der Immobilienbranche – und gerät ins Visier von Adams Killern.

Gefährliche Überraschung

(Deck the Halls, zusammen mit Carol Higgins Clark, 2000)

Privatdetektivin Regan Reillys Weihnachtstage werden turbulent: Kurz vor dem Fest wird ihr Vater Luke entführt, die Kidnapper fordern eine Million Dollar Lösegeld. Bei den Ermittlungen hilft die ambitionierte Alvirah Meehan, jene den Lesern bekannte Heldin aus *Sechs Richtige*.

Du entkommst mir nicht

(On the Street Where You Live, 2001)

Das Haus ihrer Urgroßmutter, in das die Strafverteidigerin Emily Graham gezogen ist, birgt unangenehme Überraschungen: Bei Gartenarbeiten taucht die Leiche einer Frau auf. Die Tote hält den Fingerknochen eines weiteren Skeletts in Händen...

Denn vergeben wird dir nie

(Daddy's Little Girl, 2002)

Ellie Cavanaugh ist außer sich, als der Mörder ihrer Schwester aus dem Gefängnis entlassen wird. Seit zwanzig Jahren ist Ellie von seiner Schuld überzeugt. Jetzt will sie endgültig den Beweis dafür erbringen – und ist bald in tödlicher Gefahr.

Und morgen in das kühle Grab

(The Second Time Around, 2003)

Nicholas Spencer, Leiter eines pharmazeutischen Forschungslabors, verschwindet spurlos. Dann wird enthüllt, dass er die Firma um Millionen betrogen hatte. Die Journalistin Marcia DeCarlo wagt sich bei ihren Recherchen zu weit vor – und gerät in Lebensgefahr.

Mein ist die Stunde der Nacht

(Nighttime Is My Time, 2004)

Ein Fluch scheint auf der ehemaligen Schulklasse von Jean Sheridan zu liegen. Bereits fünf ihrer früheren Mitschülerinnen sind tragisch ums Leben gekommen. Noch ahnt niemand, dass ein wahnsinniger Serienkiller dahintersteckt. Wird er sein mörderisches Werk beim nächsten Klassentreffen vollenden?

Hab acht auf meine Schritte

(No Place Like Home, 2005)

Bei einem schrecklichen Unfall tötet die kleine Liza Barton aus Versehen ihre Mutter. 24 Jahre später kehrt sie an den Ort des Geschehens zurück und erkennt, dass hinter dem angeblichen Unfall von damals der Plan eines Mörders steckte. Schon hat ein Verfolger ihre Spur aufgenommen: Nun soll auch sie sterben …

Weil deine Augen ihn nicht sehen

(Two Little Girls in Blue, 2006)

Margaret Frawleys dreijährige Zwillingstöchter werden entführt. Nach einer dramatischen Geldübergabe kommt eine Tochter frei, die andere aber sei gestorben, heißt es. Doch Margaret will nicht an den Tod ihres Kindes glauben …

Und hinter dir die Finsternis

(I Heard That Song Before, 2007)

Kay Lansing heiratet den viel älteren Peter Carrington, doch über ihrem Glück liegen die Schatten der Vergangenheit. Carrington wurde vor Jahren verdächtigt, etwas mit dem Verschwinden einer jungen Frau zu tun zu haben. Auch der Unfalltod seiner ersten Frau im Swimmingpool ist noch nicht aufgeklärt …

Warte bis du schläfst

(Where Are You Now?, 2008)

Vor zehn Jahren verschwand Carolyns Bruder von einem Tag auf den anderen spurlos. Um der quälenden Unsicherheit endlich ein Ende zu bereiten, beginnt Carolyn zu recherchieren. Sie stößt auf fürchterliche Verbrechen in der Vergangenheit – und auf einen Täter, dem sie bereits viel zu nahe gekommen ist.

Denn niemand hört dein Rufen

(Just Take My Heart, 2009)

Eine Schauspielerin wird brutal ermordet. Die angehende Staatsanwältin Emily Wallace übernimmt die Anklage. Zu spät erkennt sie, dass es eine Verbindung zwischen ihr und der Toten gibt. Längst ist sie selbst zur Zielscheibe des Bösen geworden.

Flieh in die dunkle Nacht

(The Shadow of Your Smile, 2010)

Die 82-jährige Olivia Morrow steht vor einer schicksalhaften Entscheidung: Soll sie ihren Schwur brechen und das dunkle Geheimnis ihrer Cousine lüften? Sie könnte so deren Enkelin ein ganz neues Leben in Reichtum verschaffen. Oder aber, was sie nicht weiß: ihr den Tod bringen.

Ich folge deinem Schatten

(I'll Walk Alone, 2011)

Vor zwei Jahren begann für Zan Moreland ein Albtraum: Am helllichten Tag wurde ihr kleiner Sohn Matthew im Central Park spurlos entführt. Nun tauchen ausgerechnet an Matthews fünftem Geburtstag Fotos auf, die damals im Park geschossen wurden. Sie zeigen die Frau, die Matthew aus dem Kinderwagen stiehlt. Es scheint Zan selbst zu sein. Treibt jemand ein unmenschliches Spiel mit ihr?

Mein Auge ruht auf dir
(The Lost Years, 2012)

Dr. Jonathan Lyons glaubt, eine sensationelle wissenschaftliche Entdeckung gemacht zu haben. Kurz darauf findet ihn seine Tochter Mariah ermordet auf. Die Hauptverdächtige ist ihre Mutter. Mariah kann nicht an deren Schuld glauben und setzt alles daran, den wahren Täter zu finden. Sie kommt ihm bald gefährlich nahe.

Spürst du den Todeshauch?
(Daddy's Gone A Hunting, 2013)

Mitten in der Nacht explodiert die Möbelfabrik der Familie Connelly. Kate Connelly wird dabei schwer verletzt, ein früherer Angestellter getötet. Aber was hatten die beiden überhaupt nachts auf dem Gelände verloren? Nur Kate könnte Licht ins Dunkel bringen. Doch sie liegt im Koma – und ein skrupelloser Mörder würde alles dafür tun, dass sie nie mehr erwacht.

In der Stunde deines Todes
(I've Got You Under My Skin, 2014)

Vor den Augen ihres Sohnes wird Lauries Ehemann ermordet. Seitdem lebt sie in Angst. Nun soll sie eine TV-Serie über ungelöste Verbrechen produzieren und taucht tief in einen spektakulären Mordfall aus der Vergangenheit ein. Doch auch im Hier und Jetzt droht ihr und ihrem Sohn mörderische Gefahr.

Wenn du noch lebst
(The Melody Lingers On, 2015)

Die Innenausstatterin Lane Harmon soll die Wohnung einer zwielichtigen Familie einrichten: Der mutmaßliche Betrüger Parker Bennett verschwand vor zwei Jahren bei einem Segelausflug spurlos. Nur seine Ehefrau und der Sohn Eric beteuern seine Unschuld. Lane ahnt nicht, wie sehr sie sich und ihre kleine Tochter durch ihre Nähe zu den Bennetts in Gefahr bringt …

Und dann kommt der Tod vorbei

(Death Wears a Beauty Mask, 2015)

Eine Stewardess, die unter höchster Gefahr einen Flüchtling aus dem Land schmuggelt. Eine frühere Putzfrau, die sich nach einem Lottogewinn der Aufklärung von Kriminalfällen widmet – eine Sammlung spannender Storys, gekrönt von einem neuen Kurzroman.

So still in meinen Armen

(The Cinderella Murder, 2014)

Vor zwanzig Jahren wurde Susan Dempsey ermordet aufgefunden – mit nur noch einem Schuh an den Füßen. Der »Cinderella-Mord« wurde nie aufgeklärt. Nun greift die TV-Produzentin Laurie Moran den Fall auf – und macht sich damit selbst zur Zielscheibe des Täters.

Und deine Zeit verrinnt

(As Time Goes By, 2016)

Seit Jahren ist die TV-Journalistin Delaney Wright auf der verzweifelten Suche nach ihrer Mutter, die sie nie kennengelernt hat. Immerhin läuft es beruflich perfekt. Täglich berichtet sie im Fernsehen über einen spektakulären Mordfall: Betsy Grant soll ihren reichen Ehemann ermordet haben. Doch der Prozess nimmt eine schockierende Wendung, die Suche nach Delaneys Mutter führt zu einem dunklen Geheimnis – und plötzlich schwebt Delaney selbst in Gefahr.

Und niemand soll dich finden

(All Dressed in White, 2015)

Fünf Jahre ist es her, dass Amanda Pierce unmittelbar vor ihrer Hochzeit verschwand. Amandas Mutter ist überzeugt davon, dass der Bräutigam sie auf dem Gewissen hat. Auf ihr Drängen hin nimmt sich Laurie Moran, die sich als TV-Journalistin auf Cold Cases spezialisiert hat, des Falls an. Und sticht mit ihren Recherchen in ein Wespennest. Immer mehr Verdächtige tauchen auf. Nur Amanda bleibt verschwunden …

Einsam bist du und allein

(All by Myself, Alone, 2017)

Auf einem Kreuzfahrtschiff freundet sich die Edelsteinexpertin Celia mit Lady Em an – einer steinreichen alten Dame, die eine unschätzbar wertvolle Smaragdkette besitzt. Drei Tage später wird Lady Em ermordet aufgefunden. Die Kette ist verschwunden. Celia ist entschlossen, die Tat aufzuklären. Auch wenn die Liste der Verdächtigen immer länger wird und sie sich ihres eigenen Lebens an Bord bald nicht mehr sicher sein kann.

Schlafe für immer

(The Sleeping Beauty Killer, 2016)

15 Jahre lang saß Casey Carter wegen Mordes hinter Gittern. Unschuldig, wie sie behauptet. Nun will sie endlich ihren Namen reinwaschen. In ihrer Verzweiflung wendet sie sich an Laurie Moran, die in ihrer TV-Sendung Cold Cases behandelt. Laurie nimmt den Fall zögernd an – ohne zu ahnen, welches Unglück sie damit heraufbeschwört.

Du bist in meiner Hand

(I've Got My Eyes on You, 2018)

Die 18-jährige Kerry nutzt die Abwesenheit der Eltern, um eine Poolparty zu feiern. Am nächsten Morgen wird sie tot aufgefunden. Kerrys Schwester Aline will herausfinden, was geschehen ist. Verdächtig ist nicht nur Kerrys Freund, auch ein Nachbarsjunge verhält sich seltsam …

Denn du gehörst mir

(You Don't Own Me, 2018)

Vor fünf Jahren wurde der angesehene Dr. Martin Bell in seiner Auffahrt erschossen. Der Täter blieb unbekannt. Nun bitten Martins verzweifelte Eltern Laurie Moran um Hilfe: Sie soll die psychisch labile Witwe, die sie für die Schuldige halten, ihrer gerechten Strafe zuführen. Laurie recherchiert und bemerkt gar nicht, dass sie selbst ins Visier eines Stalkers gerät. Eines Stalkers, dessen Hass auf sie keine Grenzen zu kennen scheint.

Mit deinem letzten Atemzug

(Every Breath You Take, 2017)

Virginia Wakeling, wohlhabende Witwe und Kunstmäzenin, stürzt vom Dach des Metropolitan Museum New York. War es Mord? Dringend tatverdächtig: ihr über zwanzig Jahre jüngerer Geliebter. Doch ihm kann nichts nachgewiesen werden. Daher soll Laurie Moran den Fall in ihrer TV-Sendung aufklären – und stößt auf finstere Geheimnisse.

Denn bereuen sollst du nie
(Kitchen Priviliges. A Memoir, 2002)

Berührend und inspirierend erzählt Mary Higgins Clark aus ihrem Leben. Aufgewachsen in der Bronx, arbeitete sie unter anderem als Stewardess. Sie heiratete ihre Jugendliebe und bekam fünf Kinder, doch das Glück währte nur kurz. Früh verwitwet und von Existenzängsten gequält, verlor sie nie den Mut und begann, morgens am Küchentisch Bücher zu schreiben …

So schweige denn still
(Kiss the Girls and Make Them Cry, 2019)

Die Journalistin Gina Kane bekommt eine verstörende Nachricht: Eine Person namens CRyan habe als Angestellte eines großen Nachrichtensenders »schreckliche Erfahrungen« gemacht. Und sie sei nicht die einzige. Jeder Versuch, mit CRyan Kontakt aufzunehmen, scheitert, denn: CRyan ist vor Kurzem bei einem Unfall ums Leben gekommen. Doch die Hintergründe ihres Todes sind sehr merkwürdig. Also forscht Gina weiter – und stößt auf eine entsetzliche Spur.